Tracey Lien

All die ungesagten Dinge

Tracey Lien

All die ungesagten Dinge

Roman

Übersetzung aus dem Englischen
von Ulrike Wasel und Klaus Timmermann

PIPER

Mehr über unsere Autorinnen, Autoren und Bücher:
www.piper.de/literatur

Unser Versprechen
für mehr
Nachhaltigkeit
Klimaneutrales Produkt
FSC®-zertifiziertes Papier
Hergestellt in Deutschland

FSC
www.fsc.org
MIX
Papier aus verantwortungsvollen
Quellen
FSC® C014496

ISBN 978-3-492-07162-8

Titel der amerikanischen Originalausgabe:
»All That's Left Unsaid«, William Morrow 2022

Gesetzt aus der Adobe Garamond Pro
Satz: psb, Berlin
Druck und Bindung: GGP Media GmbH, Pößneck
Printed in Germany

Für meine Eltern

1

Die Umstände von Denny Trans Tod waren derart brutal, dass die meisten Menschen in Cabramatta vor lauter Entsetzen seiner Beisetzung fernblieben. So kam es zumindest seiner Schwester Ky vor. Die Aufbahrungshalle war nahezu leer gewesen: ihr toter siebzehnjähriger Bruder in dem geschlossenen glänzenden Sarg, ihre Eltern und ein paar Verwandte, die vor dem vergrößerten Foto eines grinsenden Denny knieten, und ein buddhistischer Mönch, der für ein Mittagessen Gebete sang.

Die einzigen Anwesenden, die nicht zur Familie gehörten, waren zwei Lehrerinnen und ein Lehrer aus Dennys Highschool, die eng beieinanderstanden, staunend und verwundert, weil es weder Sitzgelegenheiten noch Trauerreden gab. Bei der anschließenden Zusammenkunft im kleinen Reihenhaus der Familie blieben sie an der Tür stehen, in den Händen noch immer die Blumen und Beileidskarten, die sie mit zur Beisetzung gebracht hatten (niemand hatte ihnen gesagt, dass vietnamesische Familien Geld annehmen), und winkten Ky, als wollten sie eine Kellnerin auf sich aufmerksam machen.

»Hi, Ky!«, sagte Mr Dickson mit unangemessen fröhlicher Stimme, den Mund weit aufgerissen, offenbar bemüht, ihren Namen richtig auszusprechen. Er hatte sie immer Kai genannt, obwohl sie ihn im achten Schuljahr berichtigt hatte, als sie viermal die Woche in seinem Matheunterricht saß. »Kiiii«, hatte sie leise gesagt, »mit langem I, wie in Igel.« Vielleicht hatte er ja Amnesie, denn jedes Mal, wenn er die Klassenliste verlas, wurde sie wieder zu Kai, und nachdem sie ihn das dritte Mal korrigiert hatte, gab sie auf. *Kii. Kai. Egal.*

»Hi«, sagte Ky und machte rasch auf dem Couchtisch Platz für die Blumen.

Sie konnte spüren, wie die drei das Wohnzimmer ihrer Eltern betrachteten, alles identifizierten, was ihnen vertraut war (Fernseher von Panasonic, uraltes McDonald's-Spielzeug aus Happy-Meal-Packungen auf dem Videorekorder, Kys gerahmter Hochschulabschluss, Fotos von Denny, wie er vier Jahre hintereinander die Auszeichnung als bester Schüler bekam), und alles, was ihnen fremdartig erschien (der Ahnenaltar mit Schwarz-Weiß-Fotos ihrer ernst blickenden toten Großeltern, ein an der Wand über dem Fernseher hängender leuchtend roter Kalender, der daran erinnerte, dass 1996 das Jahr der Ratte war, säuberlich aufgereihte Schuhe vor einer Tür). Die beiden Frauen, es waren Ms Faulkner und Ms Buck, studierten weiter den Raum, lächelten Kys kleine Cousins an, von denen einer mit einer Grimasse antwortete.

»Sind deine Eltern da?«, fragte Mr Dickson.

»Mum ist in der Küche.«

Ihre Mutter war in der Nacht zuvor aufgeblieben und hatte über hundert Klöße mit der Hand gerollt. Ky hatte mitgeholfen, auf jeden Kloß einen Tupfen rote Lebensmittelfarbe zu stempeln, aber Zweifel angemeldet, ob es wirklich nötig sei, so viel Essen zuzubereiten. Denn obwohl sie seit fast fünf Jahren nicht mehr in Cabramatta lebte, wusste sie, wie der Stadtteil funktionierte: Wenn eine Familie einen »guten« Tod zu beklagen hatte – einen, der alte Menschen traf, einen, auf den jeder vorbereitet war –, kamen die Asiaten praktisch mit der ganzen Verwandtschaft an und überreichten Umschläge voll mit Geld. Aber wenn es ein »schlechter« Tod war – einer, der durch ein schreckliches Unheil verursacht wurde, bei dem es um Kinder oder Gangs oder Heroin ging –, waren plötzlich alle zu beschäftigt oder gerade verreist oder hatten es zu spät erfahren. Ihre eigenen Eltern hatten sich bei Freunden und Bekannten schon ähnlich verhalten und behauptet, sie hätten nicht freibekommen, obwohl sie in Wirklichkeit fürchteten, ein solches Unheil könnte auf sie abfärben, wenn sie ihm zu nahe kamen.

»Diesmal ist es anders«, hatte ihre Mutter gesagt, nachdem Ky gefragt hatte, wer denn das viele Essen verspeisen sollte, das sie zubereiteten. Sie mied Kys Blick, als sie antwortete. Sie wollte nicht eingestehen, dass Denny einen schlechten Tod gestorben war, den schlimmsten, ein Albtraum, der ihr die Sprache raubte und ihre Familie verstummen ließ. Sie wollte nicht zur Ruhe kommen, als fürchtete sie, die Wahrheit würde sie einholen, wenn sie auch nur für einen Moment aufhörte zu arbeiten.

Ky hatte den Stempel demonstrativ auf die Arbeitsplatte fallen lassen. »Wieso ist es diesmal anders?«, fragte sie, versuchte, den Blick ihrer Mutter aufzufangen, versuchte, jemanden – irgendwen – in der Familie dazu zu bringen, ihr in die Augen zu sehen und mit ihr über ihren Bruder zu reden.

»Weil er mein Sohn ist«, sagte ihre Mutter und knallte den Teig so fest wieder auf die Platte, dass es schien, als würde ihr Körper gleich in sich zusammenfallen.

Ky hatte sich eine Erwiderung verkniffen. Sie hatte sich auf die Zunge gebissen, während ihr alle möglichen Gedanken durch den Kopf wirbelten. Daran, dass Nachbarn nicht zur Beisetzung kommen würden. Daran, dass Kollegen ihrer Eltern – die normalerweise Hochzeitseinladungen von Leuten erwarteten, die sie kaum kannten – praktischerweise zu beschäftigt für einen Beileidsbesuch wären. Wie sie Mah-Jongg miteinander spielten und gekochte Erdnüsse aßen, während sie über den guten Jungen, den schlauen Jungen, den schmerzlich bedauernswerten Jungen plauderten, der zur falschen Zeit am falschen Ort gewesen war. Sie sah, wie sie kopfschüttelnd darüber klagten, dass die Welt sich so verändert hatte, wie skrupellos die Menschen geworden waren, wie willkürlich das Schicksal an einem Viertel wie Cabramatta, in einem so verwirrenden Land wie Australien zuschlug. Und das machte sie wütend. Ky knirschte unwillkürlich mit den Zähnen, wenn sie daran dachte, was die Leute wohl über ihren Bruder sagten, denn was zum Teufel wussten die schon? Unheil, das war sinnlos, defätistisch. Unheil, das hieß aufgeben, bevor es angefangen hatte – eine Fußnote, etwas, das anderen Leuten zustieß. Unheil – es weckte in Ky den Wunsch, den verkrampften Mund zu öffnen und ihre abwesenden Nachbarn anzuschreien. Aber sie wusste, selbst wenn sie es versuchte, würde kein Laut herauskommen. Sie konnte immer nur davon fantasieren; sie konnte nie wirklich gehört werden.

Die Leute würden kommen, wiederholte Kys Mutter, während ihre dicken Hände den Teig kneteten und quetschten und drehten, als würde ihre Liebe zu ihren Kindern daran gemessen, wie viel Schweiß sie vergoss, wie viel Essen sie zubereitete, wie fluffig die Klöße nach dem Dämpfen waren. Die Leute würden für ihren Sohn kommen, wiederholte sie, und es wäre beschämend, dann nicht genug zu essen anbieten zu können, und die Familie konnte es sich nicht mehr leisten, beschämt zu werden.

Ky wünschte, ihre Mutter hätte recht. Denny hatte eine große Trauergemeinschaft verdient. Mehr als nur eine normale Gemeinschaft, er hatte die Anwesenheit jedes Menschen verdient, den er je kennengelernt hätte, wäre sein Leben nicht so früh zu Ende gewesen. In den Tagen vor der Beisetzung ertappte Ky sich dabei, wie sie von Hunderten, nein, Tausenden Fremden träumte, die wegen ihres Bruders nach Cabramatta pilgerten. In ihrer Fantasie drängten sie sich in der Einfahrt ihrer Eltern, reichten bis auf den Bürgersteig, verstopften die benachbarten Straßen und schrien laut, wie sehr sie wünschten, ihn gekannt zu haben. Doch obwohl sie selbst diese Tagträume erdacht hatte, verlor sie immer wieder die Kontrolle darüber, und ihr Geist ließ zu, dass Minnie, die sie seit Jahren nicht mehr gesehen hatte, nicht seit sie den schlimmsten Streit ihres Lebens gehabt hatten, darin auftauchte und den Fokus auf Ky lenkte. Dann wandten sich die Fantasiepilger einmütig Ky zu, wollten wissen, wo sie gewesen war, warum sie am Ende nicht für Denny da gewesen war, wie sie derart egoistisch hatte sein können, ihren kleinen Bruder so im Stich zu lassen. Dann erstarrte Fantasie-Ky unweigerlich, ihre Tagtraumzunge wurde in ihrem trockenen Tagtraummund schwer und nutzlos, bis sie sich zwang, aus dem Traum zu erwachen.

Zurück im Wohnzimmer starrte Mr Dickson Ky an und wartete darauf, dass sie ihn in die Küche führte. Ky starrte zurück. Normalerweise wusste sie, was von ihr erwartet wurde, was sozial angemessen war, aber sie reagierte nur langsam. Es kam ihr vor, als würde sie sich selbst im Fernsehen zuschauen, anstatt ihren eigenen Körper zu bewohnen. Und in diesem Moment wollte sie sich bei der Vorstellung, Mr Dicksons Beileidswünsche für ihre Eltern übersetzen zu müssen – ganz zu schweigen von dem unangenehmen, peinlichen Gespräch, das darauf folgen würde –, am liebsten entschuldigen und weglaufen, aus dem Haus, die Straße runter, egal in welche Richtung, die Schallmauer durchbrechen und schließlich aus ihrer eigenen Haut entkommen.

»Meine Eltern sind im Augenblick beschäftigt«, sagte Ky, was keine glatte Lüge war. Ihre Mutter war noch immer im Kochrausch. Und als sie ihren Vater das letzte Mal gesehen hatte, vor rund dreißig Minuten, lag er in Begräbnishose und weißem Hemd – kaum unterscheidbar von seiner üblichen

Kleidung als Bankkassierer – ausgestreckt auf Dennys Bett. »Außerdem ist ihr Englisch nicht das Beste.«

»Ich würde trotzdem gern –«

»Hier, bitte, essen Sie«, sagte Ky. »Mum hat stundenlang dafür in der Küche gestanden und wäre froh, wenn Sie kräftig zulangen.«

Sie häufte für die Lehrer Klöße und Nudeln auf Pappteller. Ihre Achselhöhlen waren so verschwitzt, dass sie sie unter ihrer weißen Button-down-Bluse quietschen hörte, und ihre randlose Brille rutschte auf dem breiten Nasenrücken nach unten. Ihre Familie bewirtete nur selten Gäste, und weiße Gäste, die nicht die Avon-Beraterin waren, stellten eine absolute Ausnahme dar. Ky konnte sich nur an ein einziges Mal erinnern, dass ein weißer Mensch sie besucht hatte: Als Denny acht war, hatte er sich mit einem sommersprossigen orangehaarigen Jungen angefreundet, der eines Tages zu ihnen kam, um G.I. Joe zu spielen. Kys Mutter, die Weißen misstraute, alle für potenzielle Diebe hielt, ließ ihn nicht ins Haus. Denny und sein Freund spielten an der offenen Tür, Denny saß drinnen, der weiße Junge draußen. Ky, die damals dreizehn war, sagte zu ihrer Mutter, sie sei ziemlich sicher, dass das nicht normal war und sie, auch wenn sie selbst keine weißen Freunde hatte, ihre Hand dafür ins Feuer legen würde, dass Sommersprosse kein Dieb war.

»Die beiden scheinen nichts dagegen zu haben«, sagte ihre Mutter und reckte den Kopf aus der Küche, um die beiden Jungen zu beobachten, die mit ihren Actionfiguren gegeneinander kämpften.

Aber offenbar hatte Sommersprosse seiner Mutter davon erzählt, und die hatte offenbar was dagegen, denn er kam nie wieder.

Minnie, die damals jeden Tag nach der Schule mit zu Ky nach Hause kam, meinte, Kys Mutter habe den richtigen Riecher. »Weiße *sind* Diebe«, sagte sie, während sie riesige Hubba-Bubba-Kaugummiblasen mit Traubengeschmack blies. »Captain Cook! Christoph Kolumbus! Die Franzosen! Die Weißen sind schon immer voll die Gauner gewesen, Mann.«

»Was redest du da?«, sagte Ky.

Minnie schlug sich klatschend an die Stirn und verdrehte die Augen. »Gott, Ky, jetzt haben sie dir auch noch den Grips geklaut.«

»Wieso?«

»Deine Mum ist nicht verrückt, Mann …«, Minnie zielte mit einem Finger auf Ky, »sie ist clever.«

Einerseits ärgerte sich Ky, weil Minnie anscheinend immer zu ihrer Mutter hielt, aber insgeheim war sie froh darüber, dass ihre Freundin ihr das Gefühl gab, normal zu sein. Später, wenn Ky ihren weißen Freunden am College Geschichten über ihre Eltern erzählte, versuchten die nie, ihr zu versichern, dass ihre Familie genau wie jede andere Flüchtlingsfamilie war, dass ihre Werte und Verhaltensweisen typisch waren für Immigranten aus Vietnam. Stattdessen meinten sie, ihre Mutter klinge paranoid und solle vielleicht mal eine Therapie machen. Und immer, wenn Ky innerlich gegen diese Einschätzungen rebellierte, wurde ihr klar, dass es in gewisser Weise ein Verrat war, die Geschichten ihrer Familie weiterzuerzählen, weil sie ihre Eltern damit in den Augen von Außenstehenden zu Versagern machte, weil sie diese Außenstehenden – die keine Ahnung davon hatten, was ihre Eltern durchlebt hatten oder wie groß ihre Liebe zu ihren Kindern war oder dass Vietnamesen einfach manches anders machten – förmlich dazu einlud, *über* sie zu lachen und nicht *mit* ihr. In solchen Momenten fehlte ihr Minnie besonders.

»Und? Wie lange bleibst du?«, sagte Mr Dickson, der einen Klumpen Nudeln auf seine Plastikgabel drehte, als wären es Spaghetti. Sein Blick glitt von Ky zu dem Fernsehbildschirm hinter ihr, wo eine Grafik zu dem wachsenden Loch in der Ozonschicht zu sehen war.

»Wie bitte?« Ky wurde schlagartig aus ihren Gedanken gerissen.

»Die haben gerade darüber geredet, wie schlimm das Loch in den Achtzigern war«, sagte Mr Dickson und deutete mit dem Kinn auf den Fernseher. »Nicht zu fassen, dass wir jetzt in den Neunzigern sind und noch immer nichts begriffen haben.«

Ky wandte sich zum Fernseher um, wo der Nachrichtensprecher jetzt eine Reportage über die bevorstehende Waldbrandsaison ankündigte.

»Mh«, sagte sie und drückte den Rücken durch, weil sie nicht wusste, was sie sonst machen sollte. »Stimmt.«

»Jedenfalls«, sagte Mr Dickson, nachdem er einen Mundvoll Nudeln heruntergeschluckt und seine Aufmerksamkeit wieder auf Ky gerichtet hatte: »Ich habe gerade gefragt, wie lange du bleibst.«

Zu Kys Überraschung wusste er also, dass sie nicht mehr in Sydney lebte. Aber natürlich hatte Denny das seinen Lehrern erzählt. Er war voller Bewunderung für ihren Umzug nach Melbourne gewesen, ihr Volontariat bei der *Herald Sun*, ihre ersten gedruckten Artikel. Er hatte sogar gefragt, ob er nicht bei ihr wohnen könnte, nur für ein Weilchen, um herauszufinden, wie das Leben außerhalb von Cabramatta wäre. Sie hatte gesagt, sie könnten darüber reden, wenn sie das nächste Mal nach Hause käme. Sie hatte nicht gedacht, dass sie zu seiner Beisetzung kommen würde.

»Ich hab eine Woche Urlaub genommen, aber mein Chef meint, ich könnte nötigenfalls auch länger bleiben.«

»Deine Eltern sind bestimmt froh, dass sie dich hier haben«, sagte Ms Buck. Ihr Haar war noch immer so rotblond, wie Ky es in Erinnerung gehabt hatte, aber ihre Sommersprossen schienen sich im Laufe der Jahre verbündet zu haben und bildeten jetzt große hellbraune Inseln auf ihrer ansonsten milchigen Haut. »Ich kann mir gar nicht vorstellen, was sie durchmachen. Es ist einfach … so furchtbar. Ich bin sicher, es bedeutet ihnen viel, dass du bei ihnen bist.«

Ms Faulkner nickte, doch ihre Lippen blieben fest zusammengepresst, und Tränen sammelten sich in ihren blutunterlaufenen Augen.

Ky schämte sich plötzlich ihrer eigenen trockenen Augen. Sie hatte während der Trauerfeier nicht geweint. Ebenso wenig wie ihre Eltern.

Du weißt doch wohl, was die denken, oder?, sagte eine Stimme in Kys Kopf. Irgendwas an der Rückkehr nach Cabramatta sorgte dafür, dass Minnie in allen Gedanken Kys, in all ihren Gesprächen auftauchte. Sie konnte sich nicht an ein Cabramatta ohne Minnie erinnern, und die Stimme ihrer Freundin meldete sich stets, wenn sie am wenigsten damit rechnete. *Die glauben, es ist dir scheißegal.*

Das stimmt nicht, dachte Ky.

Und ob das stimmt. Die denken, du bist eine stoische, gefühllose Asiatin und hältst dich an deinen Konfuzius-Regeln fest.

Was willst du eigentlich damit –

Du weißt schon, die, wo Kon-fu-zius sagt, Weinen ist was für Bay-biies.

Ky wollte den Lehrern unbedingt erklären, nur weil ihre Eltern und sie nicht weinten, bedeutete das noch lange nicht, dass sie nicht trauerten. Tatsächlich gab es so viele Anzeichen dafür, dass sie trauerten, so viele Hinweise darauf, dass sie litten – der Nebel in den Augen ihrer Mutter, der nicht mehr weichen wollte, seit sie von Dennys Tod erfahren hatte; das Schweigen ihres Vaters, nicht weil er nicht reden wollte, sondern weil er offensichtlich keine Worte mehr fand; der verkniffene Mund und das endlose Schwitzen und ohnmächtige Fantasien und eingebildete Gespräche mit einer Freundin, die gar nicht da war. Die Familie Tran trauerte. Aber sie war wie ausgehöhlt.

Keiner hat dich gefragt.

Was?

Ehrlich, Ky, du musst diesen Lehrern einen Scheiß erklären. Die haben nicht gefragt, und es geht sie nix an.

Aber –

Lass es einfach.

»Was kommt denn jetzt als Nächstes?«, fragte Mr Dickson und drehte weiter geistesabwesend seine Gabel.

»Ich weiß nicht, ob nach dem Empfang noch irgendwas stattfindet«, sagte Ky, die endlich in die reale Welt zurückkehrte, auf reale Fragen antwortete.

»Habt ihr …«, sagte er mit einem Seitenblick auf Ms Faulkner und Ms Buck, bevor er sich wieder seinen Nudeln widmete, »noch irgendwas gehört? Was genau passiert ist?«

Ky bemerkte, dass Ms Buck von einem Bein aufs andere trat, dass Ms Faulkner sich auf die Unterlippe biss, während sie nach unten auf ihren Teller mit Nudeln starrte. Alle drei mieden Kys Blick.

Die Fakten, die Ky aus zweiter Hand von ihren Eltern hatte, waren dürftig, und wenn sie daran dachte, wurde ihr kalt, während sie weiter schwitzte. Ihre Mutter hatte ihr erzählt, dass Denny nach seinem Schulabschlussfest in ein schickes Fischrestaurant namens Lucky 8 gegangen war. Es war das erste und einzige Mal, dass Kys Eltern ihm erlaubt hatten, mit Freunden abends auszugehen – als Belohnung für seine guten Schulleistungen –, und das auch nur, nachdem er monatelang darum gebettelt hatte und Dennys bester Freund, Eddie Ho, ihnen versichert hatte, dass sie bloß einen Anlass brauchten, um ihre feinen Anzüge an dem Abend noch ein bisschen länger zu tragen. Denny hatte sogar Ky dazu gebracht, ihm in der Sache beizustehen.

»Komm schon, Mum«, hatte Ky Wochen vor dem Abschlussfest am Telefon zu ihrer Mutter gesagt. »Die gehen ins Lucky 8. Da finden Hochzeitsfeiern statt. Außerdem bin ich auch nach meinem Abschlussfest noch auf eine Party gegangen.«

»Wirklich?«

Ky stockte, überlegte, ob sie ihrer Mutter überhaupt von der Party erzählt hatte, auf der sie vor Jahren gewesen war.

»Ja«, sagte Ky und drückte die Daumen. »Mach dir keine Gedanken. Er ist praktisch erwachsen, er ist ein braver Junge, der nie irgendwelchen Ärger gemacht hat, und was soll ihm im Lucky 8 schon passieren?!«

»Aber Cabramatta ist nicht mehr so, wie es war, als du noch hier gewohnt hast«, sagte ihre Mutter auf Vietnamesisch. »Es hat sich verändert. Die Leute sind anders, als du es in Erinnerung hast, es ist –«

»Hör auf, dir so viele Sorgen zu machen, und lass ihn hingehen. Du wirst seine Entwicklung hemmen, wenn du ihn weiter einschränkst.«

Von ihrem Vater erfuhr Ky, dass das eigentliche Abschlussfest problemlos verlaufen war. Denny erhielt die Auszeichnung »Vielversprechendster Schüler«. Die dazugehörige Schärpe steckte er in die Brusttasche seines geliehenen Anzugs. Mit einer Einwegkamera machte er Fotos von Freunden, von den Lehrern der Cabramatta High, von dem fettigen und leicht angebrannten Dinner im RSL Club. Und dann gingen sie zu Fuß zum Lucky 8, einem Restaurant, das dafür bekannt war, dass dort eine Hochzeitssängerin auftrat, selbst wenn keine Hochzeitsfeier stattfand, ein Restaurant, in dem es sechs Aquarien mit lebenden Fischen und Hummern und Königskrabben gab, ein Restaurant, das für Freude und Hoffnung und Neuanfänge bestimmt war.

Was danach kam, war sowohl ihrer Mutter als auch ihrem Vater zufolge ein Unheil. Nicht einfach Pech wie ein gestoßener Zeh oder eine geklaute Radkappe, sondern eben ein Unheil, das über die Dächer schleicht und nach einer Familie sucht, die es befallen, nach einem Kind, das es rauben kann. Ky hatte ihre Eltern gefragt, was die Polizei ihnen gesagt hatte, doch anstatt ihr mitzuteilen, was sie sonst noch wussten, reagierten sie bloß mit Kopfschütteln, die Augen verquollen und rot, das Wort *Unheil* auf den Lippen. In dem Moment hatte Ky auch sie anschreien wollen, doch als sie den Mund öffnete – Schweigen.

»Ich weiß nicht«, sagte Ky und sah Mr Dickson endlich in die Augen. »Seit dem Vorfall haben wir nichts mehr von der Polizei gehört.«

»Tja«, sagte Mr Dickson und hörte auf, seine Plastikgabel zu drehen, »bitte sag Bescheid, falls wir irgendetwas tun, irgendwie helfen können.«

Einen Scheiß können die tun, sagte Minnie in Kys Kopf.

»Danke«, sagte Ky über die eingebildete Stimme hinweg, die im Hintergrund weitersprach.

Mr Dickson nickte mit vollem Mund. Ms Buck legte eine Hand auf Kys Schulter, und Ky musste all ihre Selbstbeherrschung aufbieten, um sie nicht abzuschütteln. Ms Faulkner sah aus, als wäre sie den Tränen nahe.

Nur für Ky hörbar sagte Minnie: *Aber weißt du was? Die liebe große Schwester Ky wird mehr tun als nur einen Scheiß! Sie wird die Sache selbst in die Hand nehmen, hab ich recht, Ky? Sie wird es wiedergutmachen, dass sie ihren Bruder im Stich gelassen hat! Zum ersten Mal in ihrem jämmerlichen regelkonformen kleinen Gutmenschenleben wird sie die Initiative ergreifen! Weil diese dämlichen Cops nämlich einen Scheißdreck machen werden! Weil sie uns einfach als Problem-Migranten mit Migrantenproblemen abtun werden! Weil wenn wir nicht mal den Mund aufmachen, nachdem einer von uns totgeprügelt worden ist, dann stimmt was nicht mit uns, verdammt noch mal! Weil, weil, weil!*

Als Kys Eltern anriefen, um ihr zu sagen, dass Denny im Lucky 8 zu Tode getrampelt worden war, ging sie nicht ran, weil sie nicht zu Hause war. Als sie versuchten, sie in der Redaktion zu erreichen, ging sie nicht ran, weil sie Termindruck hatte – sie sollte einen Human-Interest-Artikel über ein obdachloses Paar schreiben, das gerade im Lotto gewonnen hatte. Als ihre Eltern eine Nachricht beim Empfang der Zeitung hinterließen, kam die nie bei Ky an, weil Becca Smith, die Rezeptionistin, sagte, sie hätte wegen des starken Akzents kein Wort verstanden.

»Ich glaube, ein Chinese hat für dich angerufen«, sagte sie. »Er hat mir eine Nummer durchgegeben, aber ganz ehrlich, ich hab den kaum verstanden, deshalb hab ich sie nicht aufgeschrieben.«

»Ach so, danke.« Ky blickte sich um, hoffte, dass jemand das Gespräch mitbekam, jemand, der ihre Gefühle bestätigen und ihr versichern könnte, dass, ja, diese Begegnung wie so viele ihrer früheren Interaktionen mit Becca Smith objektiv unangenehm war und dass Kys Reaktion – ihr Gefühl, aus dem Gleichgewicht zu geraten, als hätte jemand von hinten gegen ihren Bürostuhl getreten – nicht nur angemessen war, sondern mehr als angemessen, vielleicht sogar zu großmütig. Sie fing niemandes Blick auf. Es blieb zwischen ihr und der notorisch gut gelaunten Rezeptionistin. »Dann muss ich wohl mein Rolodex nach dem Chinesen durchsuchen und ihn zurückrufen.«

»Super! Dann viel Erfolg!«, sagte Becca Smith, klopfte mit ihren Acrylnägeln auf die Trennwand von Kys Bürowabe und lächelte steif, als hätte sie Kys Sarkasmus zwar wahrgenommen, aber nicht richtig verstanden.

Ky hörte die Sprachnachrichten ihrer Eltern nicht sofort ab. Es wäre ohnehin irgendwas Blödes, das war es nämlich immer: Denny wollte an einem Schullager teilnehmen – war das nicht gefährlich? Denny wollte in der elften Klasse Physik abwählen – würde er dann trotzdem noch Arzt werden können? Denny sollte für einen Debattierwettbewerb verreisen – war das zulässig? Ließen Teenager sich solche Lügen einfallen, damit sie stattdessen Drogen nehmen konnten?

Wenn es um Denny ging, der fünf Jahre jünger war als Ky, schien es, als hätten ihre Eltern die Fähigkeit verloren, ein Kind zu erziehen, als hätten sie vergessen, dass sie es schon einmal getan hatten, als versetzte sie die Vorstellung, es erneut tun zu müssen, in panische Angst. Die Trans hielten an der alten Heimat und dem Glauben fest, dass Jungen wertvoller waren als Mädchen. Schließlich führten Jungen den Familiennamen fort und waren traditionell die Familienoberhäupter. Selbst die besten Mädchen heirateten irgendwann und schlossen sich einer anderen Familie an. Außerdem vermutete Ky, dass ihre Eltern das Gefühl hatten, mit Denny einen Neuanfang zu haben. Denny war in Australien zur Welt gekommen, nachdem die Familie sich in Cabramatta niedergelassen hatte. Ky war ihr Trial-and-Error-Baby, aus Vietnam mitgenommen, in einem malaysischen Flüchtlingscamp von Windeln entwöhnt und vom Kindergarten bis zur zweiten Klasse in Kurse für Englisch als Zweitsprache geschickt worden. Ihre Eltern bezweifelten, dass Ky Erfolg haben könnte, weil sie glaubten, sie wäre ihnen zu ähnlich. Denny verkörperte dagegen eine unbelastete Chance, für die sie keine Kompromisse machen müssten. Deshalb, so glaubte Ky, behandelten sie ihn wie ein rohes Ei und waren unfähig, Entscheidungen zu treffen, ohne zu befürchten, dadurch die Zukunft ihres einzigen Sohnes zu gefährden.

Als Denny geboren wurde, hatte Ky ihn anfangs abgelehnt, aber sie erinnerte sich an den Moment, als ihr Herz zum ersten Mal für ihn schlug: Denny, der noch Windeln trug, hockte neben einer sechsjährigen Ky, während sie die Fahnen der Länder ausmalte, die an den 1980er Olympischen Sommerspielen in Moskau teilnahmen. Ky hatte Denny verboten, ihre Buntstifte anzurühren oder mit seinen klebrigen Fingern das Arbeitsblatt anzufassen. Also hockte Denny sich neben sie, Ellbogen auf den Knien, rundliches Kinn in die Hände gestützt. Er schaute ihr still zu, das Schaben von Stift auf Papier das einzige Geräusch im Wohnzimmer, bis sie plötzlich satt und laut einen nassen Furz hörte. Ky blickte jäh von ihrem Arbeitsblatt auf und sah Denny an, dessen Mund kreisrund war, seine Augen riesengroß. Ehe sie ihn als großes dummes Baby beschimpfen konnte, das sich noch in die Hose machte, sagte er in demselben Tonfall, den die Leute in der Ajax-Reklame benutzten: »Oh nein!« Und etwas in Ky – die Mauern, die sie gegen die Zuneigung zu diesem kleinen Bruder errichtet hatte, den ihre Eltern viel mehr liebten als sie – stürzte ein. Sie lachte und lachte, und ihre Bauchmuskeln taten weh, und sie schnappte nach Luft. Und dann lachte Denny auch, kugelte sich auf dem Fußboden und drückte dabei mit dem Hintern den nassen Haufen auseinander, sodass der Geruch aus seiner Windel drang und Ky beinahe schlecht wurde, aber sie konnte trotzdem nicht aufhören zu lachen.

In ihrer Wohnung in Melbourne, nachdem sie sich eine Pizza und ein Sixpack Bier gekauft hatte, weil sie unbedingt so werden wollte wie ihre Kollegen, deren Gesichter nicht schon nach zwei Schlückchen knallrot anliefen, hörte sie die Sprachnachrichten ab.

In den ersten drei sagte ihr Vater, der ausschließlich Vietnamesisch mit ihr sprach, sie solle ihn so schnell wie möglich zurückrufen, es sei dringend. In der vierten sagte er, Denny sei etwas zugestoßen. In der fünften, dass Denny getötet worden war, dass sie dabei waren, die Trauerfeier zu planen, dass sie so schnell wie möglich kommen musste. Seine Stimme bebte nicht, sie hörte keine Tränen. Sie ließ das Band zurücklaufen, spielte die Nachrichten von vorne ab, so oft, dass die

Sätze ihren Sinn verloren. Sie fragte sich, ob sie Vietnamesisch überhaupt noch verstand – ob sie so eingerostet war, dass sie sich einfach verhört hatte, dass ihr Vater mit *getötet* eigentlich meinte: »hat vorzeitig seinen Abschluss gemacht, weil er so schlau ist, und warum konntest du nicht genauso schlau sein wie dein kleiner Bruder?« Sie stellte sich ein Szenario vor, in dem Denny an der Schule gemobbt wurde. Vielleicht waren ihre Eltern besorgt und beorderten sie nach Hause, damit sie ihm beistand, seine Mobber ohrfeigte und in die Schranken wies, verlangte, dass die Schule ihren intelligentesten Schüler schützte.

»Wieso wirst du eigentlich nicht regelmäßig zusammengeschlagen?«, hatte Ky ihn ein Jahr zuvor gefragt, als er außer in Sport mal wieder in allen Fächern als Bester abgeschnitten hatte. Ky war übers Wochenende nach Haus gekommen, um Tết zu feiern. Ihre Mutter hatte ihnen aufgetragen, die Fenster im Erdgeschoss blitzblank zu putzen, damit ihr Reihenhaus für das Mondneujahr in neuem Glanz erstrahlte.

»Ich glaub nicht, dass Leute heutzutage noch zusammengeschlagen werden, weil sie Nerds sind«, hatte er gesagt.

»Ja, genau.«

»Na, du bist in der Schule ja auch nicht zusammengeschlagen worden.«

»Das war was anderes«, sagte Ky, während sie getrockneten Fliegendreck von der Scheibe kratzte.

»Wieso?«

Minnie, hatte Ky antworten wollen. In der zweiten Klasse, als ein paar weiße Mädchen sich immer, wenn sie an Ky vorbeikamen, die Augenwinkel mit den Fingern zurückzogen, hatte Minnie gedroht, der Anführerin den Kopf zu rasieren. Einen ganzen Monat lang tat Minnie jedes Mal, wenn sie die Blondies in der Cafeteria oder in der Schulversammlung sahen, pantomimisch so, als würde sie einen Kopf rasieren, und einmal sogar, als würde sie sich die Augenbrauen abrasieren, was das Oberblondie zum Weinen brachte. Da war Minnie acht. Als sie auf die Highschool kamen, war Minnie zu einem wandelnden FINGER WEG-Schild geworden, das Ky davor schützte, dass sie an den Haaren gezogen wurde, dass man ihr ein Bein stellte oder auf ihren Sitzplatz spuckte.

»Keine Ahnung«, sagte Ky. »Wahrscheinlich bin ich den Leuten einfach aus dem Weg gegangen.«

»Mach ich im Grunde genauso«, sagte Denny und nahm seine randlose Brille ab. Er hatte sich ein ähnliches Modell wie Ky ausgesucht, weil sie gesagt hatte, randlose Brillen wären intellektuell und man würde damit erwachsener aussehen. Ky fand, er sah damit wie ein minderjähriger Steuerberater aus. Er hielt die Brille an den Bügeln fest und versuchte, sie mit dem Gummiwischer zu putzen. »Ich reib es einfach niemandem unter die Nase.«

»Wie meinst du das?«

»Na ja …« Denny hielt die Brille ins Licht und zog eine Grimasse, als er sah, dass sie jetzt noch schmutziger war als vorher. »Ich meine, klar gibt es Nerds, die zusammengeschlagen werden, aber nicht weil sie Nerds sind, sondern weil sie dauernd versuchen, allen anderen das Gefühl zu geben, sie wären blöd.«

Ky spürte einen Phantomstoß im Rücken. Sie wusste, dass Denny sie damit nicht kritisieren wollte – das war nicht seine Art –, aber es fühlte sich so an.

»Das ist sehr erwachsen von dir«, sagte Ky und schluckte trocken. »Und das da …«, sie deutete mit dem Kinn auf Dennys schmierige Brille, »ist ekelig.«

»Ich weiß, ich dachte, mit dem Wischer würd's gehen.«

In ihrer Melbourner Wohnung drückte Ky den Anrufbeantworter an die Brust, zweifelte nicht mehr an ihrer vietnamesischen Sprachkompetenz. Sie rief ihren Vater an, bombardierte ihn mit Fragen: Was ist passiert? Wie ist es passiert? Wer war alles bei ihm? Was haben sie gesagt? Ihr Vater antwortete, sie solle einfach nach Hause kommen – über das alles könnten sie später reden. Sie saß eine Weile da, während der Käse auf ihrer Pizza erkaltete. Ky warf sie in den Mülleimer und verspürte plötzlich den Impuls, sauber zu machen. Sie zog ihre schmutzige Unterwäsche aus dem Wäschekorb, füllte das Waschbecken im Bad mit Wasser und Waschpulver und warf die Wäsche hinein, bewegte die Hände unter der Oberfläche, damit sich Schaum bildete. Sie nahm ihre eigene randlose Brille ab – die sie gekauft hatte, weil sie fand, sie sah damit erwachsen aus, wie jemand, den man ernst nehmen sollte – und bearbeitete sie mit feuchten Brillenputztüchern. Sie musste auch duschen. Als sie nackt in der Wanne stand und sich Wasser auf den Rücken prasseln ließ, überwältigte sie der Drang, die Wanne zu schrubben. Sie ging in die Hocke, Schwamm in der Hand, und verteilte cremige Klumpen Badreiniger auf Wanne und Kacheln. Dann setzte sie ihre Arme als Verlängerung des Duschkopfs ein: Das Wasser spritzte auf ihre Schultern, rann die Arme herab und tropfte von den Fingerspitzen in die Richtung, auf die sie zeigte.

Ihre Mutter hatte ihr gesagt, dass man die Luft mit einem Essigdampfbad von Keimen reinigen konnte. Aber sie hatte ihr nie das genaue Vorgehen erklärt. Also goss Ky einen Liter Essig in den Teekessel, setzte ihn auf und wartete, dass er anfing zu kochen. Während sich Schweißfußgeruch in ihrer Wohnung ausbreitete, hatte sie das Gefühl, nicht atmen zu können und gleichzeitig von innen nach außen gestülpt zu werden. Es gab so vieles, was sie sagen wollte – zu Denny, zu ihren Eltern, zu jedem, der bereit war zuzuhören. Entschuldigungen, Erklärungen, schmerzliche Beobachtungen, von denen sie wusste, dass sie tiefe Wahrheiten offenbarten. Die Worte in ihrem Kopf wollten sich hektisch ordnen, kollidierten und purzelten panisch durcheinander, und in ihrem verzweifelten Versuch zu sprechen merkte sie, dass ihr Körper nur noch nach Luft schnappen konnte. Jedes Mal, wenn sie den Mund öffnete, Luft, wieder und wieder, bis es dunkel im Raum wurde und alles verstummte und es nur noch sie gab, allein, hicksende Schreie ausstoßend, die nicht klangen, als wären es ihre eigenen, umhüllt von feuchtheißer saurer Luft.

2

In der Familie Tran durfte niemand länger schlafen als bis acht Uhr morgens. Als Ky noch zu Hause wohnte, wurde sie selbst sonntags von den vietnamesischen Unterhaltungssendungen ihres Vaters aus dem Schlaf gerissen – der neusten Ausgabe von *Paris by Night* auf Videokassette mit Khanh Lys wehmütigen Liedern, die sich nach einem Vorkriegs-Saigon sehnten – oder von ihrer Mutter, die mit dem Stiel eines Staubwedels gegen die Tür schlug.

Am Morgen nach Dennys Trauerfeier war das Haus der Trans still. Ky sah auf die Uhr: halb neun. Draußen hörte sie Autos vorbeirauschen, Elstern keckern. Auf ihrem Pager waren keine Benachrichtigungen von der Arbeit. Sie sprang praktisch aus dem Bett, voller Panik, dass er kaputt war und sie einen Auftrag verpasst hatte. Erst als sie sich einen Socken anzog, fiel ihr ein, dass sie die Woche frei hatte. Und dann fiel ihr ein, warum.

Sie sackte zurück aufs Bett und sah sich in dem Zimmer um, das noch genauso aussah wie früher. Die Poster von *Edward mit den Scherenhänden* und Boyz II Men an den Wänden, die Sticker-Ohrringe, die sie ans Fenster geklebt hatte, die Kohlkopfpuppe auf ihrer Kommode. Sie hatten sie in einem kirchlichen Secondhandladen gekauft, als Ky acht Jahre alt war, und weil ihre Mutter so große Angst davor hatte, dass gebrauchtes Spielzeug Hautkrankheiten übertragen könnte, hatte sie die hellhäutige Puppe mit den braunen Haaren gebleicht und in einen Albino verwandelt. Ky hatte die Gesichtszüge der Puppe mit Filzstift nachgezeichnet und die Haare mit orangen und pinken Textmarkern gefärbt. Sie hatte sie mit zur Schule genommen, weil die Blondies das mit ihren Puppen so machten, und präventiv verkündet, dass ihre Kohlkopfpuppe so anders aussah, weil sie besessen war, weil sie im tiefsten Innern böse war, und dass sie deshalb cooler war als normale Puppen. Die beliebten Mädchen, deren Mütter ihnen superhohe Pferdeschwänze banden, sodass ihre blonden Haare oben auf dem Kopf wie Springbrunnen auseinanderquollen, glaubten zwar nicht, dass Kys Kohlkopfpuppe cooler war, aber sie glaubten, dass sie böse war. In der Pause ließen sie sich von Ky und ihrer Puppe über den Schulhof jagen und kreischten jedes Mal los, wenn Ky näher kam, mit echter Panik im Gesicht. Minnie, die damals schon Kys beste Freundin war, weigerte sich, dabei mitzumachen. Sie legte sich lieber auf die kalten metallenen Schulhofbänke und starrte die überhängenden Eukalyptusbäume an, während sie sich den Dreck unter den Fingernägeln wegpulte.

»Du machst dich mit dem Getue zum Hampelmann«, sagte sie, reckte sich, Nase in der Luft, als Ky zurückkam, nachdem sie den beliebten Mädchen Angst eingejagt hatte.

»Gar nicht!«

»Und ob.«

»Tu ich nicht, ich schwöre.«

»Du hampelst rum, weil du ihre Freundin sein willst, und das macht dich zum Hampelmann.«

»Na und?«

»Dabei wollen die dich gar nicht als Freundin haben!«

»Du bist doch bloß neidisch, weil du keine Kohlkopfpuppe hast«, sagte Ky. Sie glaubte sich im Recht – Minnies Mutter kaufte ihr nie irgendwas, nicht mal was Gebrauchtes, nicht mal, wenn alle, auch die armen Kinder, eine Kohlkopfpuppe hatten. Aber sie fürchtete auch, dass Minnie recht hatte, weil es kein schönes Gefühl war, mit den beliebten Mädchen zu spielen.

»Ich bin nicht neidisch«, sagte Minnie, die Arme vor der Brust verschränkt.

»Und warum bist du dann so komisch?«, fragte Ky und verschränkte die Arme genau wie Minnie.

»Findest du es nicht unfair, dass immer du das Monster sein musst? Wieso können die nicht auch mal das Monster sein? Wieso musst du dauernd hinter ihnen herlaufen?«

»Ähm, weil meine Kohlkopfpuppe böse ist?«

»Ist sie aber nicht. Das hast du dir ausgedacht. Und die haben dich schon hinter ihnen herlaufen lassen, als du noch gar keine blöde Kohlkopfpuppe hattest.«

»Die ist nicht blöd!«, sagte Ky. Sie umfasste ihre Puppe fester, aus Empörung, aber auch aufgrund des Unbehagens, das Minnie in ihr ausgelöst hatte. Denn obwohl sie es damals noch nicht wusste, hatte ihr Unterbewusstsein Buch darüber geführt, wie oft die Blondies (und, um ehrlich zu sein, auch die Brünetten und die Rothaarigen und die Lockigen) ihr das Gefühl vermittelten, ohnmächtig und hässlich zu sein. Bei jedem noch so kleinen Kontakt mit ihnen spürte sie eine grundsätzliche Ungerechtigkeit, als wären sie ihr und allen Menschen, die so aussahen wie sie, von Geburt an überlegen. Warum bekamen sie nie Ärger, wenn sie Dinge taten, für die Ky sich schämte?

»Okay«, sagte Minnie und streckte sich wieder auf der Metallbank aus. »Sie ist nicht blöd, aber *die* sind blöd, und ich hasse sie.«

»Einverstanden«, sagte Ky. Sie war nie auf die Idee gekommen, die Blondies zu hassen, aber in diesem Moment war sie bereit, es auszuprobieren und festzustellen, wie sich das anfühlte. Ihre gebleichte Kohlkopfpuppe auf die Hüfte gestützt wie ein echtes Baby, fragte sie Minnie, was sie stattdessen spielen sollten. Minnie griff in ihre Tasche und zog ein zusammengebundenes Stück Kordel heraus. Sie schlang es sich kompliziert um die Finger, sodass ein Muster entstand.

»Lust auf ein Fadenspiel?«, sagte sie. »Hab ich selbst erfunden.«

Jetzt, in ihrem Kinderzimmer, starrte die gealterte Kohlkopfpuppe eine erwachsene Ky an, die Augen verschmiert und schief.

Ky quälte sich aus dem Bett und den Flur hinunter, erstaunt, wie sie unmittelbar die Bewegungen und Gewohnheiten annahm, die anscheinend zu dem Haus gehörten. In Melbourne hatte sie sich das Erwachsensein antrainiert – klaglos früh aufzustehen, ihre Wäsche zu waschen, ihr Geschirr zu spülen, leise zu gehen, damit ihre Schritte die Nachbarn eine Etage tiefer nicht störten. Aber alle ihre Fortschritte waren vergessen, sobald sie nach Cabramatta zurückkehrte.

»Hast du nicht gesagt, das Alleinleben hat dich verändert?«, hatte Denny sechs Monate zuvor bei ihrem letzten Besuch zu Hause gefragt.

Damals hatte Ky gerade wieder Krach mit ihrer Mutter gehabt, war durchs Haus gestürmt und hatte eine Tür zugeschlagen. Statt vollständige Sätze zu bilden, knurrte sie bloß, wenn ihre Mutter sie etwas fragte, und brachte gerade mal ein »Weiß nich«, heraus, wenn ihr Vater sich erkundigte, warum sie stöhnte wie ein todkranker Wasserbüffel.

»Ich *hab* mich verändert«, sagte Ky, als sie mit ihrem Bruder zum Eckladen ging, um Toastbrot zu kaufen. Die Straße, in der ihre Familie wohnte, war noch genauso wie in ihrer Kindheit – Autos fuhren zu schnell, nasse Wäsche hing von schmalen Balkonen, und je näher sie Cabramattas kleinem, aber belebtem Zentrum kamen, desto mehr laut redende, Sonnenvisier tragende vietnamesische Tanten mit dauergewellten

Löckchen begegneten ihr auf dem Bürgersteig. »Du verstehst das nicht. Wenn ich in Melbourne bin, bin ich total unabhängig und vernünftig. Ich hab sogar einen Staubwedel, mit dem ich meine Regale abstaube.«

Denny zog beide Augenbrauen hoch.

»*Sie* ist das Problem«, sagte Ky und meinte ihre Mutter.

»Klar«, räumte Denny ein.

Eine alte Frau, die ihre Großmutter hätte sein können, kam ihnen entgegen. Sie schob einen Einkaufswagen voller Gläser mit eingemachten Zitronen. Ky lächelte sie an, als sie an ihr vorbeigingen. Die Frau sah Ky an, als hätte Ky gefurzt.

»Ziemlich unfreundlich«, flüsterte Ky.

»Wahrscheinlich denkt sie, du willst sie überfallen.«

»Und ihre Zitronen klauen?«

»Die Zeiten haben sich geändert, Schwesterherz.«

»Welche Zeiten?«

Denny zuckte die Achseln.

»Also«, sagte er, »du hast gesagt, Mum ist das Problem.«

»Ich kann's nicht erklären«, sagte Ky und schob ihre Brille höher. »Es ist, als würde sie nicht wollen, dass ich erwachsen bin. Als müsste sie mich immer gleich niedermachen, wenn ich mich weiterentwickle.«

»Mütter wollen ihre Töchter nun mal beschützen. Und sie ist eine asiatische Mutter, deshalb ist sie noch … noch …«

»Irrer?«

»Resoluter.«

»Ich bin zweiundzwanzig, und sie behandelt mich wie eine Dreizehnjährige.«

»Du benimmst dich auch so.«

»Denny!«

Ihr Bruder hob beide Hände. Ky dachte unwillkürlich, dass er mit seinem weichen, mittelgescheitelten Haar und dem übergroßen Michael-Jordan-T-Shirt aussah wie ein Dreizehnjähriger. Die Pubertät schien lediglich seinen Körper gestreckt und seine Stimme brüchig gemacht zu haben.

»Ich hab im *Woman's Day* was darüber gelesen«, sagte er.

»Wieso liest du *Woman's Day*?«

»Weil sie beim Arzt im Wartezimmer nichts anderes hatten. Jedenfalls, es ging darum, warum Mütter und Töchter sich dauernd streiten.«

»Weil Mütter bescheuert sind und Töchter nicht gern bescheuerte Mütter haben?«

»Nee. In dem Artikel stand, Mütter wollen nicht, dass ihre Töchter die Fehler wiederholen, die sie selbst gemacht haben, deshalb sind sie bei allem superkritisch. Aber Töchter wollen bloß die Anerkennung ihrer Mütter, deshalb macht die Kritik ihrer Mütter sie wütend. Genau wie dich.«

»Von mir aus«, sagte Ky, sauer, weil ihr kleiner Bruder eines der größten Probleme in ihrem Leben mit einem Artikel aus *Woman's Day* erklärte. »Aber tu nicht so, als würdest du es verstehen. Das tust du nämlich nicht.«

»Was?«, sagte Denny irritiert.

»Als ältestes Kind und Mädchen hat man eine Menge Druck, okay?«, sagte Ky, die plötzlich schneller ging, ihre Füße dem Rhythmus ihres Herzens anpasste. Denny musste immer größere Schritte machen, um mitzukommen.

»Okay«, sagte er.

»Du kannst das nicht verstehen.«

»Aber wenn ich es doch –«

»Du bist perfekt zur Welt gekommen«, fiel Ky ihrem Bruder ins Wort, »und du machst nie was falsch, und du wirst irgendwann Arzt oder so werden, genau wie Mum und Dad sich das wünschen, und du spürst den Druck nicht, weil du, weil du nun mal von Natur aus so bist. Du machst sowieso ganz selbstverständlich alles richtig« – sie gingen jetzt beide im Eilschritt – »aber ich hab das Gefühl, gegen den Strom zu schwimmen, und Mum hackt dauernd auf mir rum, hält mir vor, wo ich versagt habe und was für eine Enttäuschung ich bin, und sie ... sie lobt mich nie, und es scheint sie überhaupt nicht zu interessieren, dass ich eine erwachsene Persönlichkeit bin, die ihr eigenes Leben hat und auf ihrem eigenen Weg ist und einfach verdammt noch mal in Ruhe gelassen werden will, weißt du?«

»Ich weiß.«

»*Klar* weißt du das«, sagte Ky und verdrehte die Augen.

Den Rest des Weges schwieg Denny. Einmal legte er eine Hand auf die Schulter seiner Schwester und drückte sie gerade lange genug, um peinlich zu sein. Er nahm die Hand weg, als wäre er unsicher, ob er sie zweimal hätte drücken sollen, damit es weniger seltsam gewirkt hätte.

In Gedanken daran, wie Denny sie angesehen hatte – das schwache Lächeln, das signalisierte: *Ich versteh das, ehrlich* –, blieb Ky jetzt an der offenen Tür seines Zimmers stehen. Ein Teil von ihr erwartete, ihren Bruder schlafend auf dem Bett oder lesend an seinem Schreibtisch zu sehen. Stattdessen sah sie ihren Vater in seiner Bankkassiererkleidung, das kurze grau melierte Haar glatt an den Kopf gegelt, der Körper gerade und reglos wie ein chinesischer Vampir, auf Dennys ordentlich gemachtem Bett liegen.

»Dad?«, sagte Ky.

Der Körper ihres Vaters verkrampfte sich kurz, als wäre er dabei ertappt worden, dass er etwas tat, was er nicht tun sollte. Er räusperte sich, entspannte sich wieder, blieb aber liegen.

»Bist du –« Sie beäugte seine Nadelstreifenhose, von denen er ein Dutzend besaß. Die Garderobe ihres Vaters war wie die von Superman, angefüllt mit denselben Button-down-Hemden vom Discounter und Hosen, die Kys Mutter abänderte, damit sie seiner mageren Gestalt passten. Aber selbst mit gekürzten

Hosen und abgenähten Ärmeln sah die australische Kleidung an ihm immer noch zu groß aus.

»Was ist?«, fragte er auf Vietnamesisch und setzte sich jäh auf.

Ky hatte nie gelernt, mit ihrer Mutter zu reden, ohne in ihr Teenager-Ich zurückzufallen, während sie mit ihrem Vater überhaupt nie zu reden gelernt hatte. Er sprach so wenig, dass Ky schon lange vermutete, er habe ihr nichts zu sagen, habe kein Interesse an ihrem Leben, wollte überall lieber sein als mit ihr. Deshalb kam ihr der Gedanke, ihm eine direkte Frage zu stellen oder ihm zu zeigen, dass ihr etwas an ihm lag, unnatürlich vor, falls er ihr überhaupt kam.

Schließlich entschied sie sich, ihn zu fragen, ob er heute arbeiten gehen würde.

»Oh«, sagte er und strich eine graue Strähne glatt. »Ja. Mach ich.« Er schaute sich in Dennys aufgeräumtem Zimmer um, als wüsste er nicht, was ihn hierher verschlagen hatte.

Ky starrte ihren Vater an, wartete darauf, dass er noch etwas sagte. Sie schwankte zwischen dem Wunsch, mehr von ihm zu hören, und der Angst davor, was das sein könnte. Fragen brannten ihr auf der Seele: Warum schlief er seit ein paar Nächten in Dennys Zimmer? Wann wäre er bereit, darüber zu reden, was mit Denny passiert war, und ihr alles zu erzählen, was sie von der Polizei erfahren hatten? Wie ging es ihm? Konnte sie irgendwas für ihn tun? Doch sosehr sie Antworten brauchte, sie fürchtete sich auch vor der Bürde, die mit ihnen einherging. Denn was würde passieren, wenn er ihr sagte, dass es ihm *schlecht* ging? Und was würde passieren, wenn er ihr sagte, dass sie nichts tun konnte? Und was würde passieren, wenn er wahrhaft hilflos und gebrochen war und sie unter der Last seiner Trauer zusammenbrach? Wäre die Familie Tran so gewesen wie die Familien, die Ky regelmäßig im Fernsehen sah, hätten sie sich wohl aneinandergeklammert, sich umarmt und einander versichert, dass sie das gemeinsam durchstehen würden. Stattdessen waren sie Profis darin geworden, sich aus dem Weg zu gehen, nie wirklich gleichzeitig auf derselben Ebene zu existieren, unfähig, einander zu erreichen.

Ihr Vater schob die Hände in die Hosentaschen, zog sie wieder heraus, zupfte am Saum seines Hemdes. Es irritierte Ky, dass ihm in der Situation offenbar ebenso unbehaglich zumute war wie ihr.

»Wenn so etwas passiert, schreibt die Polizei doch einen Bericht, oder?«, sagte er schließlich stur auf Vietnamesisch, während Ky weiter auf Englisch antwortete.

»Einen Polizeibericht, meinst du?«

»Ja. Die Polizei müsste einen Bericht darüber haben, was mit Denny passiert ist. Richtig?«

»Moment mal«, sagte Ky. »Habt ihr denn nicht mit der Polizei geredet?«

»Doch, sie haben uns die Nachricht überbracht«, sagte ihr Vater. Seine Hände waren noch immer fahrig, seine Augen fixierten einen Fleck auf dem Fußboden.

»Aber ihr habt keinen Bericht verlangt?«

»Nein.«

»Ist das dein verdammter Ernst?«

Prompt schnellte der Blick ihres Vater vom Boden hoch zu Ky, sein Gesichtsausdruck eine Warnung. Ky schluckte, verkniff sich aber eine Entschuldigung.

»Sie haben uns nichts angeboten«, sagte er und schaute wieder zu Boden. »Dein Englisch ist gut. Kannst du hingehen und ihn dir geben lassen?«

»Dad –«, stammelte Ky, bemüht, ihren Teenager-Wutanfall zu zügeln, der mit Macht an die Oberfläche drängte. Sie war nie gern die Übersetzerin der Familie gewesen. Schon als Kind hatte sie sich jedes Mal geschämt, wenn ihre Eltern sie baten, einen amtlichen Brief oder ein Rundschreiben der Schule zu lesen oder für sie die Krankenversicherung anzurufen. Anfangs war der Grund für ihre Scham die Tatsache gewesen, dass ihre Eltern – zwei erwachsene Menschen – so schlecht Englisch sprachen. Weil sie fest daran glaubte, dass Menschen sich im Laufe der Jahre in allem Möglichen verbessern konnten, ärgerte es sie, dass ihre Eltern Werbeanrufe nicht verstanden, kaum einfache Sätze bilden konnten, ihr das Gefühl gaben, einer Familie von Dummköpfen zu entstammen. Als sie dann älter wurde, verwandelte sich ihre Scham in Groll: Warum hatten sie sich entschieden, in Cabramatta zu bleiben, wo alle Vietnamesisch sprachen, sodass sie gut zurechtkamen, ohne ihr Englisch verbessern zu müssen? Warum gaben sie sich nicht ein bisschen mehr Mühe?

»Ach, hör mit der Jammerei auf«, hatte Minnie gesagt, als sie beide fünfzehn waren und Ky sich wieder mal beklagt hatte, weil sie für ihre Eltern übersetzen musste. »Eine neue Sprache lernen ist echt schwer.«

»Haben wir doch auch!«

»Weil wir noch klein waren.«

»Na und?«

Minnie schnitt eine Grimasse.

»Erstens, du bist absichtlich begriffsstutzig –«

»*Wie bitte?*«

»Und zweitens, sie lassen uns für sie übersetzen, weil sie Angst haben, dass die Leute sie verächtlich behandeln, *ist doch klar.*«

»Ähm, nein, weil ihr Englisch nach all den Jahren noch immer so schlecht ist, dass sie nicht verstehen, was die Person am anderen Ende sagt.«

»Stimmt auch vielleicht«, sagte Minnie, die ebenfalls die Übersetzerin für ihre Eltern war, sich aber meistens darum drückte, indem sie einfach alle Briefe wegwarf, die zu viele Wörter enthielten. Die einzige Post, die Minnies Zensur entging, waren Rechnungen, weil sie nicht wollte, dass ihnen Wasser oder Strom abgestellt wurden. »Aber sie haben auch einen richtig fetten Migrantenakzent. Wahrscheinlich haben sie Schiss, dass die Weißen am anderen Ende sie verachten.«

Der Gedanke war Ky noch nie gekommen. Aber nach diesem Gespräch ging er ihr nicht mehr aus dem Kopf. Er erfüllte sie mit Mitleid für ihre Eltern. Er erfüllte sie mit noch mehr Mitleid für sich selbst. Denn falls Minnie recht hatte, bedeutete das, dass es noch etwas gab, worüber sie sich Gedanken machen musste. Es bedeutete, dass es nicht reichte, Englisch einfach nur zu verstehen oder zu sprechen; es bedeutete, dass es eine richtige und eine falsche Art gab, wie man klang, und wenn sie falsch klang, konnten das andere zum Vorwand nehmen, sie zu verachten. Von einem Tag auf den anderen begann sie, sich mit dem stärksten Aussie-Akzent am Telefon zu melden, den sie zustande brachte, und als sie schließlich bei der *Herald Sun* war, gab sie sich solche Mühe, jede Spur ihrer Kindheit im Südwesten von Sidney aus ihrer Sprache zu verbannen, dass manche Interviewpartner sie für eine Britin hielten.

Doch obwohl sie verstand, warum ihre Eltern sie als Übersetzerin benutzten, war ihr unbegreiflich, warum sie keinen Polizeibericht verlangt hatten. Die Ermordung ihres Sohnes war doch wohl Grund genug, ein Wörterbuch aufzuschlagen.

»Wieso habt ihr das nicht gemacht?«, fragte sie jetzt aufgebracht ihren Vater. »Die Polizei war hier. Ihr hättet sie einfach fragen können –«

»Würdest du dich besser fühlen, wenn du eine Erklärung dafür bekämst, warum etwas in der Vergangenheit nicht geschehen ist?«, sagte er und griff damit auf einen Spruch zurück, den er oft Kys Mutter gegenüber anwandte, wenn sie wieder mal seine vergangenen Entscheidungen kritisierte, angefangen von seinem Versäumnis, in den Aktienmarkt zu investieren, bevor der Mitte der Achtziger auf Höhenflug ging, bis hin zu der Frage, warum die Familie sich nicht in Amerika, sondern in Australien niedergelassen hatte – sie hatte nämlich gehört, dass Little Saigon in Kalifornien größer, besser und sicherer war als Cabramatta. Ky hatte ihn noch nie so kurz vor einem Zornausbruch erlebt. »Denn wenn es dein Leben leichter macht und dein Herz mit Glück erfüllt, bitte sehr, nimm Platz, und ich erkläre dir alles, was ich je getan habe.«

Ky stand stumm da, wollte ihrem Vater widersprechen, wusste aber nicht, was sie sagen sollte. Sie war schon hart an der Grenze zur Respektlosigkeit und wollte ihre Wutanfälle nicht an ihm austesten. Außerdem wusste sie, dass er recht hatte – jede Befriedigung, die sie daraus zog, ihn dazu zu bringen, seine Fehler einzugestehen, würde von dem Schuldgefühl überlagert werden, einen anderen Menschen dazu gebracht zu haben, sich schlecht zu fühlen. Es holte sie immer wieder ein – die Scham und die Enttäuschung über sich selbst, weil sie anderen das Gefühl vermittelt hatte, das ihr selbst so oft vermittelt worden war.

»Was hat die Polizei denn gesagt?«

Ihr Vater legte die Hände in den Schoß, ließ die Schultern hängen. »Ich hab dir schon alles erzählt.«

»Nein, hast du nicht.« Ky konnte ihre Frustration kaum beherrschen. »Denny wird im Lucky 8 totgeprügelt, und die Polizei sagt euch bloß, dass er im Lucky 8 totgeprügelt wurde?«

»Ich hab dir von der Kamera erzählt und von der Bester-Schüler-Schärpe in seiner Jacketttasche.«

»Das hab ich nicht gemeint.«

»Was meinst du dann?«

Ky konnte die Hitze in den Ohren spüren.

»Du erzählst mir irgendwas davon, was er getragen hat und was in seiner Tasche war, aber ich will die wichtigen Dinge wissen, was tatsächlich passiert ist, und ob es Verdächtige gibt und was die Zeugen ausgesagt haben und –«

»Mein Gedächtnis ist schlecht! Das war letzte Woche! Es war spätabends!«

Ihr Vater hielt den Kopf gesenkt, aber Ky konnte sehen, dass er rot wurde. Sie versuchte zu verstehen, was er da sagte – was sein Gedächtnis mit der Tageszeit zu tun hatte; wie jemand die Einzelheiten des Todes seines Sohnes vergessen konnte. Dann machte es klick, und ihr wurde schlagartig schlecht.

»Herrgott noch mal«, sagte sie. Ihr war plötzlich schwindelig, weil ihr alles Blut aus dem Kopf sackte. »Du warst betrunken.«

Ihr Vater blickte weiter zu Boden.

»Du warst betrunken, als die Polizei hier war«, wiederholte Ky und deutete sein Schweigen als Schuldeingeständnis. »Warum zum Teufel hast du nicht –«

Kys Mutter hatte ihr erzählt, dass ihr Vater in den letzten Jahren weniger trank, dass er inzwischen beim Bier blieb. Denny hatte gesagt, dass er noch immer manchmal zum Cognac griff, aber nur zu Hause und nur spätnachts, wenn alle anderen im Bett waren. Denny meinte, für einen Trinker war ihr Vater nicht so schlimm wie die Eltern von vielen anderen. Dennoch, der Alkoholkonsum ihres Vaters hatte Ky immer bedrückt, und jedes Mal, wenn sie sich ihn auch nur mit einem Bier in der Hand vorstellte, spürte sie ein Engegefühl in der Brust. Noch schlimmer war es, wenn sie an ihn und ans Lucky 8 dachte. Auf jeder Hochzeit, an der die Familie teilnahm, bugsierte Kys Mutter sie nach draußen, bevor ihr Vater Gelegenheit hatte, von Bier zu Cognac überzugehen. Sobald er mit dem Hennessy anfing, gab es kein Zurück mehr. Vielleicht glaubte ihre Mutter, wenn sie ihren Ehemann nötigte, früher zu gehen, wäre das würdevoller, als abzuwarten, bis er umkippte und sich auf irgendwen erbrach. In Kys Augen hatte sie damit das genaue Gegenteil erreicht, weil sie Aufmerksamkeit auf ihre Familie zog. Just wenn alle wieder Platz nahmen, um den sechsten oder siebten Gang zu essen, machte die Familie Tran einen hastigen und uneleganten Abgang.

»Warum hört Dad nie auf, bevor er blau ist?«, hatte der damals siebenjährige Denny Ky gefragt, als sie Hand in Hand die Treppe vom Lucky 8 hinuntergingen und die Stimme der Hochzeitssängerin noch aus dem Saal hallte. Einige Stufen vor ihnen stützte ihre Mutter ihren Vater, seinen Arm um ihre Schultern gelegt. Während sie die enge Treppe hinunterstolperten, fluchte ihre Mutter leise vor sich hin. Ihr Vater hatte ein albernes Grinsen im Gesicht, als träumte er von einem Urlaub auf Hawaii, blind für die Scham seiner Kinder.

»Weil er uns nicht genug lieb hat«, sagte Ky.

»Sag so was nicht zu deinem Bruder«, zischte ihre Mutter, die versuchte, zu ihren Kindern nach hinten zu sehen, aber der Kopf ihres Mannes war im Weg.

Ky war nicht bloß wütend gewesen, weil sie die Hochzeit ihres Großcousins vorzeitig hatte verlassen müssen – obwohl es sie ärgerte, dass sie den Kuchen verpasste, das süße cremige Dessert aus roten Linsen und den Teller mit kunstvoll aufgeschnittenen Orangen. Nein, sie war wütend, weil sich ihr alle Brustmuskeln zusammenzogen, sobald sie eine Kiste Crown Lager oder Victoria Bitter neben der Coca-Cola und Fanta sah. Sie war wütend, weil ihre Onkel und Tanten ihm bei jedem Gartengrillfest, das sie veranstalteten, eine von Kondenswasser triefende Dose in die Hand drückten und dann zu niemand Speziellem sagten, es sei nur ein Drink, es sei schließlich eine Party, sollte der Mann doch ruhig ein Bier trinken, was war daran so schlimm? Sie hätte ihnen so gern ins Gesicht geschrien, sie gefragt, warum es ihnen so wichtig war. War es vielleicht schlimm für *sie*, wenn er *kein* Bier trank? Wieso konnten sie ihn nicht einfach in Ruhe lassen?

»Euer Dad hat euch beide sehr lieb«, hatte Kys Mutter

gesagt, während sie Richtung Parkplatz wankten. »Er ist bloß ein schwacher Mensch.«

Als ihre Mutter später den Vater ins Bett brachte und Ky aufpasste, dass Denny sich die Zähne putzte, fragte er, wer denn nun recht hatte.

»Womit?«

»Mit Dad.«

»Ich glaube, er hat dich sehr lieb, weil du ein Junge bist und weil du schlau bist«, sagte Ky. »Denk dran, die Zähne auch von hinten zu putzen, sonst werden sie faul.«

»Aber was ist mit dir?«

»Ich putze meine Zähne immer von hinten.«

»Nein.« Denny hielt mit dem Putzen inne. »Ich meine, hat Dad dich lieb genug?«

Ky dachte daran, wie oft sie ihren Vater gebeten hatte, weniger zu trinken, sich mit nur einem Bier zu begnügen. Sie dachte an die atemraubende Angst, die sie ihm mit Blicken vermitteln wollte, die Hoffnung, dass er verstand, warum sie auf Geburtstagsfeiern die Fingernägel in die Handteller bohrte und die Arme verschränkte, warum sie ihn aus der Ferne im Auge behielt, dass diese Blicke und Fingernägel ihn anflehten *Hör auf, hör auf, hör auf.* Sie dachte daran, wie sie in Bio Leberkrebs durchgenommen hatten, dass sie an dem Tag abends beim Essen über nichts anderes reden konnte, weil ihr Vater erfahren musste, auf wie viele Arten seine Leber versagen konnte, denn falls seine Leber versagte, würde noch etwas anderes passieren, und sie hatte zu große Angst, das auszusprechen, deshalb beließ sie es dabei, sie beließ es beim Leberversagen, und sie dachte, sie hoffte, dass er sie vielleicht genug liebte, um den Hinweis zu verstehen.

»Ich weiß nicht«, sagte Ky. »Aber keine Bange, Mum und Dad haben dich lieb. Und ich hab dich voll lieb.«

Kys Vater schien tiefer in Dennys Bett zu sinken, während sie auf eine Antwort wartete, doch sie wusste, dass er nichts mehr sagen würde.

»Meinetwegen«, sagte sie gepresst. »Ist das alles?«

Ihr Vater richtete sich den Hemdkragen und strich über seine Hose. Sein Gesicht war noch immer leicht gerötet, die Augen müde. Dann wechselte er ins Englische, jedes Wort mit seinem singenden vietnamesischen Akzent ausgesprochen. »Tu dein Bestes.«

Die Polizeistation Cabramatta lag gegenüber einem Park, in den Kys Mutter oft mit ihr gegangen war, um sie auf den unsicheren Schaukeln und Metallrutschen spielen zu lassen, bevor die Drogenhändler und Junkies sich dort breitmachten, bevor der dürre, von Unkraut durchsetzte Rasen mit benutzten Spritzen übersät war, bevor Teenager mit Ballons voll Heroin im Mund dort herumlungerten.

Ky war erst einmal in der Polizeistation gewesen. Als sie neun war, hatte ihre Grundschule eine Unterrichtseinheit zum Thema Straftäter durchgeführt und eine Exkursion zur Polizei gemacht. Sie war ängstlich gewesen, hatte Minnies Hand ganz fest gehalten, als sie in zwei geraden Reihen dastanden und darauf warteten, hineinzugehen.

»Benehmt euch«, hatte Ms Price gemahnt. »Wenn ihr nicht brav seid, sperren die Polizisten euch ein.«

»Ich hab das Recht auf einen Anwalt«, sagte Minnie, worauf Ms Price sagte, sie solle den Mund halten.

Das Gebäude war unverändert, hatte noch immer eine hellbraune Backsteinfassade, ein weißes Dach und einen hoch aufragenden Fahnenmast, an dem die Aussie-Fahne im Wind flatterte.

Damals, bei Kys erstem Besuch als Kind in den Achtzigerjahren, war die Station ruhig genug gewesen, um Schülergruppen zu empfangen. Ein Officer hatte der Klasse Handschellen gezeigt und die ganzen Utensilien erklärt, die an dem dicken Gürtel eines Polizisten hingen. Als er die Aufmerksamkeit der Schüler auf seinen Revolver lenkte, den er aber nicht aus dem Holster zog, schnappte die Klasse nach Luft. Es war das erste Mal für sie alle, dass sie einen echten Revolver sahen.

Jetzt war die Station ein einziges Chaos. Die Klimaanlage kämpfte gegen den australischen Sommer an. Die Luft war stickig und roch wie jemand, der zu viel Zeit in der Sonne verbracht hatte. Sämtliche Officer waren schweißnass und wirkten beschäftigt. Kein Mensch nahm Notiz von Ky. In dem engen Empfangsbereich saßen ein halbes Dutzend asiatisch aussehende Jungen in Schuluniform, keiner älter als fünfzehn, auf einer Stuhlreihe an der Wand. Sie fächelten sich mit allem, was sie in die Hände bekamen, Luft zu – Broschüren, Schulbücher, Schirmmützen – und blickten missmutig.

»Hey, Miss Polizei, können wir jetzt gehen?«

Die weiße Polizistin hinter dem Schalter blickte von ihren Akten auf. »Nein, ihr könnt gehen, wenn eure Eltern euch abholen.«

Einer der Jungen in einer schweißfleckigen Schuluniform, die Ky als die der Canley Vale erkannte, einer Highschool unweit der Polizeistation, stöhnte. »Ich hab doch gesagt, die kommen nicht«, antwortete er. »Komm schon, Miss, lass uns gehen.«

»Damit ihr dann weiter am Bahnhof Drogen verkauft?«

»Ich hab doch gesagt, wir haben gar nix verkauft!«

Sie überhörte die Beteuerung des Jungen, er habe nichts Schlimmes getan, selbst der Officer, der sie festgenommen hatte, habe überhaupt nichts beweisen können, worauf er wieder bettelte, sie solle ihn gehen lassen.

»Du hältst jetzt gefälligst die Klappe«, sagte sie schließlich.

Ky überlegte, wieder zu gehen, vielleicht zurückzukommen,

wenn die Frau hinter dem Schalter besser gelaunt wäre. Doch ehe sie sich zur Tür wenden konnte, kam ein Weißer in Jeans und einem T-Shirt mit Schweißflecken unter den Achseln herein, eine Hand im Genick eines Jungen, der die gleiche Cabramatta-High-Uniform trug, wie Denny sie getragen hatte. Mit jedem Neuzugang in der Polizeistation wurde die Luft drückender, der Geruch penetranter.

»Der Vollidiot hat versucht, an uns zu verkaufen«, sagte der Mann zu der Frau hinter dem Schalter.

Kys Füße fühlten sich schwer an. Es machte sie wütend, dass sie so leicht einzuschüchtern war, dass sie so viele mentale Übungen absolvieren musste, ehe sie den Mut aufbrachte, aktiv zu werden. Sie besann sich einer Bemerkung, die Ian, ihr Chef bei der *Herald Sun*, an ihrem ersten Tag als Volontärin gemacht hatte.

»Ein Reporter tut eigentlich nichts, was besonders schwierig wäre«, hatte er gesagt, rittlings auf einem Stuhl sitzend, die Arme auf der Rückenlehne. »Was uns unterscheidet, ist unser Wille, es zu tun.«

Da Ky nicht glaubte, für irgendetwas eine natürliche Begabung zu besitzen – sie war weder so mutig oder ausgebufft gewesen wie Minnie noch so hervorragend in der Schule wie Denny –, gefiel ihr der Gedanke, dass Wille entscheidend war. Was machte es schon, wenn sie nicht die talentierteste Person im Raum war? Sie war gewillt, das Haus eines verurteilten Verbrechers zu beobachten, um an die Story zu kommen. Oder jeden Hinterbliebenenbesuch zu machen, den man ihr zuwies. Oder sich an die Regeln zu halten und den Methoden zu vertrauen, wenn das sonst niemand tat. Laut Ian spielte es keine Rolle, was ihr an ihrem Job zuwider war oder ob sie ständig von Angst und Schrecken erfüllt war. Nichts war zu schwierig. Ky musste es nur wollen. Und so schaffte sie es, sich dazu zu überwinden, an den Schalter zu treten.

»Hi«, sagte sie zu der Polizistin, auf deren Namensschild NELSON stand.

Officer Nelson blickte von ihren Unterlagen auf. Sie hatte das herbe Gesicht einer Sportlehrerin, trug ihr sonnengebleichtes Haar tief im Nacken zu einem Knoten gebunden, und ihre Mundwinkel waren dauerhaft nach unten gezogen.

»Entschuldigen Sie bitte die Störung«, sagte Ky, »aber ich hätte gerne die Kopie eines Polizeiberichts.«

»Welche Fallnummer?«

»Ich … Ich weiß nicht. Die habe ich nicht. Es geht um Denny Tran, meinen Bruder. Er wurde letzte Woche getötet.«

Officer Nelson senkte den Kopf, aber ihre eisblauen Augen verharrten auf Ky. Es war derselbe Blick, mit dem Kys Grundschullehrer sie und Minnie betrachtet hatte, wenn sie unangenehm aufgefallen waren, weil sie zu viel gequatscht oder zu laut gelacht hatten.

»Wieso hast du keine Angst, Ärger zu kriegen?«, hatte Ky in der dritten Klasse von Minnie wissen wollen, als sie beide ausgeschimpft worden waren, weil sie im Unterricht geschwatzt hatten.

»Keine Ahnung«, sagte Minnie, während sie Kys Lunchbox durchsuchte, eine Schachtel mit Rosinen schüttelte. »Wieso soll ich denn Angst haben?«

»Weil wenn du Ärger kriegst, ist das …«, sagte Ky, bekam aber ihre Gedanken nicht sortiert und konnte nicht erklären, warum ihr bei der Vorstellung schauderte, aus der Reihe zu tanzen.

»Die Schweige-Ecke ist die langweiligste Strafe überhaupt«, sagte Minnie. »Das ist das Schlimmste, was sie machen können, wenn wir was Verbotenes tun – uns eine Viertelstunde in die Schweige-Ecke schicken. Das ist total bescheuert.«

»Aber –«

»Ehrlich, Ky. Die können uns nichts tun. Probier's aus.

Quatsch im Unterricht, soviel du willst, sing den falschen Text zur Nationalhymne, lass einen lauten Furz raus, wenn sie deinen Namen aufrufen. Du musst bloß in die Schweige-Ecke, und Mrs Waterson guckt dich böse an, und das war's.«

Und genau *das* war's, dachte Ky. Sie fürchtete nicht die eigentliche Strafe. Sie fürchtete den Blick. Den Blick, der sagte: *Ich hätte mehr von dir erwartet. Du hast mich enttäuscht. Du solltest dich schämen.* Und bei Ky funktionierte er immer, erinnerte sie daran, dass ihr Weg zum Erfolg ein schmaler war und dass sie, falls sie nur um Haaresbreite davon abwich, indem sie Widerworte gab, laut war, ganz sicher abgelehnt werden würde und jedes Versagen ihre eigene Schuld war.

Und als sie jetzt in die Augen der Polizistin blickte, fühlte sie sich klein, verängstigt – als würde sie jeden Moment vom Weg abkommen.

»Miss, wir geben keine Polizeiberichte für Tötungsdelikte heraus.«

»Warum nicht?«

»So sind die Vorschriften.«

»Aber ich bin eine Angehörige«, sagte Ky aufgeregt. »Ich bin seine große Schwester –«

»Das spielt keine Rolle. Wir geben keine Informationen zu Tötungsdelikten heraus – auch nicht an Angehörige –, es sei denn, es ist hilfreich für die Ermittlungen.«

Die Polizistin zupfte an ihrem Uniformhemd, das ihr am Körper klebte.

»Aber wie wollen Sie herausfinden, ob ich behilflich sein kann, wenn Sie mir nicht mal sagen, was passiert ist?«, fragte Ky. »Soviel Sie wissen, vielleicht –«

Ky schluckte, wandte den Blick von der Polizistin ab. Sie fragte sich, ob sie zu weit ging, stellte sich den schmalen Weg vor, sah ihn im Geist mäandern und enge Kurven beschreiben, immer schmaler werden. Es war schwer, gut zu sein. Weder

Zeit noch Erfahrung machten es einfacher. Als sie sah, wie die Polizistin an ihrer Uniform zupfte, wurde sich Ky ihrer eigenen Schweißflecken bewusst, die sich unter ihren Achseln ausbreiteten. Die Polizeistation war so stickig geworden, dass Ky fürchtete, jeden Moment umzukippen.

Officer Nelson spitzte die dünnen Lippen, sodass die beiden rosa Linien um ihren Mund unsichtbar wurden. Sie starrte Ky einen Moment lang an, dann griff sie nach dem Telefon, klemmte sich den Hörer zwischen Schulter und Kinn. »Ich frag mal nach, welcher Officer für den Fall zuständig ist.«

Zwanzig Minuten vergingen, in denen eine Vietnamesin mittleren Alters mit einer kurzen, dicht gelockten Dauerwelle in die Polizeistation kam, um ihren Sohn abzuholen. Sie sorgte dafür, dass alle ihren Auftritt mitbekamen, indem sie lautstark auf Vietnamesisch schimpfte, geradewegs auf einen der Jungen in Schuluniform zustürmte und ihn mehrfach mit der flachen Hand auf den Hinterkopf schlug. »Du dummer, dummer, nichtsnutziger, nichtsnutziger, wertloser, dummer Sohn! Du bist so dumm, dass du deine Mutter noch ins Grab bringst. Du bringst deine Mutter noch ins Grab!«

Der Junge duckte sich tiefer auf seinem Stuhl, während die anderen von ihm wegrückten, auf ihre Schuhe starrten, wohl wissend, was ihre eigenen Mütter mit ihnen machen würden, wenn sie sie hier abholten.

»Dumm, dumm, bringst deine Mutter ins Grab! Festgenommen! Was um alles in der Welt hast du angestellt? Warum tust du uns das an?«

»He!«, rief Officer Nelson und schlug klatschend auf ihren Schreibtisch. »Das hier ist kein Straßenmarkt! Wenn Sie sich nicht zusammenreißen, lass ich Sie festnehmen.«

Aber die Vietnamesin hörte nicht hin oder verstand sie nicht, weil sie weiter auf ihren Sohn einschlug, und er duckte sich weiter, mit Tränen in den Augen. Ky unterdrückte den Drang, die Szene weiter zu beobachten, als würde sie sich im Fernsehen abspielen. Sie versuchte, sich in der Polizeistation möglichst unsichtbar zu machen, indem sie mit gefalteten Händen neben einer Topfpflanze stand. Aber sie befürchtete, dass die Vietnamesin tatsächlich festgenommen werden könnte, deshalb trat sie ein paar Schritte vor.

»Tante«, sagte sie auf Vietnamesisch. Sie streckte zögernd eine Hand aus, um der Frau den Rücken zu tätscheln, zuckte aber zurück, bevor sie sie berührte. Es fühlte sich so merkwürdig an, eine Fremde trösten zu wollen. »Tante, die Polizistin hat gesagt, sie wird Sie festnehmen lassen, wenn Sie nicht aufhören.«

Die Teenager sahen Ky an, und auf ihren Gesichtern zeichnete sich sowohl Erleichterung als auch Verblüffung ab, dass jemand sich auf Vietnamesisch einmischte.

Die Frau schlug weiter mit der flachen Hand auf den Hinterkopf ihres Sohnes.

»Tante!«, versuchte Ky es erneut. »Sie müssen aufhören, sonst stecken die Sie ins Gefängnis!«

Da hielt die Frau keuchend inne, das Gesicht rot und nass, die tätowierten Augenbrauen zusammengezogen wie eine wütende Comicfigur. »Mein dummer, nichtsnutziger Sohn!«, sagte sie zu Ky und zeigte auf den Jungen, der Ky an einen jüngeren Denny erinnerte. »Wir haben ihm alles gegeben, und so dankt er es uns. Er bringt seine Mutter ins Grab! Ich sollte ihm Scheiße zu fressen geben. Was Besseres hat er nicht verdient!«

Officer Nelson beobachtete die Szene und verzog das Gesicht. Dann sagte sie langsam, mit gedehnten Pausen, so wie Weiße versuchen, sich älteren Asiaten gegenüber verständlich zu machen. »Ist … das … Ihr … Sohn?«

»Ja. Das mein Sohn.«

»Sie … müssen … ein Formular … ausfüllen … bevor … Sie gehen können.«

Das Gesicht der Vietnamesin erstarrte, als wäre ein verwirrtes Kind aufgefordert worden, eine Frage zu beantworten. Sie wandte sich ihrem Sohn zu, aber der hielt den Kopf gesenkt, damit niemand merkte, dass er weinte. Ky erkannte den Ausdruck im Gesicht der Frau: Ihr Sohn war ihr Übersetzer, ihre Brücke nach Australien. In diesem Moment brauchte sie ihn und hätte ihn zugleich am liebsten lebendig begraben.

»Tante, ich kann für Sie übersetzen«, sagte Ky.

Ky half der Frau, das Entlassungsformular für ihren Sohn zu unterschreiben. Währenddessen war die Tür zur Polizeistation weit geöffnet worden, um frische Luft hereinzulassen, ein Officer hatte sich beschwert, dass es draußen doch noch heißer sei als drinnen, und mehr Frauen waren erschienen, um ihre Söhne, Enkel, Neffen und Brüder abzuholen. Jede von ihnen trug den vertrauten, ratlosen Ausdruck des Unverständnisses; jede sah ihren mürrischen, verschwitzten Teenager Hilfe suchend an; jeder der Jungen sah Ky an. Seufzend zeigte Ky diesen Müttern, Großmüttern, Schwestern und Tanten, die sie so sehr an die Frauen in ihrem eigenen Leben erinnerten, wo sie ihre Adressen eintragen und unterschreiben mussten. Sie half einer Frau namens Vuong, die kein Englisch verstand und sich die ganze Zeit laut auf Vietnamesisch sorgte, ob sie ihren Job auf dem Fischmarkt verlieren würde, weil sie früher gegangen war, um ihren Enkel abzuholen. Sie half einer Frau namens Mina, die mit einem Baby im Kinderwagen und einem Säugling im Tragetuch hereinkam. Mina sprach nur Laotisch, eine Sprache, die Ky nicht verstand, aber mit dem Säugling vor dem Bauch machte sie pantomimisch klar, was Ky wissen musste. Ky sagte ihnen, welche Felder sie unausgefüllt lassen konnten, erklärte, was ihre Jungen angestellt hatten, erläuterte, dass Herumlungern, kaum zu glauben, tatsächlich ein Vergehen war.

»Schlimmer als in Vietnam«, murmelte Vuong auf Vietnamesisch mit einem finsteren Blick in Richtung Officer Nelson.

»Was hat sie gesagt?«, fragte die Polizistin, die Vuong und Ky beobachtete.

»Sag ihr, dass ich keine Angst vor ihrem scheißblassen Gespenstergesicht hab«, redete Vuong weiter auf Vietnamesisch. »Sag ihr, dass ich mal einen Vietcong-Soldaten zum Weinen gebracht habe.«

»Sie ist nur aufgebracht wegen ihres Enkels«, sagte Ky.

»Sind Sie die Schwester?«

Die Stimme ertönte hinter Ky und gehörte einem großen Officer, der aus einem der hinteren Büros gekommen war.

»Denny Trans Schwester?«

Ky nickte.

Der Officer stellte sich als Constable Ryan Edwards vor. »Ich hab im Moment wahnsinnig viel zu tun, deshalb kann ich mich nicht damit befassen, aber die Ermittlungen sind ohnehin noch nicht weit genug, um Informationen herauszugeben.«

»Ich möchte nur den Polizeibericht haben«, sagte Ky.

Die Constable lud Ky mit einer Armbewegung ein, ihm in einen der leeren hinteren Räume zu folgen.

»Sorry, ich brauch ein bisschen Ruhe«, sagte er und rieb sich die Stirn. Ky bemerkte, dass er schwitzte und dicke glänzende Tränensäcke unter den Augen hatte. »Wirklich, wir können noch nichts herausgeben. Das Ganze ist äußerst heikel, und die am Tatort gemachten Notizen sind verstörend. Wir wollen den Angehörigen nicht noch mehr zumuten, als –«

»Aber ich *bin* eine Angehörige«, sagte Ky. Und ihr Bruder war bereits tot. Schlimmer konnte es doch nicht kommen.

»Wir haben nun mal unsere Vorschriften, Miss, und ich warte noch immer darauf, dass die Mordkommission sich mit mir in Verbindung setzt, bevor ich anfangen kann –«

»Aber«, sagte sie, obwohl sie das Gefühl hatte, mit Steinen

beschwert auf der Stelle zu schwimmen, »aber ist das nicht … ist das alles nicht eigentlich im Interesse der Angehörigen? Ich meine …« Sie schämte sich dafür, wie sie sich anhörte, wie jedes gesprochene Wort ihr das letzte bisschen Autorität raubte. Wie hatte Minnie es schon als Kind geschafft, ihren messerscharfen Witz zu bewahren? »Was ich sagen will, Sir, ich verkrafte das. Ich bin seine Schwester. Ich verkrafte das.«

Constable Edwards seufzte.

»Bitte«, flehte Ky. »Meine Eltern tappen völlig im Dunkeln.« Ein Wort nach dem anderen, drängte ihre innere Stimme. *Red weiter, red weiter.* »Wir haben ihn eingeäschert, und wir wissen nicht mal, was genau passiert ist, mit wem er dort war, welche Zeugen es gibt.«

Die Augen des Constable verengten sich ungläubig. »Meinen wir beide denselben Denny Tran?«

»Ich –«, sagte Ky. Ihre innere Stimme, die damit offenbar nicht gerechnet hatte, verstummte. »Verzeihung?«

»Sie sagen, Sie sind mit Denny Tran verwandt, dic Schwester des Jungen, der vor sieben Tagen getötet wurde?«

»Ja.« Ky hörte plötzlich ihr Herz in den Ohren schlagen. »Er war siebzehn, hervorragender Schüler, hatte gerade seinen Highschool-Abschluss gemacht.«

»Im Lucky 8.«

»Ja.«

Constable Edwards kratzte sich den Nacken. »Miss, ich weiß nicht, was ich Ihnen sagen soll, aber es scheint, Ihre Eltern *wollen* im Dunkeln gelassen werden.«

»Oh …« Kys Mund wurde trocken. »Ich … Ich versteh nicht ganz, was Sie meinen.«

»Tja«, sagte er und fuhr mit seinem Zeigefinger über einen Hautfleck unter seinem Kinn, »sie haben eine Obduktion abgelehnt.«

Ky schluckte, konnte ihre eigenen Gedanken kaum noch

hören, weil ihr Herz so laut hämmerte. »Ist das überhaupt erlaubt?«, brachte sie heraus. »Warum haben sie das getan?«

Der Constable nickte. »Wenn die Todesursache nicht klar gewesen wäre, hätte der Coroner auf einer Obduktion bestanden. Aber –« Er brach ab, abgelenkt von der lauten Stimme einer weiteren Vietnamesin, die in die Polizeistation gekommen war und einen der Jungen anschrie. »Eine Obduktion wäre hilfreich gewesen«, fuhr er fort, die Augen noch immer auf die Tür gerichtet, die in den Vorraum führte. »Wenn in Cabramatta ein Junge totgeprügelt wird, wüsste man gern, was er im Körper hatte –«

»Moment, *was?*«

Constable Edwards sah Ky an, als wäre ihm gerade wieder eingefallen, dass sie noch da war. »Hören Sie, ich weiß, niemandem gefällt die Vorstellung, dass der eigene Bruder oder Sohn ein Junkie war, aber wir haben hier ein großes Drogenproblem, und er entspricht dem Profil –«

»*Welchem* Profil?« Ky presste die Fingernägel in die Handflächen, um ein Gefühl zu beherrschen, das in ihr aufstieg, ohne dass sie es benennen konnte – sie wusste nur, dass es rot und heiß war und sie zu überwältigen drohte. »Er war in allen Fächern der Beste. Er war der fleißigste, wissbegierigste, strebsamste –«

»Miss, bitte beruhigen Sie sich.«

»Ich *bin* ruhig.«

»Hören Sie, die Drogensüchtigen und Dealer hier werden immer jünger. Wir haben schon Zwölfjährige mit Heroinballons im Mund erwischt, weil die Banden wissen, dass diese Kinder nicht strafmündig sind. Schauen Sie sich doch draußen um – die Jungs, die hier sitzen, sind in der siebten oder achten Klasse. Ich sage ja nur, dass Ihr Bruder ein Teenager war, und vielleicht hätte eine Obduktion uns einiges über ihn verraten –«

»Sind Sie sicher, dass meine Eltern die Obduktion abgelehnt haben?«

Constable Edwards verschränkte die Arme. Ky spürte, wie sie unter dem Blick, mit dem er sie bedachte, in sich zusammensank. *Ich hätte mehr von Ihnen erwartet, mehr von Ihrer Familie; Ihr Versagen ist allein Ihre Schuld.*

»Eines ist klar«, sagte er, weicher, und seine Schultern entspannten sich. »Wir wissen, wie er gestorben ist. Der Junge wurde so brutal zusammengeschlagen, dass er keine Chance hatte.«

Dann fügte er hinzu:

»Die Obduktion hätte dazu beitragen können, das Warum zu klären –«

»Denny war kein Junkie.«

»Miss, das habe ich auch nicht behauptet.«

»Ich kenne meinen Bruder.«

»Dann könnten Sie vielleicht noch mal für eine offizielle Vernehmung herkommen, uns ein paar Fragen zu ihm beantworten.«

Ky verschränkte die Hände, massierte nervös die Haut um ihren Daumen. Sie hatte sich das alles ganz anders vorgestellt. Hatte erwartet, dass der Constable ihr einen detaillierten Polizeibericht aushändigen, ihr eine Liste von Verdächtigen zeigen, ihr versichern würde, dass etliche Detectives an dem Fall arbeiteten, dass der Täter gefasst und lebenslänglich weggesperrt werden würde. Sie hatte erwartet – unrealistischerweise, wie sich jetzt herausstellte –, dass die gesamte örtliche Polizei mit Hochdruck daran arbeiten würde, stattdessen hatte sie sich nie unsichtbarer gefühlt; ihr Bruder, noch vor einer Woche gesund und lebendig, war bereits in Vergessenheit geraten.

»Miss?«, sagte der Constable, als Ky nicht antwortete.

»Ja.«

»Alles in Ordnung?«

Ky versuchte, ihre Gedanken wieder auf diesen überhitzten Raum zu richten, der von dem penetranten Lynx-Deo des Constable erfüllt war. »Nein.«

»Sie standen Ihrem Bruder nahe, nicht?«

Zu hören, dass er in der Vergangenheitsform von Denny sprach, war wie ein Schlag in die Magengrube.

»Ja.« Zumindest hatte sie das gedacht. Sie glaubte nicht, dass Denny Heroin genommen hatte. Ausgeschlossen. Doch die Fragen des Constable pflanzten plötzlich einen winzigen Zweifel in ihr, und sie hasste es, dass es überhaupt Raum dafür gab. Sie schüttelte den Kopf, als wollte sie den Gedanken loswerden, doch er verschwand nicht. Was, wenn sie Denny nicht mehr so nahe gewesen war, wie sie gedacht hatte? Was, wenn der Constable erfuhr, dass sie schon vor Jahren nach Melbourne gezogen war, Dennys letzten Anruf nicht angenommen hatte, weil sie einen Artikel schreiben musste, seine E-Mails wochenlang unbeantwortet gelassen hatte, diejenige gewesen war, die ihre Eltern überredet hatte, ihn an dem Abend seines Todes ausgehen zu lassen? Was, wenn entscheidende Dinge passiert waren, während sie längst fortgegangen war?

»Nahe genug, um uns mehr über seinen Tagesablauf zu erzählen, was er in der Freizeit gemacht hat, mit wem er abgehangen hat, was für Freunde er hatte, irgendwelche Geheimnisse –«

»Sie reden die ganze Zeit über ihn, als hätte er etwas Schlimmes getan –«

»Miss, wir schließen bloß keine Möglichkeit aus. Da es keinen Obduktionsbericht gibt und niemand eine Aussage machen will, versuchen wir einfach herauszufinden, wer er war und –«

»Was soll das heißen, niemand will eine Aussage machen?« Diese Information kam völlig überraschend. »Das ist doch ein großes Restaurant. Das Lucky 8 ist riesig. Hat Eddie ausgesagt? Eddie ist sein bester Freund. Die beiden machen alles zusammen. Eddie muss dabei gewesen sein, weil sie von ihrem Schulabschlussfest kamen. Hat Eddie –«

Constable Edwards schloss die Augen. »Miss, beantworten Sie einfach meine Frage. Sie standen Ihrem Bruder nahe, ja? Falls dem so ist, können Sie irgendwann nächste Woche zu einer Vernehmung herkommen? Vielleicht am Donnerstag?«

Ky nickte mechanisch. Sie konnte sich vorstellen, dass niemand wusste, wer der Mörder war. Aber was hatte es zu bedeuten, dass niemand eine Aussage machen wollte?

»Tut mir leid, aber ich verstehe nicht ganz, was Sie meinen«, sagte Ky.

»Inwiefern?«

»Sie haben gesagt, niemand will eine Aussage machen.«

»Richtig.«

»Was soll das *bedeuten?*«

»Es bedeutet genau das. Hören Sie, das ist verwunderlich, aber zugleich auch nicht. Der Grund … also, eigentlich einer der vielen Gründe, warum es fast unmöglich ist, in Cabramatta irgendwas zu lösen, ist der, dass nie irgendwer irgendwas gesehen hat. Alle stellen sich dumm oder *sind* dumm. Ich weiß nicht, was schlimmer ist. Wenn Sie mich fragen, die tun sich das selbst an.«

Ky wusste, wäre Minnie im Raum, hätte sie die Bemerkung nicht durchgehen lassen. *Was genau tun die sich selbst an?*, hätte sie gefragt und den Constable in die Enge getrieben. *Na los, erklären Sie mir, inwiefern die Menschen, die zu schützen Sie geschworen haben, selbst schuld sind? Und in welcher Welt ist es angebracht oder vernünftig, zu dem Schluss zu kommen, dass sie nicht mit Ihnen reden wollen, weil sie dumm sind? Haben Sie schon mal in Erwägung gezogen, dass vielleicht* Sie *der Dumme sind?*

Aber Minnie war nicht hier. Ky war auf sich allein gestellt.

»Selbst Eddie Ho hat keine Aussage gemacht?«

»Miss«, sagte er, »*niemand*, der da war, will uns erzählen, was er gesehen hat. Einschließlich Mr Ho.«

»Und wenn *ich* versuche, mit ihm zu reden?«, sagte Ky, ohne recht zu wissen, was genau sie damit meinte.

Jetzt dreht sie aber auf! Minnies Stimme dröhnte Ky in den Ohren.

Lass das, dachte Ky. Sei still.

Ach komm schon, ich steh voll hinter dir. Hau rein!

»Wie bitte?« Constable Edwards' Stimme holte Ky zurück in den schwülen Raum.

»Was, wenn die Leute, die nicht mit Ihnen reden wollen … bereit wären, mit mir zu reden? Ich meine, es wäre doch einen Versuch wert, oder? Wenn Sie mir eine Kopie des Polizeiberichts und eventuelle Notizen geben – Namen von Zeugen, Adressen –, könnte ich mit ihnen reden und –«

»Miss, ich kann Ihnen unmöglich solche Informationen –«

»Vielleicht hätte ich ja Erfolg.«

Sie hasste das Gefühl, keine Kontrolle zu haben, und sie ertrug es nicht, die Polizeistation mit mehr Fragen als Antworten zu verlassen. Sie musste etwas – *irgendwas* – von dem Officer bekommen. Und wenn sie als Journalistin etwas gelernt hatte, dann war es die Erkenntnis, dass jeder, ganz gleich welche Uniform, Dienstmarke oder welchen Titel jemand trug, immer noch einfach ein Mensch war. Niemand musste sich an die Vorschriften halten.

Constable Edwards kaute auf der Innenseite seiner Wange. Er hatte ein Milchgesicht, aber seine Haut sah sonnenverbrannt aus. Ky hatte gelernt, das Alter von weißen Aussies nicht an der Beschaffenheit ihrer Haut abzuschätzen, sondern daran, wie voll ihr Gesicht war – ob sie ein Doppelkinn hatten, wie tief die Falten um den Mund waren, wenn sie lächelten. Die sonnenfleckigen Wangen des Constable sahen aus, als würden sie noch immer zurückfedern, wenn man sie eindrückte, seine Kieferpartie war glatt und wurde noch nicht von der Schwerkraft nach unten gezogen.

Er schwieg, und Ky redete weiter. »Denny wurde im Lucky 8 getötet, also waren die meisten Leute dort Asiaten, richtig?«

Constable Edward blinzelte. »Ja.«

Weiter so!, sagte Minnie.

»Wahrscheinlich Vietnamesen?«

Er blinzelte erneut.

»Ich bin Vietnamesin. Ich kenne die Community.«

Ky wusste nicht, ob das wirklich stimmte. Sie sprach Vietnamesisch mit dem schweren Akzent derjenigen, die in Australien aufgewachsen waren, tastete sich durch Gespräche, fiel ins Englische, wenn ihr das vietnamesische Wort nicht einfiel. Ihr einziger echter Vorteil war, dass sie nicht weiß war.

»Ich kann Sie nicht die Amateurdetektivin spielen lassen, Miss Tran.«

»Ich spiele gar nichts. Ihre Polizisten sind ausnahmslos weiß in einer Stadt, wo die meisten Menschen das nicht sind.«

Volltreffer!

Constable Edwards senkte den Blick.

»Ich würde einfach nur mit den Leuten reden, als Mitglied der Community. Leute in der Community reden miteinander, oder? Menschen reden. Und wenn sie mit mir reden, ist das doch wohl besser, als wenn sie mit keinem reden.«

Auf Constable Edwards' Uniformjacke zeichneten sich Schweißflecken ab, als er sich den Nacken rieb.

»Ich schwöre, das fällt nicht auf Sie zurück.« Kys Stimme gewann an Selbstvertrauen, sie konnte die Risse in seiner Fassade erkennen. Außerdem log sie ja eigentlich nicht. Leute redeten wirklich. Sie würden nicht unbedingt mit ihr reden. Aber konnte der Versuch schaden? »Falls mich jemand fragt, wie ich ihn gefunden habe, sage ich einfach, irgendwer, der an dem Abend dort war, habe seinen Namen erwähnt. Hier kennt doch jeder jeden.«

Ach ja?, sagte Minnie.

Der Teil, das musste sie zugeben, war gelogen – Cabramatta hatte zigtausend Einwohner, von denen die meisten ruhig und zurückhaltend waren und für sich blieben. Aber, so rechtfertigte Ky sich, die Leute tratschten, schlossen Freundschaften oder gingen doch zunehmend vertrauter miteinander um. Ladenbesitzer kannten ihre Stammkunden, Apotheker wussten, wer Injektionsnadeln kaufte, um sich Insulin zu spritzen, und wer sie für Heroin brauchte, und *alle* erkannten die Hochzeitssängerin der letzten Hochzeit, die sie besucht hatten, wieder.

»Es bleibt unter uns«, sagte sie. Die magische Formulierung funktionierte fast immer bei ihren Interviewpartnern, die darin eine Gelegenheit sahen, ungestraft Dampf abzulassen. »Versprochen.«

Constable Edwards hob eine Hand. »Warten Sie hier.«

Was ist das für ein Gefühl?, fragte Minnies Stimme.

Lass mich in Ruhe.

Ach, komm schon.

Verschwinde.

Tut gut, böse zu sein, oder?

Was heißt denn hier böse? Ich bin bloß … proaktiv.

So fängt's an, Süße.

»Also«, sagte Constable Edwards, der mit einigen Fotokopien und einem gelben Textmarker ins Zimmer zurückkam. »Das hier …«, er legte den Stapel Blätter vor Ky auf den Tisch, »sind meine Notizen von dem Abend. Die sind in den Bericht eingeflossen. Die haben Sie nicht von mir, klar?«

»Klar.«

»Und das …«, er blätterte die beschriebenen Seiten durch,

markierte Namen, die Ky kaum entziffern konnte, »sind die Leute, die da waren, Adressen und Telefonnummern.«

Er schob ihr die Seiten hin. »Sagen Sie nicht, ich hätte Sie nicht gewarnt – normalerweise bekommen die Angehörigen nichts davon zu sehen. Es ist erschütterndes Material. Vernichten Sie es, wenn Sie fertig sind. Vor allem die Namen und Adressen. Ganz gleich, was Sie machen, das darf nicht zu mir zurückverfolgt werden, verstanden?«

Ky legte eine Hand auf den Papierstapel. Die Fotokopien waren von schlechter Qualität.

»Miss Tran?«

»Ja.«

»Ja was? Ich muss es von Ihnen hören.«

»Ja«, wiederholte Ky und nahm die Seiten an sich. »Niemand wird erfahren, dass Sie mir das hier gegeben haben, versprochen. Und ich werde es so schnell wie möglich vernichten.«

»Wenn das auf mich zurückfällt, ist die ganze Ermittlung zum Teufel. Sie werden nie Antworten bekommen, es wird keine Festnahmen geben, niemand wird je damit abschließen können. Verstehen Sie das?«

»Natürlich.«

»Kommen Sie Donnerstagnachmittag wieder. Meistens hab ich so gegen fünf etwas Luft. Sie können mir erzählen, was Sie über Ihren Bruder wissen, mit was für Leuten er seine Zeit verbracht hat. Falls Sie irgendwen zum Reden gebracht haben, lassen Sie es mich wissen. Vielleicht kommen wir dann weiter.«

Ky las den handschriftlichen Bericht des Officers wieder und wieder. Aufgrund der Anzahl der benutzten Schalen und Essstäbchen, die noch auf den Tischen waren, als die Polizei eintraf, folgerte der Constable, dass insgesamt mindestens siebzehn Gäste und Restaurantmitarbeiter im Lucky 8 waren, als Denny getötet wurde. Nur zehn davon blieben vor Ort, bis die Polizei ihnen sagte, sie könnten gehen. Ky kannte die meisten Namen nicht, die der Constable in seiner engen Schrift notiert hatte, die so weit nach rechts geneigt war, dass es aussah, als würden die Wörter gleich umkippen.

Guang Woo (Gast)
Hong Woo (Gast)
Lucia Woo (Gast)
Flora Huynh (Hochzeitssängerin)
Jimmy Carter (Tellerwäscher)
Thu Ly (Koch)
Phat Luong (Kellner)

Die Namen, die sie erkannte:

Eddie Ho (Gast)
Kevin Truong (Gast)
Sharon Faulkner (Gast)

Am selben Nachmittag rief sie Ian an, ihren Chef.

»Hey, Ky.« Ians vertraute tiefe Stimme drang aus dem Hörer. Einige Jahrzehnte zuvor war Ian der quirlige Frauenschwarm in der Redaktion gewesen. Inzwischen war er in seinen Fünfzigern, leicht auseinandergegangen und zu einem ungeduldigen Griesgram geworden, der Neulinge mit Vorliebe fragte, was sie sonst noch tun könnten. Was hatten sie übersehen? Wen hatten sie nicht interviewt? Wie konnten sie Informationen noch weiter verifizieren? Er schüchterte alle jungen Reporter ein, aber Ky gefiel, dass er anscheinend daran glaubte, sie könnten Großes erreichen – wenn sie nur wollten.

»Alles klar bei dir?«

»Ja. Hör mal, Ian, ich wollte dich was fragen.«

»Schieß los.«

»Als du früher Polizeireporter warst, wie lang waren da die Polizeiberichte bei Mordfällen?«

Statt zu antworten, stellte er eine ironische Gegenfrage: »Wie lang ist ein Stück Schnur?«

»Tja, kommt drauf an.«

Sie saß im Schneidersitz in ihrem Kinderzimmer, den schweren Hörer ans Ohr gepresst, und erklärte, dass sie von einem Officer einen vorläufigen Bericht zu Dennys Fall bekommen hatte, und obwohl es sich nur um handschriftliche Notizen handelte statt um den offiziellen Bericht, fand sie das Material lächerlich dürftig und schwer zu glauben.

»Da steht, dass jede Menge ungegessenes Essen auf den Tischen im Restaurant stand, dass mindestens ein Dutzend Leute dort gegessen haben müssen – die haben sogar die Schalen und Essstäbchen gezählt –, aber viele von ihnen verschwunden sind, bevor die Polizei eintraf.«

Ky wurde schlecht, als ihre Augen die Beschreibung von Denny lasen: die große Blutlache, der Körper noch warm, aber leblos, das entstellte Gesicht, das gebrochene Genick, offene Knochenbrüche, die gescheiterten Wiederbelebungsversuche, das Blut, das bei jedem Druck auf den Brustkorb aus seiner Nase quoll, das weiße Anzugshemd dunkelrot verfärbt.

»Hier steht, dass ein paar Leute, die Täter oder so, abgehauen sind und die übrigen Zeugen ausgesagt haben, sie hätten eigentlich nichts gesehen. Dennys Freunde waren offenbar genau zur fraglichen Zeit auf der Toilette und schwören, dass sie nichts mitbekommen haben. Seine Erdkundelehrerin, Ms Faulkner, war da. Davon wusste ich nichts. Sie war bei der Trauerfeier dabei und hat kein Wort darüber verloren. Ich weiß nicht mal, ob meine Eltern das wissen …« Ky stockte, zog die Möglichkeit in Betracht, dass die Polizei es ihrem Vater gesagt hatte und die Information in seinem vom Alkohol umnebelten Kopf verloren gegangen war. »Jedenfalls, Ms Faulkner war da und hat den Krankenwagen gerufen, aber selbst sie war irgendwie auf der Toilette, als Denny getötet wurde.« Ky hatte einen

Kloß im Hals, als sie sich vorstellte, wie jemand Denny totprügelte und ihm keiner zu Hilfe kam. In einem Restaurant mit siebzehn Leuten kam ihm keiner zu Hilfe. »Im Bericht steht, dass das Lucky 8 nur zwei Toilettenkabinen hat. Die anderen Gäste haben ausgesagt, sie hätten mit dem Gesicht zur Wand gesessen und die Augen geschlossen, als sie den Krach hörten. Die Restaurantmitarbeiter haben ebenfalls ausgesagt, sie hätten nicht gesehen, was vor sich ging. Das ist doch nicht zu fassen, oder?«

Schweigen am anderen Ende. Ky hatten niemandem bei der *Herald Sun* erzählt, wie ihr Bruder gestorben war. Ian hörte das zum ersten Mal.

»Mein Gott, Ky. Das ist ja furchtbar.«

Ky presste die Fingernägel in ihren Bauch, hinterließ halbmondförmige Abdrücke in der Haut. Sie versuchte, sich von der Übelkeit abzulenken, von dem Drang, sich zu übergeben oder laut zu schreien.

»Sag noch mal genau, welche Unterlagen du von diesem Cop bekommen hast.«

»Er hat seine handschriftlichen Notizen für mich fotokopiert. Sieht aus wie Seiten aus einem Notizbuch oder so.«

»Hm, okay. Also: In einem Mordfall muss die Polizei normalerweise gar keine Infos herausgeben, besonders wenn die Ermittlungen noch laufen, also alle Achtung, dass du es geschafft hast, etwas aus dem Typen rauszuholen.« Er räusperte sich. »Die Länge solcher Berichte hängt davon ab, wie präzise der jeweilige Officer ist, wie viel es gibt, was schriftlich festgehalten werden kann. Es gibt keine Vorgaben, wie umfangreich das sein muss. Und ehrlich gesagt, wir Zeitungsleute kriegen das meistens sowieso nicht zu sehen.«

»Was kriegen wir denn zu sehen?«

»Den Bericht des Coroners, der dir bekannt sein sollte. Falls es eine gerichtliche Untersuchung der Todesursache gibt, und bei deinem Bruder ist das sehr wahrscheinlich, hängt deren Zeitpunkt stark davon ab, wie kompliziert der Fall ist und wie viel sie zu tun haben. Normalerweise informiert der Coroner die Hinterbliebenen schriftlich über das Datum der Untersuchung, und das kann in ein paar Wochen oder sogar in ein paar Jahren sein.«

»Ernsthaft?«

»Leider ja. Das dauert alles ziemlich lange.«

»Da ist noch was.«

»Lass hören.«

»Es hat keine Obduktion gegeben.«

»Wie meinst du das? In Mordfällen ordnet der Coroner eigentlich immer eine an –«

»Meine Eltern haben sie abgelehnt.«

Ian schwieg. Ky hätte gedacht, dass die Verbindung unterbrochen war, wäre nicht sein Atmen zu hören gewesen, gefolgt von einem späten »Wie bitte?«.

»Na ja«, sagte er, »Angehörige haben das Recht, eine Obduktion aus religiösen oder kulturellen Gründen abzulehnen.«

»Aber du hast gerade selbst gesagt, dass der Coroner in Mordfällen –«

»Um die Todesursache zu bestimmen. Wenn dein Bruder unter ungeklärten Umständen gestorben wäre, dann hätte der Coroner vermutlich darauf bestanden.«

»Er *ist* aber unter ungeklärten Umständen gestorben.« Ky spürte Druck hinter den Augen. »Er war wirklich ein guter Junge. Ich meine, ich weiß, dass Leute immer gern sagen, jemand wäre ›ein guter Junge‹, wenn er in Wahrheit bloß durchschnittlich ist, aber Denny war außergewöhnlich. Er war in *allem* der Beste.«

Schweigen.

»Ich will nicht zynisch sein«, sagte Ian schließlich und

stockte, als suche er nach den richtigen Worten, »und ich bin noch nie in Cabramatta gewesen, aber ich habe einiges darüber gelesen, habe die Reportagen über die Kriminalität dort gesehen, und … Hör mal, wenn ich Coroner wäre, hätte ich eine Obduktion durchgesetzt, keine Frage. Aber vielleicht hatte der Coroner, der deinen Bruder gesehen hat … vielleicht hatte er …«

Minnies Stimme sagte in ihrem Kopf wieder und wieder: *Kein Interesse kein Interesse kein Interesse kein Interesse kein Interesse kein Interesse, weil es keinen interessiert keinen interessiert keinen interessiert keinen interessiert keinen interessiert keinen interessiert.*

»… einfach einen schlechten Tag«, sagte Ian. »Ich hab schon erlebt, dass Leute Fehler machen, selbst wenn es um viel geht. Es sind auch nur Menschen, verstehst du? Und Menschen handeln manchmal inkompetent oder schlicht dumm. So ist das nun mal.«

Ky hörte ihm nicht mehr zu. Minnie hielt jetzt einen Monolog in ihrem Kopf, lenkte sie von Ians Erläuterungen des überarbeiteten und überforderten Systems ab.

Ist doch komisch, oder? Ist doch total komisch, dass diese Typen sich dermaßen inkompetent und dumm und falsch verhalten können, sogar wenn es um Leben und Tod geht, und trotzdem nie irgendwelchen Ärger deswegen kriegen, während du panisch versuchst, auf deinem blöden schmalen, sinnlosen Weg zu bleiben, als würde das eine Rolle spielen. Es ist zum Brüllen! Wenn du drüber nachdenkst, würdest du dich da nicht am liebsten vor lauter Frustration und Scham und Demütigung zum Sterben hinlegen?

»STOPP«, sagte Ky zu ihrer eigenen Überraschung.

»Wie bitte?«, sagte Ian.

»Tut mir leid«, sagte Ky verlegen. »Ich war bloß …«

»Schon gut. Ich versteh das. Du machst gerade viel durch.«

»Ich … Ich hab noch was.«

Ian schwieg wieder, wartete darauf, dass Ky weiterredete.

»Ich hab eine Liste mit Zeugen.«

»Wie das?«

»Ich hab sie von dem Officer bekommen. Namen, Adressen, Telefonnummern von Leuten, die da waren.«

Erneutes Schweigen.

»Wow«, sagte Ian schließlich. »Ich meine, alle Achtung.«

»Ich sollte ... ich sollte diese Leute aufsuchen, oder?«

Ian reagierte nicht.

»Oder ist das vielleicht unangebracht? Aber der Officer hat gesagt, dass die Leute keine Aussage machen wollen, das heißt doch wohl, dass sie was wissen, was wiederum heißt –«

»Hör mal, Ky«, sagte Ian mit einem tiefen Seufzen, »das ist eine persönliche Angelegenheit, die nichts mit deiner Arbeit zu tun hat. Es ist keine Story für die Zeitung –«

Bei dem Gedanken, dass Ian eine Idee abschmetterte, die sie einer Antwort näher bringen konnte, stieg in Ky Panik hoch.

»– aber *wenn* es um eine Story für die Zeitung ginge«, redete Ian langsam weiter, »dann weißt du, was ich dir empfehlen würde.«

»Ich sollte die Leute auf der Zeugenliste anrufen«, sagte sie, nicht als Frage.

»Was noch?«

»Ich könnte Informationen über sie einholen.«

»Weiter.«

»Ich könnte sie persönlich treffen.«

»Und?«

»Danke, Ian«, sagte Ky. Sie legte auf, ohne sich zu verabschieden. Der Hörer klackte auf die Gabel des Wählscheibentelefons.

3

Also, ich heiß Lulu Woo (genau, das reimt sich – na und?), ich bin zehn Jahre alt und wohne mit meinen Eltern in Cabramatta in einer Wohnung über einem Donut-Laden, der seine Fettdünste nach draußen und nach oben in unser Wohnzimmer pustet, sodass nicht nur unsere Wohnung immer nach altem Frittierfett riecht, sondern auch unsere Haare, auch wenn wir sie uns noch so oft waschen. Eins kann ich euch sagen, Cabramatta ist voll gefährlich, und Mum sagt, ich soll von der Schule nach Hause rennen, weil wenn ich langsam gehe, sticht mir vielleicht ein Junkie eine Spritze mit Heroin in den Hals und macht mich süchtig – so was tun Junkies nämlich. Das sind alles Zombies, die noch mehr Leute in Zombies verwandeln wollen – und Mum sagt: »Hör auf mich, Lulu, geh nicht, renn!« Also schnappe ich mir jeden Tag, wenn um drei Uhr die Schulglocke bimmelt, meine Hello-Kitty-Tasche, schubse meine Klassenkameraden beiseite und flitze, wenn meine Freundinnen noch »Spinnst du?« hinter mir herrufen, zum Schultor hinaus. »Sorry! Keine Zeit!«, rufe ich dann und renne so schnell, dass mein Herz in den Augäpfeln pocht, wenn ich endlich zu Hause ankomme und den Schlüssel ins Schloss stecke.

Jedenfalls, bis vor ungefähr einer Woche, vielleicht auch zwei – ich weiß nicht, schwer zu sagen, wie lange das her ist – war jeder Tag praktisch gleich, was ich okay fand, weil ich gern Instant-Bamigoreng gegessen und Zeichentrickfilme im

Fernsehen geguckt hab, bis um sechs die Nachrichten anfingen und meine Eltern von der Arbeit nach Hause kamen. Nach dem Essen hab ich höchstens mal fünf Minuten lang Hausaufgaben gemacht, weil die kinderleicht waren. Mum kontrolliert immer meine Matheaufgaben und schüttelt den Kopf über den Babykram, den wir machen, und sie hat mich Übungen machen lassen, die sie in der Bibliothek aus irgendeinem Mathebuch für Zwölfjährige kopiert hatte, und wenn ich mich beschwert hab, weil ich erst zehn war und zusätzliche Aufgaben machen musste, sagte sie: »Willst du dumm bleiben wie die weißen Kinder?«, und wenn ich dann meinte: »Ja! Dumme weiße Kinder sind super!«, kniff sie mich ins Ohr und sagte, ich würde nie weiß sein und sollte mich besser dran gewöhnen, vietnamesisch-chinesisch zu sein, und ich fand das ziemlich gemein von ihr, aber so läuft das immer.

Eines Tages, am Anfang des Sommers, war ich nach der Schule zu Hause und guckte *Power Rangers*. Ich hatte das Kleid von meiner Schuluniform bis unter die Arme hochgerollt, weil es so heiß war und unser Ventilator so lahm. In der Folge ging es darum, dass die rosa Power Ranger in der Schule nicht mehr ihre Gymnastik machen konnte und deshalb voll traurig war, und das hat mich an die rosa Power Rangers an meiner Schule erinnert, also weiße Mädchen, also Mädchen, die Kimberly heißen und beim Sport immer rumheulen, und ich verdrehte vorm Fernseher die Augen und zupfte dabei die Haut von meinen verkrusteten Lippen, und ich zog so viel Haut ab, dass es auf einmal wehtat, und da wusste ich, dass ich's übertrieben hatte, und als ich runter auf meinen Schoß guckte, war er voll mit den Hautfetzen, die ich abgezupft hatte.

An dem Tag klopfte es plötzlich an der Tür, und ich bin echt hochgesprungen, das Kleid war noch immer bis unter die Arme gerollt, weil bei uns nie jemand klopfte (Ausnahme: die Avon-Lady, aber die kam schon seit Jahren nicht mehr, seit sie durchschaut hatte, dass Mum sich nur für die Gratispröbchen interessierte). Ich schlich auf nackten Füßen zur Tür, hoffte, dass die Person vor der Tür nicht hören konnte, wie meine Fußsohlen an den Bodenfliesen kleben blieben und sich wieder lösten, bis mir einfiel, dass sie wahrscheinlich den Fernseher hören konnte. Ich stöhnte innerlich auf und überlegte, den Fernseher auszumachen, aber das wäre dann zu offensichtlich gewesen, also schlich ich weiter zur Tür und hoffte, dass die Person auf der anderen Seite sich denken würde, dass wir eine von den Familien waren, die das Radio den ganzen Tag laufen ließen, um Einbrecher abzuschrecken. Mein Herz hämmerte bei dem Gedanken, dass jemand irgendwas von uns wollte, und dann erinnerte ich mich an Mums Regeln für den Fall, dass jemand an unsere Tür klopft: Falls es weiße Männer in ordentlichen weißen Hemden und dunklen Anzügen sind, sei ganz leise und tu so, als wärst du nicht da, weil die dich wahrscheinlich in irgendeine Kirche kidnappen wollen; falls es einer ist, der aussieht wie ein Handwerker, sei ganz leise und tu so, als wärst du nicht da, weil er dich wahrscheinlich vergewaltigen will, und falls es die Avon-Lady ist, sei ganz leise und tu so, als wärst du nicht da, aber wenn sie dann weg ist, geh nachgucken, ob sie irgendwelche Gratispröbchen dagelassen hat, und falls ja, hol die ganz schnell rein, damit die supergeizigen Nachbarn aus China sie nicht klauen. Ich drückte ein Auge ans Guckloch und hielt die Luft an. Draußen stand eine Asiatin, und ich war total durcheinander, weil Mum keine Regeln für Asiatinnen vor unserer Tür hatte, und die Frau war keine alte Lady wie die meisten anderen Asiaten in unserem Haus, und sie erinnerte mich an die Sprechstundenhilfen beim Zahnarzt, die ziemlich jung, aber eindeutig erwachsen waren und vermutlich auch keine Junkies, weil sie so sauber angezogen waren und hellwach aussahen, und diese Lady da trug sogar eine Brille, die voll Hightech war, weil sie gar keinen Rahmen brauchte.

Als ich nicht aufmachte, klopfte sie wieder, und ich kriegte echt Panik, weil was, wenn sie einen guten Grund hatte, hier zu sein, und es falsch von mir war, so zu tun, als wäre keiner zu Hause? Andererseits: Was, wenn sie mich reinlegen und entführen wollte? Sie klopfte noch mal, und ich zuckte zusammen. Ich hielt mir den Mund zu und ging auf Zehenspitzen rückwärts zu unserem Sofa, und als ich mich vorsichtig hinsetzte, quietschte der Plastiküberzug, den meine Eltern nicht abgenommen haben, seit sie das Sofa vor sieben Jahren in einer Tombola gewonnen hatten, unter meinem Gewicht. Ich hielt beide Hände auf den Mund gedrückt und machte die Augen zu, bis ich hörte, wie ihre Schritte den Flur runtergingen und es wieder still wurde.

Als ich am nächsten Morgen ins Bad ging, hätte ich fast aufgeschrien, weil meine Lippen ganz dick und rot waren, und ich dachte ernsthaft, die ganze Haut wäre weg. Aber als ich genauer hinsah, war die Haut noch dran, bloß trocken und superschuppig, sie war rostrot geworden und spannte so stark, dass es wehtat, wenn ich den Mund aufmachte, und als ich mir das Gesicht wusch, brannte die Haut total, also griff ich zu dem einzigen Mittel gegen trockene Lippen, das ich kannte, und nahm meinen Lip-Smacker-Stift mit Traubengeschmack und verteilte ihn auf der dunklen, schmirgelpapierartigen Haut auf meinen Lippen, und dann, weil man das mit Lip Smacker so macht, leckte ich alles wieder ab und genoss den Traubengeschmack.

»Ai-je! Was hast du mit deinen Lippen gemacht?«, meinte meine Mum, als sie mich beim Frühstück sah, und ich zuckte die Achseln, weil wieso sollte das meine Schuld sein?

»Hast du dir wieder die Lippen geleckt? Das sollst du nicht!« Und sie hielt mir einen Vortrag, dass Spucke schlecht für die Haut ist, und ich hätte ihr ja widersprochen, aber ich versuchte, meinen Mund so wenig wie möglich zu bewegen, also aß ich mein Frühstück mit Essstäbchen, immer nur einen Froot Loop nach dem anderen, und Dad meinte: »Ich muss zur Arbeit – bis dann«, und Mum meinte: »Iss in der Mittagspause nicht bei diesem Kambodschaner; du weißt doch, dass du davon immer Durchfall kriegst«, und ich wünschte mir irgendwie, sie oder Dad würde mich zur Schule bringen, wie früher, als ich kleiner war und es ihr Job war, sich um mich zu kümmern.

In der Schule fielen meiner Freundin Chao sofort meine Lippen auf: »Wow, Mann! Was'n das für'n Scheiß?«, und ich sagte ihr, ich wüsste nicht, wie es angefangen hatte, aber jetzt könnte ich nicht mehr aufhören, mir die Lippen zu lecken, weil ich mit der nassen Zunge drüberfahren musste, sobald sie trocken wurden und ich das Gefühl hatte, meine Haut würde aufplatzen und mein ganzes Gesicht zerreißen, wenn ich nicht drüberleckte. Chao erzählte mir, dass sie auch mal dicke Clownslippen gehabt hatte und ihre Mum dermaßen erschrocken war, dass sie mit ihr zum Arzt ging, der sagte, das käme vom Stress, und ich meinte: »Weswegen sollst du denn wohl Stress haben?«, und Chao zuckte nur mit den Schultern, und ich dachte, dass es wahrscheinlich an ihrem Vater, dem Alkoholiker, lag, der trank, weil er P-E-S-T oder P-T-B-S oder so ähnlich hatte, was irgendwie daran lag, dass der Vietcong ihm ein Ohr abgeschnitten hatte, und dann hatte seine Mum versucht, es wieder anzunähen, aber das hatte nicht geklappt, und es war wieder abgefallen. Chao sagte, er wäre so verrückt nach Alkohol, dass er sich auf Hochzeiten immer betrank, und einmal war es so schlimm, dass er die Braut vollgekotzt hat, was eigentlich ganz lustig war, nur dass Chao nie lachte, wenn sie die Geschichte erzählte. Jedenfalls, Chao meinte, dass es bei mir vielleicht Stress wäre, weil du vom Stress trockene Lippen kriegst, und die Lösung wäre Lippenbalsam, also verbrauchte ich bis zur Mittagspause einen halben Stift Lip

Smacker, schmierte ihn auf meine dicken Clownslippen und streckte die Zunge so weit raus, wie ich konnte, um schleck, schleck, schleck, den Traubengeschmack aufzulecken, von dem mir allmählich leicht übel war.

An dem Tag musste ich mein Bamigoreng nach der Schule ganz vorsichtig essen, jede Nudel einzeln. Ich guckte wieder *Power Rangers*, und die rosa Power Ranger war noch immer total depri wegen der Gymnastik, und ich dachte bloß: »Mann, die ist so eine Heulsuse«, aber gleichzeitig wollte ich sie sein, weil sie hübscher war als die gelbe Ranger, die Asiatin war, und weil Rosa meine Lieblingsfarbe war, und immer wenn wir in der Schule Power Rangers spielten, wollten die weißen Mädchen, dass Chao und ich die gelbe waren, und das fanden wir total bescheuert, aber wir waren froh, dass sie überhaupt mit uns spielen wollten.

Jedenfalls, ich guckte also Fernsehen und hatte meinen Teller Bamigoreng auf dem nackten Bauch (heißer Tag, Kleid wieder hochgerollt), als es an der Tür klopfte, und ich kriegte so einen Schreck, dass ich den Teller Nudeln aufs Sofa kippte, und da begriff ich endlich, warum meine Eltern den Plastiküberzug all die Jahre draufgelassen hatten. Ich flitzte auf Zehenspitzen zur Tür und blinzelte durchs Guckloch, und da war wieder die Asiatin, die junge Frau mit der randlosen Brille, und obwohl das Guckloch schmierig von Donut-Fett war, konnte ich ihren ordentlichen Pferdeschwanz erkennen, ihr gebügeltes Poloshirt, die Art Hose, die Frauen tragen, wenn sie in Büros arbeiten, die mit Gürtelschlaufen, und ich konnte sehen, dass sie die Hände ganz fest zusammendrückte, als würde sie sich die Fingernägel in die Handteller bohren. Einen Moment lang dachte ich an Büro-Ladys, weil Mum immer sagt, wenn ich fleißig bin und auf die Uni gehe, kann ich einen guten Bürojob kriegen, dann muss ich nicht so leiden wie sie und Dad, weil Dad nämlich in einer Fabrik arbeitet, die Bleche herstellt, und Mum Dim-Sum-Verkäuferin ist, und abends zeigt sie mir die ekligen lila Krampfadern an ihren Beinen und zwingt mich, die dicksten Stellen zu berühren, und sagt: »Siehst du? Siehst du, wie ich leide? Du wirst nicht leiden. Nicht deine Generation, weil ihr gutes Englisch sprecht.«

Die Lady klopfte wieder, und diesmal kriegte ich so einen Schreck, dass ich mit dem Gesicht aus Versehen gegen die Tür stieß, woraufhin sie sagte: »Hallo? Ist da jemand?«, und sofort fiel mir auf, dass sie einen echten Aussie-Akzent hatte wie ich, was ich komisch fand, weil alle, die älter waren als ich, meistens Migranten waren, die Migranten-Englisch sprachen wie meine Eltern und unsere Nachbarn und praktisch jeder in Cabramatta. Und dann musste ich plötzlich dringend kacken, was total komisch war, weil ich das meistens schon vor dem Frühstück muss, aber mein Hintern fühlte sich prall an, als hätte sich da ein Ziegelstein verkeilt, und ich konnte nicht mehr klar denken, deshalb sagte ich: »Ja?«, und sie sagte: »Wohnt hier die Familie Woo?«, und ohne richtig zu überlegen, sagte ich: »Ja?«, und sie sagte: »Sind deine Eltern da?«, und ich sagte: »Vielleicht?«, und sie schwieg eine Weile, und als ich wieder durchs Guckloch schaute, schrieb sie irgendwas in ein Notizbuch.

»Weißt du, wann sie nach Hause kommen?«, fragte sie.

Woher wusste sie so genau, dass meine Eltern nicht zu Hause waren? Das hatte ich nicht gesagt. Hatte ich zu viel verraten? »Vielleicht später?«, sagte ich vorsichtig, und sie sagte: »Okay …«, und nach einem kurzen Zögern fragte sie mich nach meinem Namen, und weil ich so dringend kacken musste, rief ich: »Lulu!«

»Lulu … kurz für Lucia?«

»Ja!«

»Okay, Lulu«, sagte die Lady ziemlich ruhig. »Kann ich morgen wiederkommen? Ich würde gern mit deinen Eltern reden. Und mit dir.«

Sie schob einen Zettel unter der Tür durch, und ehe sie mehr erklären konnte, schnappte ich ihn mir und rannte zum Klo, ich hörte noch, dass sie sagte: »Hallo? Bist du noch da?«, aber mein Hintern entleerte sich schon explosionsartig ins Klo, und ich fühlte mich nur noch verlegen und erleichtert zugleich.

Es stellte sich heraus, dass ich vielleicht doch nicht jeden Tag Bamigoreng essen sollte und dass der Name der Lady, den sie zusammen mit ihrer Telefon- und Pager-Nummer auf den Zettel geschrieben hatte, Ky Tran war. Den Rest des Nachmittags konnte ich mich kaum auf den Zeichentrickfilm konzentrieren.

An dem Abend wollte ich meinen Eltern von der Lady erzählen, aber Dad musste dauernd aufs Klo, weil er doch wieder bei dem Kambodschaner gegessen hatte, und Mum war zu beschäftigt damit, lauthals zu jammern, dass sie ihn nie hätte heiraten sollen, dass das der größte Fehler ihres Lebens war, dass sie einen hässlicheren Mann hätte nehmen sollen, der sie besser behandeln würde, und dann sagte sie, ohne mich anzusehen:

»Hör auf mich, Lulu, heirate nie einen gut aussehenden Mann. Er wird niemals auf dich hören. Du wirst keine Macht über ihn haben. Und eines Tages wird er alt sein! Er wird alt und hässlich werden! Wie dein Dad! Aber wer er im Inneren ist, das wird sich nicht ändern! Heirate einen hässlichen Mann, okay? Deine Tante Sum-Sum hat einen furchtbar hässlichen Mann geheiratet. Einen furchtbar fetten Mann. Mit einer furchtbar dicken Nase. Mit winzigen Augen, wie süße rote Bohnen. Kennst du die? Sehr klein. Die kleinsten Bohnen überhaupt. Mein Gott. Aber er behandelt sie so gut! Sie hat das Sagen! Sie sagt, geh, und er geht. Sie sagt, setz dich, und er setzt sich. Sie sagt, gib mir deinen ganzen Lohn, ich kümmere mich um die Finanzen, du wirst nichts kaufen, ohne mich vorher um Erlaubnis zu fragen, und er widerspricht ihr nicht! So ein guter Mann. Aber er ist nur gut, weil er hässlich ist. Verstehst du, was ich meine, Lulu?«

Mum sagte andauernd so Sachen, und ich fühlte mich dann immer schwer, aber nicht auf die schöne müde Art, wie wenn du zum Zahnarzt gehst und sie dir diese Bleiweste umhängen, bevor sie deinen Mund röntgen, sondern so, dass ich nicht richtig durchatmen konnte. Es kam oft vor, dass ich mich schwer fühlte, zum Beispiel als ich einmal Nachrichten guckte und diese Pauline Hanson sagte, die Asiaten würden Australien unterwandern, was nicht stimmte, weil wie konnte ich denn irgendwas unterwandern, wenn ich nicht mal wusste, was unterwandern war? Oder als ich Dad fragte, wieso er meine Großeltern Tante und Onkel nannte, und er sagte, er machte das, weil sie abergläubisch waren und fürchteten, dass schreckliche Dinge passieren würden, wenn Kinder zu sehr an ihren Eltern hingen, und deshalb durfte er seine Eltern nie Mum und Dad nennen, und als ich sagte: »Aber sind nicht trotzdem schlimme Sachen passiert?« – wie der Vietnamkrieg und dass die Kommunisten ihm alles weggenommen haben und er flüchten musste und so weiter –, da sagte er: »Kannst du dir vorstellen, wie viel schlimmer es hätte sein können?« Und klar, das konnte ich nicht, also fühlte ich mich stattdessen schwer. Oder wenn ich in der Schule war, also praktisch jeden Tag, und irgendeine Britney oder Kimberly sagte: »Haha, ekelig, du frisst ja Gras!«, wenn ich ein Fleischwolle-Sandwich aß, oder »Igittigitt, dein Lunch stinkt widerlich!«, wenn ich Bamigoreng aß, und am schlimmsten war es, wenn es von einem anderen asiatischen Mädchen kam, einem anderen vietnamesisch-chinesischen Mädchen mit hübsch geflochtenen Haaren, das sagte: »Mein Dad sagt, nur arme Leute essen Sojasoße-Sandwiches.« Chao meinte immer: »Hör gar nicht hin. Die ist bloß hochnäsig, weil ihr Dad Arzt ist«, aber ich konnte nichts dagegen machen, und ich begriff, dass in der Pyramide der Menschen die Kimberlys an der Spitze waren, und dann folgten die Mädchen, die gerade aus Jugoslawien gekommen waren und schlecht Englisch sprachen, aber so hübsch aussahen, dass sich keiner über sie lustig machte, und dann kamen die samoanischen Mädchen, die in allen Sportarten gewannen, und dann kamen die asiatischen Mädchen, deren Dads Ärzte waren, und vielleicht, wenn du immer tiefer und tiefer und tiefer guckst, war da vielleicht ein asiatisches Mädchen, das Sojasoße-Sandwiches aß. Nichts davon sagte ich zu Chao, weil ich zu schwer war, um die richtigen Worte zu finden.

An dem Abend nahm mich keiner richtig wahr, weil Dad die meiste Zeit auf dem Klo saß und Mum damit beschäftigt war, Broschüren über Begabtenklassen zu lesen, die eine fixe Idee von ihr waren, weil sie meinte, wenn ich in so eine Klasse käme und nur noch mit schlauen Kindern zusammen wäre, dann würde ich keine Drogensüchtige oder Kriminelle oder brutale Mörderin werden, und sie fing an, alle Anforderungen aufzuzählen, die ich in Mathe und anderen Fächern erfüllen müsste, um den Test für die Begabtenklasse zu bestehen, und ich ging früh ins Bett, weil ich es nicht aushielt, dass die beiden mich gar nicht richtig beachteten. Ich schloss die Augen und stellte mir vor, wie es wäre, in einem Büro zu arbeiten, Hosen mit Gürtelschlaufen zu tragen und jeden Tag von jemandem mit »Guten Morgen, Lulu. Möchtest du einen Kaffee?« begrüßt zu werden und dann zu antworten: »Gott, ja, das wäre himmlisch. Ohne meinen Kaffee komme ich gar nicht in die Gänge!«, und je länger ich davon träumte, desto müder wurde ich, und so schlief ich praktisch jeden Abend ein, indem ich mir vorstellte, ich würde Kaffee trinken.

In der Nacht hatte ich seltsame Träume. Ich war in einer dunklen Kiste und hörte Leute schreien: »NEIN NEIN NEIN!« oder »AUFHÖREN AUFHÖREN AUFHÖREN!«, und dann gingen eine Million Schalen und Teller zu Bruch, und dann wachte ich auf und war überall nass: Mein Gesicht war nass, und mein Mund war nass, und meine Oberschenkel waren nass, und ich dachte: »Was ist denn jetzt los? Wieso sind meine –«

Ich zog das Laken von meinem Bett ab und warf es zusammen mit meinem Schlafanzug in den Wäschekorb. Dann ging ich ins Bad, um mich zu waschen. Da hätte ich fast in echt geschrien, weil als ich in den Spiegel sah, bluteten meine Lippen. Die Haut war aufgeplatzt, und wenn ich den Mund auch nur ein kleines bisschen verzog, konnte ich nasses, helles Rot sehen. Als ich da so splitternackt im Badezimmer stand, mit einem rissigen Clownsgesicht und einem nassen Bett und ohne eine Idee, wie ich irgendwas wieder in Ordnung bringen konnte, wollte ich nur noch weinen, und das tat ich dann auch, ich hatte so einen total stummen Heulanfall, bei dem dein Gesicht so hässlich wird wie nur sonst was, aber ich gab keinen Mucks von mir, und vor lauter Einsamkeit tat mir der ganze Kopf so weh, dass ich vergaß, wie sehr meine Lippen brannten und schmerzten, und hinterher wusch ich mich und zog einen sauberen Schlafanzug an und kroch wieder in mein lakenloses Bett und krümmte mich wie eine Krabbe, sodass mein Körper den nassen Fleck nicht berührte, bis alles wieder dunkel wurde.

Am nächsten Tag hatten wir in der Schule eine Feueralarm-Übung. Mr Hidson, der den großen Strohhut trug, den er aus Mexiko mitgebracht hatte, setzte sich mit uns auf den Fußballplatz. All die beliebten Mädchen saßen um ihn herum und erzählten Witze, die gar nicht lustig waren. Es machte den Eindruck, als wären die Britneys und Kimberlys mit ihm befreundet, und auf einmal wollte ich auch mit ihm befreundet sein, weil wenn ich mit dem Lehrer befreundet wäre, dann würde sich vielleicht keiner mehr über meine Sandwiches lustig machen und ich hätte vielleicht Schutz, so wie die Cabramatta-Gangs sagen, dass sie das Yum-cha-Restaurant beschützen, in dem meine Mum arbeitet, wenn der Inhaber bereit ist, ihnen jeden Monat Geld zu zahlen, bloß dass ich Mr Hidson nichts bezahlen müsste, weil wir ja echte Freunde wären. Ich rutschte zu ihm rüber, ohne den Hintern vom Boden zu heben, und als sie über irgendeine Bemerkung von Britney lachten, sagte ich auch HAHAHA, um dazuzugehören. Ich dachte mir, Mr Hidson würde vielleicht gern über Politik reden, weil er ja erwachsen war, und vielleicht könnten wir darüber plaudern, dass Pauline Hanson eine verrückte Rassistin war, und er würde merken, wie schlau und informiert ich war, obwohl ich eigentlich nichts über Pauline Hanson wusste, außer dass sie uns Asiaten loswerden wollte, weil Dad jedes Mal, wenn ihr puderweißes Gesicht und ihr knalloranges Haar im Fernsehen erschienen, sagte: »Ich hasse sie! Ich hasse sie auf den Tod!«, und Mum sagte dann: »Sie hasst Asiaten! Das hab ich im *Sing Tao Daily* gelesen! Sie hält uns für schlechte Menschen!«, und meinem Dad, der ernsthaft die meiste Zeit nichts sagte, schwollen die Adern am Kopf, und er rief: »Hass, Hass, Hass!«

Also sagte ich zu Mr Hidson: »Sir, hassen Sie Pauline Hanson?«, und sein glänzendes bleiches Gesicht, das aussah wie eine rohe Hähnchenbrust, wirkte plötzlich total verwirrt.

»Wieso fragst du das, Lucia?«

»Weil«, sagte ich und leckte mir hektisch die Lippen, »weil sie Asiaten hasst, und deshalb hasse ich sie.«

Mr Hidson sah die anderen Mädchen an, die ihre Augenbrauen schief gestellt hatten, und dann sah er wieder mich an, und sein Blick wanderte eindeutig zu meinen braun verkrusteten Clownslippen, und er sagte: »Es ist nie gut, jemanden zu hassen, Lucia Woo«, und irgendwas daran ließ einen schweren Vorhang vor meinem Gesicht niedergehen, und ich fühlte mich schmutzig vor Ablehnung, und Britney Nichols sagte: »Jedenfalls …«, und ich robbte mich dahin zurück, wo ich gesessen hatte.

Der Zeichentrickfilm am selben Nachmittag wurde immer wieder von Sondermeldungen über einen Toten unterbrochen, der im Georges River gefunden worden war, und dass die Sache wahrscheinlich mit Drogen- oder Bandenkriminalität zu tun hatte, und Cabramatta dies und Cabramatta das, und dann kam wieder Pauline Hanson, die irgendwas über was auch immer sagte, und ich stöhnte so laut, dass ich von dem Plastiküberzug auf unserer Couch rutschte und einfach so hocken blieb, mit den Knien auf dem Boden und dem Gesicht auf dem quietschigen Kissen, und nur darauf wartete, dass *Rugrats* endlich weiterging, als es an der Tür klopfte.

Ich hatte nicht wirklich vergessen, dass die Lady namens Ky wiederkommen wollte, ich hatte bloß gehofft, dass sie es nicht tun würde, so ähnlich wie meine Eltern, die versprochen hatten, mir eine Barbie oder eine Kohlkopfpuppe zu kaufen, es aber nie taten, und ich nahm es ihnen nicht übel, weil Leute nun mal so sind.

Sie war wieder wie eine Büro-Lady gekleidet, die Hemdbluse in die Gürtelschlaufenhose gesteckt, und sie rief durch die Tür: »Lulu? Sind deine Eltern da?«, und ich hatte das Gefühl, sie wenigstens ein kleines bisschen zu kennen, weil sie jetzt schon das dritte Mal da war, und sie klang genau wie ich (also kein Migranten-Englisch), und ich hatte ihren Namen und ihre Telefonnummer, und welche Kidnapperin wäre denn so blöd und würde ihre Telefonnummer hinterlassen? Also sagte ich, ein Auge am Guckloch: »Nein …«, und sie blickte zu Boden, und dann sagte sie: »Darf ich reinkommen? Ich möchte dir bloß ein paar Fragen stellen«, und ich sagte: »Weswegen?«, und sie sagte: »Es geht um meinen Bruder«, und ich hatte keine Ahnung, wovon sie da redete, wollte es jetzt aber wissen, also machte ich die Tür auf, ließ aber die Kette vorgelegt, und da war sie. Aus der Nähe sah ihre randlose Brille sogar noch toller aus, und ihre Augen wurden groß, als sie meine Lippen sah, dann lächelte sie freundlich und sagte sanft: »Hi! Wie geht's? Darf ich reinkommen?«, und ich beäugte sie von oben bis unten, und ihre Hände waren leer und hatten innen kleine Halbmondabdrücke von ihren Fingernägeln, und ich sagte: »Okay, aber Sie müssen die Schuhe ausziehen«, und sie nickte, »Natürlich«, und da mochte ich sie noch mehr.

Sie fragte, ob sie sich setzen dürfte, und ich zeigte auf einen von unseren Klappstühlen am Esstisch, und dann fragte sie, ob meine Eltern arbeiten wären, und ich nickte, und sie fragte mich, ob ich meistens nach der Schule allein zu Hause wäre, und auch da nickte ich, und ich überlegte, wie sauer Mum wohl wäre, wenn sie rausfand, dass ich eine Fremde in die Wohnung gelassen hatte, aber vielleicht müsste ich es Mum auch gar nicht erzählen, vielleicht könnte das hier nur für mich sein.

Sie zeigte auf den Fernseher und sagte irgendwas von wegen, dass auch sie gern *Rugrats* guckte, und ich fand, dass sie vielleicht ein bisschen zu alt dafür war, und dann sagte sie, dass ihr meine Schuluniform gefiel, was, na ja. »Wie alt bist du, Lulu?«, fragte sie, und ich sagte, zehn, und sie schluckte ganz schwer und sah nach unten auf ihren Schoß, und ich hatte keine Ahnung, was los war oder ob sie vielleicht abcheckte, ob sie mich entführen und auf dem Schwarzmarkt verkaufen sollte, und als ich gerade anfing, über die Möglichkeit nachzudenken, dass mich eine Office-Lady reingelegt hatte, sagte sie: »Ich habe einen Bruder namens Denny. *Hatte* einen Bruder, muss ich wohl sagen …« An der Stelle wurden ihre Augen irgendwie unscharf, und sie sah megatraurig aus. »Er war vor etwas mehr als einer Woche im Lucky 8. Erinnerst du dich daran, dass du mit deinen Eltern ins Lucky 8 gegangen bist, Lulu?«

Mum und Dad hatten versprochen, mit mir Königskrabbe essen zu gehen, wenn ich Klassenbeste würde. Das hatten sie mir versprochen, als ich in der zweiten Klasse war, doch als ich viermal hintereinander die besten Quartalszeugnisse von allen hatte, gingen sie trotzdem nicht mit mir Königskrabbe essen, weil sie sagten, wir hätten zu viel zu tun, dabei meinten sie, *sie* hätten zu viel zu tun, weil ich nämlich jede Menge Zeit hatte. Aber dieses Jahr dann, als ich dreimal hintereinander die besten Quartalszeugnisse hatte und als ich jammerte, ich hätte so großen Hunger auf Königskrabbe, dass ich zu müde war, Hausaufgaben zu machen, zu müde, um zu lernen, zu müde, um die Beste an der Schule zu sein und in eine Begabtenklasse zu kommen, wurde Mum ängstlich und sah Dad auch ganz ängstlich an, und er meinte: »Meinetwegen, okay«, und sie gingen mit mir ins Lucky 8, wo es Königskrabben gibt, und du kannst dir sogar die Krabbe aus dem Aquarium aussuchen, und dann fischen sie die für dich raus, und ich weiß noch, dass Mum zu dem Kellner sagte: »Wir wollen eine mit viel Fleisch dran! Versuchen Sie ja nicht, uns so ein wässriges Exemplar anzudrehen! Ich behalte Sie im Auge!«, und –

»Lulu?«

»Ja?«, sagte ich und war schlagartig wieder zurück in unserem nach Fett stinkendem Esszimmer. »Wir sind Königskrabbe essen gegangen.«

»Lulu«, sagte Ky und sah mir auf eine Art in die Augen, dass mir die Haut am ganzen Körper eng wurde, dass ich weggucken wollte, »mein Bruder Denny ist an dem Abend getötet worden. Im Lucky 8.«

Sie stockte, vielleicht weil sie das sacken lassen wollte, aber nichts sackte irgendwohin, und jetzt drehte mein Herz durch, und ich schwöre, ich war mehr Herz als Mensch, weil ich es überall schlagen spürte.

»Die Polizei sagt, dass sie dich und deine Eltern vernommen hat, aber ihr habt alle drei gesagt, ihr hättet nichts gesehen ...« Wieder hörte sie auf zu sprechen, strich sich das Haar hinter die Ohren, blickte auf ihren Schoß, dann wieder mich an. »Hör mal, Lulu. Ich bin nicht von der Polizei. Ich bin bloß Dennys Schwester. Die Polizei ermittelt weiter, aber ... Ich muss einfach wissen, was passiert ist. Das ist nur für mich. Du bekommst keinen Ärger, wenn du mir erzählst, was du gesehen hast. Versprochen.«

Auf einmal schämte ich mich, weil ich jemanden in unsere Donut-Fett-Wohnung gelassen hatte. Vielleicht hätte ich den Boden wischen sollen, obwohl das nie was nützte, weil je mehr wir putzten, desto mehr pustete der Donut-Laden fettige Luft durch unser Fenster, und ich wollte nicht, dass die Büro-Lady dachte, wir wären ekelhaft oder so, aber da war ich, überzogen von einer Fettschicht und mit Lippen, die aussahen wie die Oberfläche vom Mars.

»Lulu?«, sagte sie noch mal, und ich war wieder da. »Kannst du mir erzählen, woran du dich noch erinnern kannst bei diesem Abend? Als du mit deinen Eltern Königskrabbe essen gegangen bist?«

Ich erinnerte mich, dass uns als Erstes eine Suppe gebracht wurde, meine Lieblingssuppe, Canh Chua, mit einem ganzen Fischkopf drin, und ich schlürfte alle vier Schalen aus, ehe meine Eltern mir sagten, ich sollte nicht so viel essen, sonst würde ich Bauchschmerzen bekommen. Und dann kam der gebratene Reis, und Mum beschwerte sich, die hätten bei den Meeresfrüchten gegeizt, dass das unmöglich gebratener Reis mit Meeresfrüchten sein könnte, wenn nur drei Garnelen drin wären, dass man uns übers Ohr hauen würde, dass wir niemals ins Lucky 8 hätten gehen sollen, und Dad aß schweigend, weil er gut darin war, Mum zu ignorieren, wieso musste sie immer rumnörgeln, und dann brachte ein hinkender Mann mit einer supernassen Schürze einen riesengroßen Teller, der nach so vielen verschiedenen Sachen duftete, dass meine Zunge kitzelte und mein Mund voll Spucke lief, und auf dem Teller lag eine glänzende, dampfende, leuchtend rote, in Knoblauchsoße gekochte Königskrabbe, und Mum hörte tatsächlich mal kurz auf rumzunörgeln, und wir alle starrten den Teller mit Herzchen in den Augen an, wie in den Zeichentrickfilmen, und wir fühlten uns so gut, so erfolgreich, als wären auch unsere ganzen Dads Ärzte, und dann zerbrach eine Schale, und noch eine Schale zerbrach, und wir guckten zu einem Nebentisch rüber, der groß und rund war und um den viele schwarz gekleidete Leute saßen und ein Typ mit langen Haaren, der wahrscheinlich böse war, weil Mum gesagt hat, dass alle Männer mit langen Haaren böse sind – jedenfalls, dieser böse aussehende langhaarige Mann stand ganz dicht vor einem dünnen Jungen. Der dünne Junge sah nicht so aus, als würde er zu dem großen, runden Tisch gehören, weil sein Haar ganz ordentlich und kurz war, und ich wusste nicht, wieso ein ordentlicher Mensch wie er zu bösen Leuten rübergehen wollte, aber vielleicht hatte er es ja satt, so anständig zu sein, und wollte böse werden, oder vielleicht hatte er sie gefragt, wie viel er ihnen zahlen müsste, um Schutz zu bekommen wie Mums Yum-cha-Restaurant, oder vielleicht wollte er ihnen einen Rat geben und erklären, dass sie nicht böse sein müssten und ihr Leben ändern könnten und dass sie, wenn sie sich einfach die Haare schneiden ließen und gut in der Schule waren und keinen Ärger machten, irgendwann total erfolgreich sein könnten. Tja, jedenfalls waren die Augen von dem anständigen Jungen groß und sahen ängstlich aus, und der langhaarige Mann packte ihn und stieß ihn so fest nach hinten, dass ich spürte, wie mein Inneres bebte, und bevor der Junge zu Boden fiel, wurde es dunkel, und mein Kopf war auf Mums Schoß, und sie drückte ihn so fest, als würde ich einen Helm tragen, und meine Augen waren ganz fest zu, und alles war dunkel, bis auf die Schreie und die Teller und die Schreie und Schreie.

»Ich weiß nicht«, sagte ich, weil ich mich plötzlich so schwer fühlte, als hätte mir einer Hanteln um den Hals gehängt, und als sie mich fragte, was ich gesehen hatte, ob ich ihren Bruder gesehen hatte, und sie sagte, er war ein dünner Junge, der einen Mittelscheitel hatte, der eine Brille genau wie ihre trug, der viel jünger aussah, als er war, ob ich gesehen hatte, was mit ihm passiert war und wie es passiert war und wie alles angefangen hatte, konnte ich nur an die leuchtend rote Königskrabbe auf unserem Tisch denken und wie sie glänzte und selbst Mum zum Lächeln brachte, und ich konnte bloß sagen: »Ich hab nichts gesehen«, weil es stimmte, alles war dunkel geworden, und Mum war vorgebeugt und hielt meinen Kopf, und Dad war vorgebeugt und hielt Mum, und wir waren ein fester Ball aus sich haltenden Woos, während Leute um uns herum schrien, und als das Schreien aufhörte, wollte Mum meinen Kopf nicht loslassen, deshalb blieb für mich alles dunkel, und wir kamen gar nicht dazu, die Königskrabbe zu kosten – das fällt mir jetzt ein, wir kamen nicht mal mehr dazu, die Königskrabbe zu kosten.

»Lulu«, sagte Ky. Ihre Augen waren rot, und sie sah aus wie Chao, wenn die kurz vorm Weinen war: »Bitte lüg mich nicht an«, und da war ich eingeschnappt.

»Ehrlich! Ich lüge nicht!«, und etwas in ihrer Stirn zuckte, und ihre Stimme wurde zittrig, und sie sagte: »Warum willst du mir nicht helfen?« Und innerlich rief ich: »Was?«, aber ich hatte Hanteln um den Hals, deshalb kam nichts raus, und dann meinte sie: »Ich bin nicht von der Polizei, okay? Ich bin nicht wie die, ich bin wie du. Ich bin genau wie du. Wieso kannst du mir nicht sagen, was du gesehen hast? Was ist so gottverdammt schwer daran?« Dann verschluckte sie die Worte, die sie als Nächstes sagen wollte, ließ den Kopf hängen und schloss die Augen. Ihre Stirn bebte immer noch. Einen Moment lang sah sie so aus, als wäre sie in einen unruhigen Schlaf gefallen, aber dann dachte ich, dass sie womöglich betete, wie meine Eltern, als wir uns im Restaurant umarmten, als Mum sich vor und zurück wiegte, während sie mich festhielt und wieder und wieder sagte: »求观音保佑我的家人«, und ich hätte sie gefragt: »Was sagst du da eigentlich?«, wenn ich nicht zu viel damit zu tun gehabt hätte, mir den Kopf zerquetschen zu lassen.

Nach einer halben Ewigkeit öffnete Ky die Augen, beugte sich vor, näher zu mir, und entschuldigte sich. »Es tut mir leid, dass du das mit ansehen musstest«, sagte sie, und ich sagte, es wäre okay, obwohl ich mich mächtig unbehaglich fühlte, weil ich es nicht mochte, wenn asiatische Mädchen traurig waren, und noch schlimmer fand ich es, wenn das asiatische Mädchen schon erwachsen war, aber dann sagte sie: »Nein, es ist nicht okay. Du hättest nie … du bist doch noch ein Kind. Und was du gesehen hast … Ich kann mir gar nicht vorstellen, wie das sein muss, so etwas gesehen zu haben, verstehst du?«

Und ich wollte sagen: »Echt jetzt, ich hab überhaupt nichts gesehen«, aber mein Herz spielte total verrückt, also sagte ich nichts, und sie meinte:

»Es tut mir wirklich sehr leid, Lulu. Du hättest das nicht erleben sollen. Das war dir gegenüber nicht fair. Es war niemandem gegenüber fair. Es tut mir leid.«

Dann schwieg sie, also starrte ich auf meine Zehen und wackelte damit, und mir fiel auf, dass mein längster Zeh aussah wie der Finger von E. T. Dann fragte sie mich, wo meine Eltern arbeiteten, also verriet ich es ihr, weil ich Angst hatte, sie würde sonst weinen, und sie schrieb es in ihr kleines Notizbuch und starrte darauf, und dann schniefte sie zweimal, wobei ihre Nasenlöcher größer wurden, und dann bedankte sie sich, dass ich mir Zeit für sie genommen hatte, und entschuldigte sich für die Störung, und ich sagte: »Kein Problem«, wie eine waschechte Aussie. Dann stand sie von dem Klappstuhl auf, blieb stehen, betrachtete meine verkrusteten Lippen und sagte: »Du solltest Vaseline drauftun.« Und als sie zur Tür hinausging, fragte ich bloß: »Was?«, und sie sagte: »Auf deine Lippen. Ich hatte früher dasselbe Problem. Streich einfach dick Vaseline drauf«, und sie hob die Hand ans Gesicht, und das ist meine deutlichste Erinnerung an sie – die Büro-Lady, deren Bruder ich nicht hatte sterben sehen, die mich sah und sagte, dass es ihr leidtat –, wie sie aus unserer Wohnung ging und dann den Flur hinunter, das Gesicht noch immer mir zugewandt, und sich mit einer Hand übers Gesicht fuhr, als hätte auch sie dicke rissige Clownslippen.

4

Bevor Ky, noch ganz verschlafen, überhaupt die Augen richtig aufmachen konnte, hatte ihre Mutter sie geweckt und das Zimmer schon wieder verlassen. Die Uhr neben dem Bett zeigte acht Uhr morgens. Sie rollte sich auf den Bauch, drückte das Gesicht ins Kissen und dachte an Lulu Woos Wohnung am Vortag – an den fettigen Boden, die von Kochdünsten geschwängerte Luft, daran, wie sehr die Möbel und die totale Abwesenheit von Geschmack Ky an ihr eigenes Elternhaus erinnerten.

»Ich glaube, wenn ich ausziehe, richte ich meine eigene Wohnung westernmäßig ein«, hatte Denny bei einem ihrer letzten Telefongespräche gesagt. Ky hatte angerufen, um ihrem Bruder alles Gute für die bevorstehenden Prüfungen zu wünschen – die letzte Hürde zwischen ihm und der Universität seiner Wahl.

»Wie im Wilden Westen?«

»Nein, nein, ich meine, wie Weiße.«

»Warst du schon mal im Haus von Weißen?«, fragte Ky ehrlich interessiert.

»Ich guck regelmäßig *Better Homes and Gardens*«, sagte Denny. »Mum auch, aber ich glaube, sie macht das, um sich den Weißen überlegen zu fühlen.«

»Wieso?«

»Sie findet, die sind super-unpraktisch und schmeißen Geld für dekorativen Quatsch raus, den sie nicht brauchen.«

»Zum Beispiel?«

»Zum Beispiel in der letzten Folge haben sie einen weißen Strick verknotet, einen Rahmen drumgemacht und das Ganze dann maritime Kunst genannt. Mum fand's bescheuert.«

»Kann ich mir vorstellen.«

»Aber«, sagte Denny weiter, »sie hatten auch so einen richtig schönen Läufer mit einem Anker drauf. Den fand Mum auch bescheuert, weil sie meinte: ›Wozu braucht man einen Teppich auf dem Boden?‹ Und ich hab ihr erklärt, dass das einen Raum gemütlicher macht, und sie hat gesagt, das macht es bloß schwieriger, den Boden zu putzen.«

»Da ist was dran.«

»Bei jeder Folge schüttelt sie bloß die ganze Zeit den Kopf und sagt, wie blöd die Vorschläge sind, aber sie guckt die Sendung trotzdem jede Woche, damit sie sich drüber aufregen kann«, sagte Denny. »Jedenfalls, wenn ich ausziehe, kauf ich mir einen Läufer und nehme die Plastiküberzüge vom Sofa und von der Fernbedienung und schaff mir richtige Regale an und –«

»Was denn, magst du etwa keine Regale aus leeren Dosen für Babynahrung?« Im Geist sah Ky die Nestlé-Milchpulverkanister vor sich, die ihre Mutter aus Dennys Kleinkindzeit aufbewahrt hatte, um sie als Regalstützen zu nutzen.

»Verrat's Mum nicht, aber ich finde, Regale aus Dosen für Babynahrung sehen echt mies aus.«

»Stimmt.«

»Und praktisch sind sie auch nicht. Eigentlich ist das kein richtiges Regal.«

»Aber sie sind umsonst«, sagte Ky.

»Ich glaube, wenn ich ausziehe, werde ich mir was gönnen.«

»Das hört sich jetzt aber nach einem ganz schlechten Asiaten an, Denny.«

»Wenn ich ausziehe und einen Job habe, in dem ich gutes

Geld verdiene, kann ich Mum und Dad ja vielleicht einen richtigen Schrank kaufen.«

»Dann schimpft Mum dich bloß aus, weil du Geld zum Fenster rausgeschmissen hast, obwohl sie eine prima Lösung hat, die nichts kostet.«

»Mann.«

Ky lachte, spürte die prickelnde Wärme, die sich jedes Mal in ihr ausbreitete, wenn sie mit jemandem redete, der sie ohne große Erklärungen verstand – mit jemandem, der wusste, dass das Lästern über ihre Eltern keine Aufforderung war, Lösungsvorschläge für ihre Probleme zu machen, weil Flüchtlingseltern nun mal ein unlösbares Problem waren; jemand, der mitfühlen konnte, ohne zu verurteilen, der den Widerspruch akzeptierte, dass die Dinge, die sie am meisten an ihren Eltern störten, dieselben Dinge waren, die ihr zeigten, dass sie sie liebten.

Früher hatte sie mit Minnie und Denny darüber reden können. Ohne Minnie blieb ihr nur noch Denny. Jetzt, wo Denny nicht mehr da war, fühlte Ky sich in ihrem Kinderzimmerbett so allein, dass sie sich zwingen musste, aufzustehen und in die Gänge zu kommen, um nicht die ganze Zeit diese Einsamkeit zu empfinden.

Sie schlurfte den Flur entlang, blieb an der offenen Tür zu Dennys Zimmer stehen, wo sie die bestrumpften Füße ihres Vaters auf Dennys Bett sah. Ihre Eltern waren zu einer geisterhaften Präsenz im Haus geworden. Morgens hörte Ky durch die Wände ihre Schritte, sah noch warme Tassen Tee auf der Küchentheke stehen, spürte feuchten Dampf im Bad. Sie wusste nicht, wer wem aus dem Weg ging. Ihr kam der Gedanke, dass sie ihre Eltern an Denny erinnerte, dass ihre Anwesenheit den Verlust des Sohnes noch krasser verdeutlichte. Ihr kam der Gedanke, dass die beiden einen Groll auf sie hatten – weil sie die Frechheit besessen hatte, vor fünf Jahren wegzuziehen, nur selten anzurufen, bei jedem Besuch abgelenkt und gedanklich mit ihrer Arbeit beschäftigt zu sein, erst zurückgekommen zu sein, als es zu spät war. Ihr kam der Gedanke, dass sie etwas zu verbergen hatten – die Tatsache, dass die Obduktion abgelehnt worden war, machte ihr seit dem Gespräch mit dem Constable schwer zu schaffen, und sie wollte ihre Eltern zur Rede stellen, eine Erklärung dafür verlangen, warum sie so viele Fragen zu Denny hatten, als er noch lebte, und warum sie jetzt, wo er tot war, jedes Interesse verloren hatten. Als sie jetzt ihren Vater bemerkte, der wieder komplett für die Arbeit angekleidet auf dem Bett lag, ein Kissen an die Brust gedrückt, sah sie ihre Chance.

»Dad?«

Ihr Vater setzte sich rasch auf, als wäre Kys Stimme ein Weckruf, auf den er gewartet hatte. »Ich gehe heute arbeiten«, sagte er und strich sich das Haar glatt, ohne sie anzusehen.

»Okay. Das hab ich zwar nicht gefragt, aber –«

»Oh«, sagte er und ließ die Hände in den Schoß sinken. »Deine Mutter möchte, dass du sie zum Tempel begleitest. Sie steht schon draußen.«

»Okay.«

»Warst du … warst du bei der Polizei?«

»Ja«, sagte Ky.

Ihr Vater wandte sich ihr zu, doch sein Blick war irgendwo anders – richtete sich auf die Kommode, den Türknauf, die Luft über ihrem Kopf. Er war schon immer distanzierter gewesen als selbst die typisch reservierten Immigrantenväter. Mit Ausnahme von Minnies bestenfalls nachlässigem Vater, der höchstwahrscheinlich ins Gefängnis gehörte, war Kys Vater der desinteressierteste Mensch, den sie kannte. Ihm schienen nur zwei Dinge am Herzen zu liegen: *Paris by Night* und die Suche nach einem Phở-Restaurant, das annähernd die Phở zubereitete, die er aus seiner Kindheit kannte.

»Die beste Phở, die ich je gegessen habe, hat ein Mann aus

unserem Dorf gemacht, der aus Hanoi kam«, hatte er Ky und Denny einmal erzählt, als sie elf und sechs waren. Da er ihnen so gut wie nie eine Geschichte erzählte, erkannten beide Kinder sofort, dass etwas Ungewöhnliches passierte, und sie ließen ihre Lego-Steine fallen, um ihm zu lauschen.

»Aber Leute aus Hanoi sind doch Kommunisten, oder?«, sagte Ky. In dem Alter hatte sie von ihrer Mutter schon genug über Vietnam gehört, um zu wissen, auf welcher Seite sie standen.

»Nicht jeder aus Hanoi war Kommunist«, sagte ihr Vater. »Außerdem hassen wir nicht ihre Menschen – wir hassen ihr System.«

Ky rümpfte die Nase, als hätte er sie gerade angelogen.

»Als ich fünf war, fragte ich den Koch, was sein Geheimnis war, und er antwortete, dass er die Phở in einem Soldatenhelm kochte«, erzählte ihr Vater, beugte sich vor und tippte an seinen Kopf. »Das ganze Salz im menschlichen Schweiß macht die Brühe besonders schmackhaft.«

»Nie im Leben«, sagte Ky auf Englisch, obwohl ihr Vater damals noch streng darauf achtete, dass die Familie nur Vietnamesisch sprach. Er meinte, sie hätten schon ihre Heimat verloren, sie sollten nicht auch noch ihre Muttersprache verlieren.

»Das stimmt!«

»Wow«, sagte Denny.

»Nee nee nee!«, rief Ky und hielt sich die Ohren zu.

Auf seiner Suche nach Soldatenhelm-Phở klapperte ihr Vater jedes Jahr die vietnamesischen Restaurants von Cabramatta ab, um zu entscheiden, welches den Aromen seiner Kindheit am nächsten kam. Seine Auswahl wurde dann zum Stammrestaurant der Familie. Sobald ein Restaurant den Koch wechselte oder sein Rezept veränderte, sodass die Phở nicht mehr genau richtig schmeckte, zog er mit ihnen ins nächste

Restaurant. In nichts anderem hatte er eine so klare und eindeutige Meinung.

»Hast du irgendwas in Erfahrung bringen können?«, fragte er Ky jetzt, noch immer auf Dennys Bett sitzend.

Mit einer Hand rieb er die wulstigen, dicken Adern auf seinen mageren Händen. Er sah alt aus, müde, und Ky konnte sich nicht vorstellen, dass er je der junge Mann gewesen war, den sie auf den Schwarz-Weiß-Fotos ihrer Familie gesehen hatte, auf denen er mit den Augen lächelte, mit dem ganzen Körper lachte, seine schlaksigen Arme um die Schultern ihrer Mutter gelegt, und ihre Eltern verliebt und unbeschwert wirkten. Die Frage nach der Obduktion brannte ihr in der Kehle, aber sie brachte sie nicht heraus. Er sah gebrechlich aus, kaum noch da, und sie fürchtete, wenn sie das jetzt ansprach, würde die Konfrontation ihn zu Staub zerfallen lassen.

»Nicht wirklich.« Ky starrte auf den faltigen Hals ihres Vaters, damit sie ihm nicht in die Augen sehen musste.

»Oh.«

»Sie haben mir nur das gesagt, was sie dir wahrscheinlich auch schon gesagt haben.«

»Verstehe.«

Er kratzte sich am Handrücken, und Ky meinte, Zweifel in seinem Gesicht zu erkennen. Minnie hatte Ky oft gesagt, ihre Eltern wären wahrscheinlich scharfsichtiger und zäher, als sie ihnen zutraute – schließlich hatten sie einen Krieg überlebt –, aber Ky war da skeptisch. Es gab Augenblicke wie jetzt, in denen sie das Gefühl hatte, zu wissen, was für ihre Eltern am besten war, und dass sie als ihre Brücke nach Australien die Verantwortung hatte, sie vor den Schrecken dieses Landes zu schützen. Sie konnte ihnen nicht erzählen, was sie wusste, bevor sie alles wusste. Sie konnte ihrem Vater die unvollständigen Notizen von Constable Edwards, die mehr Fragen aufwarfen, als sie Antworten lieferten, nicht einfach so übergeben.

»Was haben sie dir gesagt?«, fragte er.

»Bloß, dass sie noch ermitteln«, antwortete Ky, ohne das Beben in der Stimme unterdrücken zu können, das oft verriet, dass sie log. Sie hoffte, ihr Vater kannte sie nicht gut genug, um das zu erkennen.

Nachdem sie eine gefühlte Ewigkeit im Türrahmen gestanden hatte, sagte Ky, dass sie jetzt zum Tempel fahren würde.

Als Ky geduscht und sich eine graue Hose und eine weiße Button-down-Bluse angezogen hatte – ein Büro-Outfit, das auch als Trauerkleidung diente –, wartete ihre Mutter schon im Auto und trommelte ungeduldig mit den Fingern aufs Lenkrad, die Lippen missbilligend zusammengepresst.

»Deine Bluse ist zerknittert«, sagte sie, als Ky neben ihr einstieg.

»Das geht schon«, antwortete Ky auf Englisch.

»Lebst du so in Melbourne? Hast du alles vergessen, was ich dir beigebracht habe? Lebst einfach wie ein unsauberer Mensch? Wenn die Leute dich sehen, denken sie bestimmt: ›Oha, die Frau ist aber –‹«

»Mum!«, schrie Ky, deren erwachsene Fassade sich praktisch in nichts auflöste. »Kannst du das bitte lassen?«

Ihre Mutter schüttelte den Kopf und setzte das Auto rückwärts aus der Einfahrt. Auf der Rückbank waren eine Kiste mit glänzenden Nektarinen und etliche Stapel Josspapier, Opfergaben für Denny. Ky sah die gelben Gebetsstreifen, die auf den ersten Blick an Couchtischzierdeckchen erinnerten, und die Packen Jenseitsgeld, mit dem sie, Minnie und Denny früher gespielt hatten.

»Boa, guckt euch die Scheine von der Höllenbank an!«, hatte Minnie gesagt, als sie beide elf Jahre alt waren. Es war Grabreinigungstag gewesen, ein Tag, so hatte ihre Mutter erklärt, an dem die Menschen ihrer Ahnen gedachten. Die Familie Tran hatte alles Mögliche aus Josspapier gekauft: Kleidung, Diener, Gebetsstreifen und Geld, um es für Kys Großeltern zu verbrennen.

Minnie hatte eine Packung Josspapiergeld aufgemacht, und die Scheine hätten als amerikanische Dollarnoten durchgehen können, wäre da nicht der chinesische Aufdruck gewesen, das Gesicht des alten Asiaten in der Mitte des Scheins und die englischen Wörter: HELL BANK NOTE.

»Wir sollten lieber nicht damit spielen«, hatte Ky gesagt.

Minnie fächelte sich mit dem nach Tinte riechenden Packen Papier Luft zu und überhörte Kys Einwand.

»Okay, passt auf. Wir sind mitten im Goldrausch, mir gehört das ganze Land, und wenn ihr auf meinem Territorium nach Gold schürfen wollt, müsst ihr mir eine Abgabe zahlen«, sagte Minnie, während sie das Josspapiergeld zwischen sich selbst, Ky und dem sechsjährigen Denny verteilte. »Ky, du bist eine Arbeiterin aus dem Outback, und Denny, du bist der erste Chinese, der aus China nach Australien kommt, und …«, Minnie klatschte ihren eigenen Geldstapel in die offene Hand, »obwohl Weiße wie Ky dich hassen, schuftest du dich ab und bist viel erfolgreicher als die, und vielleicht hassen sie dich ja deshalb, weil du so schlau und erfolgreich bist, aber auch weil du Chinese bist, und –«

»Das ist zu kompliziert«, sagte Ky.

Sie nahmen gerade den australischen Goldrausch von 1851 in der Schule durch, und ihre Lehrer hatten sich ein Spiel einfallen lassen, bei dem die Schüler als vermeintliche Goldsucher Schürfrechte kauften. Es gab keine richtige Hintergrundgeschichte, kein echtes Rollenspiel. Das Spiel war im Grunde eine Lotterie. Die Schüler waren begeistert.

Denny begann, die Scheine einzeln zu falten und in seine helle Bauchtasche zu stopfen, während Ky und Minnie darüber stritten, ob es besser wäre, Minnies Spiel zu spielen (Minnie: »Meins ist nämlich realistisch, klar?«), oder das Schulspiel nachzuahmen (Ky: »Da kennen wir doch schon die Regeln.« Minnie: »Welche Regeln?«).

Die drei bekamen keinen Ärger mit Kys Mutter, bis sie Tage später, als sie die Wäsche machte, Dennys Bauchtasche leerte und dabei Dutzende akkurat gefaltete Höllengeldscheine fand.

»Wer war das?«, schrie sie auf Englisch, ehe sie nach ihrem Staubwedel griff, ihn an dem weichen fedrigen Ende packte und den harten Plastikstiel durch die Luft schwenkte. »Das bringt Unglück!«, erklärte sie, als sie ins Wohnzimmer stürmte, wo Ky und Denny gerade »Vier gewinnt« spielten und die Ältere staunte, wie gut der kleine Bruder mithielt.

Ihre Mutter schüttelte eine Faustvoll Josspapiergeld zwischen ihren Gesichtern und stieß das Spiel um.

»Mum!«, kreischte Ky. »Was soll das denn?«

»Wer war das? Hä?«

Denny und Ky machten große Augen, als sie begriffen, was ihre Mutter da in der Hand hatte.

»Habt ihr das am Grabreinigungstag gestohlen?«, fragte ihre Mutter jetzt wieder auf Vietnamesisch. »Wer war das?«

Dennys Mund bebte. Sein Gesicht, das Ky in all seiner Molligkeit sah, blickte flehend. Dennys größte Angst, neben der Befürchtung, ihm könnte eine Durian auf den Kopf fallen, war die, irgendwen gegen sich aufzubringen. Das war eines der Dinge, die sie gemeinsam hatten: die Angst vor Autoritäten, die Angst, vom rechten Weg abzukommen, und die gemeinsame, von der Schule oder von Fremden, vom Fernsehen, von der sonnengewärmten Luft, die sie atmeten, übernommene Überzeugung, dass es sich lohnen würde, brav zu sein. Der Unterschied war, dass Denny außerdem Angst vor ihrer Mutter hatte und Ky nicht. Sie konnte nicht anders – gegenüber der Frau, die sie am häufigsten ausschimpfte, wurde Ky rebellisch. Während sie zusah, wie ihre Mutter mit dem Staubwedel fuchtelte, gingen ihr etliche Möglichkeiten durch den Kopf: Denny die Schuld in die Schuhe schieben, was sie, wie sie wusste, nicht machen konnte, oder Minnie verpetzen, weil es ja schließlich Minnies Idee gewesen war, oder die Ahnungslose mimen und die Ausrede zum Besten geben, dass es in Wahrheit Glück brachte, dass sie irgendwo gelesen hatte, dass –

Ihr Mutter begann, mit dem Staubwedelstiel auf den Linoleumboden zu schlagen, was bedeutete, wenn nicht bald ein Geständnis kam, würden die nächsten Schläge auf ihren Händen und Hintern landen.

»Ma –«, setzte Denny an.

»Tut mir leid, Mum«, unterbrach Ky ihren Bruder auf Englisch und merkte erstaunt, dass ihr eigener Mund bebte, obwohl sie sich nicht erklären konnte, warum. »Ich war's.«

Denny klappte der Unterkiefer herunter. Er machte das Gesicht, das er immer machte, wenn seine Schwester sich mal wieder für ihn ins Schwert stürzte – eine Mischung aus Schuldgefühl und Dankbarkeit, unfähig, die Wahrheit zu verbergen.

Ihre Mutter sah sie beide an, schlug die Augen zur Decke und seufzte.

»Ihr dummen, dummen Kinder«, sagte sie. »Du ...«, sie zeigt mit dem Staubwedel auf Ky, »Hand ausstrecken.«

Ky hielt die Hand dicht am Körper, öffnete die Finger, Handfläche nach oben. Sie presste die Augen zusammen, verzog in Erwartung des schmerzhaften Schlags mit dem Staubwedel das Gesicht.

Ihre Mutter packte Kys Hand und drückte sie, bis ihre eigene Hand anfing zu schwitzen. Nach einer Stille, die so lange anhielt, dass Ky sich traute, ein Auge zu öffnen, um zu sehen, was los war, klopfte ihre Mutter sachte mit dem Stiel des Staubwedels auf Kys Handteller, kitzelte ihn nur.

»Es bringt großes, großes Unglück, damit zu spielen«, sagte sie und ließ die Hand ihrer Tochter los. »Das Geld ist nicht für die Lebenden! Es ist nur für die Toten! Hol uns nicht dieses Unglück ins Haus!«

Als ihre Mutter dann davonrauschte, rieb Ky sich die Hände und überlegte, wie viel Unglück das Josspapiergeld, das drei Tage in Dennys Bauchtasche gesteckt hatte, schon in ihr Leben gebracht haben könnte.

»Wenn wir das nächste Mal zum Tempel gehen, bittest du Buddha lieber, das Unglück zurückzunehmen«, sagte sie zu Denny, der wie ein Kind nickte, das sich über eine zweite Chance freut. »Weil, ich schwöre bei Gott ...«, sagte sie, sprach den Satz aber nicht zu Ende. »Ich schwöre bei Gott.«

Schweigend fuhr sie mit ihrer Mutter zum benachbarten Stadtteil Bonnyrigg, wo Dennys Asche im Mingyue Lay Buddhist Temple beigesetzt war. Ky hatte die Neuartigkeit des Tempels schon immer gemocht, Ihre Familie besuchte ihn nur wenige Male im Jahr. Dann sah sie Menschen Opfergaben aus Josspapier – Kleidung, Häuser, Origami-Boote, Gold und Diener – verbrennen, und jeder Besuch war eine wohltuende Erinnerung daran, dass die Jenseitsvorstellung ihrer Familie – der zufolge man bis zur nächsten Reinkarnation im Luxus schwelgte – wesentlich barmherziger zu sein schien als ihr rudimentäres Verständnis der christlichen Ideen von Himmel und Hölle. Ihre Mutter hatte erklärt, dass die Buddhas nichts waren, was es zu fürchten galt; dass sie vielmehr die Erfüller von Wünschen waren. Sie brachte Ky und Denny bei, mit einem brennenden Räucherstäbchen zwischen den geöffneten Händen vor den Buddhas zu knien und sich etwas zu wünschen. Allerdings diktierte sie stets den Wunsch – sie sollten um gute Schulleistungen bitten oder um Gehorsam gegenüber ihren Eltern.

»Worum soll ich jetzt bitten?«, fragte Ky ein Jahr zuvor, als sie ausnahmsweise zum Grabreinigungstag nach Hause gekommen war. Es war das erste Mal seit ihrem Umzug nach Melbourne, dass sie den Tempel wieder besuchte.

»Wie meinst du das?«

»Ich bin mit der Schule fertig … was jetzt?«

Ihre Mutter blickte sie mit gespitztem Mund an, antwortete aber nicht.

»Was wünschst du dir denn?«, fragte Ky.

»Dass du und dein Bruder gut in der Schule seid und auf mich hört.«

»Meinst du nicht, es wäre allmählich Zeit für was Neues?«

»Dein Bruder geht noch immer zur Schule.«

»Aber was, wenn er seinen Abschluss hat?«

»Ist noch lange hin.«

»Nächstes Jahr ist er fertig!«

»Aber dann geht er auf die Universität.«

»Und dann?«

»Was?«

»Schon gut.«

Die Buddhismus-Version ihrer Familie war so originell, dass Minnie, die die Trans mehrere Jahre hintereinander zum Grabreinigungstag begleitet hatte, eine Parallele zwischen den abergläubigen Vorstellungen von Kys Mutter und dem Plot der Fernsehserie *Monkey* zog, die sie sich immer nach der Schule angesehen hatten.

»In echt jetzt«, hatte Minnie gesagt, als sie vierzehn waren und auf den Parkplatz des Tempels rollten. »Ich glaub, sie hat's aus der Glotze.«

»Oder«, sagte Ky, »die Serie basiert vielleicht auf Tatsachen.«

Minnie warf Ky einen mitleidigen Blick zu.

Als sie mit ihrer Mutter jetzt auf den Parkplatz einbog, dachte Ky an die Sisyphusaufgabe, die vor ihr lag, wusste nicht, ob sie sie meistern würde, falls ihr bei jeder Person, mit der sie sprach, so fürchterlich schlecht werden würde wie bei Lulu Woo. Es kam ihr vor, als würde sie umgekehrte Hinterbliebenenbesuche machen. Ein unverhältnismäßig großer Teil ihrer Arbeit als Nachwuchsreporterin bestand darin, Leute aufzusuchen, die kurz zuvor durch einen Autounfall, durch Mord oder irgendeine Naturkatastrophe einen geliebten Menschen verloren hatten, um einen O-Ton für einen Artikel zu bekommen. Diese Hinterbliebenenbesuche laugten Ky dermaßen aus, dass sie nachher abends nicht mal mehr weinen konnte, obwohl sie nichts lieber wollte als das. Sie hasste es, diejenige zu sein, die trauernde Angehörige störte, manchmal sogar belästigte. Sie hasste es, diejenige zu sein, die sie in ihrem Leid besuchte, aber den Luxus hatte, anschließend wieder zu gehen. Es fühlte sich oft falsch, unsensibel, völlig unnötig an. Aber als Journalistin musste sie gewillt sein, und sie tat, was ihre Vorgesetzten von ihr erwarteten. Sie fragte sich, ob sie, indem sie die angeblichen »Zeugen« von Dennys Tod befragte, ihre eigene Trauer auf sie ablud. Versuchte sie vielleicht, Absolution zu erlangen, indem sie sich selbst so viel Unerträgliches zumutete, sich zwang, auf die denkbar quälendste Art und Weise herauszufinden, was mit ihrem Bruder passiert war? Sie wusste nicht, wer genau ihr diese Absolution erteilen konnte. Doch sie sah keine andere Möglichkeit, sich von dem Schuldgefühl zu befreien, das ihr die Luft abschnürte, seit sie vom Tod ihres Bruders erfahren hatte.

Ky und ihre Mutter betraten den Tempel und gingen durch die Haupthalle mit den riesigen vergoldeten Buddhas direkt ins Kolumbarium. Als Kinder hatten Ky, Denny und Minnie diesen Teil des Tempels nie betreten dürfen, weil Kys Mutter fürchtete, sie würden die Toten beleidigen. Die Familie hatte sich *Mr. Vampire* angesehen, eine in Hongkong gedrehte Komödie über Geisterjäger, in der jemand, der einen Toten beleidigte, während er an dessen Grab stand, von einem

Geist bis nach Hause verfolgt wurde. Kys Mutter hatte sich die Geschichte zu Herzen genommen und die Mädchen und Denny an jedem Grabreinigungstag draußen warten lassen.

Als Ky ihrer Mutter in den engen Raum und zu Dennys Urnen-Nische folgte, verstand sie endlich, warum ihre Eltern keine Kinder dort haben wollten. Inmitten der ernst dreinblickenden Porträts spürte Ky einen kalten Luftzug im Nacken und Rücken. Sie spürte, wie sie nicht nur von dem Kummer um ihren toten Bruder, sondern von der schieren Konzentration der Toten um sie herum niedergedrückt wurde, jedes Gesicht in ein Loch in der Wand gezwängt. Sie versuchte, die Bilder nicht anzusehen, konnte aber nicht anders. Im Geist hörte sie Minnie einen Kommentar abgeben, der sämtliche Geister dazu gebracht hätte, sie zu verfolgen:

Heilige Scheiße, da ist ein Foto von einem Baby! Ein totes Baby, Ky! Gott, ist das traurig. Und guck dir die Frau da an – die war noch so jung. Und hübsch. So ein Jammer. Und sieh mal, der Typ da! Der sieht total unglücklich aus! Wieso lächeln Asiaten nie auf Fotos? Ich meine, mal ehrlich, du musst doch bloß Cheese sagen. Schande, der da hatte todsicher das Downsyndrom, glaub ich. Guck dir mal seine Augen an!

Kys Mutter deutete auf die oberste Reihe, wo sich zwei Urnen eine Nische teilten. Ky erkannte die gerahmten Fotos, die an den Urnen lehnten – ihre Großeltern.

»Wir haben lange gespart und dann diese Doppelnische gekauft, damit deine Großmutter und dein Großvater beieinander ruhen können«, sagte ihre Mutter mit Blick auf die Schwarz-Weiß-Fotos, die Ky als Kind jeden Tag gesehen hatte, dieselben Porträts, die im Ahnenaltar ihrer Familie standen. Vier Reihen darunter, auf Augenhöhe, war Dennys Nische. Sein Schulabschlussfoto – in der Uniform der Cabramatta High, die Krawatte ordentlich gebunden, das Haar mit akkuratem Mittelscheitel, seine Brille dick und glänzend, das

Gesicht strahlend, ein breites Lächeln aufgesetzt – lehnte an der Keramikurne. Zu beiden Seiten des Fotos standen winzige Vasen mit je einer Plastikblume darin.

»Wir hatten großes Glück«, sagte ihre Mutter, »dass wir diese Nische für deinen Bruder bekommen haben, so nahe bei deinen Großeltern und in dieser Höhe.«

Nicht genug Glück, sagte die Stimme in Kys Kopf. *Und wieso, bitte schön, ist es ein Glück, mit diesen ganzen anderen verdammt traurigen Toten in so einem engen, feuchten Raum eingesperrt zu sein? Hier drin riecht's nach kaltem Weihrauch. Und ist dir aufgefallen, wen er die ganze Zeit anstarren muss? Die wütende Oma. Guck mal! Die Frau direkt gegenüber von seiner Nische! Die sieht aus wie die Frau vom Vorsitzenden Mao. Die fiese, meine ich. Schaff ihn hier raus, Mann!*

Kys Mutter, die sich das Josspapier an die Brust drückte, das sie mitgebracht hatte, hielt die Opfergaben vor Dennys Foto, als könnte er sie sehen, als wollte sie ihn wissen lassen, dass sie ihm etwas Schönes mitgebracht hatte. Mit der anderen Hand streichelte sie den Bilderrahmen und strich mit einem Finger über die Wange des lächelnden Jungen.

Die Höllengeldscheine und die Gebetsstreifen, die wie Zierdeckchen aussahen, verkohlten und kräuselten sich in dem Mülltonnenfeuer vor dem Kolumbarium. Ky warf silbern und golden gefärbte Josspapierbögen in die Tonne, beobachtete fasziniert, wie die Flammen sie fraßen. Es war wieder ein trockener Sommertag, die Luft so warm, dass Ky nicht wusste, wie viel Hitze das Feuer abstrahlte und wie viel einfach schon vorher da gewesen war. Sie versuchte, sich ihren Bruder im Jenseits vorzustellen, wie er so viele Edelmetalle anhäufte, ohne zu wissen, was er damit anfangen sollte. Gab es im Jenseits einen Rohstoffmarkt? Brauchte er einen Börsenmakler? Würde er handeln müssen? Sie stockte, als sie zu den Dienern aus

Josspapier kam – Origami-Puppen, die nach dem Verbrennen Denny zu Diensten sein sollten, wo immer er war.

»Mum«, sagte Ky und legte die Puppen auf den Boden. »Ich glaube, Denny würde sich keine Diener wünschen.«

»Was?«, fragte ihre Mutter auf Englisch und fächelte sich den dichten Rauch aus dem Gesicht. »Was meinen?«

»Denny würde keine Diener haben wollen.« Ky wechselte ins Vietnamesische, um sich nicht selbst übersetzen zu müssen.

»Wieso nicht? Jeder will doch Diener haben.«

»Ihm wäre das bestimmt peinlich.«

»Warum soll ihm das peinlich sein?«

»Weil er«, sagte Ky und musste daran denken, dass sie ihr Hotelzimmer vor der Abreise immer gründlich aufräumte, damit das Reinigungspersonal nicht schlecht von ihr dachte, »niemandes Boss sein möchte.«

Ihre Mutter schnitt eine Grimasse – wegen des Rauchs, der sie einhüllte, wegen Ky.

»Sei nicht albern«, sagte sie schließlich und trat aus dem Rauch heraus. »Alle möchten gern Diener haben. Dann musst du nicht selbst kochen, musst nicht putzen. Denkst du, dein Bruder weiß, wie man Wäsche wäscht? Willst du, dass er im Jenseits jeden Tag Instant-Bamigoreng isst? Was anderes kann er sich nämlich nicht machen. Willst du das?« Sie hob die Origami-Diener auf und hielt sie Ky vor die Nase. »Wir tun ihm einen Gefallen.«

Wenn Ky gewusst hätte, dass ihre Mutter die Opfergaben so wörtlich nahm, hätte sie die neusten Kataloge von Kmart und Target mitgebracht. Sie stellte sich ihren toten Bruder im Jenseits vor, wie er auf einem Bett aus Geldscheinen lag und Diener ihm Pizzaecken servierten. Sie stellte sich vor, wie alles, was sie aus dem Katalog verbrannten, mit einem Puff in seinem Zimmer erschien: ein Nintendo, Sportsocken, ein CD-Player mit sämtlichen 1996er-Hits, eine Riesenschachtel mit Roses-Pralinen, T-Shirts, die die Farbe änderten, wenn sie nass wurden, Lip-Smacker-Stifte in allen Geschmacksrichtungen. Sie hätte auch Zeichnungen in ihrem Notizbuch gemacht und die für ihn verbrannt: den DeLorean aus *Zurück in die Zukunft*, die Telefonzelle aus *Bill & Teds verrückte Reise durch die Zeit*, die Wunderlampe aus *Aladdin* – alles, was ihrem Bruder helfen könnte, in der Zeit zurückzureisen.

»Mum«, sagte Ky.

»Was?« Ihre Mutter blickte nicht auf, sondern stocherte mit einem vom Tempel zur Verfügung gestellten Schürhaken in den verkohlten Papierresten herum.

»Denkst du hin und wieder mal an Minnie?«

Jetzt sah ihre Mutter sie an, studierte Kys Gesicht durch die letzten Rauchfahnen hindurch. »Wieso?«

»Nur so«, sagte Ky und richtete den Blick wieder auf die Glut des erlöschenden Feuers.

Lüg nicht, meldete sich Minnies Stimme in Kys Kopf. Ky hasste es, dass sie so wenig Kontrolle über ihre eigenen Gedanken hatte. *Sag's ihr. Sag ihr, dass du nicht aufhören kannst, an mich zu denken. Dass ich die beste Freundin bin, die du je hattest, und dass du dich superschlecht fühlst wegen dem, was du getan hast – was du auch solltest –, und dass das schlechte Gewissen jedes Mal an dir nagt, wenn du in Cabramatta bist. Wenn Ärzte ein Stück von dir unters Mikroskop legen würden, würden sie sagen, hey, die Frau besteht ja hauptsächlich aus schlechtem Gewissen!*

»Sie ist aufsässig geworden.« Kys Mutter wedelte sich Rauch aus dem Gesicht.

»Ich weiß«, sagte Ky.

»Vor langer Zeit.«

»Ich weiß.«

»Wir haben versucht, sie zu retten.«

Das wusste Ky nicht.

»Dein Dad und ich …« Ihre Mutter schüttelte den Kopf.

Ky wartete, dass sie weiterredete. Als der Mund ihrer Mutter fest zusammengepresst blieb, fragte Ky nach: »Was habt ihr gemacht, du und Dad?«

»Wir haben versucht, gute Menschen zu sein, verstehst du?« Ihre Mutter stocherte weiter in der Glut.

»Okay?«

»Wir haben nichts mit dieser Familie gemeinsam. Alle denken, weil wir alle Flüchtlinge waren und aus demselben Land kommen, müssten wir Freunde sein. Aber in Vietnam wäre ich nie im Leben mit ihnen befreundet gewesen, und ich will auch jetzt nicht mit ihnen befreundet sein. Die waren nicht wie wir. Verstehst du, was ich meine?«

Ky nickte. Sie hatte schon öfter gehört, was ihre Mutter alles an Minnies Familie auszusetzen hatte. Kys Mutter fand nicht nur die Armut der Familie Le abstoßend, sondern auch ihre Verschwendungssucht, ihr fehlende Zukunftsplanung. Ihre Mutter redete gern darüber, dass es zwei Arten von Flüchtlingen gab – diejenigen, die sich selbst zu helfen wussten, und diejenigen, die das nicht wussten –, und darüber, dass Minnies Familie alle anderen Flüchtlinge in Verruf brachte.

»Wir sind auch arm«, sagte ihre Mutter. »Aber wir leiden nie Hunger. Verstehst du, was ich meine?« Aus dem Ascheneimer flogen glühende Papierfetzen auf. »Und du kannst arm und satt sein oder arm und hungrig. Und diese Familie, die ist nicht wie wir.«

Als Ky nichts erwiderte, fuhr ihre Mutter fort: »Aber ich habe gesehen, wie Minnie in der Schule mit dir gespielt hat, als ihr beide klein wart, sie war so mager und schmutzig. Das machte mich traurig. Und dann, als ich mehr über ihre Eltern erfuhr, war ich so wütend! Ihr Dad hatte einen guten Job, war in der Gewerkschaft, wusstest du das? Er hat mehr verdient als dein Dad, mit Zusatzleistungen. Die haben ihn bezahlt, selbst wenn er nicht gearbeitet hat! Weißt du, was ich kriege, wenn ich nicht arbeite? Nichts! Ich arbeite seit fünfzehn Jahren in dem Stoffladen, und wenn ich auch nur einen einzigen Tag fehle, war's das, dann kürzt sie mein Gehalt. Heute arbeite ich nicht, weil ich um meinen toten Sohn trauere, und sie wird mich nicht bezahlen.«

Ky hörte das nicht zum ersten Mal. Immer, wenn ihre Mutter über den Stoffladen redete, zählte sie dieselbe Liste von Ungerechtigkeiten auf – kein bezahlter Urlaub, kein Geld im Krankheitsfall, keine Überstundenvergütung. Doch anstatt sie wie üblich zu unterbrechen und ihr zu sagen, dass sie durch ihre Weigerung, Englisch zu lernen, diese Wahl selbst getroffen hatte, spürte Ky eine Veränderung in sich, als würde Raum für ihre Mutter geschaffen. Er war klein, bloß ein Spalt, aber er barg mehr Nachsicht und Verständnis, als sie je für die Frau empfunden hatte, von der sie großgezogen worden war. Sie glaubte, endlich zu begreifen, zum ersten Mal, dass es keine Wahl war – es konnte unmöglich eine Wahl gewesen sein. Es war eine Falle, und ihre Mutter saß darin fest. Seit fünfzehn Jahren saß sie darin fest.

»Und weißt du, was Minnies Vater mit seinem ganzen Lohn und dem Krankengeld gemacht hat?«, fuhr ihre Mutter fort. »Er hat alles verspielt! Ich weiß nicht, ob er das immer noch macht, aber damals hat er alles in den RSL Club getragen und die Spielautomaten damit gefüttert. Und seine Frau hat ihn nicht verlassen oder im Schlaf umgebracht, was ich an ihrer Stelle getan hätte. Sie hat nichts gemacht! Sie hat zugelassen, dass er ihr ganzes Geld zum Fenster rauswirft! Und wenn er sein ganzes eigenes Geld verloren hatte, nahm er das Geld, das sie mit Näharbeiten verdiente, und verspielte das auch noch! Verstehst du, was ich meine? Dass die nicht sind wie wir?«

Jetzt versuchte Ky, sie zu unterbrechen, denn sie wusste,

wenn sie das nicht tat, würde sie Minnies ganze Lebensgeschichte, die sie längst kannte, zu hören bekommen. Aber ihre Mutter hatte sich in Rage geredet.

»Es hat mir das Herz zerrissen. Also haben dein Vater und ich angeboten, nach der Schule auf Minnie aufzupassen, das heißt, ich habe das angeboten, denn, mal ehrlich, wann hat dein Vater je irgendwas gemacht? Minnies Eltern waren nie zu Hause, und wir dachten, so könnten wir ihr wenigstens was Anständiges zu essen geben und dafür sorgen, dass sie ihre Hausaufgaben machte und mal ein Bad nahm und die Haare gekämmt bekam. Und ihre Mutter war so unverschämt, uns Vorhaltungen zu machen. Sie hat mir wieder und wieder gesagt, sie wäre Minnies Mutter und ich hätte kein Recht, ihr die Tochter wegzunehmen. Sie war verrückt! Ich wollte nicht noch eine Tochter. Du und dein Bruder waren genug. Ich bin doch keine Kindesräuberin, die sich aus Spaß die Kinder anderer Leute unter den Nagel reißt. Meinst du, mir hat es gefallen, noch jemanden durchfüttern zu müssen? Aber du hast diese Minnie so geliebt. Du warst richtig vernarrt in sie. Also hab ich ihre Mutter beruhigt, ich würde nur nach der Schule ein paar Stunden auf Minnie aufpassen, und sie war einverstanden, wollte aber, dass ihre Tochter pünktlich zum Abendessen nach Hause kam. Was albern war, weil sie und ihr Mann um diese Zeit nie zu Hause waren und es auch kein Essen für Minnie gab. Ich bin immer mit ihr bis nach Hause gegangen, hab ihr eine Lunchbox mit Reis mitgegeben und gesagt, sie soll die Tür abschließen und keinem Fremden aufmachen. Einmal hab ich versucht, sie zum Abendessen bei uns zu behalten, und als ihre Mutter das rausfand, ist sie wieder durchgedreht. Ich hab einfach nur inständig gehofft, wenn wir genug für Minnie täten, würde etwas aus ihr werden. Sie war so ein intelligentes Kind.«

Ky hatte ihre Mutter noch nie so über Minnie reden hören. Obwohl sie immer schon vermutet hatte, dass Mitleid eine

Rolle spielte, hatte sie sich im Laufe der Jahre eingeredet, dass ihre Mutter Minnie nur deshalb nach der Schule hatte zu ihnen kommen lassen, damit Ky und Denny Gesellschaft hatten. Sie glaubte nicht, dass ihre Mutter sah, was sie sah, die Dinge verstand, die sie verstand, die Sympathie und das Mitgefühl und die große Liebe empfand, die sie für Minnie empfunden hatte. Ky billigte ihrer Mutter keine Gefühle zu, denn dann hätte sie anerkennen müssen, dass sie ein Mensch war, der Wünsche und Träume hatte, die über das, was Ky sah, hinausgingen. Es war leichter, sie als Karikatur zu sehen, als die für Cabramatta typische Migrantenmutter, die nur den einzigen Wunsch hatte, dass ihre Kinder Ärzte und Anwälte (oder im Idealfall beides) wurden, und deren einzige Möglichkeit, ihnen ihre Liebe zu zeigen, darin bestand, für sie zu kochen, für sie die Wäsche zu waschen und sie durch Tadel dazu anzuspornen, bessere Menschen zu werden. Und obwohl Ky sich eine Liebe von ihrer Mutter wünschte, die mit Wärme und Akzeptanz zu tun hatte, obwohl sie wünschte, dass ihre Mutter sie wirklich als die wahrnahm, die sie war, hatte Ky sich eingeredet, dass das die Fähigkeiten ihrer Mutter überstieg, dass Menschen aus dem alten Land nun mal nicht so miteinander umgingen. Sie würden ihr Leben für dich opfern, aber sie würden dich nie wahrnehmen.

»Minnies Eltern sind nutzlos«, sprach ihre Mutter weiter, die untere Gesichtshälfte verzogen, als hätte sie einen schlechten Geschmack im Mund. »Ich begreife nicht, dass sie das Kind so gehen lassen konnten. Wenn du oder dein Bruder aufsässig geworden wären, hätte ich euch in euren Zimmern eingesperrt«, sagte sie und hob den Schürhaken in Kys Richtung. »Ich hätte Eisengitter an den Fenstern angebracht. Ich hätte euch gefesselt und nie wieder nach draußen gelassen. Ich hätte –«

»Okay, Mum, ich hab's verstanden.«

»Ich bin nur …« Die Stimme ihrer Mutter bebte. »Es tut mir hier weh …«, sie klopfte sich auf die Brust, »dass …«

»Sie war schließlich nicht deine Tochter«, sagte Ky. Sie wusste, dass die Bemerkung hämisch klang, sogar gemein, aber die emotionale Reaktion ihrer Mutter auf Minnie machte sie irgendwie eifersüchtig. Solange sie ihre Mutter kannte, hatte sie noch nie eine solche Zärtlichkeit von ihr erfahren.

»Muss keine Tochter sein!«, sagte ihre Mutter auf Englisch und mit vor Frustration brechender Stimme. Dann wechselte sie wieder ins Vietnamesische. »Wir haben jeden Tag für sie gesorgt, vom ersten bis zum zehnten Schuljahr. Von so klein …«, ihre Mutter klopfte sich auf die Hüfte, »bis sie zur Frau wurde. Stell dir das vor. Was glaubst du, wie ich mich dabei gefühlt hab, sie so zu verlieren?«

Mann, ich schätze mal, deine Mum hat mich echt lieber gemocht als dich, hörte Ky Minnies schadenfrohe Stimme. Sie wusste nicht mal, ob die zweiundzwanzigjährige Minnie so etwas sagen würde, aber sie ärgerte sich trotzdem.

»Vielleicht solltest du nicht so ein Arschloch zu deiner Mum sein«, hatte Minnie in der Highschool gesagt, nachdem sie mitbekommen hatte, wie pampig Ky zu ihrer Mutter war.

»Kümmer dich um deinen eigenen Kram, Minnie.«

»Nee«, sagte ihre Freundin, die das Reispapier von einem White-Rabbit-Bonbon pulte und sich auf die Zunge legte.

»Iss das Papier nicht, davon kriegst du Krebs«, sagte Ky.

»Sei nicht so ein Arschloch zu deiner Mum, sie hat ein gutes Herz.«

»Wieso hältst du zu ihr?«

»Weil du, meine Freundin, dich ganz objektiv unmöglich benimmst.«

Ky wusste nicht mal mehr, welcher Wutanfall der Grund für das Gespräch gewesen war oder wie es endete. Aber zwei Dinge waren ihr klar im Gedächtnis geblieben: zum einen das

Gefühl, von Minnie durchschaut zu werden – die Scham, dass jemand sie so gut kannte, ihre hässlichsten Seiten sah. Wie peinlich es ihr war.

»Tja, vielleicht, wenn sie nicht so ein Arschloch zu mir wäre –«, setzte Ky an, die stur bei ihrer Haltung blieb, weil ihr nichts Besseres einfiel.

»Verdammte Scheiße, Ky!«, sagte Minnie schließlich und richtete sich auf, wie sie das immer tat, wenn sie etwas Wichtiges zu sagen hatte. »Weißt du eigentlich, was für ein Wahnsinnsglück du mit deiner Mum hast?«

»Du hältst immer zu ihr –«

»In Afrika verhungern Kinder!«

Der Satz kam so unerwartet, dass Ky unwillkürlich loslachte. »Was hat das denn jetzt damit –«

Ky sprach den Satz nicht zu Ende, als sie sah, wie verändert ihre Freundin plötzlich aussah: die kleine Falte zwischen Minnies Augenbrauen, die verkniffenen Lippen, das Licht, das sich auf ihren Augäpfeln spiegelte und verriet, dass die Oberfläche feuchter geworden war.

Das war das Zweite, was sie von diesem Gespräch deutlich in Erinnerung hatte: wie sie es geschafft hatte, ihre Freundin zu verletzen. Wie sie es damals getan hatte. Wie sie es wieder und wieder und wieder tun würde.

Auf der Rückfahrt kochte Ky vor sich hin. Sie hielt die Arme vor dem Körper verschränkt, wütend auf ihre Mutter, weil die wütend auf sie geworden war; wütend auf sich selbst, weil sie wütend auf ihre Mutter war, wo sie doch eigentlich wütend darauf sein wollte, dass Denny tot war. Wie früher als Teenager seufzte sie jedes Mal, wenn ihre Mutter zu früh vor einer Ampel bremste oder an einem Stoppschild übertrieben lange hielt.

»Willst *du* fahren?«, fragte ihre Mutter schließlich auf Vietnamesisch. »Oder willst du lieber weiter stöhnen wie ein sterbendes Tier?«

Ky wandte das Gesicht zum Beifahrerfenster, biss sich auf die Unterlippe.

»Wenn du nämlich weiter solche Geräusche von dir gibst, kannst du aussteigen und zu Fuß gehen«, sagte ihre Mutter, den Blick auf die Straße gerichtet. »Du hast ja keine Ahnung, wie froh du sein kannst, von jemandem herumkutschiert zu werden. Du hast keine Ahnung. Du und deine Generation, ihr seid so unbeschwert aufgewachsen und jammert immer nur rum. Weißt du, was meine Generation dafür geben würde, so vom Glück begünstigt zu sein wie ihr? Hier aufzuwachsen und alles zu haben –«

Ky spürte eine vertraute Hitze in sich aufsteigen. Es war, als wäre sie wieder fünfzehn. Ihre Mutter konnte sie so leicht auf die Palme bringen. Als Kind hatte sie keine Worte gehabt, um dieses Gefühl zu beschreiben; sie wusste nur, dass es glühend heiß war und sie verbrannte, sobald sie es berührte. Jetzt, mit zweiundzwanzig, waren die Worte in ihrem Kopf, wirbelten herum. Das Gefühl war noch immer zu heiß, um sich ihm zu nähern, aber es ergab allmählich Sinn. Wenn sie sich einfach nur die Zeit und den Raum geben würde, darüber nachzudenken, etwas zu analysieren, dem sie während ihrer ganzen Kindheit ausgewichen war, würde sie erkennen, was sie ihrer Mutter am liebsten sagen würde, dass nämlich sie diejenige war, die keine Ahnung hatte – keine Ahnung, wie sehr Ky und Menschen wie Ky eine Auszeit brauchten. Keine Ahnung, dass perfekt Englisch zu sprechen, einen Bürojob zu haben und in Australien geboren zu sein nicht das bedeutete, was sie alle glaubten. Keine Ahnung, wie schwer es war, diesen schmalen Pfad zu beschreiten, auf dem jeder von ihr erwartete, dass sie ruhig, klug, fleißig und gut war – ein schmaler Pfad, der nicht einmal von ihr selbst oder von Leuten wie ihr vorgezeichnet war. Keine Ahnung, wie es sich anfühlte, einen langsamen Tod durch tausend Verletzungen zu sterben: durch Bemerkungen, durch Blicke anderer. Durch die Blicke, die sie erntete, wenn sie an Türen klopfte, einen Raum betrat, ein Flugzeug bestieg; die Tatsache, dass die Leute erst ihre Haut und dann erst sie sahen, wollten, dass sie den Mund hielt und dankbar war, von ihr erwarteten, dass sie einen Witz vertrug, wenn sie *selbst* der Witz war. Meinten, sie müsste sich glücklich schätzen, so glücklich, als wäre ihr Leben überreich und voll, während sie sich doch nur ausgelaugt und leer fühlte. Es machte sie verrückt, wenn man sie als glücklich bezeichnete, und ihre Mutter hatte keine Ahnung.

»Wir tun alles für euch«, erklärte ihre Mutter.

»Wieso habt ihr Denny dann nicht obduzieren lassen?«, fragte Ky laut. Die Innenseite ihrer Lippe blutete, weil sie so fest daraufgebissen hatte.

Ihre Mutter trat vor der nächsten gelben Ampel auf die Bremse, obwohl weit und breit keine anderen Autos zu sehen waren. »Schrei deine Mutter nicht an.«

»Ich schreie nicht!«, schrie Ky. »Du sagst, ihr tut alles für uns, aber im Moment tut ihr absolut nichts für Denny –«

»Ich gebe ihm, was er im Jenseits braucht!«

»Und was ist mit Gerechtigkeit? Was ist damit, herauszufinden, was mit ihm passiert ist?«

»Wir wissen doch, was mit ihm passiert ist.«

»Was ist bloß los mit dir?«

»So redest du nicht mit deiner Mutter«, sagte ihre Mutter, deren Hände das Lenkrad umklammerten.

»Aber willst du denn nicht rausfinden, wer es getan hat? Oder warum?«

»Was würde das nützen?«

»Ist das dein verdammter Ernst?«

Plötzlich schlug ihre Mutter dicht vor Kys Gesicht die

Hände zusammen, das Klatschgeräusch so laut, dass Ky dachte, sie wäre geohrfeigt worden. »Ich habe gesagt, so redest du nicht mit deiner Mutter! Zeig gefälligst etwas Respekt vor mir.«

»Ich fass es nicht. Eine Obduktion hätte uns verraten, ob er irgendwas im Körper hatte oder ob er sich –«

»Mein Sohn hat keine Drogen genommen.«

»Aber wie kannst du dir da so sicher sein? Du kennst uns nicht mal!«

»Wie kommst *du* darauf, dass du deinen Bruder kennst? Du lebst nicht mehr hier. Wie oft hast du ihn gesehen, seit du nach Melbourne gezogen bist? Bildest du dir ein, du könntest einfach zurückkommen und meinem Sohn unterstellen, er hätte Drogen genommen?«

Ky presste sich die Fingernägel in die Handflächen. »Das habe ich nicht gesagt«, erwiderte sie leiser. »Ich mein ja nur –«

»Und dann? Was würde das ändern? Ich weiß nicht, wer meinen Sohn getötet hat oder warum«, sagte ihre Mutter. Ihr Gesicht war gerötet, die Augen tiefe Teiche. »Ihn von der Polizei aufschneiden zu lassen hätte ihn nicht zurückgebracht.«

»Der Coroner hätte die Obduktion vorgenommen –«

»Ist mir egal. Ich will nicht, dass irgendwer meinen Sohn aufschneidet. Es wird ihn nicht zurückbringen. Nichts wird ihn zurückbringen. Ich kann nur dafür sorgen, dass er ein gutes Leben nach dem Tod hat.«

Ky presste weiter die Nägel in die Handflächen, versuchte, sich auf den körperlichen Schmerz zu konzentrieren, um sich nicht all dem stellen zu müssen, was sie empfand.

Sie fuhren schweigend weiter, und ihre Mutter beruhigte sich so weit, dass sie ihre langsame und bedächtige Fahrweise wieder aufnahm, während Ky Häuser zählte, um sich abzulenken.

»Giời ơi!«, sagte ihre Mutter, als sie in die Einfahrt bogen. »Wir haben das Obst vergessen!«

Die Kiste mit Nektarinen stand noch auf der Rückbank. Sie hätten in den Tempel gebracht und von den Buddhas gesegnet werden sollen, um sie dann Denny anzubieten und schließlich zu Hause zu verzehren. Kys Mutter schlug sich mehrfach mit der flachen Hand an die Stirn.

»Beruhig dich, Mum«, sagte Ky, drehte sich um und griff nach der Kiste. »Du kannst sie ja morgen hinbringen.«

»Nein, nein, nein«, sagte ihre Mutter. »In der Hitze werden sie weich. Nicht gut.«

Ky stellte sich die Kiste auf die Knie und drückte sachte auf eine Nektarine. Sie war schon von der Hitze im Auto weich geworden.

»Du bringen zur Schule«, sagte ihre Mutter auf Englisch.

»Was?«

»Du bringen zur Schule.«

»Welche Schule? Ich hab –«

»Für Dennys Lehrer. Die kommen zu Beisetzung, wir ihnen danken.«

Ihre Mutter gab der Kiste einen kleinen Schubs, sodass sie höher auf Kys Schoß rutschte, als wäre die Sache damit geklärt. »Du bringen heute, sonst Obst werden schlecht. Du geben Mr Dick-sun und Miss Fuckna und Miss Buck.«

»Dickson«, korrigierte Ky sie. »Faulkner. Gott, Mum –«

»Egal«, sagte ihre Mutter, stieg aus, knallte die Fahrertür zu und ließ Ky mit der Obstkiste allein im Auto sitzen.

5

Als die ersten indochinesischen Flüchtlinge in Australien ankamen, ging Sharon Faulkner noch auf eine Highschool mitten in Sydney und hatte asiatische Menschen nur auf Fotos gesehen, in den Nachrichten und in Geschichtsbüchern über den Zweiten Weltkrieg, in denen Propagandaplakate die Japaner als Schurken mit Hasenzähnen darstellten.

Als die ersten indochinesischen Flüchtlinge die vom Commonwealth zur Verfügung gestellten Migrantenunterkünfte in Villawood, Fairy Meadow, East Hills, Mayfield und Dundas verließen – ausgestattet mit ein paar Floskeln in der Landessprache (»Hallo, wie geht's?« »Sehr gut, danke.« »Was es meinen?«), einer Abneigung gegen Porridge und dem frisch erworbenen Wissen, dass sie keine Kuhmilch vertrugen –, war Sharon Faulkner auf dem Weg nach Newcastle, weiter oben im Norden, um in einem Jahrgang, der sich ausschließlich aus weißen Protestanten der Mittelschicht zusammensetzte, Lehramt zu studieren.

Und als die ersten indochinesischen Flüchtlinge sich in Cabramatta niederließen, die ersten Phở-Restaurants eröffneten, die ersten vietnamesischen Lebensmittelläden aufmachten, wo es Packungen mit getrockneten Reisnudeln, scharfe Fischsoßen und Töpfe mit intensiv duftenden Gewürzen gab, nahm Sharon Faulkner unmittelbar nach ihrem Examen eine Stelle an einer Highschool in der 1.300 Einwohner zählenden Stadt Hay an, rund 725 Kilometer von Sidney entfernt.

Es war leicht für Sharon Faulkner, in Hay als Lehrerin zu arbeiten. Dort redeten sich Lehrkräfte und Eltern mit Vornamen an, und die Kinder selbst waren nicht viel anders als sie: Sie bekamen alle schnell einen Sonnenbrand, guckten sich am zweiten Weihnachtstag Kricket im Fernsehen an und benutzten den Ausdruck »Kumpel« auf passiv-aggressive Weise, um zu vermitteln, dass sie mit ihrer Geduld am Ende waren (»Jetzt setz dich mal hin und halt die Klappe, Kumpel«).

Aber im Grunde ihres Herzens blieb Sharon ein Stadtmensch. Sie war nicht geschaffen für Hays sengend heiße Sommer oder den gewaltigen Ring aus Nichts, der den kleinen Ort umgab und sich Hunderte Kilometer weit in alle Richtungen erstreckte. Als sie das erste Mal einen Steppenroller sah, rannte sie im Pyjama und mit Flip-Flops an den Füßen aus ihrem kleinen Haus und sah gespannt zu, wohin er kugeln würde (in die benachbarte Einfahrt) – sie hatte nicht geglaubt, dass es die Dinger wirklich gab. Als sie das zweite, dritte, vierte und fünfte Mal an ihrem Haus, ihrem Klassenzimmerfenster vorbei oder neben ihrem 1981er Toyota Corolla mit Fließheck herrollten, wenn sie über Hays stille Straßen fuhr, erinnerten sie sie nur noch daran, wie fern Sydneys baumbestandene Stadtteile waren, die sie so sehr vermisste, mit den von Griechen und Italienern betriebenen Milchbars, der bunten Vielfalt ihrer Viertel, wo sattbraune Haarschöpfe das Meer aus Blond tüpfelten, wo olivhäutige Typen lässig grüßten.

Sharon verbrachte drei Jahre in Hay. Dann nutzte sie die erste sich bietende Gelegenheit und ließ sich an eine Großstadtschule in einem Vorort versetzen, dessen Name für sie irgendwie italienisch klang.

Als die ersten indochinesischen Flüchtlinge – mutterlos und vaterlos – im Südwesten Sidneys zueinanderfanden, Bindungen eingingen, Wahlfamilien gründeten, sie gegen die Welt; als die Ersten auf Highschools gingen, ohne auch nur ein einziges Wort zu verstehen, das die Lehrer sagten; als die Eltern, die mit Babys und Kleinkindern gekommen waren, sie so gut sie konnten großzogen, sie in Secondhand-Schuluniformen steckten, ihnen befahlen, fleißig zu lernen, brav zu sein, sich mit aller Kraft den Erfolg und die Stabilität zurückzuholen, die ihnen geraubt worden waren; als ein sechzehn Jahre alter schwarzhaariger Junge ein weißes Pulver von einem Stück Alufolie rauchte, das er an seinen Freund weiterreichte, der es an seinen Freund weiterreichte, der es an seinen Freund weiterreichte; als Polizei und Politik befanden, dass eine gewisse ethnische Enklave nicht die erforderliche DNA besaß, um als australisch zu gelten, und der Premierminister des Landes verkündete, rührselige vietnamesische Lebensgeschichten würden ihn kaltlassen, und sich die Spannungen aus Angst und Hass in einem vier Quadratkilometer großen Vorort mit einem italienisch klingenden Namen verdichteten, kam Sharon Faulkner, frisch von Hay versetzt und mit von der Sonne blond gebleichten Haaren, in Cabramatta an.

Eine Woche nach Denny Trans Tod stand Sharon vor dem Büro der Schulpsychologin. Jahrelang hatte sie problematische Schüler hierhergeschickt und im selben Zeitraum den Glauben daran verloren, wenn die Schüler danach nicht etwa ruhiger und einsichtiger waren, sondern gar nicht mehr zu Schule kamen. Ihre Kollegen, denen ihre neue Niedergeschlagenheit im Lehrerzimmer ebenso auffiel wie die Tatsache, dass sie nun einfach darüber hinwegsah, wenn Schüler über die Flure tobten, drängten sie, mit jemandem zu reden. Als es aussah, als würde Sharon wie ein Zombie durch den Rest des Schuljahrs wanken, schnappte sich Barbara Stone, Mitte fünfzig und Leiterin des Fachbereichs Gesellschaftswissenschaften, Sharons

Autoschlüssel von deren Schreibtisch und drohte, sie ihr nur zurückzugeben, wenn sie endlich zur Schulpsychologin ging und mit ihr redete.

»Die Psychologin ist für die Kinder da«, widersprach Sharon tonlos und lethargisch.

»Wenn sie mit unseren Kindern fertigwird, wird sie auch mit dir fertig«, sagte Barbara und warf die Schlüssel in ihre Handtasche. »Hör mal, Shaz, du bist traumatisiert. Ich war nicht mal dabei, und ich fühl mich traumatisiert. Denny Tran war ein guter Junge, und ich bin zwar keine Psychologin, aber ich weiß, dass du mit jemandem darüber reden musst.« Sie legte die Handtasche in ihre Schreibtischschublade, knallte sie extra laut zu. »Du kriegst deine Schlüssel zurück, sobald Lena Lao schriftlich bestätigt hat, dass du bei ihr warst.«

Die Tür zum Büro der Schulpsychologin stand einen Spaltbreit offen, aber es schien niemand da zu sein. Sharon klopfte, ehe sie sie aufdrückte und in ein chaotisches und offensichtlich viel genutztes Zimmer spähte. Ein billiger Kiefernholzschreibtisch war mit Bonbonpapier und leeren Kaffeebechern übersät. Auf dem Schreibtisch stand ein Computer im Schlafmodus. Ein Windows-95-Logo schwebte auf dem dunklen Monitor hin und her. Drei Strickjacken hingen nachlässig über der Rückenlehne des Bürosessels, und ein zerschlissenes braunes Sofa nahm den meisten Platz des mit grünem Teppichboden ausgelegten Raumes ein. Im Vergleich zur sterilen Einrichtung der vorherigen Psychologin – ein Schreibtisch, zwei Plastikstühle und ein gerahmtes Poster, das an ABBAs Australien-Tour 1977 erinnerte – war das Zimmer ein Saustall. Sharon bemerkte, dass das ABBA-Poster verschwunden war und stattdessen von Schülern gemalte Bilder, Ansichtskarten und Fotos von der neuen Psychologin mit Freunden und Verwandten an der Wand hingen. Auf einem Foto erkannte Sharon eine jüngere Lena Lao in der Schuluniform der Fairfield High – jugendlich, ungleichmäßige pinke Strähnchen im Haar, Hände auf die Knie gestützt, um das Fundament einer menschlichen Pyramide zu bilden. Sharon fühlte sich nur selten alt, sie war erst Mitte dreißig und die wenigen grauen Haare konnten noch als ultrablond durchgehen, während ihr Körper die Erinnerung an achtzehn Jahre Leichtathletik bewahrte. Sie fand es dennoch befremdlich, wenn aus Personen, die so jung waren, dass sie ihre ehemaligen Schüler sein könnten, plötzlich Kollegen wurden. Sie war einfach daran gewöhnt, die jüngste Lehrerin im Raum zu sein.

»Ms Faulkner!«

Lena Lao, zierlich und nach Monaten Schulhofaufsicht tief gebräunt, kam schwungvoll mit einem Stapel Unterlagen und einer offenen Packung Wundpflaster in der Hand herein. Zu Sharons Überraschung sah sie aus der Nähe ebenso jugendlich aus wie auf dem Highschool-Foto, nur dass die langen Haare jetzt einem ordentlichen Bubikopf gewichen und die pinken Strähnchen verschwunden waren.

»Ich hab Sie erwartet«, sagte sie. »Ms Stone hat angekündigt, dass Sie vorbeikommen würden. Tut mir leid, im Moment geht bei mir alles ein bisschen drunter und drüber. Ich musste gerade bei einer Prügelei vor der Cafeteria dazwischengehen, und –« Sie machte auf ihrem Schreibtisch Platz für die Unterlagen, verstaute die Wundpflaster in einer ihrer überquellenden Schubladen und kickte die Tür mit einem Fuß zu. »Und, na ja …« Sie seufzte, sah Sharon an, die mitten im Raum stand. Als Lena sich in ihren Bürosessel fallen ließ, rutschte eine der Strickjacken zu Boden. Sie hob sie auf, knüllte sie zusammen und drückte sie sich in den Rücken. »Bitte, setzen Sie sich doch.«

Sharon nahm auf dem Sofa Platz und sank prompt tiefer hinein, als sie erwartet hatte.

»Wie geht es Ihnen?«, fragte Lena und sah Sharon auf

eine Art an, die ihr das Gefühl gab, sich nicht verstecken zu können. Es war ein krasser Gegensatz zu ihrer Vorgängerin Mrs Humphreys, die kaum Blickkontakt zu irgendwem herstellen konnte. Mary Humphreys war so unnahbar gewesen, dass selbst die Lehrer darüber Witze machten: Wenn du einen Schüler loswerden willst, schick ihn einfach zur Schulpsychologin. Mrs Humphreys brach ihre Beratungsgespräche mit Schülern gewohnheitsmäßig vorzeitig ab, notierte sich nicht, wer bei ihr gewesen war, und konnte die asiatischen Schüler nicht voneinander unterscheiden. Zur allgemeinen Erleichterung war sie zu Beginn des Jahres in den Ruhestand gegangen, und die Schule hatte das erste Halbjahr ohne Schulpsychologin auskommen müssen. Lena Lao, die erst vor ein paar Jahren ihr Studium abgeschlossen hatte, war zu Beginn des zweiten Halbjahrs gekommen.

»Mir geht's gut«, sagte Sharon.

»Tatsächlich? Sie haben etwas wirklich Schreckliches mit angesehen, Sharon.«

»Ich habe überhaupt nichts mit angesehen.« Sharon versuchte, ihre Hände ruhig zu halten.

»Doch, das haben Sie. Vielleicht nicht das eigentliche Geschehen, aber hinterher –«

»Bitte hören Sie auf«, sagte Sharon und verschränkte die Finger, um das Zittern zu stoppen. »Ich fühl mich hier wie in einem Verhör, und dafür bin ich nicht hergekommen.«

»Okay, okay.« Lena lehnte sich in ihrem Sessel zurück. »Das war nicht meine Absicht. Tut mir leid. Was ich sagen wollte, ist: Sie waren dabei. Und das kann nicht leicht gewesen sein. Besonders, da Sie den Schüler kannten.«

Sharon holte tief Luft. Sie wollte nicht weinen, nicht bei der Arbeit, nicht vor der Psychologin. »Hören Sie«, sagte sie, »mein Besuch hier ist wirklich nicht nötig.«

»Warum sind Sie dann zu mir gekommen?«, sagte Lena,

die Sharon noch immer so sanft, so mitfühlend ansah, dass die sich furchtbar exponiert fühlte.

»Weil Barbara Stone mir meine Autoschlüssel weggenommen hat und sie mir nur zurückgeben will, wenn ich mit Ihnen rede.«

»Verstehe.«

»Das ist nichts Persönliches«, sagte Sharon, der klar wurde, dass sie unhöflich und abweisend wirkte, aber nichts dagegen tun konnte, dass sie Mühe hatte, die Contenance zu wahren. Sie schlief schlecht. Bei jedem Telefonat mit ihrer Mutter blaffte sie sie an. Selbst tagsüber im Wachzustand hatte sie Albträume – sie wusste nicht mal, dass so etwas möglich war.

»Hey, ich versteh das. Mit Barbara Stone ist nicht zu spaßen.«

»Und deshalb«, sagte Sharon und drückte die Zunge hinten gegen die Zähne, um sich in der Realität zu verankern, sich daran zu erinnern, dass sie höflich und respektvoll sein sollte, »brauche ich bloß eine schriftliche Bestätigung von Ihnen, dass wir uns unterhalten haben. Dann bekomme ich meine Schlüssel zurück.«

»Kein Problem«, sagte Lena. »Die schreibe ich Ihnen, sobald wir uns unterhalten haben.«

Sharon zog die Augenbrauen zusammen, traute ihren Ohren nicht. Sie fragte sich, ob Barbara vielleicht schon mit Lena gesprochen hatte, ob das Ganze ein abgekartetes Spiel war. Das Gesicht der Psychologin war noch immer sanft, freundlich.

»Also, erzählen Sie mir von Denny.«

»Das kann jetzt nicht Ihr Ernst sein.«

»Wir haben beide die fünfte Stunde frei, Sharon. Unterhalten wir uns.«

»Ich fass es nicht«, sagte Sharon, schielte zur Tür. Aber sie wusste, ihre Weigerung, zu kooperieren, würde ihren Kollegen signalisieren, dass mit ihr wirklich etwas nicht stimmte. Sie würden sie dann erst recht nicht in Ruhe lassen. Sharon wusste, dass sie mit jemandem über die Sache reden musste. Aber sie konnte nicht ins Detail gehen. Sie wusste, dass sie nicht die ganze Wahrheit erzählen konnte – diese Möglichkeit hatte sie in dem Moment verspielt, als sie die Polizei belog. Aber das hieß nicht, dass sie nicht drum herumreden konnte.

Lena schob ihren Sessel näher an Sharon heran, bis ihre Knie sich fast berührten.

»Okay«, sagte Sharon. »Kannten Sie Denny Tran?«

»Ich hab nur von ihm gehört«, sagte Lena. »Schüler wie er werden normalerweise nicht zu mir geschickt. An meiner letzten Schule habe ich ein bisschen Mediation zwischen ein paar ultraehrgeizigen Streberinnen gemacht, die kurz davor waren, sich gegenseitig umzubringen – natürlich nicht wörtlich –, aber dergleichen schien auf Denny Tran nicht zuzutreffen.«

»Nein, er war zu allen sehr nett.« Sharon dachte an Denny mit seiner dicken Brille und dem Mittelscheitel. Vor ihrem geistigen Auge sah sie das gerahmte Foto von ihm, das seine Familie auf ihren Ahnenaltar gestellt hatte. Dann sah sie Ky, wie sie ihr nach der Trauerfeier einen Teller Nudeln reichte. Sharon hatte gewusst, dass es eine schlechte Idee war, zu der Feier zu gehen. Sie hatte um Fassung gerungen und ständig befürchtet, dass die Familie Tran ihr Fragen stellen würde, die sie nicht beantworten konnte, oder dass sie ihre Lügen durchschauen würde. Aber sie fand, dass sie keine andere Wahl hatte. An der Trauerfeier und der anschließenden Zusammenkunft bei den Trans teilzunehmen war ihre Art, für Denny da zu sein, selbst wenn es viel zu spät dafür war. Seitdem musste Sharon jeden Tag an Details aus dem Haus der Familie denken: das Foto von Denny, die Beengtheit, der Kalender für das Jahr der Ratte und Kys Anwesenheit. »Aber seine Schwester war so«, sagte Sharon.

»Wie?«

»Wie diese ultraehrgeizigen Mädchen, von denen Sie gesprochen haben. Sie war extrem fleißig – aber es schien ihr keinerlei Freude zu machen.«

»Haben Sie sie unterrichtet?«

»Ja«, sagte Sharon und erinnerte sich an die zehnte Klasse von 1990, die mürrischen Gesichter der Sechzehnjährigen, die null Interesse an Erdkunde hatten, aber das Fach belegen mussten. »Als sie in der zehnten Klasse war.«

»Das ist ein schwieriges Alter.« Lena wirkte für einen Moment gedankenverloren. »Nicht so schwierig wie später in der Zwölf, aber normalerweise wird den Schülern in dem Alter klar, dass einiges für sie auf dem Spiel steht und ihre Freunde in Wahrheit auch ihre Konkurrenten sind.«

»Ich hab das nicht so empfunden, als ich in dem Alter war«, sagte Sharon, die ihre eigene Schulzeit als rundum schön in Erinnerung hatte, mit engen Freundschaften und einer Leichtigkeit, nach der sie sich als Erwachsene oft sehnte.

»Hmm«, sagte Lena. »Hier in unserem Stadtteil ist das für so manche Schüler anders. Ich will ja nicht verallgemeinern, aber ich tu's trotzdem. Wenn du in der Minderheit bist, vermittelt die Welt dir das Gefühl, dass für dich kein Platz am Tisch ist. Mit viel Glück gibt's vielleicht Platz für eine Person. Und um den musst du leider kämpfen. Ich spreche aus Erfahrung.«

Sharon nickte, obwohl sie nicht recht wusste, ob sie das glauben sollte. Sie war immer stolz darauf gewesen, empathischer zu sein als ihre Kollegen, und hatte sich das Konkurrenzverhalten der Schüler mit elterlichem Druck erklärt.

»Zudem üben die Eltern großen Druck aus«, fügte Lena hinzu, als hätte sie Sharons Gedanken gelesen. »Aber ich denke, irgendwann begreifen die Schüler, worum es geht.«

Sharon meinte Verbitterung in Lenas Stimme zu hören, aber die junge Psychologin wirkte heiter. Sharon wusste nicht, was sie von ihr halten sollte. »Das ist zynisch«, sagte sie.

Lena zuckte die Achseln. »So geht es diesen Kindern nun mal. Wir sollten das nicht ausblenden.«

»Aber es stimmt nicht«, widersprach Sharon. Sie hatte miterlebt, dass ihre eigenen Schüler fleißig lernten und dafür belohnt wurden, Studienplätze in Jura und Medizin ergatterten, Vollstipendien an Universitäten bekamen. Etliche von ihnen hatten ihren Glauben an die Chancengleichheit in Australien erneuert – Kinder von Flüchtlingen, die es allein durch Fleiß und die richtige Einstellung geschafft hatten, alles zu erreichen, was sie wollten.

»Der Punkt ist«, sagte Lena, »dass viele Schüler und Schülerinnen es nicht leicht haben, auch nicht die intelligenten und fleißigen. Wundert mich nicht, dass seine Schwester Probleme hatte.«

»Ich muss oft an sie denken«, sagte Sharon.

»Wieso?«

»Ich war am Wochenende auf seiner Trauerfeier, und sie war da. Es war erschütternd.«

»Natürlich.« Lena nickte. »Haben Sie seine übrige Familie kennengelernt?«

»Gewissermaßen. Eigentlich nicht. Seine Schwester war die Einzige, die was gesagt hat.«

»Verstehe.«

»Ich weiß nicht. Ich denke immer wieder über das Jahr nach, als ich sie unterrichtet habe.«

»Inwiefern?«

Sharon überlegte kurz. In Gedanken zog sie eine Linie von

1990 zu 1996, von Ky zu Denny, von ihrem Klassenzimmer zum Lucky 8.

»Ich weiß nicht«, sagte sie. »Irgendwie ... Ich denke darüber nach, wie alles mit allem zusammenhängt.«

»Hmm.«

»Es klingt verrückt.«

»Was meinen Sie?«

»Na ja, ich denke, dass es sich vielleicht damals schon abgezeichnet hat. Ich weiß, dass es verrückt klingt. Und ich hab keinen Beleg dafür, dass es eine Verbindung gibt, und ich versuche nicht mal, es zu belegen. Es will mir einfach nicht aus dem Kopf.«

»Wann haben Sie sie unterrichtet?«

»1990.«

»Und gab es viele Überschneidungen zwischen Ihren Erfahrungen mit ihr und Denny?«

»Wie meinen Sie das?«

»Nun ja.« Lena lehnte sich noch weiter in ihrem Sessel zurück. »Ich frage mich, warum Sie so viel an die Schwester denken, wenn doch der Bruder gestorben ist.«

»Ich ...« Sharon stockte verwirrt. Sie konnte spüren, dass ein Ausschlag, den sie immer bekam, wenn sie nervös wurde, ihr die Brust hochkroch. »Ich kann's nicht erklären. Ich hänge in dem Jahr fest, als ich sie unterrichtet habe. Ich muss immer wieder darüber nachdenken. Wahrscheinlich, weil ich sie neulich gesehen habe.«

»Was haben Sie aus diesem Jahr noch in Erinnerung?«, fragte Lena und spitzte nachdenklich die Lippen.

»Meine Güte.« Sharon stieß einen langen Seufzer aus. »Das ist so lange her. Nichts? Alles? Keine Ahnung.«

Die Namen waren nicht das Schwierigste in Sharons erstem Jahr an der Cabramatta High. Sie sprach sie immer noch falsch aus – wie alle Lehrer –, aber sie lernte schnell, dass Nguyen eher wie »Nuen« klang als »Ngujen«, dass »Ngoc« praktisch »Nock« war und »Phuc« wie »Fuuk« ausgesprochen wurde und nicht wie die andere klangliche Option. Sie gewöhnte sich sogar an den Raum voller asiatischer Gesichter, die sie jeden Morgen bei Unterrichtsbeginn erwarteten, die schläfrigen vietnamesischen, chinesischen, kambodschanischen und laotischen Schüler, die versuchten, vor der ersten Stunde noch ein bisschen zu dösen.

»Du bist wie Anna!«, sagte ihre Mutter, als Sharon anrief und darüber jammerte, dass die Woche nicht besser gewesen war als die vorherige.

»Wie wer?«

»Anna in *Der König und ich*!«

»Ach, hör doch auf, Mum«, sagte Sharon, die sich an eine Szene aus dem Film erinnerte, in der die fünfzehn kleinen Kinder des Königs von Siam die englische Gouvernante begrüßten, indem sie deren weiß behandschuhte Hand küssten. »So ist das nicht.«

»Wirklich nicht? Du machst da etwas sehr Großherziges, Schätzchen. Ich hoffe, die wissen das zu schätzen.«

Wie so viele Menschen außerhalb des Südwestens von Sydney, die Cabramatta nur aus den Nachrichten kannten, hatte ihre Mutter zunächst besorgt auf Sharons Umzug dorthin reagiert. Aber Sharon machte nie irgendwelche unangenehmen Erfahrungen mit den kriminellen Gangs, die die Schlagzeilen beherrschten. Sie wurde nicht ausgeraubt, bedroht oder von Drogendealern angesprochen. Manche Menschen haben eben Glück. Und schließlich konnte ihre Mutter Sharons neuen Job akzeptieren, weil sie sich eine Analogie einfallen ließ, die ihr absolut einleuchtend erschien: Ihre Tochter war im Grunde in ein Kriegsgebiet gezogen, um die Kinder zu retten. Sharon verdrehte die Augen und hoffte, ihre Mutter könnte das durch die geringelte Telefonschnur spüren. Sie erklärte ihr, dass ihre Schwierigkeiten, an der Cabramatta High zu unterrichten, nichts mit der Kriminalitätsrate zu tun hatten, sondern damit, dass die Schüler sie offenbar nicht mochten. Sie waren nicht direkt feindselig. Aber sie waren auch nicht freundlich.

»Unsinn«, sagte ihre Mutter. »Wie soll dich denn jemand nicht mögen? Du bist die bezauberndste, liebenswerteste, entzückendste junge Frau in ganz New South Wales, und –«

»Erzähl das mal einem Haufen Sechzehnjähriger.«

»Wahrscheinlich liegt's daran, dass sie dich nicht kennen. Und du kennst sie nicht!«

Ihre Mutter lag richtig. Sharon hatte die erste Schulwoche damit verbracht, sich Namen einzuprägen und sogar die jeweilige Aussprache am Rand notiert, damit sie daran dachte, dass das h in Thao stumm war, Minh lieber Minnie genannt wurde und Ky wie »Kiii« klang. Sie hatte gelernt, die Namen der Schüler mit ihren Gesichtszügen zu assoziieren, damit sie nicht durcheinanderkam, wenn sie die Sitzplätze tauschten. Victor gelte sich das Haar so aggressiv zu Stacheln, dass sein Kopf an einen Ameisenigel erinnerte. Hue war das einzige mollige asiatische Kind in der Klasse und versuchte ständig, Witze zu machen. Jason hatte glattes schwarzes, an den Seiten kurz geschnittenes Haar, ließ sich aber rätselhafterweise einen Rattenschwanz wachsen, der ihm bis tief in den Rücken fiel. Minnie war zwar erschreckend dünn, hatte aber das rundlichste Gesicht der Schüler, und ihre ungewöhnlich dunklen Augen schienen Sharon regelrecht zu durchbohren. Und rechts oder links von Minnie war unweigerlich Ky, das anhängliche Schoßhündchen ihrer besten Freundin, das Yin zu Minnies Yang, zartbesaitet, mit Aknekinn, ein Mädchen, dem jede Emotion im Gesicht abzulesen war. Sharon lernte gleichzeitig, die Handvoll nicht asiatischer Schüler zu identifizieren. Spiro war der Junge, dem sie ansah, dass er schon bald eine Stirnglatze bekommen würde. Maura trug täglich grünen Lidschatten. Mikey war ein wahrer Riese.

Aber was wusste Sharon wirklich über ihre Schüler?

»Du solltest ihnen von dir selbst erzählen«, schlug ihre Mutter vor. »Sei offen zu ihnen, dann sind sie auch offen zu dir. Das ist ein guter kultureller Austausch. Sie können dir erzählen, wo sie herkommen, und wenn sie erst mal deine Geschichte kennen, werden sie dich lieben, Schätzchen.«

Welche Geschichte?, dachte Sharon. Sie war hier geboren, ebenso wie ihre Eltern und deren Eltern und deren Eltern. Dennoch, ihr fiel nichts Besseres ein, als die Schüler mit Keksen und Kuchen zu bestechen, und sie wollte nicht zu verzweifelt rüberkommen oder abweisendes Verhalten belohnen. Also begann sie ab der folgenden Woche jede Erdkundestunde mit einer Kennenlernfrage, die alle – sie selbst eingeschlossen – beantworten sollten. Als sie das Vorhaben ankündigte, signalisierte die Hälfte der Zehntklässler mangelndes Interesse, indem sie Stifte zwischen den Fingern drehten, ihre Mäppchen bemalten und gähnten. Die andere Hälfte blickte skeptisch. Minnie und Ky zogen Grimassen. Sharon war klar, dass die Schüler vermutlich dachten, sie behandele sie wie Babys, dass das Kinderkram war. Dennoch machte sie weiter.

»Heute lautet die Frage: Woher kommst du? Wer will anfangen?«

Die Schüler blickten nach unten – die universale Geste für: »Hoffentlich komm ich nicht dran.« Nur Minnie und Ky sahen sie weiter an. Minnies dichte Augenbrauen wölbten sich zu dachförmigen Bögen, Kys zogen sich nachdenklich zusammen.

»Ky, wie wär's mit dir?«

Schlagartig nahm das Mädchen einen entsetzten und verlegenen Gesichtsausdruck an. Ihre Klassenkameraden kicherten.

»Tja, also«, begann Ky kaum hörbar. »Ich bin in Vietnam geboren.«

»Lauter!«, schrie Cora von weiter hinten. Sie war eines der griechisch-australischen Mädchen, und Sharon erkannte sie an den krausen widerspenstigen Locken, die stets in einen dicken Pferdeschwanz gezwungen waren. Ihre Freundinnen grinsten.

»Ich bin in Vietnam geboren«, wiederholte Ky lauter.

»Việt Nam«, rief Hue mit übertrieben vietnamesischem Akzent, und jetzt kicherten auch die asiatischen Schüler.

»Na schön, beruhigt euch.« Sharon sah wieder Ky an. »Erzähl weiter.«

»Ich hab keine Erinnerung daran ... Dann hat meine Familie ein paar Jahre in einem Flüchtlingslager in Malaysia gelebt. Daran erinnere ich mich auch kaum. Mehr weiß ich nicht.«

Sharon nickte. »Hue, wie wär's mit dir? Du hast ja anscheinend viel zu sagen.«

Die Klasse stieß ein kollektives »Uuuuuh« aus, als Hue den Kopf schüttelte, plötzlich verlegen.

»Việt Nam«, sagte er.

»Wie Ky!«

»Ich nicht genau wissen, wo sie her ist, Miss«, sagte Hue. Wie viele ihrer Schüler sprach er Englisch mit einem gewissen monotonen Rhythmus, den Sharon schnell mit vietnamesischen und kambodschanischen Muttersprachlern in Verbindung brachte. Sie störte das nicht, aber sie fragte sich, ob diese Schüler je wie Aussies klingen würden oder ob ihre Sprache sie für immer als Außenseiter kennzeichnen würde. Manche, wie Minnie und Ky, hatten kaum einen Akzent, aber sie hatten gewisse typische Angewohnheiten. Ky neigte dazu, ihre Sätze mit »auch« oder »doch« zu beenden. Das konnte wahrscheinlich korrigiert werden. Bei den stärkeren Akzenten war Sharon weniger optimistisch.

»Vietnam«, sagte Sharon. »Ky ist aus Vietnam.«

Hue schüttelte weiter den Kopf, während die Jungen um ihn herum kicherten. »Miss, Vietnam ist sehr großes Land. Wer wissen, wo sie herkommt?«

»Ich bin aus Südvietnam«, sagte Ky.

Hue antwortete betont gedehnt, als würde er mit einem Kind sprechen: »Menschenskind, Määädchen, du eine Ahnung, wie groß ist Südvii-et-naaaaam?«

Jetzt lachte die ganze Klasse los.

»Okay!«, sagte Sharon, die so früh im Schuljahr noch nicht mit Störungen im Unterricht gerechnet hatte.

»Was ist mit dir, Minnie? Wo kommst du her?«

Das Mädchen mit den dunklen Augen sah Sharon direkt an, und ihr wurde kalt im Rücken.

»Wo kommen *Sie* her, Miss?«

»Ich?« Sharon hatte als Letzte reden wollen, hatte erzählen wollen, dass ihre Familie von den Engländern abstammte und seit über hundert Jahren hier lebte, dass der Dad ihrer Großmutter Halbitaliener war und doch tatsächlich blaue Augen hatte. Aber dass Minnie diese Frage so früh in der Kennenlernrunde an sie stellte, traf sie unvorbereitet. »Oh, ich bin von hier.«

Minnie grinste. »Ich auch.«

»Nein, bist du nicht«, sagte Cora.

»Doch bist du«, sagte Minnie.

»Was?«

»Genau.«

»He!«, sagte Sharon. »Cora, erst reden, wenn du an der Reihe bist. Minnie – du bist hier geboren?«

Das Mädchen verdrehte die Augen. »Spielt das eine Rolle?«

Als Studentin hatte Sharon ein Seminar besucht, in dem es darum gegangen war, wie man bei Streitereien zwischen Schülern intervenierte und vermittelte, beiden Seiten half, sich zu versöhnen. Einen ganzen Tag lang hatten sie sich mit Problemschülern befasst, die aggressiv waren, pampige Antworten gaben, ihre Wut an Lehrern ausließen. Was in dem Moment in Sharons Klassenzimmer passierte, war nichts dergleichen. Dennoch sträubten sich ihr die Nackenhaare.

»Hmm, nein. Es spielt wohl keine Rolle«, sagte Sharon. »Aber die Frage war –«

»Wir sind hier alle Aussies, Miss. Sogar Hue.«

Der pummelige Junge horchte auf, als sein Name fiel, schien unsicher, ob das dunkelhaarige Mädchen ihn unterstützen oder fertigmachen wollte.

»Ich habe nicht gemeint –«

»Hier komme ich her, Miss, genau von hier«, sagte sie und breitete die Hände aus, als wäre das alles, was sie zu bieten hatte, bevor sie sie zu Fäusten ballte.

Auch wenn Sharon das nur ungern zugab, hatte sie das erste vierzigminütige Gespräch mit Lena Lao gar nicht so schlecht gefunden. Die junge Psychologin hatte ihr wunschgemäß eine Bestätigung geschrieben, sie aber aufgefordert, doch in der nächsten Freistunde wiederzukommen – nichts Offizielles, nur ein Plausch zwischen zwei Kolleginnen. Sharon hatte ausweichend geantwortet, doch sobald sie an ihrem Schreibtisch saß, verglich sie ihren Stundenplan mit dem Terminplan der Psychologin.

»Wie war's?« Barbara war neben Sharon aufgetaucht. Sie hatte eine Hand in die Taille gestemmt, und am Zeigefinger der anderen baumelten die Autoschlüssel.

»Ging so«, sagte Sharon und deckte den Plan der Psychologin ab. Im Laufe der Jahre hatte sie gelernt, Barbara zu ertragen, und begriffen, dass die Fachbereichsleiterin wirklich alle – selbst den Schulleiter – behandelte wie ihre Siebtklässler. Dennoch, Sharon wünschte, sie würde abschwirren.

»Ist sie gut?«, fragte Barbara.

»Sie ist nett.«

»Nett muss nicht unbedingt gut heißen«, sagte Barbara. »Eigentlich heißt es das fast nie.«

»Stimmt«, räumte Sharon ein. »Ich würde sagen, sie war nett und gut.«

Barbaras Augen blickten erwartungsvoll, und Sharon wusste, dass sie gern mehr erfahren würde. Aber Sharon hatte keine Lust zu reden, und schon gar nicht mit Barbara Stone. Sie setzte ein schmallippiges Lächeln auf und schob die von Lena unterschriebene Bestätigung über den Tisch.

»Na schön«, sagte Barbara, ihr Mund plötzlich klein und enttäuscht. Sie legte Sharons Schlüssel auf den Schreibtisch und schubste sie in Sharons Richtung.

Auf dem Weg zum Auto ließ Sharon das Gespräch mit der Psychologin noch einmal Revue passieren, um sicherzugehen, dass sie auch wirklich nicht mehr verraten hatte, als sie wollte. Lena Lao war eine gute Zuhörerin, wirkte ehrlich interessiert. Schon kurz nach Beginn des Gesprächs hatte Sharon gemerkt, dass sie sich die Anerkennung der Psychologin wünschte, und sei es nur, um Wertschätzung für ihre Bemühungen zu bekommen.

»Es ist gut, dass Sie gelernt haben, jeden Namen richtig auszusprechen«, hatte Lena gesagt. »Es kann für Schüler zutiefst demoralisierend sein, wenn ihre Namen ständig falsch ausgesprochen werden oder, schlimmer noch, wenn man sie mit anderen Schülern verwechselt. Meistens tun die Leute das als harmloses Versehen ab, keine große Sache, aber für die betroffenen Schüler wird klar, dass sie nicht als Individuen gesehen oder wahrgenommen werden. Ich will nicht dauernd sagen, dass ich aus Erfahrung spreche, aber – und jetzt spreche ich aus Erfahrung – es vermittelt den Schülern das Gefühl, dass die Menschen um sie herum zuerst ihre Herkunft und dann erst irgendwas anderes sehen.«

»Das würde ich niemals«, sagte Sharon, insgeheim stolz, weil sie die Praxis beibehalten hatte, sich die charakteristischen körperlichen Merkmale ihrer Schüler am Rand der Namensliste zu notieren, obwohl ihre Kollegen sich deshalb über sie lustig machten.

»Also, das klingt, als hätte das Jahr sie vor große Herausforderungen gestellt«, sagte Lena.

Sharon nickte. Sie fühlte sich zurückversetzt in das damalige Lehrerzimmer des Jahres 1990, als sie die sechzehnjährigen Ky und Minnie unterrichtet hatte.

»Was lernen die überhaupt in Englisch als Zweitsprache?«, hatte Barbara damals gefragt und sich zum dritten Mal darüber beschwert, dass die Schüler zu früh aus dem Englischunterricht entlassen wurden, sodass sie selbst nicht einfach nur Geschichte und Erdkunde unterrichten konnte, sondern auch noch als Englischlehrerin fungieren musste.

»Sie lernen, dass sie nicht wissen, was es meinen«, sagte Greg Kosta, ein anderer Lehrer für Gesellschaftswissenschaften, und lachte gackernd über seinen eigenen Witz.

»Meine Güte. Was es meinen. Was *meint* es denn, Greg? Was meinen sie? Was *meint* überhaupt irgendwas?«

»Stell dir vor, wie es den Englischlehrern geht, wenn sie mit diesen Kindern *Macbeth* durchnehmen müssen. Jaul.«

Sharon trug ihr Lunchpaket – ein mit Thunfisch, Essiggurke und Salat belegtes Sandwich – an den Konferenztisch, wo Barbara und Greg Kaffee tranken und Klassenarbeiten korrigierten.

»Hi, Shazza«, sagte Greg und schob seine Arbeitsblätter zusammen, um Platz für Sharon zu machen. »Wissen deine Kids, was es meinen?«

Sharon zuckte die Achseln. In den ersten Wochen hatte die fehlerhafte Sprachbeherrschung mancher Schüler sie beunruhigt, bei dem Gedanken, wie viel Arbeit da auf sie zukam, hatte sie innerlich gestöhnt. Manchmal sorgte sie sich noch immer um die Integration ihrer Schüler in die australische Gesellschaft. Würden sie sich unwillkommen fühlen? Doch nach ein paar Wochen nahm sie eher die Persönlichkeiten ihrer Schüler wahr als deren Akzente und Grammatikfehler, und wenn sie »Was es meinen?« hörte, dachte sie an den molligen Witzbold in ihrer Klasse, an sein freches Auftreten gegenüber Gleichaltrigen, die Herzlichkeit und Achtung, die er ihr entgegenbrachte, daran, dass er jeden Satz mit »Miss« beendete.

Barbara Stone schnaubte, leckte theatralisch ihren Mittelfinger an und blätterte damit die Seite einer Klassenarbeit um.

»Hat einer von euch schon mal Minh Le unterrichtet?«, fragte Sharon.

Sowohl Barbara als auch Greg stutzten; sie legte die Klassenarbeit hin, er nahm einen großen Schluck Kaffee.

»Schwierig«, sagte Barbara. »Sehr, sehr schwierig.«

»Ach ja?«

»Der Ton von diesem Mädchen.« Barbara schüttelte den Kopf und begann wieder zu korrigieren. »Verdammt undankbar.«

»Sie scheint aber sehr intelligent zu sein. Erreicht bei all meinen Tests die volle Punktzahl.«

»Aber?«

»Aber, stimmt, ihr Ton. Ich kann's nicht genau benennen.«

»Ich hatte sie letztes Jahr im Unterricht«, sagte Greg. »Sie und diese Ky. Unzertrennlich. Bestnoten in allem. Ky ist definitiv eine Streberin, womit ich nun wirklich kein Problem habe.«

»Sie ist ein gutes Beispiel«, fügte Barbara hinzu. »Muckt nicht auf, lernt fleißig, hat die richtige Einstellung.«

»Die anderen Schüler finden sie hochnäsig, weil sie mit ihren guten Noten angibt. Aber ich glaube, sie ist bloß unsicher. Einfach eine Jugendliche, die irgendwas beweisen will.

Bei Minnie hingegen habe ich keine Ahnung, was sie beweisen will.«

»Manche Kinder sind einfach schwierig«, sagte Barbara, ohne von ihrer Arbeit aufzublicken. »In der siebten Klasse war sie noch ganz in Ordnung. Alle Kinder sind in der Siebten noch in Ordnung. Dann kommt die Pubertät und gebiert Monster.«

Sharon stellte sich jüngere Versionen von Minnie und Ky zu Beginn der Highschool-Zeit vor: Haare zu Zöpfen geflochten, ihre Secondhand-Tornister grotesk groß, auf dem Schulweg Händchen haltend. Sie fragte sich unwillkürlich, wie zwei Menschen, die so unterschiedlich wirkten, beste Freundinnen sein konnten. Sie hätte gern Mäuschen gespielt, wenn die Mädchen allein waren.

»Wird nicht halten«, sagte Greg.

»Was wird nicht halten?«, fragte Sharon. Sie begann, die Brotrinde von ihrem Sandwich zu zupfen.

»Diese Freundschaft.«

Sharon rollte ein Stück Brot zwischen Daumen und Zeigefinger, ohne zu merken, dass ihre Kollegen zusahen, wie sie mit ihrem Essen spielte. Das machte sie immer, wenn sie einen Gedanken hatte, den sie gern aussprechen würde, aber wusste, dass sie das besser lassen sollte. Sie wollte Greg fragen, wie er – oder überhaupt irgendein Lehrer – sich bei der Einschätzung eines Schülers so sicher sein konnte. Was wussten die anderen, was sie nicht wusste? Und wofür hielt er sich eigentlich? Für einen Psychologen? Stattdessen sagte sie nur: »Ach ja?«

»In der neunten oder zehnten Klasse kommt's immer zum Krach, wenn ein Mädchen zur Rebellin wird und die andere nicht. Wart's ab.«

»Pubertät!«, sagte Barbara erneut, diesmal zu laut. »Verdammte Monster!«

In ihrem ersten Gespräch mit Lena erwähnte Sharon diese

Erinnerung nicht und sprach stattdessen darüber, dass sie frustriert war, weil die Schule zu wenig dafür tat, die Schüler zu verstehen. »Es kommt mir so vor, als würden manche aus dem Kollegium sie einfach abschreiben«, sagte sie in Gedanken an Barbara Stone, die immer wieder ihren Mittelfinger anleckte, während sie Arbeiten korrigierte. »Und ich denke, in den ersten paar Jahren hier hatte ich große Schwierigkeiten, mich an diese Kultur zu gewöhnen.«

»Hmm.« Lena stützte das Kinn in die Hand. »Inwiefern haben manche die Schüler abgeschrieben?«

»Nun ja«, sagte Sharon und suchte nach Worten. »Ich glaube nicht, dass irgendwelche Schüler einfach nur böse sind. Ich glaube, da spielen viele Faktoren eine Rolle, zum Beispiel ihre häusliche Situation, und ich glaube auch, dass das viele Lehrer einfach nicht interessiert oder dass sie es zumindest nicht für ihre Aufgabe halten, sich dafür zu interessieren.«

»Halten Sie das denn für Ihre Aufgabe?«

»Ja, absolut. Aber andererseits bin ich keine Sozialarbeiterin. Ich hab mein Bestes getan. Denke ich zumindest. Vielleicht habe ich zu viel getan.«

»Wie meinen Sie das?«

Sharon spürte, wie ihr heiß im Gesicht wurde. »Ich weiß nicht«, log sie, obwohl sie wusste, dass eine Wahrheit in ihren Worten steckte. Die Wahrheit lag tief in den Schichten ihres Gehirns verborgen. Doch die Spitze kam allmählich zum Vorschein. *Vielleicht habe ich zu viel getan.*

Drei Tage später hatte Sharon die sechste Stunde frei und stand wieder vor Lenas Büro.

»Sharon!«, sagte Lena und strahlte sie an. Dann, als wäre ihr gerade eingefallen, dass sie mit einer Erwachsenen redete, zügelte sie ihre Emotionen und lehnte sich in ihrem Bürosessel zurück. »Ich bin froh, dass Sie wieder zu mir kommen.«

»Ich hab gesehen, dass Sie eine Freistunde haben«, sagte Sharon. »Ich musste einfach raus aus dem Lehrerzimmer und hab gedacht, ich schau mal rein, um, na ja –«

»Ich begrüße jede Flucht aus Lehrerzimmern.«

Lena bot Sharon einen Chupa-Chups-Lolli aus ihrer obersten Schublade an, die mit einem ganzen Sortiment an Süßigkeiten gefüllt war.

»Ich mag die mit Cola-Geschmack am liebsten«, sagte sie, »die Schokoriegel sind alle geschmolzen, die Fruchtdragees sind schon ziemlich alt, und die Kinder lieben die Gummibärchen, deshalb heb ich die für Notfälle auf.«

Sharon hatte noch nie irgendeine Therapie gemacht, deshalb war sie davon ausgegangen, dass Lena sie nach ihrer Mutter fragen würde, ihrer Kindheit, ihren Träumen. Stattdessen schien die Psychologin vollkommen zufrieden damit, Sharon über alles reden zu lassen, was sie wollte, und anders als die Psychiater im Fernsehen, die schweigend zuhörten, bewerteten und sich Notizen machten, scheute Lena sich nicht, ihre eigene Meinung zum Besten zu geben, sei es über das alljährliche Sportfest der Schule (»Wir lassen sie 364 Tage im Jahr über ihren Büchern hocken, und am 365sten erwarten wir, dass sie fünf Kilometer laufen, ohne kotzen zu müssen?«) oder über Disziplinarmaßnahmen (»Ich hab nie begriffen, wieso man bestraft wird, weil man zu viel redet«).

»Ihre Schüler scheinen Sie zu mögen«, sagte Lena, schlug die Beine übereinander und stützte die Ellbogen auf die Knie.

Sharon, von dem jähen Themenwechsel überrascht, wurde rot. »Ach, na ja, früher war das nicht so«, sagte sie.

»Keine falsche Bescheidenheit. Ich höre so einiges. Und wissen Sie was? Kein Kind mag Erdkunde. Alle bilden sich ein, es sei unter ihrer Würde zu lernen, wie man Atmosphärendruck misst.«

»Oh«, sagte Sharon enttäuscht.

»Aber das finde ich ja so ungewöhnlich. Erdkunde ist überhaupt nicht sexy, und sie mögen Sie trotzdem. Was ist Ihr Geheimnis? Kokain? Verteilen Sie Koks an die Kinder?«

»Ha!«

»Das war natürlich ein Witz. Lehrer an öffentlichen Schulen können sich kein Koks leisten. Bei Heroin sieht die Sache schon anders aus.«

»Ich habe keine Ahnung, wie viel so was kostet«, sagte Sharon, die sich in Lenas Nähe zunehmend entspannte.

»Nur fürs Protokoll, ich habe nie Heroin gekauft oder genommen«, sagte Lena. Sie hob beide Hände, als wollte sie ihre Unschuld beteuern. »Aber ich weiß, es ist billig, und es gibt definitiv einen Preisnachlass für Asiaten.«

»Da fehlen mir die Worte.«

»Ja, mir auch. Jedenfalls. Das Geheimnis Ihres Erfolges, heraus damit.«

»Nun ja«, sagte Sharon und dachte an die eine Sache, die sie anders machte als ihre Kollegen, »seit ich an der Cabra High bin, beginne ich jeden Kurs mit einer Kennenlernfrage.«

»Also zu Beginn des Schuljahrs? Oder nach den Ferien?«

»Nein, zu Beginn jeder Unterrichtsstunde.«

»Wow.«

»Viele Fragen stelle ich immer wieder, und sie kommen bei jedem neuen Klassenverband zum Einsatz.«

»Trotzdem, das müssen sehr viele Fragen sein.«

»Meistens zahlt es sich aus. Wir alle lernen einander besser kennen.«

»Nennen Sie mir ein Beispiel.«

Sharon erzählte, wie sich ihre anfangs distanzierte zehnte Klasse allmählich für sie erwärmt hatte. Minnie, die die Ursache für die Feindseligkeit der Klasse war, erwähnte sie ebenso wenig wie Ky, die sich nie auf die Fragerunde einließ, weil Minnie sie daran hinderte. So aufgeweckt Minnie auch war, sie schaffte es, allein durch ihre Anwesenheit die Atmosphäre zu vergiften. Alle waren stiller, gehemmter, wenn sie im Raum war. Zum Glück für Sharon begann Minnie wenig später, immer häufiger die Schule zu schwänzen, und Sharon merkte, dass sie ohne den bohrenden Blick des Mädchens endlich eine Bindung zu ihren Schülern aufbauen konnte, die beim Betreten des Klassenraums auf einmal anfingen, sie mit »Alles klar, Miss?« zu begrüßen und freiwillig Fragen nach ihren Lieblingsessen zu beantworten – »Hamburger«, »Hamburger«, »Bún bò Huế« (Sharon: »Was ist das?« Hue: »Echt jetzt, Miss?«), »KFC«, »Hamburger« – und nach ihren größten Ängsten – »Höhen«, »Krebs«, »thailändische Piraten«, »der Geruch von Durians« (Sharon: »Was sind Durians?« Hue: »Oh Gooott, Miss«), »meine Mum«, »Jasons Mum« (alle: »Hahaha!«).

»Hat Dennys Schwester sich für Sie erwärmt?«, fragte Lena.

»Wer, Ky?«

»Ja. Sie haben doch gesagt, sie war in dem Jahr in Ihrem Unterricht. Als Sie gerade in Cabra anfingen, oder? Zehnte Klasse?«

»Ach so, ja. Irgendwie schon. Aber nicht so richtig.«

»Warum nicht?«

Minnie, dachte Sharon, wollte den Namen aber nicht aussprechen. Sie spürte, dass sie sich einer Erkenntnis annäherte, die tief in ihr vergraben war, einer Erkenntnis, die sie nicht zutage fördern wollte.

»Ich glaube, sie dachte, sie stünde darüber«, sagte Sharon, ehe ein nagendes Gefühl ihr einflüsterte, dass sie Ky gegenüber ungerecht war, dass Kys Geschichte sich völlig anders darstellte, wenn Minnie aus der Gleichung entfernt wurde. In Sharons Erinnerung gab es keine Ky ohne Minnie, gab es keine Minnie ohne Ky. Und das stimmte sogar bis heute – sie hatte Ky erst vor wenigen Tagen bei der Trauerfeier für Denny gesehen; sie hatte Minnie eine Woche zuvor bei Dennys Tod gesehen. Sie versuchte, das jüngste Bild von Minnie zu verdrängen, die hagere junge Frau im Lucky 8, doch es schob sich immer wieder in den Vordergrund. Vielleicht, dachte sie, wenn sie drum herumredete, wenn sie eine Möglichkeit fand, über Minnie zu reden, ohne über Minnie zu reden, würde das den Druck ein wenig lindern.

»Tja, ihre beste Freundin war ziemlich schwierig«, sagte Sharon, womit sie dem, was ihr auf der Seele lag, gefährlich nahe kam. »Ihren Namen nenne ich lieber nicht, um ihre Privatsphäre zu schützen. Sie war sehr renitent.«

»Was hat diese Freundin gemacht?«, fragte Lena und strich sich die Haare hinter die Ohren.

»Ständig die Augen verdreht«, sagte Sharon. »Oft gefehlt.«

»Was sonst noch?«

»Sie war konfrontativ.«

Sharon hatte heftige Auseinandersetzungen mit Schülern gehabt – Wutanfälle, Beschimpfungen, eine leere Saftpackung, die in ihre Richtung geworfen wurde. Und sosehr diese Vorfälle sie auch aufwühlten, irgendwie gab es danach doch immer ein Gefühl von Klärung, eine Entschuldigung, ein Einvernehmen, dass Dinge in der Hitze des Gefechts gesagt und getan worden waren. Aber über die Konfrontation mit Minnie war Sharon nie hinweggekommen. Sie hatte das Mädchen zu sich gerufen, als es endlich mal wieder zum Unterricht erschienen war. Sie erinnerte sich, dass Ky draußen auf dem Flur gewartet hatte, das junge Gesicht tief besorgt.

»Hey«, hatte Sharon so sanft wie möglich zu Minnie gesagt, »ist alles in Ordnung?«

Von ihrem Sitzplatz hinter dem verschrammten Lehrerpult aus musterte sie das Mädchen, das lässig vor ihr stand. Das Weiße in ihren Augen war gerötet. Sharon hatte Minnie immer beängstigend hübsch gefunden und vermutet, dass das einer der Gründe war, warum so viele aus ihrer Klasse sie in Ruhe ließen und stattdessen Ky ausgiebig hänselten. Jetzt jedoch sah sie aus, als wäre sie im Verlauf des Schuljahrs um Jahre gealtert. Ihr einst glänzendes vorhangglattes Haar war strähnig und fettig. Ihre blasse Haut wirkte grau.

»Alles bestens«, sagte Minnie.

»Wir müssen über deine Fehlzeiten reden, Minnie.«

»Ich bin doch gut in der Schule, oder?« Minnie trat von einem Bein aufs andere, wurde unruhig. »Jedenfalls besser als die meisten von diesen blöden Arschlöchern, oder?«

»Hey!«, sagte Sharon scharf. »Red nicht so über deine Mitschüler.«

Minnie hatte recht, sie war noch immer besser als die meisten in ihrer Klasse. Aber wenn es etwas gab, das Sharon auf die Nerven ging, dann waren das arrogante Schüler.

»Es geht nicht bloß darum, dass du gute Klausuren schreibst, Minnie. Jeder Affe kann erlerntes Wissen abrufen. Aber du musst regelmäßig am Unterricht teilnehmen. Du willst doch wohl nicht die zehnte Klasse wiederholen müssen?«

»Affe?« Minnies Pupillen waren Stecknadelköpfe. Sharon stellte sich vor, wie aus diesen Augen Laserstrahlen schossen und ihr Inneres durchbohrten.

»Das sollte keine Beleidigung sein.«

»Oh ja, klar«, sagte sie und verdrehte die Augen so übertrieben, dass Sharon sie am liebsten geohrfeigt hätte, damit sie das bleiben ließ.

»Wenn du von jetzt an bis zum Ende des Schuljahrs nicht regelmäßig am Unterricht teilnimmst, werde ich mich gegen deine Versetzung aussprechen. Du wirst das Jahr wiederholen.«

Die Drohung schien das Mädchen zu empören, und einen Moment lang dachte Sharon, sie könne lesen, was in Minnies Kopf vor sich ging. Sie sah die Kränkung und die Wut darüber, dass die Klassenbeste sitzen bleiben sollte, nur weil sie keine Lust hatte, ihre Zeit mit Unterricht zu verplempern, der sie heillos unterforderte. Eigentlich hätte Minnie eine Klasse überspringen müssen.

»Das ist Schwachsinn. Das ist gequirlte Scheiße.«

»Nicht diese Ausdrücke, Minh Le.« Sharon merkte, dass sie zum ersten Mal laut wurde. »So redest du nicht mit mir.«

»Dann sollten Sie vielleicht nicht mit uns reden, als wären wir ein Haufen dämlicher Fotzen. Sie sind hier nicht auf Safari, klar? Sie retten nicht die Affen. Und ich muss Sie nicht mögen, Sie herablassendes *Miststück*!«

Sharon fühlte sich, als hätte sie einen Schlag ins Gesicht bekommen. Sie brauchte einen Moment, um zu verstehen, was Minnie meinte. Sharon hatte sich selbst nie als herablassend gesehen. Sie hatte sich so um diese Kinder bemüht, hatte versucht, sie kennenzulernen, ihnen das Gefühl zu geben, dass sie verstand, was sie durchgemacht hatten. Dann kamen die Worte ihrer eigenen Mutter aus den Tiefen ihres Gehirns gekrochen: *Du machst da etwas sehr Großherziges, Schätzchen. Ich hoffe, die wissen das zu schätzen.*

Minnie rauschte aus dem Klassenzimmer, und Sharon blieb verdattert sitzen. Sie hörte Kys Schritte auf dem Flur, die ihrer Freundin folgten, hörte ihre zaghafte Stimme fragen: »Was ist denn passiert?«, gefolgt von einem eisigen: »Ach, verpiss dich.«

Jetzt, in Lenas Büro, spürte Sharon, wie sich bei der Erinnerung daran die feinen Härchen auf ihren Armen aufstellten, und sie quälte sich durch eine vage Schilderung des Vorfalls.

»Was haben Sie daraufhin unternommen?«, fragte Lena.

Doch ehe Sharon antworten konnte, läutete die Schulglocke nach der letzten Unterrichtsstunde, sodass Sharon hastig aufstand und zum Parkplatz eilte.

Als sie sich ihrem Auto näherte, fiel ihr wieder ein, warum sie nach Schulschluss normalerweise gut zwanzig Minuten wartete, bevor sie nach Hause fuhr. Überall waren Schüler – Grüppchen von Mädchen, die gemächlich zum Haupttor schlenderten, Jungen, die sich gegenseitig aus dem Weg schubsten, und notorische Bummelanten, die auf dem Parkplatz herumstanden und gar nicht mitbekamen, dass Lehrer losfahren wollten. Sharon setzte sich in ihren Corolla, stieg aber sofort wieder aus, weil sie spürte, dass sich eine Panikattacke anbahnte, ausgelöst von der Furcht, in einem Glutofen von Auto gefangen zu sein. Sie blieb neben dem Corolla stehen, versuchte, auf sein Dach zu klopfen, doch es war zu heiß, also ließ sie die Arme sinken. Sie beobachtete, wie ein kleiner Daihatsu sich gegen den Schülerstrom auf den Parkplatz kämpfte, ruckelnd, als säße ein Fahranfänger am Steuer. Sharon brauchte einen Moment, ehe sie die Person hinter dem Lenkrad erkannte: Ky Tran.

»Pass doch auf, Frau!« Ein Junge aus der Sieben schlug mit beiden Händen auf die Kühlerhaube des Daihatsu.

Sharon sah zu, wie Ky dem Schüler eine Entschuldigung zurief, der sie kopfschüttelnd musterte. Selbst auf die Entfernung konnte Sharon Kys wachsende Frustration erkennen, wie sie da mit gesetztem rechten Blinker in ihrem Auto wartete und versuchte, auf einen Stellplatz zu biegen. Jedes Mal, wenn sie wieder anfuhr, tauchten noch mehr Schüler vor ihrem Auto auf, zwangen sie zu bremsen. Sharon musste daran denken, dass ihre eigenen Schüler ihr zu Beginn des Schuljahrs einen Rat zum Verhalten im Straßenverkehr gegeben hatten.

»Einfach Augen zu und los, Miss«, hatte Eddie Ho gesagt, der wie immer neben Denny saß.

»Das kommt mir aber ziemlich gefährlich vor.«

»Er meint, in Vietnam«, sagte Denny.

»Genau. Hier können Sie das nicht machen, Miss. Dann

bauen Sie einen Unfall. Klar. Aber wenn Sie in Vietnam auf eine Lücke im Verkehr warten, können Sie lange warten.«

»Also machen alle einfach die Augen zu und laufen oder fahren gleichzeitig los?«

»Im Prinzip ja.«

»Das klingt nicht gut.«

»Miss, hören Sie nicht auf Eddie. Der ist noch nie in Vietnam gewesen und kann nicht mal Auto fahren«, sagte Denny.

»Aber mein Dad war da!«, sagte Eddie. »Glauben Sie mir, Miss, wenn Sie je in Vietnam sind und die Straße überqueren müssen, tun Sie's einfach. Anders geht's nicht.«

Zu ihrer eigenen Überraschung musste Sharon bei der Erinnerung daran lachen. Sie versuchte, es zu unterdrücken, als sie sah, dass Ky endlich erfolgreich geparkt hatte und jetzt mit etwas, das aussah wie eine Zehn-Kilo-Kiste Nektarinen, auf sie zukam.

»Hi, Miss«, sagte Ky und blieb neben Sharons Auto stehen.

»Hi.« Sharon richtete sich auf. »Gut durchnavigiert durch dieses –« Sie deutete auf den Parkplatz, auf dem noch immer Dutzende Nachzügler herumtrödelten.

»Ich hasse Autofahren.«

Sharon konnte sich zwar nicht erinnern, dass ehemalige Schüler von ihr sie nach dem Abschluss besucht hatten, aber sie ahnte, dass Ky ihretwegen gekommen war. Sie räusperte sich, überlegte, was sie sagen sollte.

»Oh, die hier sind für Sie«, sagte Ky und hielt Sharon die Kiste hin. »Als Dankeschön von Mum, weil Sie zu Dennys Trauerfeier gekommen sind.«

Sharon nahm die Kiste mit beiden Händen entgegen. Vom Duft der reifen Früchte lief ihr das Wasser im Mund zusammen.

»Das wäre wirklich nicht nötig gewesen«, sagte sie. »Aber vielen Dank. Ich … Ich denke, ich verteile sie im Kollegium.«

Sie lächelte Ky schwach an und hoffte, die junge Frau würde sich umdrehen und gehen.

»Ich weiß, Sie wollen nach Hause«, sagte Ky, die neben Sharons Auto stehen blieb, »aber könnte ich vielleicht kurz mit Ihnen reden?«

Nein, nein, nein, dachte Sharon. Sie schwitzte ohnehin schon in der Hitze, jetzt jedoch spürte sie, wie ihr Körper sich noch mehr aufheizte. Sie fragte sich, ob sie es schaffen würde, bei der Lüge zu bleiben, die sie erzählt hatte, oder ob ein Gespräch mit Ky Tran sie zwingen würde, die Karten auf den Tisch zu legen. Ihre Lüge war ohnehin eine unbedachte, panische Entscheidung gewesen. Wenn sie bei klarem Verstand gewesen wäre, wenn sie nicht gerade den blutigen und zerschmetterten Körper ihres Lieblingsschülers gesehen hätte, wäre sie ihr wahrscheinlich nicht über die Lippen gekommen. Aber es war nun mal geschehen, sagte sie sich immer wieder. Ihre Geschichte jetzt zu ändern, würde Denny nicht zurückbringen.

»Na ja, eigentlich wollte ich gerade –«, sagte Sharon und griff nach der offenen Autotür.

»Bitte?«, sagte Ky.

Sharon wollte Nein sagen, aber so etwas Herzloses brachte sie nicht über sich. Sie war Lehrerin; sie hatte gelogen, um einen Schüler zu schützen; es war nicht ihre Art, andere zu verletzen, jedenfalls nicht, wenn sie es vermeiden konnte.

»Okay.« Sharon rauschte das Blut in den Ohren. »Im Lehrerzimmer sind vermutlich noch einige.« Sie schaute in den klaren Himmel, wo die erbarmungslose Sonne schon anfing, einen rosa Sonnenbrand auf die Haut ihrer Wangen zu brennen. »Aber mein Klassenraum ist frei.«

»In Ordnung«, sagte Ky.

Sie gingen schweigend zurück in die Schule und zu demselben Klassenraum, in dem Sharon Denny, Ky und Minnie unterrichtet hatte. Sie kam sich albern vor mit der Kiste Nektarinen auf den Armen.

Der Raum war karg, die Tische unaufgeräumt, die Stühle achtlos stehen gelassen. In der letzten Woche hatte Sharon aufgehört, die Schüler daran zu erinnern, dass sie ihre Stühle unter die Tische schieben sollten, bevor sie das Klassenzimmer verließen, und weil es ihr egal geworden war, war es auch ihrer achten und neunten Klasse egal. Sie stellte die Obstkiste instinktiv auf dem Lehrerschreibtisch ab, schaltete die Deckenventilatoren ein und nahm in der vordersten Reihe Platz. Ky stand wie erstarrt an der offenen Tür. Sharon schob einen Stuhl zurecht, bedeutete ihr, sich zu setzen.

»Eigenartig«, sagte Ky.

»Was ist eigenartig?«

»Wieder hier zu sein.«

»Mm.«

»Ich hab immer da gesessen«, sagte Ky und zeigte auf einen Tisch am Fenster.

»Denny hat da drüben gesessen.« Sharon deutete zur anderen Seite des Raumes.

»Erinnern Sie sich an alle Ihre Schüler?«

»Oh«, sagte Sharon, die nicht mit der Frage gerechnet hatte. »Ähm …«

»Ich bin bloß neugierig«, sagte Ky. »Das soll keine Wertung sein oder so.«

»Okay«, sagte Sharon. »Ja. An manche Schüler erinnere ich mich besser als an andere, aber ich glaube, ich habe keinen je vergessen.«

»Das ist toll.«

Sharon starrte Ky an, die jeden Augenkontakt mied. Beide Frauen bewegten unruhig die Hände – Ky drückte sich die Fingernägel in die Handflächen, Sharon klopfte unentwegt mit dem Daumen auf ihren kleinen Finger. Ihr fiel auf, wie sehr Ky und Denny einander ähnelten. Sie hatten die gleiche ausdrucksstarke Stirn, die jedes Gefühl sofort preisgab, die gleichen tiefschwarzen Brauen. Als Sharon neulich nach Dennys Trauerfeier im Haus der Familie Tran gewesen war, hatte sie die Fotos auf dem Ahnenaltar studiert und bei Kys und Dennys Großeltern die gleiche breite Stirn bemerkt. Sie stellte sich eine Familie vor, die nur durch Bewegungen der Stirn kommunizierte – wie viel sie alle mit den feinen Linien und Falten sagen konnten.

»Ich wollte Sie fragen, was an jenem Abend passiert ist«, sagte Ky schließlich und setzte sich hin, ohne aufzublicken.

Sharon holte tief Luft. Sie war froh, dass eine Schülerin, von der sie einst befürchtet hatte, sie sei zu unterwürfig, zu leicht manipulierbar und zu anfällig dafür, sich nach anderen zu richten, einen Ausweg gefunden hatte. Die Ky, die sie sechs Jahre zuvor unterrichtet hatte, hätte niemals die Hand gehoben, um eine Frage zu stellen, und schon gar nicht ein Gespräch mit einer Frage eröffnet, bei der sich einem die Nackenhaare sträubten. Aber sie wünschte auch, Ky würde ihren neu gefundenen Mut bei etwas anderem, *jemand* anderem einsetzen.

»Und ich möchte auch wissen, warum Sie das auf der Trauerfeier nicht erwähnt haben«, fuhr Ky fort.

Sharon spürte, wie ihr der Schweiß den Rücken hinabrann. Die Deckenventilatoren waren machtlos gegen den Sommer in Sydney.

»Weil mich keiner danach gefragt hat«, sagte Sharon wahrheitsgemäß. Sie wusste nicht, ob sie den Trans alles erzählt hätte, aber hätten sie sie gefragt, hätte ein Teil von ihr nachgegeben.

»Und deshalb fanden Sie es in Ordnung, uns das zu verschweigen?«

»Moment mal«, sagte Sharon überrascht. »Deine Eltern müssen gewusst haben, dass ich da war.«

»Wieso?«

»Weil mich die Polizei an dem Abend vernommen hat. Und ich bin ziemlich sicher, dass sie das deinen Eltern mitgeteilt haben wird. Oder?«

Sharon sah, dass Kys Kiefermuskulatur sich anspannte.

»Davon haben sie nichts gesagt«, sagte Ky, den Mund gerade weit genug geöffnet, um die Worte entweichen zu lassen.

»Oh.«

»Was ist an dem Abend passiert?«

»Ehrlich, Ky, ich weiß es nicht«, sagte Sharon, was nicht die Unwahrheit war. Am Abend von Dennys Ermordung hatte sie zur Feier des Tages mit ihren ehemaligen Schülern – Eddie Ho, Kevin Truong und, ja, Denny – im Lucky 8 gegessen. Sie war zur Toilette gegangen. Als sie zurückkam, war Denny tot. Sie konnte nicht erklären, was mit dem Jungen passiert war. Sie wusste nicht, wer ihn getötet hatte. Sie konnte sich absolut nicht vorstellen, warum jemand so etwas tun sollte.

»Aber Sie waren dort«, sagte Ky, den Kiefer noch immer angespannt, als täte sie alles in ihrer Macht Stehende, um nicht die Fassung zu verlieren. »Wieso waren Sie überhaupt dort?«

»Sie hatten mich eingeladen«, antwortete Sharon. Es war der Abend des Schulabschlussfestes. Die Jungen trugen Anzüge, die sie sich eindeutig von ihren Vätern geliehen hatten – schlecht sitzende Jacketts und zu lange Hosen –, und die Mädchen trugen die immer gleiche Art trägerlose Abendkleider aus Satin, die jedes Jahr pünktlich um die Zeit der Abschlussprüfungen wieder auftauchte. Als das Schulfest gegen halb neun endete, zerstreuten sich die meisten Schüler auf irgendwelche privaten Partys. Denny, Eddie und Kevin hatten jedoch beschlossen, lieber in Cabramatta zu bleiben und schön essen zu gehen. »Seit Urzeiten wird praktisch auf jedem Schulabschlussfest angebranntes Hähnchenschnitzel mit Pommes serviert«, erklärte Sharon. »Deshalb hatten dein Bruder und seine Freunde geplant, hinterher ins Lucky 8 zu gehen.«

»Aber warum sollten sie Sie einladen?«, wollte Ky wissen.

Sharon versuchte, nicht gekränkt zu sein, doch unwillkürlich erinnerte sie sich an den alten Groll, den sie noch immer gegen Ky und Minnie hegte, weil sie von den beiden nicht so akzeptiert worden war wie von ihren anderen Schülern. »Ob du's glaubst oder nicht, Ky, manche meiner Schüler mögen mich einfach.«

»Das hab ich nicht –«, setzte Ky an, doch ihr betretener Gesichtsausdruck verriet Sharon, dass sie genau das gemeint hatte. Sofort hatte Sharon ein schlechtes Gewissen. Sie sprach als Lehrerin mit einer trauernden Schwester – sie musste sich zusammenreißen.

»Aber wer weiß«, sagte sie in der Hoffnung, den Ton zwischen ihnen zu lockern, »vielleicht hatten sie ja auch Mitleid mit mir, weil ich noch nie einen kompletten Fisch gegessen hatte. Sie konnten es nicht fassen, dass ich noch nie Fischaugen probiert hatte.«

Statt zu reagieren, starrte Ky bloß nach unten auf ihre Hände, also redete Sharon weiter, hoffte, so lange Unverfängliches von sich geben zu können, bis die junge Frau einfach ging, ohne weitere Fragen zu stellen. »Außerdem belegen nicht viele Schüler der Zwölf Erdkunde, deshalb war der Zusammenhalt in dem Kurs ziemlich eng«, sagte sie. »Alle drei waren liebe Jungs. Sie hatten gerade ihren Abschluss gemacht. Ich fand, es sprach nichts dagegen, ihre Einladung anzunehmen.«

»Waren Sie wirklich auf der Toilette?«

»Ja.«

»Alle anderen auch?«

Nein, dachte Sharon. Sie und der ehemalige Schüler Kevin waren in den beiden Kabinen der Unisex-Toilette gewesen. In ihrer war das Toilettenpapier ausgegangen, deshalb musste sie eine neue Rolle auspacken, die auf dem Spülkasten stand. Sie hatte sich Zeit gelassen, hatte dagesessen und geschmunzelt und gepinkelt und das Gefühl gehabt, an einem beruflichen Wendepunkt zu sein, als wüsste sie endlich, was es bedeutete, als Lehrerin Erfolg zu haben, als wäre das ihre Belohnung. Diese Schüler würden sich an sie erinnern, sie würden zurückkommen und sie besuchen, nachdem sie schon längst ihre Ausbildung beendet und Berufe ergriffen und Familien gegründet hatten. Und als sie von der Toilette zurückkam, waren sämtliche Gäste, die an einem Nachbartisch gesessen hatten, verschwunden, im Restaurant herrschte Totenstille, und ein Körper, den sie nur an seinem übergroßen Anzug erkannte, lag entsetzlich zugerichtet auf dem Boden. Der Raum hatte sich gedreht, sie hatte einen Schrei gehört, der irgendwie aus ihrem eigenen Mund drang, und die folgenden Minuten waren ein schwarzes Loch. Sie konnte sich nicht erinnern, dass sie den Notruf gewählt hatte, dass sie eine Herzdruckmassage durchgeführt hatte und danach selbst voller Blut gewesen war, dass sie alles, was sie an dem Abend gegessen hatte, auf den Teppich erbrach – den gebratenen Reis, die Garnelen, die Fischaugen, das angebrannte Hähnchenschnitzel von der Abschlussfeier. Und als Eddie Ho sie anflehte, der Polizei zu erzählen, er wäre mit ihr und Kevin auf der Toilette gewesen, obwohl er das ganz offensichtlich nicht war, und sie in seinem Gesicht eine tiefe und panische Angst sah, die sie nicht verstand, hatte sie Ja gesagt. Und als er gebettelt hatte, sie sollte es schwören, es schwören, bei allem, was ihr heilig war, hatte sie es geschworen. Und erst später, viel später, nachdem sie die Polizei angelogen hatte, nachdem sie den Abend erneut hatte Revue passieren lassen und aus jedem erdenklichen Blickwinkel analysiert hatte, erkannte sie den Fehler, den sie gemacht hatte.

»Kevin war mit auf der Toilette. Und Eddie auch«, sagte Sharon.

»Ms Faulkner«, konterte Ky. »Das Lucky 8 hat nur zwei Toilettenkabinen.«

»Wir sind alle zur selben Zeit gegangen«, sagte Sharon, wiederholte, was sie der Polizei erzählt hatte. »Ich war in einer Kabine, also muss einer von ihnen davor gewartet haben.«

»Wer hat gewartet?«

»Das weiß ich nicht.« Sharon rauschte das Blut so laut in den Ohren, dass sie sich kaum selbst denken hören konnte. »Ich erinnere mich nicht.«

»Und auf der Toilette haben Sie nichts gehört?«

»Nein«, sagte Sharon, erleichtert, dass sie zumindest in diesem Punkt nicht lügen musste. Die Toilettenkabinen im Lucky 8 grenzten an die Küche, in der dröhnende Abluftgebläse liefen. »Hörte sich an, als würde da ein Generator laufen.«

Ein Ausdruck der Resignation glitt über Kys Gesicht. Als sie ausatmete, schien ihr Körper in sich zusammenzusinken. »Sie sind eine der Letzten, die ihn lebend gesehen haben«, sagte sie und stockte dann, als müsste sie die Bedeutung des Satzes erst verarbeiten. »Wie war er?«

Sharon stellte sich die Jungen in ihren viel zu großen Anzügen vor, ihr breites Grinsen, wie sie Sharon mit großer Ernsthaftigkeit erklärten, sie müsse den Augapfel eines Fisches mit einem Essstäbchen herauspulen und auslutschen. Sie erinnerte sich daran, dass Denny einen Lachanfall bekam, als sie versehentlich das ganze Auge verschluckte, weil sie die harten, schalenartigen Teilchen nicht elegant aus dem Mund befördern konnte.

»Er war glücklich«, sagte Sharon. »Begeistert, optimistisch. Hat den ganzen Abend über gelächelt.«

Sharon spürte Druck hinter den Augen. Sie war an dem Abend so stolz auf ihre Schüler gewesen – stolz darauf, was für Widrigkeiten sie überwunden hatten, stolz auf die bedeutsamen Erfolge, die sie mit ihnen erzielt hatte, wie sie Eddie hatte überzeugen können, Referate nicht immer erst auf den letzten Drücker zu schreiben, wie sie Kevin bei seiner Entscheidung unterstützt hatte, sich an Universitäten außerhalb von New South Wales zu bewerben, und wie sie Denny klargemacht hatte, was Diebstahl geistigen Eigentums war, sodass er es nicht wieder tat. Sie waren gute Schüler, die zuhörten, die einsahen, dass sie etwas Kostbares zu bieten hatte, und bei dem Gedanken an sie wurde ihr warm ums Herz. Sie hatte ihnen gesagt, sie dürften ab jetzt Sharon zu ihr sagen, weil die Highschool hinter ihnen lag und sie nicht mehr ihre Schüler waren, aber sie sprachen sie weiter mit Miss an.

»Es fühlt sich einfach komisch an«, hatte Denny beim Essen im Lucky 8 gesagt. »So ähnlich, wie wenn mich jemand beim Arzt mit Mr Tran anspricht. Dann denke ich immer, er redet mit meinem Dad.«

»Ich meine ja nur, dass ihr jetzt praktisch erwachsen seid«, hatte sie gesagt. »Ihr könnt Sharon zu mir sagen.«

»Wie wär's mit Shazza?«, schlug Eddie vor.

»Leider Gottes werde ich von manchen so genannt.«

Ky hob den Kopf, und Sharon sah, dass auch sie mit den Tränen kämpfte.

»Und wie war er davor?«, fragte Ky. »Als Schüler?«

»Na ja, du hast ja die ganzen gerahmten Auszeichnungen gesehen«, antwortete Sharon.

»Ja.«

»Er war mehr oder weniger der Traumschüler – lieferte seine Arbeiten pünktlich ab, schrieb Bestnoten, beklagte sich nie und reagierte gut auf Feedback. Als ich ihn zu Anfang des Jahres beim Schummeln erwischt hab –«

»Moment, was?«

»Es war kein Problem. Ich meine, Abschreiben ist ein Problem, aber nachdem ich ihm das erklärt hatte, nahm er es sich zu Herzen und versuchte wirklich –«

»Wollen Sie damit sagen, Denny war nicht klar, was er da gemacht hatte?«, fragte Ky, die Stirn gerunzelt und gefurcht.

»Selbst die intelligentesten Kids brauchen Hilfe«, sagte Sharon. »Er hat wahrscheinlich gedacht, es wäre nichts dabei, aus einer Vorjahresklausur abzuschreiben. Aber ehrlich, das Außergewöhnliche war, wie gut er mein Feedback aufgenommen hat und wie aufrichtig er –«

Sharon verstummte. Ky hatte den Kopf in die Hände gelegt und massierte sich mit den Fingerspitzen die Kopfhaut.

»Ist … ist alles in Ordnung?«, fragte Sharon.

»Wie oft hat er das gemacht?«

»Was meinst du?«

»Wie oft hat er abgeschrieben?«

Sharon kratzte sich nachdenklich hinterm Ohr. »Ich würde meinen, nur das eine Mal. Ich habe es nur bemerkt, weil ich zufällig wenige Wochen zuvor die alten Vorjahresklausuren durchgesehen hatte und mir seine Arbeit irgendwie bekannt vorkam. Aber wirklich, Ky, ich würde das nicht überbewerten. Wahrscheinlich war es einfach nur ein Missverständnis.«

Ky hielt weiter den Kopf in den Händen. Sie wirkte gequält.

»Haben Sie sonst noch was bemerkt?«, fragte sie und blickte endlich auf. Ein paar Haarsträhnen hatten sich aus ihrem Pferdeschwanz gelöst. »Bevor Sie zur Toilette gingen, haben Sie da bemerkt, wer sonst noch da war?«

Sharon hasste es, dass sie erneut lügen würde. Und noch mehr hasste sie es, dass sie mit dieser Lüge nicht mal einen panischen Schüler schützen würde, sondern nur sich selbst. »Nein«, sagte sie. »Ich war ganz auf unseren Tisch konzentriert. Ich habe nicht darauf geachtet, wer sonst noch da war.«

Ky schloss die Augen und schwieg so lange, dass Sharon gegen den Impuls ankämpfen musste, sich zu räuspern, um Ky daran zu erinnern, dass diese Befragung für sie beide eine Qual war.

»Können Sie mir wirklich nichts weiter sagen?«

»Nein, tut mir leid«, sagte Sharon und wünschte, Ky könnte ermessen, wie ehrlich sie das meinte.

»Okay.« Ky blickte wieder auf ihre Hände. »Ich denke, das wäre dann wohl alles. Danke, dass Sie sich Zeit für mich genommen haben.«

»Natürlich«, sagte Sharon. »Es tut mir leid.«

Aber natürlich war das nicht alles. Und als Sharon nach Hause fuhr, das Lenkrad so fest umklammert, dass ihre Finger taub wurden, dachte sie an das, was sie niemandem erzählt hatte. Sie hatte zwar nicht alle Leute, die einige Tische von ihr und Denny entfernt saßen, zur Kenntnis genommen – diejenigen, die verschwunden waren, als sie von der Toilette zurückkam –, aber eine unter ihnen sehr wohl. Sie hätte sie fast nicht erkannt, diese junge Frau, deren Eyeliner so dick und verschmiert war, dass es aussah, als wäre ein Schatten über ihre Augen gefallen, die fahle Haut und knochige Ellbogen hatte und trotz des unübersehbaren RAUCHEN VERBOTEN-Schildes eine Zigarette nach der anderen rauchte.

Minnie.

Sharon hatte sie seit Jahren nicht gesehen. Minnie hatte die Schule nie offiziell abgebrochen, aber ihre Fehlzeiten in der Zehnten hatten ihre automatische Verweisung zur Folge gehabt. Sie hatte sich nie neu angemeldet, nie versucht, doch noch in die elfte Klasse übernommen zu werden, und soweit Sharon wusste, hatte sie nie wieder einen Fuß in die Cabramatta High gesetzt.

Sharon konnte nicht mit Sicherheit sagen, dass Minnie

irgendwas mit Dennys Tod zu tun hatte. Sie selbst hatte nichts gesehen. Eddie hatte angefangen, mehr zu sich selbst als zu jemand anderem wieder und wieder zu beteuern, auch er habe nichts gesehen, er sei auf der Toilette gewesen. Sharons eigene Erinnerung an den Abend war lückenhaft. Sie konnte nicht mehr unterscheiden, was real war und was Einbildung. Sie weigerte sich zu glauben, dass Minnie – so blass und offenbar krank – etwas damit zu tun hatte. Denn falls doch, dann hatte auch Sharon damit zu tun. Sharon hatte den Stein ins Rollen gebracht.

Als sie in ihre Einfahrt bog, schob sich nach und nach eine vor langer Zeit verdrängte Erinnerung an die Oberfläche. Es war der letzte Elternabend des Jahres. Sie hatte sich darauf gefreut und gehofft, Minnies Eltern kennenzulernen, herauszufinden, was im Leben des Mädchens vor sich ging, dafür zu sorgen, dass sie zu den bevorstehenden Abschlussprüfungen der Zehnten erschien, damit sie die Klasse nicht wiederholen musste. An dem Abend kam Kys ganze Familie. Ihr Vater trug einen so weiten Anzug, dass es aussah, als wäre der Mann in der Wäsche eingelaufen. Ihre Mutter hatte sich aufwendig geschminkt, einschließlich blauem Lidschatten. Der elfjährige Denny war auch dabei, noch in der Uniform der Cabramatta Public School. Sie erinnerte sich an das Gespräch mit der Familie Tran, wie sie den Eltern sagte, dass Ky eine ausgezeichnete Schülerin sei, dass es aber durchaus etwas gebe, worin sie besser werden könne, nämlich etwas lockerer werden, Spaß haben und ein Gleichgewicht zwischen Lernen und Freizeit finden. Als die Trans sie verständnislos anstarrten, wandte sich Sharon an Ky, damit die übersetzte. Ky zögerte. Sie sprach auf Vietnamesisch mit ihren Eltern, auf deren Gesichter sich Verwirrung abzeichnete. Schließlich sagte Mrs Tran etwas zu ihrer Tochter, das wie ein Tadel klang, und Ky antwortete auf Englisch: »Ich lüge nicht!« Daraufhin tippte Sharon Mrs Tran auf den Unterarm, zeigte auf Ky und machte das Daumen-hoch-Zeichen. Die Trans sahen Sharon an, als wäre sie ein trauriger Clown, dann gingen sie weiter zu Kys anderen Lehrern.

Sharon erinnerte sich daran, wie sie auf Minnies Eltern gewartet hatte. Sie erinnerte sich daran, wie sehr sie gehofft hatte, sie würden kommen. Sie erinnerte sich daran, wie Greg und Barbara ihr erklärt hatten, dass Minnies Eltern – ebenso wie die Hälfte der Eltern aller Cabramatta-High-Schüler – noch nie zu irgendeiner schulischen Veranstaltung erschienen waren.

»Wir haben Briefe verschickt«, sagte Barbara am Ende des Abends. »Mindestens ein halbes Dutzend.«

»Auf Englisch?«

»Was denn sonst?«

»Euch ist aber doch wohl klar, dass Englisch nicht die Muttersprache der meisten Eltern unserer Schüler ist?«, hatte Sharon gesagt, die in diesem Moment die Nase gestrichen voll hatte, von ihren Kollegen, ihren Schülern, der ganzen verdammten Schule.

»Tja, Englisch ist aber die Sprache, die in *unserem* Land gesprochen wird«, hatte Barbara gekontert, ehe sie sich beleidigt abwandte.

Sharon erinnerte sich, dass sie am nächsten Tag mit einem Brief an die Familie Le ins Schulsekretariat gegangen war. Sie bat die Dolmetscherin der Schule, den Brief ins Vietnamesische zu übersetzen. Dann wies sie die Sekretärin an, ihn in einem neutralen Umschlag ohne Absender zu verschicken – sie hatte von Schülern gehört, die Post von der Schule abfingen, damit ihre Eltern sie nicht erhielten. Nachdem die Sekretärin ihr versichert hatte, dass der Brief auf Vietnamesisch gemäß ihren Anweisungen abgeschickt worden war, fragte Sharon jeden Tag nach, ob die Familie reagiert hatte. Sie erhielt nie eine Antwort. Sie sah Minnie nie wieder.

Zu Hause versuchte Sharon, ihre Mutter anzurufen. Als die sich nicht meldete, rief sie Lena Lao an. »Entschuldigen Sie, dass ich so spät noch störe.«

»Ich bin sowieso meistens bis fünf hier«, sagte Lena. Ihre Stimme klang fern und blechern in Sharons Ohr. »Was gibt's?«

»Ich hätte da eine Frage«, sagte Sharon. Sie wusste, dass sie gefährlich nahe dran war, zu viel zu verraten, doch nachdem sie Ky am Nachmittag gesehen hatte, konnte sie an nichts anderes mehr denken, und sie brauchte eine Antwort. »Es ist bloß etwas, das mir nicht mehr aus dem Kopf gehen will.«

»Schießen Sie los.«

»Als ich ganz neu in Cabramatta war, hatte ich eine hochintelligente Schülerin. Beeindruckend. Clever und belesen und mit einem unglaublichen Selbstbewusstsein. Aber irgendwann erschien sie nicht mehr zum Unterricht, deshalb hab ich Briefe an ihre Eltern geschickt. Erst auf Englisch, dann auf Vietnamesisch –«

»War das Kys Freundin?«

»Nein«, log Sharon, obwohl sie ein glasklares Bild von Minnie und Ky vor Augen hatte. »Eine andere Schülerin.«

»Okay.«

»Jedenfalls, ich hab den Brief extra in einem neutralen Umschlag ohne Absender verschicken lassen, damit die Schülerin ihn nicht abfängt und die Eltern ihn auch wirklich erhalten.«

Lena schwieg am anderen Ende.

Sharon redete weiter. »Davor ist sie immer noch sporadisch in die Schule gekommen. Nachdem ich den Brief geschickt hatte, hab ich sie nie wiedergesehen. Sie hat sich nicht offiziell abgemeldet, aber sie ist einfach nicht mehr zum Unterricht erschienen. Ich habe …« Sharon schwitzte jetzt, kniff sich in den Handballen und massierte ihn. »Ich habe viel darüber nachgedacht, ob das damals richtig von mir war. Ich schicke auch weiterhin Briefe an die Eltern, wenn Schüler längere Zeit unentschuldigt fehlen, und ich halte mich an die Richtlinien der Schule, und seitdem verwende ich keine neutralen Umschläge ohne Absender mehr. Aber manchmal frage ich mich einfach …«

Sie stieß einen langen Seufzer aus, wollte nichts mehr sagen, bis sie irgendeine verbale Bestätigung von Lena hörte, dass sie noch dran war.

»Die Sache war Ihnen so wichtig, dass Sie einen anderen Weg ausprobiert haben. Das ist gut«, sagte Lena schließlich. »Aber es ist auch gut, dass Sie sich jetzt an die Richtlinien halten.«

Sharon nickte, obwohl sie wusste, dass Lena sie nicht sehen konnte. »Ich frage mich bloß, ob dieser Brief … ob er mehr geschadet als genutzt hat.«

»Hmm.« Lena ließ sich Zeit mit ihrer Antwort. »Möglich ist, dass Sie die betreffende Schülerin nicht wiedergesehen haben, weil sie auf eine andere Schule gewechselt ist. Das kommt häufiger vor. Viele Eltern, die der Verzweiflung nahe sind, leihen sich Geld, damit sie ihr Kind auf eine Privatschule schicken können. Ich kannte mal ein Mädchen, das von seinen Eltern zu einem Onkel nach Bathurst verfrachtet wurde, nur weil sie dort auf eine streng katholische Schule gehen konnte. Hat aber nichts gebracht. Ein Jahr später war sie wieder in Cabramatta und spielte auf der Straße.«

»Spielte?«

»So nennen sie das hier. Straßenleben. Wenn du dich auf der Straße rumtreibst, ›kommst du zum Spielen raus‹. Wir haben hier an der Schule Kinder, die mit zehn Jahren zum Spielen rausgekommen sind.«

Sharon hatte schon gehört, dass Kinder als »aufsässig« bezeichnet wurden – der Cabramatta-Euphemismus, wenn Kinder die Schule schwänzten, Ärger machten oder einfach nur

Zigaretten rauchten. Aber »zum Spielen rauskommen« war ihr neu.

»Sind die alle auf Drogen?«

»Nein, nein«, sagte Lena. »Sie sind gefährdet, keine Frage. Aber es fängt nicht mit Drogen an. Das tut es nie.«

»Ach so, okay. Gut.«

»Möglich ist auch, dass die Eltern Ihrer Schülerin sie aufgrund Ihres Briefes windelweich geprügelt haben.«

Sharon zuckte zusammen.

»Ich weiß, das ist krass, aber wenn Armut und Flüchtlingstraumata mit null gesellschaftlicher Unterstützung zusammenkommen, kann das passieren«, sagte Lena ganz sachlich. »Oder aber das Verschwinden Ihrer Schülerin aus dem Schulsystem hatte gar nichts mit Ihrem Brief zu tun. Falls sie ohnehin schon häufig gefehlt hat, war sie womöglich in irgendwas reingeraten. Oder vielleicht hat sie sich geschämt und gedacht, es wäre zu spät, um noch zurückzukommen. Oder … wer weiß. Es könnte alles Mögliche gewesen sein.«

»Sie war wirklich blitzgescheit, sie könnte durchaus auf eine andere Schule gewechselt sein und uns einfach nicht informiert haben, richtig?«

Wieder entstand eine lange Pause, in der Sharon versuchte, sich vorzustellen, wie Lena sie in dem Moment ansehen würde, wären sie im selben Raum. Von der Wärme, die die Psychologin normalerweise ausstrahlte, kam über die Telefonleitung nichts rüber.

Sharon sprach weiter: »Ich meine bloß … Ich denke, was mir zu schaffen macht, wenn Schüler die Schule abbrechen, ist das Gefühl, dass ich sie irgendwie enttäuscht habe.«

»Schön zu hören, dass Ihnen das nicht gleichgültig ist«, sagte Lena. »Aber Sie sollten sich nicht die Schuld dafür geben, dass –«

»Ich kann's aber nicht ändern. Ich –«

»Nein, lassen Sie mich ausreden. Es liegt niemals an nur einer Person.« Lenas Stimme drang spröde und kühl aus dem Hörer. »Wenn einer unserer Schüler an den Punkt kommt, die Schule abzubrechen, hat ihn meist schon längst die ganze Welt enttäuscht.«

Sharon lauschte Lenas Worten und schwieg.

»Wir können nur unser Bestes tun«, sagte Lena, »aber das Problem ist größer als wir.«

»Okay«, brachte Sharon heraus. Sie hatte das Gefühl, wenn sie noch länger mit Lena telefonierte, würde sie am Ende zu viel sagen und es nicht mehr zurücknehmen können. »Danke. Und entschuldigen Sie noch mal die Störung.«

»Kein Problem.« Lenas Stimme am anderen Ende wurde sanfter. »Alles Gute.«

Den Rest des Nachmittags verbrachte Sharon auf der Couch und hing Erinnerungen nach, fühlte sich um Jahre zurückversetzt in irgendwelche Klassenräume, als sie Denny das erste Mal in der Siebten unterrichtet hatte, als er und Eddie in der Elften einen knallgrünen Pandan-Kuchen mitgebracht hatten, um ihren Geburtstag zu feiern, als ein ganzer Kurs der Jahrgangsstufe neun sie nicht unterrichten lassen wollte, solange sie Phở nicht richtig aussprechen konnte.

Während die Sonne allmählich unterging, kam ihr eine Erinnerung aus dem Jahr, in dem sie Ky und Minnie unterrichtete. Es war die erste Schulwoche, und Sharon hatte sich ihre Namen noch nicht eingeprägt. Sie stand während der Mittagspausenaufsicht auf dem Schulhof und sah die beiden Mädchen irgendwo abseits von allen anderen sitzen. Minnie nuckelte an einer Safttüte, während Ky ein Sandwich in der Mitte durchbrach und ihrer Freundin die Hälfte abgab. Sharon beobachtete, dass sie sich auch einen Apfel und eine Packung Kräcker aus Kys Lunchbox teilten. Sie ließ den Blick über den übrigen Schulhof schweifen, vergewisserte sich, dass alles in Ordnung war, und immer wenn sie wieder zu den beiden Mädchen blickte, musste sie unwillkürlich lächeln. Der Wind wehte. Sie nieste. Als sie wieder aufschaute, sah sie, dass Ky sie bemerkt hatte, kurz Blickkontakt zu ihr hielt und dann offenbar verlegen und unsicher rasch die Augen niederschlug. Als Sharon Minnie ansah, war das Gesicht des mageren Mädchens ausdruckslos, pure Provokation. Sharon versuchte zu lächeln, doch es gelang ihr nicht. Minnie starrte sie weiter an, die tief liegenden Augen dunkel und konzentriert, als würde sie ihr bis in die Seele schauen. Sharon fühlte sich wehrlos und ausgeliefert. Als sie sich abwandte, vermutete sie, dass Minnie ihr hinterherstarrte, aber sie schaffte es nicht, sich noch einmal umzudrehen.

6

Nach ihrem Gespräch mit Sharon Faulkner kroch Ky wieder ins Bett. Der Tag hatte sie ausgelaugt. In den Stunden zwischen dem Besuch im Tempel mit ihrer Mutter und dem Treffen mit Sharon hatte sie eine kurze und unangenehme Begegnung mit Lulu Woos Mutter Hong Woo vor dem Dim-Sum-Laden, in dem sie arbeitete, gehabt. Hong hatte wissen wollen, wie Ky sie gefunden hatte, und als Ky die Antwort verweigerte, warf Hong ihr vor, sie zu belästigen, befahl ihr, die Familie Woo in Ruhe zu lassen, und stieß drohend zwei extralange Essstäbchen in Kys Richtung. Außerdem hatte Ky mit Hongs Ehemann Guang Woo gesprochen, der anfangs verhaltener gewesen war. Als Ky ihn im Pausenraum der Aluminiumfabrik Comalco aufsuchte, war auch er nicht gerade froh, sie zu sehen. Doch anstatt Ky zur Rede zu stellen, hatte er schlicht wiederholt, er habe nichts gesehen, seine Familie habe zur Wand geschaut, als es passierte, sich die Ohren zugehalten und die Augen geschlossen – was er genau so der Polizei erzählt hatte. Als Ky ihm vom Pausenraum bis zur Werkhalle folgte und ihn eindringlich bat, ihr die Wahrheit zu sagen, bat er sie ebenso eindringlich, ihm zu glauben, das *sei* die Wahrheit, und als sie nicht aufhörte, lief er buchstäblich vor ihr weg.

Dennys Klassenkamerad Kevin Truong, der angeblich auf der Toilette des Restaurants gewesen war, als Denny ermordet wurde, hielt sich praktischerweise in Perth auf, da er ein frühes Angebot an der University of Western Australia angenommen hatte. Und der Tag war damit nicht zu Ende für sie – der Constable wollte Ky um fünf auf der Polizeistation befragen.

Ky lag im Bett und hielt sich den Bauch, denn nach dem, was sie über ihren Bruder erfahren hatte, war ihr flau im Magen. Sie konnte nicht fassen, dass Denny abgeschrieben hatte. Er war immer so ein tadelloser Schüler gewesen, so fleißig, hatte sämtliche an ihn gestellten Erwartungen erfüllt. Abschreiben lag einfach nicht in seiner Natur. Andererseits glaubte Ky nicht eine Sekunde Sharon Faulkners Erklärung, er habe schlicht nicht gewusst, dass so etwas nicht ging, dass er etwas Falsches tat. Natürlich hatte er das gewusst – als ausgemachte Streber mussten Ky und Denny wissen, was falsch war, um auch ja das Richtige zu tun. Ihnen war klar, was Mogeln bedeutete, was Stehlen bedeutete, was das Spiel mit dem Feuer bedeutete, und vor allem war ihnen klar, dass Leute wie sie sich nichts dergleichen leisten konnten. Also was zum Teufel hatte Denny sich dabei gedacht?

Ky rollte sich ganz klein zusammen. Hatte ihr Bruder sich verändert, seit sie fort war? Hatte er sich verändert, *weil* sie fort war? Und was, wenn sie falschlag? Was, wenn Sharon recht hatte, wenn Denny bloß einen kurzen Aussetzer gehabt hatte und es unfair von ihr war, auf einmal an seinem Charakter zu zweifeln? Sie schwankte so schnell zwischen den Extremen hin und her, dass sie eine Art emotionales Schleudertrauma bekam, und beide Alternativen liefen auf dasselbe hinaus: Entweder sie kannte ihren Bruder nicht, oder sie kannte ihren Bruder nicht. Sie hasste das Gefühl, keine Kontrolle mehr zu haben, als verstünde sie die Menschen nicht, als könnte sie nicht vorhersehen, was sie tun würden, als drifteten sie von ihr weg. Der letzte Mensch, der so ein Gefühl bei ihr ausgelöst hatte, war Minnie gewesen. Ky dachte daran, wie wütend sie manchmal auf Minnie gewesen war, weil sie ihrer beider Chancen sabotierte, in der Klasse beliebt zu sein, von Lehrern gemocht zu werden. Es gab keinen Grund, warum sie nicht beliebt sein sollte – sie war eine Musterschülerin, sie machte nie Ärger, sie war *brav*. Wenn Minnie nur netter gewesen wäre, es ihr gleichgetan und aufgehört hätte, sämtliche Lehrer zu provozieren, die ihr über den Weg liefen.

»Warum musst du dich dauernd gegen sie auflehnen?«, hatte Ky gefragt, als sie vierzehn waren. Zum ersten Mal hatte sie das Gefühl gehabt, dass Minnies Verhalten eine Belastung werden könnte.

»Ich tue nichts dergleichen«, hatte Minnie in einem gespielt vornehmen britischen Akzent gesagt, während sie mit abgelaufenem Nagellack Länder auf einer Landkarte bunt ausmalte.

»Doch, tust du. Als wärst du ständig drauf aus, Streit anzufangen.«

»Die haben's nicht anders verdient. Ist dir schon mal aufgefallen, dass Neukaledonien wie eine perfekte Kackwurst aussieht?«

»Was? Igitt.«

»Guck's dir an.« Minnie hob die Karte an, die sie aus der kostenlosen Bildungsbeilage der Zeitung hatten. »Wie dein Schiss aussieht, wenn du Vollkornmüsli gegessen hast.«

»Als ob du wüsstest, wie mein Schiss aussieht.«

»Das ist ein Kompliment – Vollkornschiss ist ein toller Schiss.«

»Du bist widerlich.«

»Was glaubst du, wie schlau muss man sein, um Sportlehrer zu werden?«, fragte Minnie und widmete sich wieder der Landkarte.

»Keine Ahnung«, sagte Ky. »Nicht besonders?«

»Mm, ja. Dachte ich mir.«

»Wieso?«

»Wenn wir alle unsere Lehrer kennengelernt hätten, als sie vierzehn waren …«

Minnie malte weiter die Karte aus, gab hin und wieder irgendwelche Kommentare von sich, wie zum Beispiel, Australien sei geografisch eigentlich eher ein asiatisches als ein europäisches Land und es sei Quatsch, dass Hawaii zu den Vereinigten Staaten gehöre. Minnie war Ky ein Rätsel. Das hatte ihr nicht so viel ausgemacht, als sie noch Kinder waren. Sie waren unterschiedlich, weil Minnie nie ein Lunchpaket mit zur Schule brachte und ihr Haar nie gekämmt oder geflochten war. Anders als Ky, die nur von Mückenstichen Beulen bekam, waren Minnies Beulen dunkel und verschorft und kamen nicht von Insekten, sondern von Menschen. Aber sie mochten einander, und jeder Unterschied konnte überbrückt werden. Ky teilte ihren Lunch mit Minnie, half ihr beim Flechten von schiefen Zöpfen, überredete sie, die Haare offen zu tragen, wenn die Blutergüsse an ihrem Hals zu offensichtlich waren. Sie konnten miteinander schweigen, ohne dass es peinlich wurde. Sie konnten übereinander lachen, wenn sie pupsten. Doch als sie Teenager wurden, genügte das irgendwie nicht mehr. Ky brauchte die Bestätigung, dass sie beide das Gleiche wollten, dass Minnie Kys Entscheidungen voll und ganz unterstützte, indem sie dieselben Entscheidungen traf. Sie wollte, dass Minnie sich ihr anschloss, Arm in Arm, damit sie gemeinsam erfolgreich und beliebt sein konnten und damit sie jedes Mal, wenn eine Lehrerin oder ein Polizist oder eine Verkäuferin oder eine Frau mit einem wichtigen Namensschild oder ein Mann in einem Businessanzug sie ansah, die Art von Blick ernteten, die mit einem Lächeln einherging, die Art von Blick, die so viel besagte wie: *Na, ihr beiden Hübschen?*, die Art von Blick, die Ky mit Stolz erfüllte, weil diese Fremden stolz auf sie waren, weil sie brav war, weil sie so brav war, weil sie braver als brav war, selbst wenn's schwerfiel. Doch Minnie weigerte sich, dabei mitzumachen. Und ihre Weigerung fühlte sich wie Ablehnung an, wie Missbilligung, wie ein Versuch, alles zu untergraben, wofür Ky gearbeitet hatte.

»Was glaubst du, wo die Leute, die den Unterricht schwänzen, sich rumtreiben, wenn sie den Unterricht schwänzen?«, fragte Minnie sie eines Tages in der achten Klasse, als sie nach dem letzten Klingeln ihre Taschen packten.

»Keine Ahnung.«

»Was machen die wohl, was so interessant ist?«

»Wen juckt's?«, zischte Ky. Mit vierzehn hatte sie nicht nur das Gefühl, dass Minnie ihren Erfolg torpedierte, sondern war auch zunehmend verunsichert, weil sie und Minnie sich nicht mehr für dieselben Dinge interessierten. Minnie beschäftigte sich immer stärker damit, was andere Leute machten, was sie antrieb, welche Regeln für sie galten und wie diese Regeln gebrochen werden konnten. Sie hatte begonnen, sich für Jungs zu interessieren, aber nicht bloß für *irgendwelche* Jungs. Neuerdings redete sie andauernd über die Jungs, die vor den Schultoren herumlungerten, die ausschließlich Schwarz trugen, die die Schule offensichtlich abgebrochen hatten oder wegen schlechter Leistungen geflogen waren. Sie erzählte Ky von einem gewissen Thien, der älter war als sie beide, der ein weißes Auto fuhr, der sich Zigaretten hinter die Ohren klemmte, mit dem sie nie wirklich geredet hatte, an den sie aber ständig denken musste. Immer, wenn Minnie ihn erwähnte, fragte Ky sich verwundert, warum ein so intelligentes Mädchen wie Minnie ihre Energie für irgendeinen aufsässigen Typen verschwendete, der es wahrscheinlich nicht mal geschafft hatte, einen Studienplatz zu bekommen. Im Vergleich zu Minnie hatte Ky null Interesse an Jungs, und schon gar nicht an denen, die vor den Schultoren herumlungerten. Ihr war egal, wie groß oder gut aussehend sie waren – für Ky waren sie keinerlei Beachtung wert. Ihr ging es mehr um sich selbst und darum, wie sie alle anderen in ihrem Jahrgang übertrumpfen konnte, wie sie Cabramatta hinter sich lassen und sich abheben konnte. Die Tatsache, dass Minnie anscheinend nicht dieselben Dinge anstrebte, beunruhigte Ky und machte sie einsam.

Minnie hängte sich ihre Tasche über die Schulter und begann den langsamen Marsch Richtung Schultor. »Aber hast du dich noch nie gefragt, wie die ihre Zeit verbringen, während wir hier Kinderkram lernen?«, sagte sie.

»Mathe und Englisch sind ganz schön schwer.«

»Darum geht's doch nicht«, entgegnete Minnie und warf dramatisch den Kopf in den Nacken, als wäre das Gespräch eine kolossale Anstrengung. »Was machen die, was so viel besser ist als das, was wir machen? Und wieso dürfen die mit Thien abhängen?«

»Was soll das heißen, wieso *dürfen* die? Er ist schließlich nicht die Königin oder so.«

»Du weißt, was ich meine.«

»Nein, weiß ich nicht. Ich kapier nicht, warum dir so viel an ihm liegt. Der weiß nicht mal, wie du heißt.«

Ein verletzter Ausdruck huschte über Minnies Gesicht.

»Außerdem«, schob Ky nach, genoss die Wirkung, die ihre Bemerkung auf Minnie hatte, »würde ich mit dem nicht mal abhängen, wenn du mich dafür bezahlen würdest.«

»Meinetwegen.«

»Im Ernst«, sagte Ky. »Das sind aufsässige Kids. Die vergeuden ihr Leben.«

»Woher willst du das wissen?«

»Weil das nun mal eine Tatsache ist. Wenn einer nicht zur Schule geht, dann, weil er aufsässig geworden ist. Und wenn er aufsässig geworden ist, nimmt er irgendwann Drogen und wird Mitglied in einer Gang und kriegt nie einen richtigen Job, und eines Tages werden wir reich und mächtig sein, und er hängt noch immer auf der Straße rum.«

»Du scheinst ja verdammt viel zu wissen, dafür, dass du so wenig weißt.«

Ky blieb abrupt stehen und starrte ihre Freundin an. »Was soll das denn heißen?«

Minnie stoppte ein paar Schritte vor Ky und legte den Kopf schief, als wäre die Antwort offensichtlich. Als Ky sich nicht vom Fleck rührte und ihr Blick »Ich warte«, signalisierte, hob Minnie beide Hände und ließ sie wieder fallen.

»Ich meine bloß, bist du denn nie neugierig darauf, was andere Leute so machen?«

»Klar bin ich das«, log Ky aus Trotz.

»Wer zum Beispiel?«

»Keine Ahnung! Dräng mich nicht so!«

Minnie seufzte.

»Was Thien macht, ist mir jedenfalls egal«, sagte Ky und verschränkte die Arme. »Ich hab's sowieso satt, dass du mir die Ohren über ihn vollquatschst. Können wir auch mal über was anderes reden?«

Jetzt, in ihrem alten Kinderzimmer, machte Ky eine gedankliche Liste mit all den Dingen, die sie interessierten, auf die sie neugierig war. Sie war schließlich Journalistin, fähig und gewillt, auf alles neugierig zu sein, womit sie betraut wurde. Auch außerhalb ihres Jobs war sie auf vieles neugierig: das Dreiecksverhältnis zwischen Prinz Charles, Prinzessin Diana und Camilla Parker Bowles; siamesische Zwillinge; Ouija-Bretter; Haarverlängerungen; ob Tasmanische Wölfe mittels Klontechnik neu gezüchtet werden konnten; Weihnachten; das Schaf Dolly; Autotelefone; die Gagen der Musiker bei *Paris by Night*; Jupitermonde; Freud'sche Versprecher und amerikanische Serienmörder, die irgendwie immer die schlimmsten waren.

Es war eine Übung, die sie häufig machte, um sich besser zu fühlen, um sich daran zu erinnern, dass sie interessant und neugierig genug war, um einer Freundschaft würdig zu sein. Denn in Wahrheit hatte sie den Verlust von Minnie nie verkraftet. Als Minnie nicht mehr zum Unterricht erschien, nach der Schule nicht mehr zu ihnen nach Hause kam, Kys Weg radikal ablehnte, sie mit Gemeinheiten verletzte, die wie Messerstiche schmerzten, war etwas in Ky zerbrochen. Sie hatte sich vorgestellt, mit Fäusten auf Minnie einzuschlagen, die Leere in ihr mit Gewalt zu füllen. Während der letzten beiden Highschool-Jahre, die sie ohne ihre Freundin absolvierte, spürte Ky auf dem täglichen Heimweg von der Schule, wie sich in ihrer Brust ein Hohlraum ausbreitete. Sie gewöhnte sich an die bleierne Maske, die sie trug, als sie neue Freundschaften schloss, ihre wahren Gefühle und tiefsten, kleinlichsten Gedanken verschwieg, aus Angst, dass die anderen sie ablehnen und verlassen würden, wie Minnie das getan hatte. Nicht interessant genug. Nicht neugierig genug. Nicht intelligent genug. Nicht gut genug. Mit Minnie fing alles an.

Ky ging noch einmal Constable Edwards' kopierte Notizen durch, hakte Sharon, Kevin Truong und die Familie Woo ab. Sie sah auf die Schlafzimmeruhr – Viertel vor fünf. Sie hatte genug von dem erstickenden Gefühl, das sie jedes Mal überkam, wenn sie tatenlos herumsaß und in Selbstmitleid versank, also schob sie die Notizen des Constable in ihre Tasche, hängte sie sich um und machte sich auf den Weg zu ihrer Befragung auf dem Polizeirevier.

Wieder einmal herrschte Chaos auf dem Polizeirevier von Cabramatta. Jungen in Schuluniform saßen im Wartebereich. Polizisten bugsierten einen streitlustigen Mann, dem seine Jeans um die Beine hing, in eine Arrestzelle, und Mütter mit brüllenden Kleinkindern auf den Hüften versuchten, die Sprachbarriere zwischen ihnen und dem frustrierten diensthabenden Officer zu überwinden. Ky musste sich eine halbe Stunde lang gedulden, ehe sie in einen sterilen Raum geführt wurde, wo sie auf Constable Edwards wartete, der mehrmals hereingestürzt kam und gleich wieder verschwunden war, um Telefonate anzunehmen. Zwischendurch hatte er Ky ein leeres Blatt Papier in die Hand gedrückt und sie gebeten, ihre Zeugenaussage aufzuschreiben, bevor ihm einfiel, dass sie ja keine Zeugin war, und er meinte, sie solle das Blatt einfach »für später« behalten.

Als sie sicher war, dass der Constable sie vergessen hatte, musste Ky unwillkürlich daran denken, wie behutsam sie immer mit trauernden Angehörigen gesprochen hatte, wenn sie mal wieder einen Hinterbliebenenbesuch machen musste.

»Du musst den Familien das Gefühl vermitteln, dass sie für dich die wichtigsten Menschen auf der Welt sind«, hatte Ian gesagt, als sie noch Volontärin war. »Weil sie das nämlich sind. Mir ist egal, was in deinem eigenen Leben los ist oder ob du ein Kind zu Hause hast – in diesem Moment, wenn du diesen Familien gegenübersitzt, sind sie für dich die wichtigsten Menschen auf der Welt.«

Ky hatte sich das zu Herzen genommen. Sie war nie ein besonders sozial kompetenter Mensch gewesen, aber sie hatte gelernt, wie man anderen half, sich zu entspannen, und bei Hinterbliebenenbesuchen setzte sie diese Mittel ein: Blickkontakt, empathische Körpersprache, die Befragten ausreden lassen, Stille aushalten und abwarten, bis andere sie füllen, das eigene Mienenspiel, das hoffentlich tiefes Mitgefühl zum Ausdruck brachte.

»Nicht für Geld und gute Worte würde ich so was machen«, sagte Penny Trautman an Kys letztem Tag als Volontärin zu ihr, nachdem Ky ihren Besuch bei den noch ahnungslosen Eltern einer tödlich verunglückten Frau geschildert hatte.

»Ich wusste nicht, dass die Polizei sie noch nicht informiert hatte«, sagte Ky, noch ganz blass von dem Erlebnis. »Ich hab im Polizeifunk von dem Autounfall gehört und bin direkt zu den Eltern hin.«

»Und weißt du, was irre ist?«, sagte Penny, die sich vorbeugte, als würde sie ein schmutziges Geheimnis verraten. »In Ians Augen war es genau richtig, dass du vor der Polizei da warst. Das ist doch abartig.«

Ky wollte Ian und die Hinterbliebenenbesuche verteidigen. Doch sie war noch zu aufgewühlt nach dem Vorfall – von dem Anblick, wie die Mutter der Frau die Trauerphasen scheinbar im Schnelldurchgang durchlebte, während der Streifenwagen vor dem Haus hielt.

»Unternehmensrecht, da spielt die Musik«, sagte Penny und gab Ky einen Stups.

Ky nickte, wusste aber, dass sie den Journalismus auf keinen Fall aufgeben würde, bevor sie nicht das Gefühl hatte, das getan zu haben, was sonst niemand konnte. Sie erklärte den Leuten, sie könne nicht ändern, wozu sie sich hingezogen fühle, könne nicht ändern, dass ihre Berufung nicht ihrer Persönlichkeit entsprach. Sie hatte das so oft wiederholt, dass sie tatsächlich glaubte, es wäre die Wahrheit – dass es nicht, wie so vieles andere, auf Minnie zurückzuführen war.

Viele Jahre zuvor, als sie und Minnie in der Neunten waren, hatte die Schule eine Veranstaltung zur Berufsberatung organisiert, für die alle Schüler vorab einen Persönlichkeitsfragebogen ausfüllen mussten. Am Tag der Veranstaltung stand eine Weiße, die aussah, als würde sie eine Fernsehsendung für Vorschulkinder moderieren, vor Kys Jahrgang in der Sporthalle und fragte die Schüler, was sie mal werden wollten.

»Arzt!«

»Anwältin!«

»Arzt!«

»Ärztin!«

»Metzger!«

»Hahaha!«

»Meine Fresse«, sagte Minnie leise. »Wie viele verdammte Ärzte braucht Cabra denn?«

»Ich will nicht Ärztin werden«, flüsterte Ky zurück.

»Ich weiß.«

»Willst du?«

Minnie blickte aus den Augenwinkeln zu Ky hinüber. »Wieso sollte ich mich den ganzen Tag um irgendwelche Kranke kümmern wollen?«

»Auch wieder wahr. Wie wär's mit Anwältin? Du kannst gut argumentieren.«

Minnies Mundwinkel zuckten nach oben. »Ich hab keine Lust auf so eine blöde Perücke.«

»Was für eine Perücke?«

»Kennst du doch aus dem Fernsehen. Die Anwälte tragen immer so –«

»Alles klar«, sagte die Frau, deren Stimme mit Verzögerung aus den Lautsprechern der Sporthalle dröhnte. »Es ist ganz wunderbar, dass einige von euch schon wissen, was sie später machen wollen. Ich bin heute hier, um mit euch über Alternativen zu reden. Vielleicht gibt es ja einen Beruf, in dem ihr gut wärt, an den ihr noch gar nicht gedacht habt! Vielleicht möchten manche lieber ein Handwerk erlernen, statt zu studieren. Australien braucht alle möglichen Berufe, von Ärzten und Anwälten über Klempner, Elektriker, Bauarbeiter, Krankenpfleger –«

Dann verteilte sie die Blätter mit den Ergebnissen der ausgewerteten Fragebögen. Ky und Minnie wurden dermaßen simple Stärken und Interessen unterstellt – Mathe, Naturwissenschaft, Englisch, Sport –, dass beide ungläubig die Augen zusammenkniffen.

»Was soll diese dämliche –«, setzte Minnie an, bevor erneut die Stimme der Frau durch die Sporthalle tönte.

»Auf der Rückseite findet ihr Empfehlungen für Berufe, die euren Stärken und Interessen entsprechen könnten. Jetzt teilt euch bitte in Gruppen auf und –«

Ky sah sich die ihr vorgeschlagenen Berufe an, die in Blasen auf der Seite schwebten. Laut der Auswertung eignete sie sich am besten als Sekundarlehrerin – ohne nähere Angaben zu den Unterrichtsfächern. In einer kleineren Blase stand das Wort *Qualitätsprüferin*. Und darunter, in einer noch kleineren Blase: *Anwaltsgehilfin*. Sie war empört. Das waren keine glamourösen Berufe, die dem entsprachen, wozu sie ihrer Meinung nach das Zeug hatte. Sie wusste, dass sie nicht die intelligenteste Person auf Erden war, aber sie war immer eine fleißige Schülerin gewesen, jemand, der zu Spannenderem als dem Lehrerberuf bestimmt war, denn das hatte man ihr beigebracht: Wenn du in Australien aufwächst und all die Möglichkeiten hast, die deinen Eltern verwehrt blieben, musst du dich nie mit irgendwas begnügen, nie das Gefühl haben, du hättest erfolgreicher sein können, nie das Gefühl haben, nicht das bestmögliche Leben zu leben. Außerdem kannte sie niemanden, der je über die Berufe von Lehrern oder Anwaltsgehilfen oder Qualitätsprüferinnen geredet hatte, als wären das spannende oder prestigeträchtige Jobs; keiner sagte je »Wow!« oder »Das ist echt cool«, wenn von einem Lehrer die Rede war; niemand, der in irgendwas wirklich gut war, träumte davon, in einer Anwaltskanzlei zu arbeiten, ohne ein echter Anwalt zu sein; keiner wusste, was genau Qualitätsprüfer eigentlich machten, und ehrlich, wieso einen Beruf ergreifen, mit dem man nicht angeben konnte? Ky hatte nicht damit gerechnet, dass die Auswertung ihres Fragebogens sie derart kränken würde.

»Das ist totaler Schwachsinn«, sagte sie und zeigte Minnie ihre Empfehlungen.

Minnie war in ihre eigene Auswertung vertieft. Zum ersten Mal seit Monaten schien sie eine Sache ernst zu nehmen oder ihr zumindest ungeteilte Aufmerksamkeit zu schenken.

»Was steht bei dir?« Ky sah ihrer Freundin über die Schulter.

In der kleinsten Blase las sie *Aktuarin*. In der mittleren *Anwältin*. Und in fetter Schrift schwebte über den beiden kleineren Blasen das Wort *JOURNALISTIN*.

»Ha«, sagte Minnie.

Ky spürte eine Art Feuer in ihrer Brust auflodern, das ihr den Atem raubte.

Später, am Nachmittag, als sie zu Hause Bánh Cuốn aßen, das Kys Mutter für sie gemacht hatte, konnte Ky nicht aufhören, an dem mentalen Schorf zu kratzen, der sich auf ihrem verletzten Ego gebildet hatte. »Ich mag Kinder nicht mal«, sagte sie.

»Mich magst du«, stellte Denny fest und sah Minnie an, wartete auf die Bestätigung, dass er etwas Lustiges gesagt hatte. Minnie zwinkerte ihm zu.

»Das ist was anderes.« Ky rutschte auf ihrem Stuhl herum, fühlte sich frustriert und unverstanden, als wäre ihre Kleidung plötzlich zu eng. »Dich muss ich ja mögen. Du bist mein Bruder.«

»Das sind alles bloß Empfehlungen«, sagte Minnie mit vollem Mund. »Ist schließlich kein Blick in die Kristallkugel oder so.«

»Trotzdem, ich find's dämlich. Und …« Bei dem Gedanken daran, was sie gleich sagen würde, begann Kys Haut zu prickeln. »Was sollen die blödsinnigen Empfehlungen? Ich meine, du und Journalistin? Asiaten kommen nicht ins Fernsehen.«

Ky sah, dass Minnie erstarrte. Ihre Freundin zog die Augenbrauen hoch, ehe sie sich wieder ihrem Teller zuwandte.

»Und was ist mit Lee Lin Chin?«, fragte Denny.

»Lee Lin Chin zählt nicht«, sagte Ky. »SBS guckt eh kein Schwein, und wann hast du je Asiaten in den richtigen Sendern gesehen?«

»Na ja.« Minnie klopfte mit ihren Essstäbchen auf den Teller, »in unserer Kleingruppe hat die Frau gesagt, Journalisten können auch bei der Presse und im Radio arbeiten. Ich könnte für Zeitungen und Illustrierte schreiben.«

»Aber willst du das überhaupt?«

Minnie zuckte die Achseln. »Wieso nicht? Fänd ich ziemlich cool. Die Frau hat gesagt, Journalisten bringen die Wahrheit ans Licht und decken Korruption und Ungerechtigkeiten auf. Außerdem hat sie gesagt, Journalisten reisen rund um die Welt, und jedes Mal, wenn sie einen Artikel veröffentlichen, steht ihr Name darunter. Ich könnte also einen Artikel schreiben, und Millionen Menschen würden ihn sehen, und –«

»Und was zum Teufel macht eigentlich ein Aktuar?«, fiel Ky Minnie ins Wort. »Das klingt, als wollte ein Migrant *aktuell* sagen. Ist es vielleicht so was? Ein Job für Migranten? Oh, *aktuar* vergeben wir die Jobs nur an Migranten, wenn Sie also nicht ganz neu im Land sind, können wir Sie leider nicht einstellen, Madam.«

Ky spürte, wie ihr heiß wurde. Aus dem Augenwinkel sah sie, dass Dennys Blick zwischen ihr und Minnie hin- und herhuschte. Er hatte schon immer ein feines Gespür für die Gemütslagen anderer und merkte, wenn etwas nicht stimmte, aber er war zu jung, um die Wurzel des Problems zu erkennen.

Minnie sah Denny an, um ihm zu signalisieren, dass er mit seinem Eindruck richtiglag, dass seine Schwester sich wirklich idiotisch benahm. Dann musterte sie Ky mit einem altvertrauten mitleidigen Blick. »Tja, die Frau hat heute, also ganz *aktuell* gesagt, dass ein Aktuar so eine Art Supersachverständiger ist. Die können gut Risiken einschätzen oder so.«

»Als ob du das gut könntest!«

Minnie stocherte an ein paar gebratenen Schalotten und Frühlingszwiebeln auf ihrem Bánh Cuốn herum. »Klar kann ich das.«

»Nein, kannst du nicht, du machst ständig irgendwelche riskanten Sachen.«

»Genau. Und deshalb kann ich Risiken gut einschätzen. Heißt ja nicht, dass ich sie vermeiden muss, oder, Denny?«

Ein Blatt gedämpfter Reismehlteig hing Denny aus dem Mund. Er zuckte halbherzig mit den Schultern, als wüsste er nicht genau, was er darauf antworten solle.

»Das ist kompletter Schwachsinn!«, sagte Ky und warf ihre Essstäbchen so heftig auf den Teller, dass Tropfen von der Fischsoße auf ihrer Schuluniform landeten.

»Dann nimm's doch nicht so ernst«, sagte Minnie, griff mit ihren eigenen Essstäbchen über den Tisch zu Kys Teller, um sich die restlichen Frühlingszwiebeln zu nehmen. »Ich würde ums Verrecken nicht Aktuarin werden wollen – klingt stinklangweilig. Die ganzen Empfehlungen sind wahrscheinlich sowieso Unsinn.«

»Ich nehme es nicht zu ernst.«

»Tust du doch.«

»Nein, tu ich nicht!«

»Okay, tust du nicht.«

»Danke sehr«, sagte Ky und hob die geöffneten Hände, wie zum Gebet.

»Bloß, dass du es doch tust«, sagte Minnie und bleckte die Zähne zu einem Lächeln, ihre Augen eisig und leer.

Wie ein Leben zusammenfassen? Wie wiedergeben, wer jemand war, was er dir bedeutete und wer er hätte sein können? Als Constable Edwards endlich Ky gegenüber Platz nahm, ein Notizbuch in der Hand, wusste Ky nicht, wo sie anfangen sollte. Sie zählte Dennys schulische Leistungen auf – alles, was sie über seine Noten wusste, seine Auszeichnungen, seine sonstigen Aktivitäten während Freistunden und Pausen. Sie sprach von seinen Freunden – dass sein bester Freund Eddie Ho gewesen war; dass die beiden, so lange sie zurückdenken konnte, in ihrer Freizeit am liebsten zusammen Brettspiele gespielt und sich Zeichentrickfilme angeguckt hatten. Dass man kein Genie sein musste, um zu erkennen, dass sie beide lieb und arglos und ein bisschen schräg waren. Sie sprach in Allgemeinplätzen und Klischees – guter Junge, guter Bruder, hätte keiner Fliege was zuleide tun können.

Als sie sah, dass der Constable, offenbar abgelenkt vom Lärm außerhalb des Raumes, nur gelegentlich eine Notiz machte, beiläufig nickte, ohne Ky anzusehen, wünschte sie, er würde zumindest Interesse heucheln, so tun, als wäre sie vielleicht nicht unbedingt der wichtigste Mensch auf der Welt, aber doch immerhin jemand, der nicht bloß Luft für ihn war. Denn wenn er sie ansehen und zur Kenntnis nehmen würde, dass sie noch immer trauerte, hätte sie ihm mehr verraten, wäre genauer geworden. Sie hätte ihm erzählt, dass die meisten Denny für einen stillen Jungen gehalten hatten, der nicht viel zu sagen hatte, dass er aber in Wahrheit zu unglaublich vielen Dingen eine Meinung gehabt hatte, die er bloß nicht jedem auf die Nase binden wollte. Und sie hätte ihm erzählt, dass Denny sie trotz seiner Schüchternheit, trotz seiner Neigung, immer mal wieder das Falsche von sich zu geben, manchmal schier vom Hocker gehauen hatte, wenn ihr klar wurde, wie gut er sie verstand.

»Ich glaub, ich hab einfach bloß Angst, dass ich mich nie ändern werde«, hatte Ky bei einem ihrer letzten Besuche zu Hause gestanden, nachdem sie mal wieder heftig mit ihrer Mutter gestritten hatte. »Wenn ich nicht in Cabra bin, kommt es mir vor, als hätte ich meine alte Haut abgestreift. Aber sobald ich wieder hier bin …«, Ky deutete auf ihre Umgebung, sie waren auf dem Weg in die Stadt, um bei Red Lea Chicken Pommes zu kaufen, »hab ich das Gefühl, überhaupt nichts abgestreift zu haben. Als hätte ich einfach nur einen Schalter umgelegt, verstehst du? Und mein altes Ich war die ganze Zeit noch da.«

»Im Winterschlaf.« Denny strich über sein glattes Kinn.

»Genau! Es ist einfach … Keine Ahnung. Es macht mir Angst, dass unsere alten Ichs uns überallhin folgen und bloß Winterschlaf halten, und man muss nur einen Schalter umlegen, und prompt sind wir wieder Arschlöcher, verstehst du?«

»Ich denke, wenn du so selbstkritisch sein kannst, dann hast du dich weiterentwickelt«, sagte Denny.

»Kann sein.«

»Jeder Mensch verändert sich, ob er will oder nicht.«

Ky sah Denny daraufhin an und überlegte, ob sich hinter Dennys jungenhaftem Gesicht ein runzliger alter Mann verbarg.

»Du bist ziemlich gleich geblieben«, sagte sie.

Denny starrte im Gehen auf den Boden.

»Meinst du, du hast dich verändert?«, fragte Ky nach einem Moment.

Er zuckte die Achseln.

»Wahrscheinlich. Ja«, sagte er schließlich.

»Inwiefern?«

»Keine Ahnung.«

»Willst du jetzt nicht mehr Arzt werden, sondern lieber Anwalt?«, sagte Ky im Spaß und puffte ihrem Bruder in die Rippen.

Ein gequälter Ausdruck glitt über sein Gesicht. Damals dachte Ky, er zermartere sich vielleicht das Gehirn, auf welche Universität er gehen, welches Fach er studieren solle. Anders als die meisten seiner Schulkameraden hatte er die Qual der Wahl.

»Ich versteh das«, sagte Ky, um ihren Bruder aufzumuntern. »Ich hatte Glück – ich wusste genau, was ich machen, welche Richtung ich einschlagen wollte, aber das ist nicht jedem auf Anhieb klar.«

»Ja ...« Denny sah überallhin, nur nicht seine Schwester an.

»Sollen wir drüber reden?«

Denny schien zu stutzen.

»Ich glaube, die University of New South Wales hat die beste medizinische Fakultät, aber falls du dich für Jura entscheidest, dann ist es ziemlich egal, würde ich sagen, auf welche der drei großen Unis du gehst«, meinte Ky. »Ich kann mich ein bisschen für dich umhören, wenn du willst.«

Er zuckte wieder die Achseln, verlor das Interesse.

»Wissen Sie, ob er irgendwas genommen hat?«, fragte Constable Edwards und holte Ky zurück in die Gegenwart. »Um besser mit dem Druck oder dem Stress klarzukommen?«

»Was meinen Sie?«

»Heutzutage nehmen Jugendliche alles Mögliche, und man kann nie wissen, was am Ende die Einstiegsdroge wird. Hat er beispielsweise Aufputschmittel konsumiert, um die Anforderungen in der Schule zu bewältigen? Irgendwas, um die Nächte durcharbeiten zu können? Oder Marihuana, um den ganzen Druck zu vergessen –«

»Welchen Druck? Wovon reden Sie eigentlich?«

Endlich blickte Constable Edwards von seinem Notizbuch auf, sah Ky mit hochgezogenen Augenbrauen an. »Na ja, nach dem, was Sie mir bisher erzählt haben, stand Denny unter großem Druck. Fünf Jahre hintereinander in fast allen Fächern der Beste? Still, fleißig, zukünftiger Arzt? Das klingt zu schön, um wahr zu sein.«

»Es ist aber wahr.«

»Hören Sie, Miss Tran.« Der Constable legte beide Hände auf den Tisch zwischen ihnen. »Ich versuche hier nicht, Ihren Bruder schlechtzumachen, aber …«, er zuckte mit einer Schulter, »es passt nun mal alles zusammen.«

»Er war kein Junkie«, erklärte Ky, doch je mehr Zeit sie mit dem Constable verbrachte, desto unsicherer fühlte sie sich in Bezug auf Denny. »Er hätte nicht mal gewusst, wo er Drogen kaufen kann, geschweige denn –«

»Miss Tran, Ihr Bruder wohnte in Cabramatta.«

»Na und?« Ky wurde trotzig. Sie wusste, dass der Constable bis zu einem gewissen Punkt recht hatte – Cabramatta galt nicht ohne Grund als die Heroin-Hauptstadt Australiens. Aber es gefiel ihr nicht, dass ein Außenstehender – ein sommersprossiger Weißer mit einem schleppenden Tonfall, der darauf hindeutete, dass er nicht von hier war – ihren Heimatort in der gleichen, wenig schmeichelhaften Farbe malte, die jeden, der dort lebte, zweidimensional, hoffnungslos, gleich aussehen ließ. Die Drogendealer liefen ja nicht von Tür zu Tür wie die Avon-Beraterin. Ky stolperte auch nicht über Unmengen von Heroin, wenn sie zu Woolworth oder zum Red Lea ging. Und nicht jedermanns Leben drehte sich um Drogen und Gangs und Verbrechen. Cabramatta hatte weitaus mehr zu bieten. Jedes Mal, wenn der Constable den Mund öffnete, sah Ky, wie ihr Bruder, ihre Familie, alle um sie herum immer eindimensionaler wurden.

»Nun gut.« Constable Edwards klappte sein Notizbuch zu. »Ich denke, wir haben alles, was wir brauchen.«

»Das war's schon?«, fragte Ky. Sie blickte auf ihre Uhr – das Gespräch hatte höchstens fünfzehn Minuten gedauert.

Der Constable war bereits aufgestanden. »Es sei denn, Sie haben noch etwas auf dem Herzen.«

Er blieb an der Tür stehen und ließ Ky einen Moment Zeit für ihre Antwort. Als sie nichts sagte, nur die Hände auf dem

Schoß zusammenpresste, verließ er den Raum, und sie blieb allein zurück, die Fingernägel tief in den Handflächen.

Ky konnte das Schuldgefühl nicht abschütteln. Immer wieder ließ sie Gespräche mit Denny Revue passieren, betrachtete sie aus verschiedenen Blickwinkeln. War er bei ihrem letzten Besuch zu Hause so niedergeschlagen gewesen, weil er schlechte Entscheidungen getroffen hatte? War sie zu unaufmerksam gewesen, um es zu bemerken, zu verbohrt, um genau hinzuhören? Hatte sie mit Denny genau dasselbe gemacht, was andere Leute mit ihr machten – nur das gesehen, was sie sehen wollte? Sosehr es ihr auch widerstrebte, dass der Constable Denny abgeschrieben hatte, sie fragte sich doch, ob nicht etwas Wahres daran war. Ky hatte Denny tatsächlich stark unter Druck gesetzt. Was sie von ihm erwartete, war tatsächlich unrealistisch und unfair gewesen. Sie stellte sich vor, wie ihr Bruder zum Bahnhof von Cabramatta ging und einen jungen Dealer – vielleicht jemand aus seiner eigenen Schule, seinem eigenen Jahrgang – fragte, ob er ihm irgendwas verkaufen könnte, das ihm helfen würde, sich zu entspannen. Sie malte sich aus, wie er mehr und mehr abrutschte, vielleicht Geld von seinen Eltern stahl, Dealern versprach, dass er sie bezahlen, beim nächsten Mal doppelt so viel Kohle mitbringen würde. Sie sah ihre eigene Abwesenheit in seinem Leben, die Kettenreaktion, die sie ausgelöst haben könnte.

Als sie nach Hause kam, merkte sie, dass ihre Eltern da waren, weil sie ihre Mutter in der Küche hörte und trübselige Musik aus dem elterlichen Schlafzimmer drang. Die letzten Abende hatte ihr Vater seinen *Paris by Night* -Kassetten Ruhe gegönnt. Doch jetzt ertönte die melancholische Musik wieder und klang irgendwie noch trauriger als zuvor.

»Wenn ich depressiv werde und dich umbringe, dann liegt das an dieser Musik!«, hatte Kys Mutter oft gedroht, wenn ihr Vater mal wieder die Lieder über die Verwüstungen des Krieges und den Fall Saigons abspielte. »Mit dieser trostlosen Musik machst du alle nur traurig! Stell sie ab!«

»Aber hast du denn nicht auch *Paris by Night* gehört, als du noch in Vietnam gelebt hast?«, hatte Denny mal gefragt, nachdem ihre Mutter angefangen hatte, ihren Staubwedel auf den Fernseher zu klatschen, um ihre Meinung deutlich zu machen.

»Giời ợi, mein Sohn ist so dumm!«, hatte Kys Mutter gerufen, und sich selbst den Staubwedelstiel auf den Kopf geschlagen. »*Paris by Night* wird von Leuten gemacht, die Vietnam *verlassen* haben. *Nach* dem Krieg. Guck dir das an.« Sie schwenkte den Staubwedel vor dem Bildschirm, versperrte allen die Sicht. »Denkst du etwa, die filmen das in Vietnam? Das ist Orange County! Das ist Amerika! Die machen diesen depressiven Mist für Leute, die Vietnam vermissen.«

»Vermisst du Vietnam denn nicht?«, fragte Ky auf Englisch. »Du redest andauernd davon. Vietnam hier, Vietnam da, damals in –«

»Vorbei ist vorbei!«, erwiderte ihre Mutter auf Englisch. »Ich gucken nach vorne. Euer Dad gucken zurück. Diese traurige Musik mich machen verrückt. Ich ihn umbringen!«

Prompt drehte Kys Vater die Lautstärke höher.

Als Ky das gespenstische Schlurfen von Schritten im Haus hörte und Räucherstäbchengeruch sie umhüllte, fühlte sie sich nicht in der Lage, ihren Eltern zu begegnen. Ky schlich wieder nach draußen, blieb in der Einfahrt stehen und verlor jedes Zeitgefühl. Noch nie hatte sie sich so ausgelaugt gefühlt. Selbst an ihren hektischsten Tagen als Reporterin hatte sie nur selten mit so vielen Menschen geredet wie an diesem Tag. Doch trotz ihrer Erschöpfung war sie zugleich aufgekratzt. Sie zog die Notizen des Constable aus der Tasche und ging noch einmal die Namen durch. Die meisten waren Angestellte im Lucky 8. Ky wollte nicht mit noch mehr Leuten reden. Aber sie dachte daran, dass sie vielleicht Antworten hatten, dass sie ihr erzählen würden, ob Denny tatsächlich wegen eines gescheiterten Drogendeals ermordet wurde, ob er an dem Abend so gewirkt hatte, als wäre er auf Droge, ob wirklich alles Kys Schuld war.

Sie atmete tief durch, drehte sich um und stieg wieder in ihr kleines weißes Auto.

7

In einem glitzernden grünen Áo Dài, das Haar zu einer Beehive-Frisur aufgetürmt, das Gesicht mit zartem Rouge und Cat-Eye-Lidstrich geschminkt, stand Flora Huynh mit einer aufgelösten Valium im Magen auf der Bühne und sang schmachtend für die Neuvermählten – die erste Hochzeit, die seit dem Vorfall von vor fast zwei Wochen im Lucky 8 gefeiert wurde. Die Braut sah aus wie ein Cupcake. Der Bräutigam trug einen Leihsmoking. Er mühte sich vergeblich ab, seine neue Braut an sich zu drücken, weil der Rock ihres Kleides so bauschig und voll war, und als es ihm schließlich doch gelang, sie an der Taille an sich zu ziehen, hob sie mit den Füßen vom Boden ab. Flora sang »Love Me Tender« von Elvis Presley, und die betrunkenen Hochzeitsgäste jubelten und klatschten, als sie mittendrin in eine vietnamesische Version des Songs wechselte. Während Freunde und Verwandte sich zu dem Paar auf der Tanzfläche gesellten, mit geröteten Gesichtern und sich wiegenden Körpern, schweiften Floras Gedanken ab. Sie war schon immer gern aus der Gegenwart geflohen, und wenn sie sang, schaltete ihre Stimme auf Autopilot, während ihr Bewusstsein in der Zeit zurückreiste, in die tiefe Vergangenheit, in ihre Kindheit, zum ersten Mondneujahr, an das sie sich erinnern konnte: die neuen Klamotten, als sie morgens aufwachte, die tollen neuen Schuhe. Ihre Mutter, eine hübsche Frau, die immer Lippenstift und Rouge trug, nahm Flora mit in den Friseursalon einer Verwandten, wo ihre seidigen Locken zu einer Beehive-Frisur gekämmt wurden. Mutter und Tochter, beide in passenden neuen Áo Dàis und mit haarsprayharten Hochfrisuren, spazierten hüftschwingend durch die festlichen Straßen von Saigon.

Floras Verstand kehrte kurz in die Gegenwart zurück, als der Song zu Ende ging, und nach raschem Blickkontakt mit der schläfrigen Band hinter ihr stimmte sie den nächsten an, die Version der Righteous Brothers von »Unchained Melody«, die ersten paar Zeilen auf Englisch, ehe sie ins Vietnamesische wechselte. Sie blickte auf die Tanzfläche, die von Jimmy Carter, dem Tellerwäscher des Lucky 8, sauber geschrubbt worden war, und merkte, dass sie eine Hand auf den Bauch gelegt hatte und in den engen Áo Dài kniff, ihn befingerte und knautschte.

Sie schloss die Augen und ließ wieder die Gedanken schweifen, sah die Haut des einst jugendlichen Gesichts ihres Bruders Bao – die rosa Pusteln, die fettigen und trockenen Stellen, die er mit dreizehn bekam. Als sie Kinder in Vietnam waren, schlug ihre Mutter Bao regelmäßig die Hand aus dem Gesicht, wenn er an seiner Akne herumfummelte, und warnte ihn, dass er davon Narben zurückbehalten würde – tiefe Krater, sodass seine Wangen aussehen würden wie die Oberfläche einer ungespülten Reisschale. Sie bot ihm an, seine schlechte Haut mit einer Nähnadel und einer Kerze zu behandeln. Sie hatte Flora gezeigt, wie das ging – die Nadel zum Desinfizieren in eine Kerzenflamme halten, dann den Pickel damit aufstechen.

»Du musst das Gift aus deinem Körper rauslassen«, sagte die Mutter jedes Mal, wenn Floras von der Nadel durchbohrte Wunde vor gelbem Eiter und Blut glänzte.

Bao ließ die Mutter nie mit einer Nadel an sich ran, sondern ließ sich lieber den Pony lang wachsen, um die pickelige Stirn zu verdecken, und verbarg sein Kinn in den Händen. Doch je mehr er sein Gesicht berührte, desto schlimmer wurde die Akne, bis Flora sich irgendwann nicht mehr erinnern konnte, wie ihr Bruder ausgesehen hatte, bevor seine Haut ihm den Krieg erklärte.

Flora dachte daran, dass mit jeder dicken Pustel, die in seinem Gesicht erblühte, etwas von der Freundlichkeit verloren ging, die er einst nur ihr gezeigt hatte. Als sein Gesicht pickeliger und er verbitterter wurde, nahm Bao Flora, die sechs Jahre jünger war als er, nicht mehr auf seinem Fahrradlenker mit; er hörte auf, die Begleitstimmen und -geräusche zu machen, wenn sie mit ihren Puppen spielte, und sang auch nicht mehr mit, wenn die Beatles im Radio kamen. Als er vierzehn wurde, verlor er jedes Interesse daran, Flora zu erheitern. Statt ihren Puppen Stimmen zu geben, fragte er sie, wie sie noch immer spielen konnte, obwohl ein Krieg im Gange war, obwohl die Kommunisten so nahe waren, obwohl der ganzen Familie ein grausamer Tod drohte. Mit fünfzehn war er ein Fremder im eigenen Haus geworden – jemand, der mehr Stunden schlief, als er wach war, der zwanghaft Radio hörte, um die täglichen Todesopferzahlen zu erfahren, auch wenn die Menschen an weit entfernten Orten gestorben waren. Damals hatte noch niemand in ihrer Familie von Begriffen wie Gemütserkrankung oder chemischem Ungleichgewicht gehört, noch niemand hatte erkannt, was für ein schleichendes Trauma Krieg auslösen konnte. Damals dachten die Leute noch immer, die Probleme eines Menschen könnten von Buddha weggesegnet werden.

Dann, als Bao sechzehn war, tauchte eine Bäuerin im Alter von Floras Mutter mit einem gewickelten Neugeborenen, dessen Haar noch ganz klebrig von der Geburt war, vor ihrer Haustür auf. Obwohl die Frau verschlissene Kleidung trug und schwielige Hände und unsäglich trockene Haut hatte, war sie keineswegs eingeschüchtert durch Floras Familie – weder durch das nagelneue Businesshemd ihres Vaters noch durch die perfekt geschminkten Lippen ihrer Mutter. Der Rücken der Frau war kerzengerade, und ihr Kinn sah aus, als würde es von einer Schnur in die Luft gezogen. Sie drückte Floras Mutter das Neugeborene in die Arme, erklärte den Huynhs, dass Bao der Vater sei, dass sie sich jetzt um das Baby zu kümmern hätten. Floras Vater weigerte sich, das Kind anzunehmen, schrie die Frau an und sagte ihr, Bao sei zwar ein nichtsnutziger Sohn, aber er würde ganz bestimmt nicht uneheliche Kinder zeugen. Als Bao schwieg und damit praktisch bestätigte, dass er genau das getan hatte, setzte ihre Mutter sich mit dem Baby im Arm hin und starrte ins Leere.

Die Frau, die ein faltiges Gesicht und schwarze Zähne hatte, erwiderte, es sei ihr egal, ob die Huynhs das Kind wollten – es gehöre jetzt ihnen; sie hätten den Namen ihrer Familie ruiniert, weil Bao ihre unschuldige minderjährige Tochter verführt habe, dass die Schande der ungewollten Schwangerschaft sie zwinge, nun weiter nach Süden ins ländliche Vietnam zu ziehen, um dort hoffentlich einen Neuanfang zu machen.

»Wir sind nicht dafür verantwortlich, dass Ihre Tochter ein Flittchen ist!«, brüllte Floras Vater, nachdem die Frau geendet hatte.

»Ihr Sohn ist ein Schuft!«, schrie die Frau zurück.

»Wir wollen dieses blöde Baby nicht! Wenn Sie sowieso die Stadt verlassen, nehmen Sie es gefälligst mit! Wir wollen es nicht!«

»Ihr Sohn hat das Leben meiner Tochter zerstört!«

»Ihre Tochter soll froh sein, dass sie von einem Huynh gefickt worden ist!«

»Fahr zur Hölle!«

»Nein, fahr *du* zur Hölle, du alte Hexe!«

»Verflucht sollt ihr sein! Tausend Jahre lang Unglück! Ich scheiß auf euch und eure Mütter!«

Und damit gehörte Thien zur Familie. Das Baby schrie fast ununterbrochen, und wenn nicht, war sein Gesicht schmerzlich verzerrt. Seine schmutzige Stoffwindel stank schlimmer als alles, was Flora je gerochen hatte. Da sie nicht die Dienste einer Amme in Anspruch nehmen wollten, weil Floras Vater fürchtete, andere könnten erfahren, dass Bao ein Bauernmädchen geschwängert hatte, zahlte die Familie einen Aufpreis für Kuhmilchpulver. Dass Thien weiter schrie, nachdem er mit etwas so Teurem gefüttert worden war, machte Floras Vater nur noch wütender. Er ließ seine Wut an Bao aus und wollte von ihm wissen, wieso er ein derart gestörtes Kind gezeugt hatte. Erst Jahre später, als die Familie bereits in Australien war, stellte sich heraus, dass Thien gegen Kuhmilch allergisch war.

Immer wenn Thien schrie, drohte Floras Vater damit, den Jungen in den nächsten Fluss zu werfen. Selbst nachdem Floras Mutter sich bereit erklärt hatte, für das Baby zu sorgen, redete er weiter darüber, wie sie den Namen der Familie von dieser Schande reinwaschen könnten. In besonders hartherzigen Momenten bezeichnete er Bao und Thien gemeinsam als Schandfleck und meinte, sie gehörten beide ertränkt, verbrannt, lebendig begraben.

»Schluss jetzt, Long«, sagte Floras Mutter mit schwacher Stimme, als hätte sie zum Sprechen nicht mehr genug Luft in der Lunge. »Er ist unser Enkelsohn.«

»Lieber ficke ich eine Kommunistin, als so einen Enkel zu haben!«

Flora, die dazu erzogen worden war, ihre Eltern bedingungslos zu respektieren, zuckte jedes Mal zusammen, wenn sie ihren Vater über Bao oder Thien reden hörte. Sie konnte sich nie dazu durchringen, den Raum zu verlassen, aus Angst, es könnte als unhöflich oder respektlos ausgelegt werden, deshalb biss sie sich auf die Wangen, obwohl sie ihren großen

Bruder, an dessen Freundlichkeit sie sich noch erinnerte und klammerte, unbedingt in Schutz nehmen wollte.

Im Lucky 8 tanzten die Hochzeitsgäste noch immer langsam zu ihrem Gesang, doch Floras Gedanken sprangen zurück zum Vortag. Sie war gar nicht als Sängerin eingeplant gewesen und nur hergekommen, weil sie feststellen wollte, ob sie sich zutraute, dort zu singen. Als sie die glänzende Tanzfläche wiedersah, bekam sie Gänsehaut, ihr Atem wurde flach, und sie war sicher, dass ihr Herz nie wieder ruhig schlagen würde.

»Wirklich, Miss Flora, niemand erwartet von Ihnen, dass Sie jetzt schon wieder arbeiten«, sagte Jimmy Carter auf Vietnamesisch, als er ihr eine Tasse Tee brachte. Er war fünf Jahre älter als Flora, hatte einen leichten Buckel und ledrige Hände und hinkte seit einer Auseinandersetzung mit Piraten auf See. Aber sein Gesicht war sanft, offen und leicht zu deuten. »Niemand erwartet von irgendeinem von uns, jetzt schon wieder zu arbeiten.«

»Warum sind Sie dann hier?«

»Weil man am besten vergessen kann, wenn man sich beschäftigt.«

»Genau dasselbe gilt auch für mich«, sagte Flora.

»Sie zittern.«

»Nein, ich …«, begann Flora, doch ihre Hand bebte, und ihr Mund war wie ausgetrocknet. Plötzlich sah sie Sterne. Sie setzte sich an einen der großen runden Tische, von denen jeder mit einem weißen Tischtuch bedeckt und mit zu Schwänen gefalteten Servietten dekoriert war.

»Miss Flora«, sagte Jimmy, »Big Boss Tang wird es verstehen, wenn Sie sich noch ein paar Tage länger freinehmen. Er kann für morgen eine andere Hochzeitssängerin engagieren –«

»Nein, mir geht's gut.« Flora kam der Gedanke, sich ein Beruhigungsmittel verschreiben zu lassen. »Ich kann morgen arbeiten. Ich schaff das schon.«

Während sie jetzt sang, sah sie immer mal wieder Jimmy aus der Küche auftauchen, die Schürze durchnässt von schmutzigem Spülwasser. Er ließ den Blick durchs Restaurant schweifen, schaute prüfend auf die Bühne, und sein Gesicht entspannte sich, wenn er Flora sah, als wäre er erleichtert, dass sie da war. Aber vielleicht wünschte sie sich das auch nur. Die Band begann, die Eröffnungstakte von »Fly Me to the Moon« in der Sinatra-Version zu spielen, und Flora verließ wieder ihren Körper, reiste Monate zurück, in die Dialysestation des Liverpool Hospital, wo ihr leberfleckiger und zunehmend seniler Vater neben einem Gerät saß, das sein Blut reinigte. »Weißt du, wie sie dich in Vietnam nennen würden?«, sagte er von seinem Stuhl aus, so laut, dass die anderen vietnamesischen Patienten es hören konnten. »Es gibt keine Worte für das, wie sie dich in Vietnam nennen würden! Eine Frau! Fünfunddreißig! So alt! Keinen Mann! Sie würden dich gar nichts nennen! Es ist zu peinlich! Keine Worte, überhaupt keine!«

Ihr Vater hatte jedoch nur in einem dieser Punkte recht. Flora war vierunddreißig. Und sie hatte sehr wohl einen Verehrer – einen der wenigen Männer, denen sie begegnete und die ihr keine Probleme machten, sondern ihr halfen zu vergessen. Ein Mann, der sie fragte, wie es ihr ging, und der sich wirklich für die Antwort interessierte. Ein Mann, der von ihren Ambitionen und Zielen wissen wollte und sie ermutigte, sie zu verfolgen. Ein Mann, mit dem sie arbeitete, der ihr Tee brachte, der ihr in seiner schmutzigen Schürze beim Singen zuschaute. Aber kürzlich hatte sie erfahren, dass Jimmy aus Nordvietnam war, was laut ihrem Vater bedeutete, dass er bestenfalls mit den Kommunisten sympathisierte, schlimmstenfalls selbst einer war und somit keinesfalls infrage kam. Flora hatte nicht widersprochen.

Ihr Vater hatte versucht, ihr zu helfen. Fotos waren ausgetauscht, Kontakte geknüpft worden. Vietnamesische Männer in den Vierzigern und Fünfzigern verabredeten sich mit Flora, wollten wissen, warum eine hellhäutige und offenbar nicht unattraktive Frau schon so lange solo war.

»Die sagen alle, dass du nicht übel bist«, informierte ihr Vater sie, während sie ihm half, die Hornhaut an seinen Diabetikerfüßen abzufeilen. »Sie finden, du siehst ganz gut aus, und es gefällt ihnen, dass du nicht dick bist, aber …«, an dieser Stelle nahm sein runzeliges Gesicht, vorzeitig gealtert durch Jahrzehnte unablässigen Stresses (zwölf Monate in einer der Neuen Wirtschaftszonen Vietnams, zwei Jahre in einem malaysischen Flüchtlingscamp, der Tod seiner Frau, kurz bevor ihnen die Umsiedlung gewährt wurde, sein gestörter Sohn, sein unerwünschtes Enkelkind, seine ledige Tochter), einen Ausdruck an, der beinahe mitleidig wirkte, »sie haben Bedenken, dass du kein braves Mädchen bist, wegen deiner Arbeit. Die Leute denken, eine Hochzeitssängerin wäre unanständig.«

Sie hatte mit dem Gedanken gespielt, sich beruflich zu verändern. Aber da sie keinen Highschool-Abschluss hatte und nur gebrochen Englisch sprach, waren die Jobs, die für sie infrage kamen, zu schlecht bezahlt. Und außerdem genoss Flora das Gefühl, auf der Bühne zu singen. Sie sang gern. Es gefiel ihr, dass sie dabei ihre Gedanken schweifen lassen konnte, der Gegenwart entfliehen und in die Tiefen ihrer schönsten Erinnerungen abtauchen. Es gefiel ihr so sehr, dass sie sogar an Tagen sang, wenn im Lucky 8 keine Hochzeit gefeiert wurde. Für etwas weniger Gage trat sie unter der Woche beim normalen Restaurantbetrieb auf und sang mit Play-back statt in Begleitung einer Live-Band.

Floras Vater hoffte nach wie vor, dass sie irgendwann heiraten würde, und wenn er sie ausnahmsweise mal nicht beschimpfte, weil sie noch ledig war, versuchte er, sie zu verkuppeln. »Der ist anders!«, sagte er an einem Frühlingstag in seinem Dialysestuhl. »Der wird sehr, sehr gut zu dir passen. Er ist Porkys Neffe.«

Porky, dessen richtigen Namen Flora nicht kannte, war ein Mitpatient im Liverpool Hospital, der wie ihr Vater zweimal die Woche zur Dialyse kam. Den Spitznamen verdankte Porky seiner Leibesfülle. »In Vietnam«, sagte er gern, »können nur die sehr, sehr Reichen so aussehen.« Floras Augen wurden ständig von Porkys Fingern angezogen, die an Würstchen erinnerten.

»Verstehe.« Flora rückte einen Stuhl neben ihren Vater, während das Dialysegerät surrte.

»Der ist anders!«, sagte ihr Vater mit Nachdruck und packte ihren Unterarm mit seiner freien Hand. »Porky, erzähl's ihr!«

Porky, der in seinem Dialysestuhl eingeschlafen war, wurde ruckartig wach.

»Hi, Onkel Porky«, sagte Flora und ließ den Blick über seine Arme zu den pummeligen Händen wandern, die auf seinem Kugelbauch ruhten.

»Was ist? Hat jemand mich gerufen? Hallo, hübsches Mädchen.«

»Porky!« Floras Vater winkte ihn näher, obwohl keiner von beiden seinen Stuhl verlassen konnte. »Dein Neffe! Erzähl ihr von deinem Neffen!«

Flora nahm eine Orange aus ihrer Handtasche und begann, sie zu schälen.

»Ach ja, mein Neffe. Sehr guter Junge. Er studiert, glaube ich. Ich habe ein Foto. Gibst du mir bitte mein Portemonnaie?«

Porky deutete auf ein abgegriffenes Lederportemonnaie, das auf dem Holztisch neben ihm lag.

»Ich hab klebrige Hände«, sagte Flora.

»Dann glaub mir einfach, er ist ein attraktiver Bursche.

Sehr, sehr gut. Du wirst ihn mögen. Er wird einen guten Ehemann abgeben.«

»Und er sieht Porky kein bisschen ähnlich!«, sagte Floras Vater. »Er ist ein schlanker Mann!«

Porky zuckte mit den Achseln.

»Und was noch, Porky? Erzähl's ihr!«

»Natürlich. Ich habe meinem Neffen alles über dich erzählt. Ich weiß, dass deine Suche nach einem Mann nicht leicht war –«

Flora rutschte auf ihrem Stuhl hin und her, froh, dass die einzigen anderen Patienten Chinesen waren, die kein Vietnamesisch verstanden, und eine alte Griechin.

»Ich wollte keine überzogenen Erwartungen wecken, verstehst du? Deshalb hab ich ihm alles erzählt. Ich hab ihm erzählt, dass du sechsunddreißig bist –«

»Sie ist fünfunddreißig«, korrigierte Floras Dad.

»Ich bin vierunddreißig.«

»Na, das wird ihn angenehm überraschen. Jedenfalls, ich hab ihm erzählt, dass du sechsunddreißig und nicht dick bist, sehr helle Haut hast, dich gut um deinen Vater kümmerst, kochen kannst und auf Hochzeiten singst. Aber ich habe ihm versichert, dass du ein sehr braves Mädchen bist.«

Bei einer Verabredung mit Porkys Neffen stellte Flora fest, dass er zwar schlank war und in gewisser Hinsicht durchaus für attraktiv gehalten werden konnte, aber keine Zähne hatte. Wenn er lächelte, war sein Mund außer ein paar Backenzähnen, die wie Inseln aus dem Zahnfleisch ragten, eine dunkle Höhle, und beim Sprechen klatschten seine Lippen aufeinander. Sie erfuhr außerdem, warum er nichts gegen ihren Beruf hatte: Er war mit einem befristeten Visum in Australien und brauchte einen Trauschein für ein dauerhaftes Aufenthaltsrecht. Es spielte keine Rolle, was Flora beruflich machte oder was für ein Mensch sie war oder was sie sich vom Leben erhoffte. Flora war australische Staatsbürgerin und somit für ihn die ersehnte Lizenz, für immer im Land zu bleiben.

Sie sagte, sie würde darüber nachdenken. Sie wollte ihren Vater nicht enttäuschen, aber der Gedanke, nach allem, was sie schon für ihre Familie aufgegeben hatte, noch mehr Kompromisse zu machen, weckte Zweifel in ihr, ob das alles war. Hatte das Schicksal sie dazu bestimmt, vom Unglück verfolgt zu werden? Gab es keine Hoffnung auf ein besseres Leben?

Sie dachte so lange darüber nach, dass Porkys Neffe eine andere heiratete. Ihr Vater beschimpfte sie, weil sie sich diese Chance hatte entgehen lassen. Insgeheim jedoch war Flora noch nie so erleichtert gewesen. Vielleicht gab es ja doch noch Hoffnung.

Jetzt stand sie auf der Bühne und sang mit dem Mikrofon in klammen Händen, während die Hochzeitsgäste sich auf der Tanzfläche wiegten. Ihre Gedanken sprangen von der Erinnerung an den Mann ohne Zähne zu einem trägen Tag in Saigon, als Bao sie daran gehindert hatte, eine Grille zu zertreten. »Die tun nichts!«, sagte Bao, der damals zehn war, als er sich hastig zwischen Flora und das Insekt stellte und es dabei selbst fast aus Versehen zerquetschte. »Guck mal –« Er zeigte ihr, wie sie die Grille zum Hüpfen bringen konnte, wenn sie sie an den Fühlern kitzelte, und erklärte ihr den Unterschied zwischen Grillen und Kakerlaken. Kakerlaken seien schmutzig und lebten gern in schmutzigen Häusern. Grillen seien harmlose Nachbarn, die nur in saubere Häuser zögen.

Sie sang, und in ihrer Erinnerung beobachtete sie, wie Thien seine ersten Schritte machte. Sie war selbst noch ein Kind, nicht viel älter als er. Aber sie erinnerte sich daran, wie seine weichen, winzigen Hände sich nach ihr ausstreckten, als wäre sie so viel größer, älter, klüger. Sie erinnerte sich an die unbändige Freude, die sich in Thiens Gesicht ausbreitete, an sein Kichern und Kreischen, als er sich an Floras Fingern festhielt und an ihnen hing wie an einem Trapez.

Sie sang, und jetzt waren sie in Australien, Bao zum ersten Mal im Gefängnis, Thien, erst zwölf, stahl Geld aus ihrem Portemonnaie. Sie hatte ihn dabei erwischt, doch er stritt es ab. Sie ließ nicht locker, bis er sich den Zwanzig-Dollar-Schein vorn in die Hose steckte, ihn an seinem Schritt rieb und dann fragte, ob sie ihn immer noch haben wollte.

Sie sang, und die Ersparnisse eines ganzen Jahres, die sie in einer Keksdose unter ihrem Bett versteckt hatte, waren weg. Der goldene Ring, den ihre Mutter ihr vermacht hatte und den sie in einem Säckchen in derselben Dose aufbewahrte, war weg. Ihr Scheckheft, das sie brauchte, um die Miete zu bezahlen, war weg. Sie sah in dem Zimmer nach, das Thien sich mit seinem jüngeren Bruder William teilte. Thien war weg.

Sie sang, und Thien, der sie nun nach einem sommerlichen Wachstumsschub überragte, stieß sie gegen eine Wand, als sie ihn auf den vor ihrem Haus parkenden weißen Honda mit dem großen Heckspoiler ansprach und wissen wollte, woher er ihn hatte, wie er ihn sich leisten konnte, ob er gestohlen war. Sie erinnerte sich daran, wie seine Augen dunkel wurden, als wäre ein Licht ausgeschaltet worden, als wäre niemand zu Hause, ein besessener junger Mann. Er hätte sie umbringen können; sie konnte nicht erklären, woher sie das mit solcher Klarheit wusste, aber sie wusste es. Sie wusste, wäre sie nicht ins Badezimmer gerannt und hätte sich eingeschlossen, hätte er sie umbringen können, hätte nicht aufgehört, bis es zu spät gewesen wäre.

Sie sang, und da waren sie, die Huynhs, in einem Zelt in einem malaysischen Flüchtlingscamp, ihre Mutter nur noch Haut und Knochen. Sie hatte Krebs in der Lunge, in den Eierstöcken, in der ganzen Wirbelsäule. Flora erinnerte sich an den letzten Atemzug, den vergeblichen Versuch ihrer Mutter, Luft zu schnappen, den Gewaltausbruch ihres Vaters, als er begriff, dass seine Frau gestorben war: wie er wieder und wieder auf Bao eingetreten hatte; wie Bao sich nicht gewehrt, sich nicht mal geschützt hatte; an das Blut, das Bao noch Tage danach im Urin gehabt hatte. Sie erinnerte sich daran, wie Thien, damals gerade zehn geworden, alles mit ansah – wie Thien sah, dass Flora alles mit ansah; wie sie sich in die Augen geschaut hatten, mit gebrochenen Herzen, weil die Welt sie in so vielerlei Hinsicht enttäuscht hatte, weil sie einander in so vielerlei Hinsicht enttäuscht hatten.

Sie sang, und sie sah das schwarze Loch im Mund des Mannes, den Heiratsantrag, der ihr einen eiskalten Schauer über den Rücken jagte.

Sie sang und erinnerte sich an die Gespräche mit Jimmy Carter, die Tassen Tee, die sie zusammen getrunken hatten, wie er sie darin bestärkt hatte, mit ihm einen Englischkurs zu belegen und Fortbildungen zu machen, die es ihr ermöglichen würden, Musik zu unterrichten, und ihm, als Klempner zu arbeiten. Wie er sie ansah, als er sagte, allein sei das schwer, aber alles sei leichter, wenn man jemanden hatte, mit dem man es gemeinsam angehen konnte.

Sie sang, und sie zwang sich, die glänzende Tanzfläche ebenso aus dem Kopf zu verbannen wie den Körper des Jungen, das Röcheln. Sie blendete Erinnerungen aus, fand eine andere, in die sie abtauchen konnte. Aber es war bloß eine Reihe von Männern, zahllose Verabredungen mit desinteressierten Männern, die mürrisch dreinschauten, wenn sie dachten, sie würde nicht gucken. Und da war wieder der Mann ohne Zähne, und sein Gesicht verwandelte sich in das Gesicht des Mannes mit Zähnen, Jimmy, dessen Haut trocken und dick war, der hinkte, der so normal aussah, dass sie es beruhigend fand, der sie mochte – nein, *liebte* – und auf den sie sich nicht einlassen konnte, weil ihre Familie es niemals erlauben würde.

Sie sang, und war das wirklich Thien gewesen? Thien, zusammen mit Freunden, die Haare so lang wie die seines Vaters, im schwarzen Anzug, einen Arm um die Schultern einer tätowierten jungen Frau gelegt? Er war ein erwachsener Mann. Als sie ihn das letzte Mal gesehen hatte, war er wieder bei ihr zu Hause eingebrochen, aber diesmal, um Geld *dazulassen*, ein dickes Bündel Hunderter für William. Sie hatte ihn nur von hinten gesehen, als sie ihn verjagte, weil sie Angst hatte, er könnte ihrem jüngeren Neffen etwas tun und neue Gangmitglieder schon aus dem Kinderzimmer rekrutieren. Falls der Mann im Lucky 8 Thien gewesen war, dann war sein Gesicht tiefer eingefallen, als sie sich erinnern konnte, die Augen glasig, hohle Wangen, die seine Wangenknochen noch höher erscheinen ließen. Erinnerte sie sich richtig? Sie hatte gesungen zu Play-back, mit dem Hintern auf einem Hocker, und beobachtet, wie Thien und seine Freunde hereinkamen, lärmend, provozierend, sie hatte beobachtet, wie sie bestellten und wie er immer wieder versuchte, seinen Arm um die Schultern der Frau zu legen, wie die Frau ihn immer wieder wegstieß, ihm Worte entgegenschleuderte, die Flora nicht verstehen konnte, die Arme verschränkt, den Rücken abgewandt. Flora beobachtete Thien, bis er zu ihr herüberschaute, und dann: eine Veränderung in seinen Augen. Hatte er sie erkannt? Hatte er sie registriert? Wusste er, dass sie im Lucky 8 arbeitete? Sie sang weiter, die Augen auf ihren Neffen gerichtet, dem der Vorhang aus Haaren ins Gesicht fiel, genau wie bei William, genau wie bei Bao, und sie fragte sich, warum sie den Instinkt nicht unterdrücken konnte, die Menschen zu schützen, die ihr keinen Funken Freundlichkeit gezeigt hatten, weder in jüngster Zeit noch irgendwann in der Vergangenheit.

Und bevor Flora noch weiter in der Zeit zurückreisen konnte, spielte die Band die letzten Takte, um für Hochzeitsansprachen eine Pause einzulegen, und die Leute kehrten auf ihre Plätze zurück, und ganz hinten im Saal, direkt neben dem Blumenbogen, entdeckte sie dieselbe junge Frau mit der randlosen Brille, die sie Tage zuvor auf dem Polizeirevier gesehen hatte.

Flora hörte auf zu singen. Das Publikum klatschte. In den Ohren hörte sie nur das Pochen ihres Herzens.

Drei Tage zuvor war Flora auf dem Polizeirevier gewesen, mit zitternden Händen, Magenschmerzen, die Haare schweißnass.

»Mein Neffe«, sagte sie und deutete auf einen dreizehn Jahre alten Jungen, der mit anderen Teenagern an einer Wand saß. »William nie böse Sachen machen. William guter Junge. Was er getan?«

Sie schwitzte schon den ganzen Tag, aber auf dem Revier war es schwülheiß, und ihr war übel vom Körpergeruch der Leute. Sie drückte sich eine Hand auf ihren Bauch, um sich nicht übergeben zu müssen.

Die ernste Polizistin am Empfang blickte auf die violette Haut unter Floras Augen und sagte ein Wort, das Flora nicht verstand.

»Umlungen?«, fragte Flora und sah nach hinten zu ihrem Neffen, damit er übersetzte. Er hielt den Kopf gesenkt, sodass sein langes Haar die schlimme Akne an Kinn und Wangen bedeckte.

»He-rum-lun-gern«, sagte die Polizistin. Flora spürte einen vertrauten Frust, als würde die Welt ihr einen Streich spielen; wenn diese Polizistin dafür Energie aufwenden konnte, ein Wort in Silben zu zerlegen, wieso konnte sie Flora dann nicht einfach sagen, was es bedeutete?

»Tante«, sagte eine junge Frau, die eine randlose Brille trug und von Flora gar nicht bemerkt worden war, auf Vietnamesisch. »›Herumlungern‹ bedeutet –«

»Dann ist er nicht hier, weil er Drogen verkauft hat?«, fragte Flora in ihrer Muttersprache, die ihr die Würde verlieh, das zu sagen, was sie meinte.

Die junge Frau, die Flora für die Dolmetscherin des Polizeireviers hielt, blickte verwirrt. »Ich weiß nicht«, sagte sie. Sie überflog das Formular, das Flora unterzeichnen musste, ehe sie William mit nach Hause nehmen konnte. »Da steht nur was von ›Herumlungern‹.«

Flora schloss fest die Augen; sie spürte, dass ihre Bluse unter den Achseln nass wurde, sie sah die glänzende Tanzfläche des Lucky 8. Sie erinnerte sich an das seltsame und viel zu laute Aufstoßen – eher ein Rülpsen –, das ihrem Mund entwich, als die Restaurantgäste verstummten und die einzig verbliebenen Geräusche die Musik aus der Lautsprecheranlage und das schwere röchelnde Atmen des Jungen waren.

Als sie die Augen öffnete, starrte die junge Frau sie an. Flora starrte zurück und konnte nicht erkennen, ob die Augen der Frau verschwommen waren, weil sie eine Brille mit dicken Gläsern trug, oder ob Floras eigene Augen nicht klar sehen konnten. Sie wollte der Frau die Brille abnehmen und das Gesicht der Frau in beide Hände nehmen, sie nah heranziehen, damit sie begriff, was Flora durchmachte. Sie wollte der Frau erklären, dass sie noch gar nicht so alt war, jedenfalls nicht alt genug, um von einer Fremden Tante genannt zu werden, und falls sie alt aussah, dann lag das an der Bürde, die auf ihr lastete. Konnte diese junge Frau mit den flaschenbodendicken Brillengläsern das sehen?

Flora atmete flach durch den Mund ein und aus, während sie das Formular für Williams Freilassung unterschrieb. Sie kreuzte die Kästchen an, die sie verstand. Beim Rest ließ sie sich von der Dolmetscherin helfen.

Vor dem Polizeirevier stützte Flora die Hände auf die Knie und ließ den Kopf zwischen ihre Schultern sinken.

»Tante«, sagte William auf Englisch und stupste mit einem Finger gegen ihre Schulter. »Alles in Ordnung?«

Flora hatte die Augen geschlossen. Sie sah die glänzende Tanzfläche. Sie hörte das röchelnde Atmen. Sie hob eine Hand, um William verständlich zu machen, dass sie nur einen Moment brauchte.

Als sie losgingen, beschwor Flora ihren Neffen, seinem Großvater kein Wort von der Sache auf dem Polizeirevier zu erzählen. »Er hat Leberproblem und Blutzuckerproblem. Wenn du ihm sagen, er Herzinfarkt. Okay?«

William nickte, die Augen auf seine abgewetzten schwarzen Schuhe gerichtet.

Vielleicht war es ja keine Lüge, dass William ein guter Junge war. Soweit Flora wusste, hatte er nichts mit Drogen zu tun, war in keiner Gang, hatte keinen Mord begangen. Aber er entstammte einer Reihe von Männern, die Mühe hatten, das Richtige zu tun, und für die Gewalt und unbändige Wut so natürlich waren wie Luftholen. Sie fürchtete, ihr Neffe könnte wie sein Vater Bao enden oder, schlimmer noch, wie sein älterer Bruder Thien. Einen Block von ihrer Wohnung entfernt blieb Flora stehen und sah ihren Neffen an. Mit Tränen in den Augen fragte sie: »Du verkaufen Drogen?«

Endlich hob William den Kopf, sah sie wütend und beleidigt an. Seine Haut, einst babyglatt und gleichmäßig getönt wie eine Birne, war in den letzten sechs Monaten rot entzündet und uneben geworden, genau wie bei Bao.

Als Flora auf der Straße in Cabramatta stand und ihren Neffen musterte, erkannte sie Bao und Thien in der Form von Williams Augen, in seinen markanten Wangenknochen, in der scharfen Kontur seiner Oberlippe.

»Wieso denkt jeder, ich verkaufe Drogen?«, sagte er mit zittriger Stimme. »Willst du, dass ich das mache?«

»Dann warum du umlungen?«, sagte Flora.

»*Rum-lun-gern!*«

»Egal!«

»Willst du, dass ich so werde wie Thien?«

Flora spürte ihr Herz bis zum Hals schlagen. Wusste William, was sein Bruder getan hatte? Außer den Drogen. Außer den Gangs. Flora hatte niemandem erzählt, was sie gesehen hatte. Selbst an dem Abend, als der Highschool-Junge im Lucky 8 getötet worden war, hatte sie die Polizei belogen, hatte gesagt, sie wäre in der Garderobe gewesen, obwohl sie, wenn sie jetzt die Augen schloss, nichts anderes sehen konnte: die glänzende Tanzfläche, den Körper des Jungen, das Geräusch seines Atems, wie er sich einen Weg durch das Blut bahnte, die schrille Musik aus der Lautersprecheranlage.

»Es kommt mir nämlich so vor, als würdest du das wollen«, fuhr William fort. »Als wärst du erst zufrieden, wenn ich sage, dass ich Drogen verkaufe.«

»Ich bin nicht zufrieden, wenn du verkaufen Drogen.«

»Wieso fragst du dann dauernd? Ich hab doch schon gesagt, ich tu's nicht!«

»Dann warum du umlungen –«

»Wir haben bloß abgehangen, okay? Wo sollen wir denn sonst hin? Es gibt hier doch nichts, was mir machen können, und wir dürfen nirgendwo sein, deshalb haben meine Freunde und ich am Cabra-Bahnhof rumgehangen, und die Polizei hat uns aufgegriffen. Scheiß Bullen, du weißt doch, wie die sind!«

Flora schauderte. Dasselbe hatte sie früher von Bao und Thien gehört. Jedes Mal, wenn sie aus einem Job gefeuert, von der Polizei festgenommen wurden, es war nie ihre Schuld, sondern immer die der Polizei, scheiß Bullen, du weißt doch wie die sind.

»Und ist die Polizei schuld daran, dass du ins Gefängnis musstest?«, hatte Flora Jahre zuvor Bao gefragt, nachdem er das zweite Mal gesessen hatte. »Ist die Polizei schuld daran, dass du beim Aufbrechen von Autos erwischt worden bist? Warum zum Teufel hast du überhaupt die Autos anderer Leute durchsucht?«

»Weil Heroin Geld kostet!«

»Und ist daran auch die Polizei schuld?«

Als sie das Gespräch mit Bao führte, lag er bei ihr auf dem Sofa. Seine Haut war fahl, sein Haar so fettig, dass es aussah, als wäre es auf den Schädel gemalt worden. Während Flora sprach, rieb er sich so heftig die Schläfen, dass sie dachte, seine Haut könnte aufreißen.

»Lass das«, sagte sie und schlug ihrem Bruder die Hand aus dem Gesicht, wie das früher ihre Mutter immer getan hatte. Es ärgerte sie, dass ihr älterer Bruder sich so dumm verhielt, dass er sich von der Krankheit, die ihn im Teenageralter befallen hatte, fast völlig hatte bezwingen lassen und nur noch ein Schatten seiner selbst war.

»Es ist schlimmer geworden«, sagte Bao.

»Ich weiß.«

»Du weißt nicht mal, wovon ich rede.«

»Dann sag's mir.«

»Du würdest es nicht verstehen.«

»William fragt nach dir«, sagte Flora in der Hoffnung, ihren Bruder aus seinem Selbstmitleid zu reißen, ihm in Erinnerung zu rufen, dass er, ganz gleich wie schlecht es ihm ging, immer noch Verantwortung trug, der er sich stellen musste, so wie sie für jedes Mitglied ihrer Familie da gewesen war.

Bao hatte zwei Söhne: Thien und William, der kurz nach Ankunft der Familie in Australien aus einer Beziehung mit einer Frau namens Sophea hervorgegangen war. Sophea, die Bao das Heroin gegeben hatte, wollte keine Mutter sein und verschwand wenige Monate nach der Entbindung aus dem Leben von Vater und Sohn.

»Ich bin müde, Bao«, sagte sie, als er sich die Haare ins Gesicht fallen ließ, der Vorhang, der ihn von der Welt trennte.

»Tut mir leid.«

Er fing an, auf dem Sofa vor und zurück zu wippen.

»Du bist raus aus dem Gefängnis. Du bist frei. Du kannst dir einen Job suchen. Du kannst für William ein Vater sein. Es ist nicht zu spät.«

Bao wippte bloß weiter vor und zurück. Ein paar Wochen später war er wieder im Gefängnis wegen Drogenbesitzes und Körperverletzung.

Ein muffiger Geruch hing in der Luft ihrer Sozialwohnung, und Flora verzog das Gesicht, als sie und William nach Hause kamen. Ihr Vater, mager und sehnig, saß eingesunken auf dem Sofa, schlief mit offenem Mund. Sein künstliches Gebiss hatte sich vom Zahnfleisch gelöst und schien in der Mitte des Mundes zu schweben.

»Ist Grandpa tot?«, fragte William.

»Dad!«, sagte Flora auf Vietnamesisch, der einzigen Sprache, die er verstand.

Ihr Vater hustete sich wach, und seine dritten Zähne schoben sich über die Lippen hinaus. Er drückte sie mit den Fingern zurück in den Mund.

»Mein Junge!«, sagte er und winkte William, sich zu ihm zu setzen.

Der Teenager ließ sich widerwillig aufs Sofa plumpsen. Ihr Vater gab ihm einen Klaps aufs Knie und fragte, wie es ihm ging, ob er auf der Universität war, ob er eine Anzahlung für eine Wohnung gespart hatte.

»Ich bin in der achten Klasse«, erwiderte William auf Englisch.

»Vietnamesisch«, sagte Flora auf dem Weg in die Küche.

Sie hörte zu, wie William sich durch ein Gespräch mit

ihrem Vater kämpfte. Sein Vietnamesisch war holprig, als müsste er nach jedem Wort suchen, während er eines vor das andere setzte, manchmal in der falschen Reihenfolge, mit der falschen Betonung. Flora hatte es aufgegeben, ihn zu korrigieren, nachdem ihre Bemühungen nur auf Stöhnen und genervte Reaktionen wie »Von mir aus« gestoßen waren.

»Es ist wichtig, dass du anständiges Vietnamesisch lernst!«, hatte sie beteuert.

»Aber wozu?«, erwiderte William, als er neun Jahre alt war. »Wir sind Aussies. Wir sprechen Englisch.«

»Vielleicht bist *du* ja Australier, aber *ich* bin keine Australierin.«

Der Junge hatte sie verwirrt angesehen. »Du lebst in Australien, Tante. Genau wie ich. Wir sind Australier.«

Flora konnte in keiner Sprache die Worte dafür finden, warum sie sich nicht für eine Australierin hielt. Manchmal, meist wenn sie etwas mit den Händen machte wie spülen oder Hornhaut abschleifen, zeichneten sich vage die Konturen einer Begründung ab: Australierin zu sein müsste doch eigentlich bedeuten, dass sie nach Australien gehörte. Aber falls dem so war, müsste sie sich dann nicht besser fühlen, als sie sich fühlte?

»Du kannst deine Wurzeln nicht vergessen!«, hatte sie zu einem kleinen William gesagt.

»Mir doch egal.«

Sie musste Englisch sprechen, wenn sie wollte, dass er in ganzen Sätzen antwortete.

William blieb gelangweilt auf dem Sofa neben ihrem Vater sitzen, der die Sender durchzappte, bis er bei *Der Preis ist heiß* hängen blieb. Flora warf sich eine Sporttasche über die Schulter und zeigte auf ihren jungen Neffen, um seine Aufmerksamkeit zu gewinnen. Im Kopf sagte sie in perfektem Vietnamesisch zu ihm, dass das Abendessen im Kühlschrank stand, und beschwor ihn, am Abend zu Hause zu bleiben, keine Freunde einzuladen, weil sie müde war, furchtbar müde, und eine Verschnaufpause brauchte. Sie hatte für ihre Familie gelogen und fühlte sich schuldig, sie wollte nicht mehr lügen. Der menschliche Geist konnte nur ein gewisses Maß ertragen, bevor er zerbrach.

Auf Englisch sagte sie: »Reis steht in Kühlschrank. Du gehen nicht mehr weg, okay?«

Als Flora die Bühne verließ und die Live-Band eine *Paris by Night*-CD aufgelegt hatte, um zu signalisieren, dass das Fest vorbei war, wartete die junge Frau vor Floras Garderobe. Sie trug dieselbe Button-down-Bluse und dieselbe graue Hose wie Tage zuvor, und Flora fiel auf, dass die randlose Brille ihr Gesicht unnötigerweise um Jahre älter machte. Obwohl Flora sie erkannte, schien die Frau Flora mit ihrer Maske aus dickem Make-up nicht zu erkennen.

»Sind Sie bei der Polizei?«, fragte Flora auf Vietnamesisch mit rasendem Puls. Der Arzt hatte gesagt, das Valium würde bis zu sechs Stunden wirken. Es waren erst vier Stunden vergangen.

»Oh, nein, ganz und gar nicht«, sagte die Frau. Sie stellte sich als Ky Tran vor.

»Aber ich hab Sie am Montag gesehen. Sie waren auf dem Polizeirevier.«

Ky sah sie verwirrt an.

»Um-lun-gen«, sagte Flora auf Englisch.

Kys Gesicht hellte sich auf. »Oh! Ohhh! Kein Wunder, dass Sie mir bekannt vorkamen. Ich hab Sie nicht erkannt mit Ihrem –« Ky fuhr sich mit den Händen über Haar und Gesicht, deutete dann auf Floras Beehive und Make-up. Flora spitzte die Lippen, dergleichen unerbetene Bemerkungen bekam sie oft von Leuten zu hören, über ihr Aussehen und ob ihr nicht gut sei, weil die Farbe aus ihrem Gesicht gewichen war. Jimmy Carter war der einzige Mensch, der behauptete, sie aus einer Meile Entfernung mit oder ohne Make-up erkennen zu können. »Ihre Schönheit strahlt durch alles hindurch«, sagte er gern zu ihr, und sie gab ihm dann einen Klaps auf den Arm und sagte, er solle nicht so übertreiben, aber er beteuerte, dass es stimme.

Flora nickte, wusste nicht, was sie sagen sollte.

»Tante, ich arbeite nicht für die Polizei. Ich war am Montag da, um Informationen zu bekommen, und hab dann Ihnen geholfen –«

Flora fiel auf, dass Kys Aussprache schwerfällig war, als würde jedes Wort Vietnamesisch für sie eine geistige Anstrengung bedeuten.

»Was wollen Sie von mir?«, fragte Flora und ging an Ky vorbei in die enge Garderobe, die dem Restaurant auch als Lagerraum für Sojasoße und Sesamöl diente.

»Ich habe vorhin mit den anderen Restaurant-Angestellten gesprochen«, sagte Ky und folgte Flora in den Raum. Sie blickte sich um, die Arme fest um den Körper geschlungen. »Mit dem Koch und dem Tellerwäscher. Sie haben beide gesagt, sie hätten nichts gesehen, weil sie in der Küche waren.«

»Ich versteh nicht.«

»Wissen Sie, mein Bruder –«, sagte Ky und brach ab, als hätte sie den Faden verloren.

»Miss Flora.« Jimmy war in der offenen Tür von Floras Garderobe aufgetaucht, ein Tablett mit Tee und zwei Tassen in den Händen. Er wirkte überrascht, dass sie nicht allein war.

»Danke«, sagte Flora.

Jimmy blieb im Türrahmen stehen, sah Ky lange an. »Miss Flora«, sagte er auf Vietnamesisch. »Ist alles in Ordnung? Ich hab der Frau gesagt, sie soll Sie nicht behelligen. Ich hab ihr schon gesagt, dass niemand hier irgendwas gesehen –«

»Ich bin nicht gekommen, um Ärger zu machen«, fiel Ky ihm ins Wort, und in ihrem Gesicht zeichnete sich etwas ab, das Flora als Angst deutete. »Es ist nur … Der Junge, der hier getötet wurde – er war mein Bruder.«

Floras Magen verkrampfte sich. Wieder drückte sie eine Hand auf ihren Bauch.

»Ich arbeite nicht für die Polizei. Ich möchte bloß herausfinden, was passiert ist, was Sie gesehen haben.«

»Wir haben nichts gesehen«, sagte Jimmy, diesmal lauter. »Ich hab's Ihnen doch schon gesagt, Thu ist der Koch, und der verlässt nie die Küche. Ich mache den Abwasch, deshalb stehe ich die ganze Zeit an der Spüle.«

»Aber Sie konnten mir nicht sagen, wo der Kellner war –«

»Wie gesagt, er ist ein nutzloser Faulpelz und macht die meiste Zeit Zigarettenpause im Hof.« Er sah Flora an, wartete darauf, dass sie das bestätigte. »Deshalb ist unsere Bedienung so langsam, weil kaum jemand richtig arbeitet.«

Flora stimmte mit einem fast unmerklichen Kopfnicken zu. Sie betrachtete sich im Spiegel und bemerkte, wie das Make-up in ihren Hautfalten eingetrocknet war.

»Und Miss Flora«, fuhr Jimmy fort, »die war hier –«

»Ist schon gut«, sagte Flora schließlich. Die ganze vergangene Woche über hatte sie die Erinnerungen an den Abend so weit weggeschoben wie nur möglich. Sie wusste, dass diese junge Frau sie vielleicht ins Wanken bringen würde, aber sie spürte, dass sie die Wahrheit sagen wollte, obwohl die Stimme in ihrem Kopf sie davon abzuhalten versuchte. »Die junge Lady und ich werden uns bloß ein wenig unterhalten.«

Kys Miene hellte sich auf. »Ich habe nur ein paar Fragen. Ich verspreche, dass ich Ihre Zeit nicht lange in Anspruch nehmen werde.«

Jimmy richtete den Blick auf Ky, kniff die Augen zusammen. Dann sah er wieder Flora an, die noch einmal nickte.

»Also gut«, sagte er, reichte Flora das Tablett. Ohne die beiden Frauen aus den Augen zu lassen, entfernte er sich mit langsamen Schritten, die seinen hinkenden Gang noch betonten.

Flora bedeutete Ky, Platz zu nehmen. Sie saßen auf Klappstühlen, und Flora musterte zunächst Kys Outfit, um sich davon abzulenken, in welche Richtung das Gespräch vermutlich gehen würde. Ky trug eine Umhängetasche, die nicht besonders teuer wirkte. Das Haar war zu einem Pferdeschwanz gebunden. Am Kinn hatte sie schwache Aknenarben, was Flora an Bao erinnerte.

»Ich kann kein Vater sein«, hatte Bao zu Flora gesagt, als er zuletzt ein freier Mann war, als er zuletzt clean war.

»Ich kümmere mich um deine Kinder, seit ich zehn war.«

»Es tut mir leid.«

»Das ist nicht fair, Bao.«

»Es tut mir leid.«

»Ich weiß nicht mal mehr, was ich selbst will.« Es war eines der wenigen Male, die sie sich erlaubt hatte zu weinen. Sie hatte sich so verzweifelt nach Erleichterung gesehnt, dass sie am liebsten geschrien hätte. Stattdessen hatte sie geschluchzt und ihren großen Bruder angefleht, ihr zu helfen, indem er sich selbst half, weil sie nicht wusste, was sie sonst tun sollte. »Ich hab das Gefühl, ich kann nie atmen. Als würde ich jedes Mal, wenn ich ein kleines bisschen gewinne, rausfinden, dass das alles nur eine Illusion war. Wieso kriegen in Australien alle eine zweite Chance außer mir?«

»Es tut mir leid.«

»Hör auf, ›Es tut mir leid‹ zu sagen! Wenn es dir wirklich leidtäte, würdest du dich um deine Söhne und um unseren Vater kümmern und mir die Chance geben, mein eigenes Leben zu führen!«

»Ich wünschte, ich wäre nie geboren worden.«

»Sag das nicht.«

»Tante«, sagte Ky und holte Floras Bewusstsein zurück in die Garderobe, »mein Bruder Denny wurde hier im Lucky 8 getötet. Ich weiß, Sie haben gesagt, dass Sie nichts –«

»Ich habe nichts gesehen«, sagte Flora so wenig überzeugend, dass sie selbst überrascht war. Wie konnte sie lügen, wo sie doch alles glasklar vor Augen hatte? Wie der Junge niedergeschlagen wurde, bevor er überhaupt eine Chance hatte, sich zu wehren; wie sich sein Körper nicht so schnell erholte wie im Kino; die glänzende Tanzfläche, die Play-back-Musik, die weiterlief, obwohl Flora aufgehört hatte zu singen; das viele Blut, das den Boden verdunkelte; ihr Rülpser, der von dem Handmikrofon eingefangen wurde und durch den Saal hallte.

Ky wurde still und sah Flora in die Augen. »Tante«, sagte sie wieder.

Flora blinzelte und nahm sich vor, nicht wieder in den Spiegel zu schauen, aus Angst vor ihrem eigenen Anblick.

»Das Schlimmste … das Schlimmste ist, dass ich denke, ich habe ihn im Stich gelassen«, sagte Ky stockend. »Und die Tatsache, dass ich nicht mit Sicherheit weiß, ob ich ihn im Stich gelassen habe, *beweist*, dass ich ihn im Stich gelassen habe.«

Flora schaute auf. »Ich glaube, ich verstehe nicht ganz«, sagte sie.

»Mein Bruder war ein wirklich guter Mensch«, sagte Ky. »Ich weiß nicht, von wem er das hatte. Nicht von mir. Ich bin kleinkariert und eifersüchtig und seltsam. Ich hab ihn gehasst, als er ein Baby war. Aber dann hab ich begriffen, dass es unsinnig ist, eifersüchtig zu sein, weil alles, was gut an ihm war, ihn zu einem besseren Bruder machte. Es tut mir leid, dass mein Vietnamesisch so schlecht ist und ich nicht genau erklären kann, was ich meine, aber … alles Gute an ihm war gut für mich, wenn das irgendwie Sinn ergibt.«

Flora spürte das ganze Gewicht ihrer eigenen Traurigkeit. Sie wünschte, ihr eigener Bruder wäre halb so gut gewesen.

»Aber was, wenn er am Ende doch nicht gut war?«, sagte Ky und verzog das Gesicht, um nicht weinen zu müssen. »Ich hab gedacht, ich hätte ihn gekannt, aber was, wenn ich so lange weg war, dass er sich verändert hat, und ich mich nicht genug für ihn interessiert habe, um es merken?«

»Glauben Sie, Ihr Bruder war in einer Gang?«, fragte Flora. Sie stellte sich den mageren Jungen mit dem Mittelscheitel vor, die Krawatte bis oben hochgezogen, das Gesicht voller Leben. Er sah völlig anders aus als Thien. Er sah völlig anders aus als die Leute in Thiens Umfeld.

»Keine Ahnung.« Ky wischte sich mit den Fingerknöcheln die Augen. »Vor einer Woche hätte ich gesagt, auf keinen Fall, Denny ist perfekt und würde so was nie im Leben machen. Aber jetzt weiß ich es wirklich nicht. Was bin ich für eine große Schwester, dass ich so etwas nicht weiß?«

Flora spürte, wie ihr Magen sich zusammenzog. Sie dachte daran, dass sie immer zu viel gewusst hatte: was Bao getan hatte, was Thien getan hatte, was ihr Vater getan hatte – die Gewalt, die sie einander angetan hatten, den Schmerz, den sie Fremden zugefügt hatten.

»Die Polizei weiß nicht, was genau passiert ist«, fuhr Ky fort, »meine Eltern können nachts nicht schlafen. Immer wieder sehe ich meinen Vater in Dennys Bett, und meine Mum geht nicht zur Arbeit, weil sie jeden Tag zum Tempel fährt, und ich habe das Gefühl, dass es meine Schuld ist, dass ich ihn im Stich gelassen habe –«

Flora fragte sich, wie es sein mochte, aus einer guten Familie zu stammen, in der niemand eine Insel war. Sie fragte sich, wie ihre Lebensaufgabe, das Richtige für ihre Familie zu tun, dazu geführt hatte, einer anderen unrecht zu tun.

»– und … ich muss es einfach wissen. Ich muss einfach wissen, was mit ihm passiert ist. Selbst wenn er irgendwas gemacht hat, weshalb er getötet wurde, ich muss es wissen. Er muss für mich nicht mehr perfekt sein. Ich ... ich weiß nicht, was ich noch sagen soll. Die Polizei kommt nicht weiter, und ich weiß, dass irgendjemand was gesehen hat.«

Flora zog das Teetablett zu sich heran und füllte beide Tassen. Eine reichte sie Ky, versuchte dabei, die Hände möglichst ruhig zu halten, die sich plötzlich schwach und taub anfühlten.

»Ich hatte auch einen Bruder«, sagte Flora.

Ky pustete auf ihre Tasse Tee. Flora sah Bao vor ihrem geistigen Auge, wie krank er wirkte, als sie ihn zuletzt im Gefängnis Silverwater besucht hatte, wie er das Zittern, die Schweißausbrüche, die Übelkeit, den Durchfall beschrieben hatte.

»Das tut mir leid«, sagte Ky. »Er fehlt Ihnen bestimmt.«

»Jeden Tag«, sagte Flora.

»Wie lange ist das her?«

Flora schloss die Augen, versuchte, sich an das letzte Jahr zu erinnern, als Baos Augen noch leuchteten. Er war fünfzehn gewesen, Flora neun. Obwohl Bao da schon lange keine Lust mehr gehabt hatte, mit Flora zu spielen, und häufig ganze Tage verschlief, war er immer noch so nett zu ihr, dass er sie einmal mit zu Cholon nahm, um kandierte Früchte am Spieß zu kaufen. Während sie nebeneinander auf einer Treppe saßen und den Karamellüberzug von den Weißdornfrüchten leckten, blies der Wind ihnen die Haare – gleich lang und seidig – ins Gesicht. Flora strich sich eine Strähne hinters Ohr, die voller Karamell war und sich mit Baos Haaren verheddert hatte. Sie zog damit seinen Kopf zu ihrem. Und als Bao seine Haare aus dem klebrigen Karamell ziehen wollte, spürte Flora ein Ziehen an der Kopfhaut. Sie hätte am liebsten geschrien, weil ihre Haare so ziepten, stattdessen musste sie lachen und konnte nicht mehr aufhören, und als Nächstes spürte sie, wie auch Bao sich vor Lachen schüttelte, als der Wind ihnen ins Gesicht peitschte und ihre Köpfe näher zusammenbrachte in einem Nest aus klebrigen, kandierten Haaren.

»Vor Ende des Krieges«, sagte Flora.

»Was ist passiert?«

»Ich wünschte, ich wüsste es.«

»Dann wissen Sie ja, wie ich mich fühle.«

Flora trank einen Schluck von ihrem Tee. Was würde sie dafür geben, zu wissen, was mit Bao passiert war! Aber während sie Kys hoffnungsvolle Miene betrachtete, fragte sie sich auch, was das ändern würde.

»Es ist nicht das Gleiche«, sagte sie.

»Wissen Sie, was ich an Denny am meisten vermisse?«, fiel ihr Ky ins Wort. »Ich vermisse die Dinge, die noch nicht passiert sind. Ich vermisse all die Male in der Zukunft, wenn ich ihm nicht von den Dingen erzählen kann, die ich erlebe.«

»Was würde es ändern, wenn Sie wissen, was passiert ist?«

»Was hält Sie davon ab, mir die Wahrheit zu sagen?«, fragte Ky, und Flora fiel auf, dass sie nicht mehr verzweifelt klang. Sie klang wütend.

Im Zentrum ihrer Gedanken flimmerten Bilder ihrer Familie, Bilder, die einmal klar und fest verankert gewesen waren. Sie sah, wie sich Baos jugendliches, pickeliges Gesicht auflöste, Thien als Baby verblasste, ihr Vater, faltig und schwach, ein unkenntlicher verschwommener Fleck.

»Nichts«, sagte sie und stellte ihre Tasse hin. »Nichts hält mich davon ab.«

Sie erzählte Ky, dass an dem Abend, an dem Denny getötet wurde, eine große Gruppe von Leuten im Lucky 8 gegessen hatte. Ihr Neffe Thien hatte zu dieser Gruppe gehört, und sie wusste, dass er auch einer Gang angehörte, vielleicht der 5T-Gang, obwohl sie da unsicher war, weil anscheinend jede Gang die 5T nachahmte. Denny war zu der Gruppe hinübergegangen, was sie überraschte, weil er wie ein vernünftiger Junge gekleidet war – sogar von der Bühne aus konnte sie erkennen, dass er anders war als Thien und seine Freunde. Sie erzählte Ky, dass Dennys Verhalten seltsam gewesen war. Er stand von seinem Tisch auf und ging zu Thiens hinüber, machte dann aber kehrt und nahm wieder Platz, um nach einem Moment erneut aufzustehen und nahe bei Thien stehen zu bleiben. Und als Thien in einen heftigen Streit mit einer stark tätowierten Frau geriet –, einer mageren Frau, in der Flora eine weitere seiner süchtigen Freundinnen vermutete – machte Denny ein Foto und sagte etwas. Flora konnte nicht verstehen, was er sagte. Augenblicke später lag er schon auf dem Boden, leblos. Flora wusste nicht, warum jemand ihrem Bruder etwas antun wollte, es war unerklärlich, vielleicht war es einfach nur Pech.

Sie erzählte Ky nicht, dass es Thien gewesen war. Sie selbst hatte bloß dagesessen und zugesehen, unfähig, sich zu bewegen, unfähig, zu helfen. Sie erzählte Ky nicht, dass sie um ihr Leben gefürchtet hatte, als sie sah, wie das Licht in Thiens Augen flackernd erlosch, wie sich Körper und Seele voneinander lösten, wie Baos Dämonen und die Dämonen von Floras Vater miteinander verschmolzen. Sie erzählte Ky nicht, dass sie sich nicht einmal jetzt, wo sie wusste, dass ihr Neffe gefährlich war, dazu durchringen konnte, die Worte auszusprechen: Er war es. Er hat es getan. Der kleine Junge, der die Hand nach ihren Fingern ausgestreckt hatte, er war es. Am liebsten hätte sie sich jetzt übergeben, weil ihr eigener Körper sich dafür schämte, dass sie noch immer einen Mörder schützte, obwohl sie seinen Namen ausgesprochen hatte und die Polizei ihn mühelos finden würde –

»Wer genau war es?«, fragte Ky mit rotem Gesicht.

»Ich weiß es nicht.«

»Tante –«

»Ich weiß es nicht«, log Flora, sah die glänzende Tanzfläche vor sich, die Gewalt, und ihr wurde übel und schwindelig.

Ky beugte sich auf ihrem Stuhl vor. »Hat Ihr Neffe Ihnen denn erzählt, warum es passiert ist? Was hat Denny zu ihm gesagt? Können Sie genauer beschreiben, wie die junge Frau aussah oder was für Tattoos sie hatte? Wenn Ihr Neffe zu der Gruppe gehörte –«

»Ich rede nicht mehr mit ihm«, sagte Flora, was der Wahrheit entsprach. Sie wusste nicht, wo Thien zu finden war. Seit er das erste Mal weggelaufen war, hatte immer er sie gefunden, meistens indem er in die Wohnung eingebrochen war.

»Und was ist mit der jungen Frau?«

»Keine Ahnung«, sagte Flora. »Sie war einfach eine Frau mit Tätowierungen. Ich hab sie mir nicht genau angeschaut.«

»Haben Sie sonst noch irgendwas gesehen? War es …« Ky stockte, brachte die Worte nur langsam hervor. »Ist mein Bruder schnell gestorben?«

Flora barg das Gesicht in den Händen. Es war ihr egal, dass ihr Make-up noch mehr verschmiert wurde. Der Junge hatte keinen sehr langsamen Tod gehabt, aber doch so langsam, dass er ihn hatte kommen sehen und sich gegen ihn gesträubt haben musste. Flora sah seinen blutigen Hals, den Schlag, der sein Leben beendete, und ehe sie es verhindern konnte, spürte sie einen Ruck im Bauch und erbrach Stücke von ihrem Lunch und Abendessen auf den Frisiertisch.

Ky saß fassungslos da, mit offenem Mund. Flora musste vom Geruch ihres eigenen Erbrochenen würgen.

»Tut mir leid«, sagte sie und wischte sich mit dem Handrücken über den Mund.

»Nein, mir tut es leid«, sagte Ky, stand auf und rieb Flora den Rücken. »Ich kann helfen, das aufzuwischen –«

»Nein«, sagte Flora, senkte den Kopf, das Gesicht nass, die Nase verstopft. »Bitte gehen Sie. Ich habe Ihnen alles erzählt.«

Flora presste die Augen so fest zu, dass weiße Flecken auf ihren Lidern tanzten. Sie wusste nicht, wie lange sie noch den

Kopf unten hielt, doch als sie schließlich die Augen öffnete, war Ky Tran verschwunden, die Lampen im Saal waren aus, und Jimmy stand an der Tür, eine dampfende Tasse Tee in den Händen. Flora war überwältigt, ihn zu sehen, überrascht von ihrer Erleichterung. Sie konnte es nicht mehr ertragen, allein zu sein.

8

Unmittelbar nach ihrem Gespräch mit Flora Huynh hinterließ Ky eine Nachricht im Polizeirevier. Am nächsten Morgen rief sie wieder dort an. »Hat Constable Edwards meine Nachricht von gestern Abend erhalten?«

»Der kommt erst heute Nachmittag rein«, sagte der Officer am Telefon.

»Können Sie dafür sorgen, dass er die Nachricht sofort bekommt?«

Ky hörte das Rascheln von Papier.

»Wie lautet die Nachricht noch mal?«

Ky buchstabierte Thiens Namen und erklärte dem Officer, dass Thien ihrer Ansicht nach mit dem Mord an Denny zu tun hatte, und falls er nicht direkt beteiligt war, sei er auf jeden Fall in der Lage, den Täter zu identifizieren.

»Moment, der Vorname ist also Tien, T-i-e-n.«

»Nein, mit einem *h* nach dem *T.*«

»Okay. Und der Nachname lautet noch mal wie? Hu...?«

»Ich glaube, ich kenne ihn«, sagte Ky plötzlich zu ihrer eigenen Überraschung und nachdem sie Thiens vollen Namen buchstabiert hatte. Thien Huynh.

»Ja?«, sagte der Officer am anderen Ende der Leitung.

»Ich glaube, ja«, sagte Ky. Thien war ein häufiger vietnamesischer Vorname. Huynh war ein noch häufigerer vietnamesischer Nachname. Aber wie viele Thien Huynhs in Cabramatta waren in einer Gang? Ky stellte sich den Thien Huynh vor, der den weißen Honda fuhr, den Thien Huynh, der die Highschool abgebrochen hatte – und den Minnie Ky vorgezogen hatte. Sie empfand einen jähen Groll, so frisch und brennend, als wäre es gestern passiert, als sie daran zurückdachte, wie ihre beste Freundin mit Thien abgehauen war.

»In einem Monat serviert er dich ab und sucht sich die nächste Schlampe«, hatte Ky gesagt, als sie erfuhr, dass Minnie sich heimlich nach der Schule mit Thien getroffen hatte.

»Was soll das heißen, die *nächste* Schlampe?«

»Du weißt, was ich meine.«

»Was denn? Du denkst also, ich bin nicht gut genug? Du denkst, ich bin nur dazu gut, benutzt zu werden?«, sagte Minnie. Es war eines der wenigen Male, dass Ky Minnie den Tränen nahe erlebte.

»Nein! Das meine ich nicht. Gott, ich will damit nur sagen, dass er *Ärger* bedeutet und wahrscheinlich ein Drecksack ist, und ich wette, er hat fünf Freundinnen und interessiert sich für keine wirklich.«

»Du *kennst* ihn ja nicht mal.«

»Ich weiß genug.«

»Nein, tust du nicht. Du hast noch nie mit ihm geredet. Du weißt *nichts*.«

Ky wusste nicht mit Sicherheit, dass die zwei Thiens ein und dieselbe Person waren. Dennoch sagte sie am Telefon: »Ich glaube, er ist in einer Gang.«

Der Officer gab einen leisen Laut von sich. Ky meinte, »Ach nee« verstanden zu haben.

»Okay, ist das alles?«, sagte er schließlich.

Ky dachte, dass sie recht gehabt hatte. Falls es derselbe Thien war, dann hatte er Minnie wegen irgendeiner tätowierten Tussi abserviert. Er hatte sie wahrscheinlich schon vor Jahren abserviert. Sie hatte richtiggelegen. Minnie hätte bei ihr bleiben sollen.

»Hallo? Sind Sie noch da?«, fragte der Officer.

»Oh, ja, ja«, sagte sie. »Das ist alles.«

Als Ky auflegte, wurden ihre gehässigen Gedanken an Minnie von der Frage verdrängt, was genau Thien mit Denny zu tun hatte.

Du kommst der Sache näher, sagte die eingebildete Stimme von Minnie, deren Anwesenheit Kys altes Kinderzimmer füllte.

Fühlt sich aber nicht so an, dachte Ky.

Ich rede nicht von dem Fall.

Wovon redest du denn dann?

Ach komm, sei nicht so blöd.

Hör auf, mich zu beleidigen.

Du beleidigst dich selbst.

Halt die Klappe.

Denk drüber nach, Mädchen.

Wie wär's, wenn *du* drüber nachdenkst und mir hilfst zu verstehen, was zum Teufel mit Denny los war?

Ky, ich weiß nur das, was du weißt.

Warum sprichst du dann dauernd mit mir?

Das ist eine gute Frage, die du dir selbst stellen solltest.

Was hat Flora überhaupt damit gemeint, dass Denny sich seltsam verhalten hat?

Was die eine seltsam findet, findet die andere ganz normal.

Na toll.

Ich will damit sagen –

Was?

Dass du allmählich dahinterkommst.

Aha. Hinter was zum Beispiel?

Zum Beispiel, was ist, wenn dein alberner schmaler Weg à la sei leise und höflich …

Nicht das schon wieder –

… nirgendwohin führt?

Ky hielt sich die Ohren zu, um Minnie auszublenden. Sie

ging zu Dennys Zimmer hinüber. In den fünf Tagen seit der Bestattung hatte sie sich nur erlaubt, an der Zimmertür ihres Bruders zu stehen, um ihren Vater zu beobachten, der still in Dennys Bett lag. Sie hatte Angst, das durcheinanderzubringen, was von ihrem Bruder übrig war, aber sie hatte auch Angst vor dem, was sie entdecken könnte. Doch in den wenigen Tagen, die sie zu Hause war, hatte sich einiges geändert. Ihr Bedürfnis, das alles zu Ende zu bringen, überwog jetzt die Angst vor der Wahrheit. Und was auch immer die Wahrheit war, musste besser sein, als es nicht zu wissen, als von Schuldgefühlen geplagt zu werden, als sich zu fragen, wer ihr Bruder wirklich war.

Sie trat über die Schwelle in eine Zeitkapsel. Ihre Eltern saugten und wischten um Dennys Krimskrams herum Staub. Auf seinem Schreibtisch: ordentliche Stapel nach Fächern beschrifteter Schulmappen; die vollständige Sammlung Looney-Tunes-Becher von KFC, die als Stifthalter dienten; ein gerahmtes Foto von Denny mit sechs Freunden, alle in adretten Schuluniformen. Sie machten mit den Fingern ein *W*-Zeichen – ein Symbol, das Ky und Minnie auch in der Highschool gemacht hatten. Soweit sie wussten, stand das *W* für Westside, also für den Südwesten von Sydney, für Cabramatta.

»Es kann aber auch für West Coast stehen«, hatte Denny Ky an einem ihrer letzten Besuche in Sydney beim Abendessen erklärt. »So wie Tupac für die West Coast und Notorious B. I. G. für die East Coast.«

»Bist du dir da sicher?«, fragte Ky, die eigentlich nicht glaubte, dass ihr Bruder sich mit den Feinheiten und Verwicklungen des amerikanischen Hip-Hops auskannte. Seine Lieblingssängerin war Mariah Carey.

»Das hat Eddie mir erzählt.«

»Und woher weiß Eddie das?«

»Der weiß so was einfach«, sagte Denny.

Als sie jetzt am Schreibtisch ihres Bruders saß, blätterte sie die Mappen durch. Seine Handschrift sah aus wie die Vorlagen, mit denen Kinder Schreiben lernen.

Den ganzen Vormittag über ging sie eine Mappe nach der anderen durch, las die ausführlichen Notizen, die er sich im Unterricht gemacht hatte, betrachtete die hingekritzelten Strichmännchen an den Rändern. Eine Mappe enthielt Prospekte von den Universitäten, an denen er sich beworben hatte – darunter auch zwei in Melbourne. In einer anderen fand sie ausgeschnittene Artikel aus der Lokalzeitung, darunter eine Lobeshymne auf Dennys Debattierteam, mit dem er in der achten Klasse die Bezirksmeisterschaft gewonnen hatte. Auf dem dazugehörigen Foto hielt er die Plastiktrophäe in der Hand und trug ein zu weites Sakko, das er sich von der Schule geliehen hatte. Denny war immer der vierte Redner, was bedeutete, dass er praktisch nie drankam.

»Ich bin nicht charismatisch«, hatte er Ky erklärt, als sie ihn fragte, warum er immer die anderen reden ließ.

»Ach, Quatsch.«

»Ernsthaft. Das hat sogar Mr Dickson gesagt.«

»Was für ein Blödsinn.«

»Er hat's nett formuliert, aber es stimmt. Ich bin keiner, dem die Leute zuhören«, sagte er ganz sachlich.

In mindestens einem Dutzend Artikel, die im Laufe der Jahre in der Lokalpresse erschienen waren, wurde Denny erwähnt. Meistens waren es bloß Lückenbüßergeschichten über gewonnene Preise, Wandmalereien, Schultombolas. Einen älteren, bereits vergilbten Zeitungsausschnitt sah sie sich genauer an. Er befasste sich mit Gemälden von Schülern, die in der öffentlichen Bücherei von Cabramatta ausgestellt worden waren. Das Foto zeigte vier Kinder in Schuluniform, wie sie auf eine Wand voller Bilder von sattgrünen Landschaften und Stillleben mit Obstschalen zeigten. Bildunterschrift:

»Schülerinnen und Schüler aus der siebten Klasse der Cabramatta High bewundern ihre Werke. *Von links nach rechts*: Minh Le, Ky Tran, Holly Nguyen, Sid Dokic.«

Ky erinnerte sich, dass Holly Nguyens und Sid Dokics Mütter zum Fototermin erschienen waren. Ky hatte ihre Mutter nicht überreden können zu kommen.

»Ist es eine Preisverleihung?«, hatte ihre Mutter gefragt, die damals schon ganztags im Stoffladen von Cabramatta arbeitete und sich darauf verließ, dass Ky und Minnie Denny von der Schule abholten.

»Nein, aber unsere Bilder sind für die Bücherei ausgewählt worden«, antwortete Ky. »Und der *Fairfield City Champion* kommt, um ein Foto von uns zu machen.«

»Wenn die ein Foto von euch machen, was soll ich dann da?«, sagte ihre Mutter. »Wir heben die Zeitung auf, wenn sie erscheint.«

»Aber Hollys Mum kommt auch!«

»Tja«, sagte ihre Mutter, stellte einen Teller ab, den sie gespült hatte, und drehte den Wasserhahn zu, »Hollys Mum geht nicht arbeiten, weil sie nicht arbeiten muss. Hollys Dad hat *studiert*. Hollys Dad ist *Arzt*. Willst du einen Dad, der Arzt ist, und eine Mum, die nicht arbeitet? Dann zieh doch bei Hollys Familie ein, sei deren Tochter.«

Ihre Mutter wollte ihr ein schlechtes Gewissen machen, weil Ky etwas wollte, das alle anderen anscheinend hatten. Es würde ihre Mutter nicht einmal Geld kosten, zu der Bücherei zu gehen und sich ihre Bilder anzuschauen. Es war schließlich die *Bücherei* – da war alles *gratis*. Und als ihre Mutter ihr begreiflich machen wollte, dass *Zeit* Geld war, dass nicht zur Arbeit gehen Geld war, stürmte Ky aus der Küche in ihr Zimmer, wo Minnie in einem Kmart-Katalog blätterte.

»Ich fass es nicht«, sagte Ky und ließ sich auf ihr Bett fallen.

»Sie hat also Nein gesagt?«

»Sie kommt nicht, weil es keine Preisverleihung ist.«

Minnie schaute sich weiter den Katalog an, riss manche Seiten am Rand ein, sodass sie raushingen, wenn sie umblätterte. »Meine Eltern kommen auch nicht.«

»Weil du sie nicht mal gefragt hast«, sagte Ky. »Ich schwöre, wir wären echt die perfekten Kinder, wenn unsere Eltern weiß wären. Ist dir schon mal aufgefallen, dass die weißen Eltern zu jeder Schulveranstaltung kommen und *wahnsinnig stolz* auf ihre Kinder sind, selbst wenn die alle ziemlich blöd sind?«

Minnie gähnte, warf den Katalog beiseite und beugte sich vor, um ihre Zehen zu berühren. »Ich schätze«, sagte sie mit in der Mitte gefaltetem Körper, Gesicht auf den Oberschenkeln, »die haben einfach eine niedrigere Hürde zu überwinden.«

»Das ist nicht fair.«

»Ich weiß.«

»Aber wir werden zuletzt lachen«, sagte Ky.

Minnie kam wieder hoch, stützte sich auf einen Ellenbogen. »Wieso?«

»Wir kriegen die besten Noten und gehen auf die Uni und werden superreich und mächtig, und dann müssen die für uns arbeiten und –«

»Was, wenn wir einfach Vietnam übernehmen?« Minnie lehnte sich mit geschlossenen Augen zurück.

»Hä?«

»Es ist ein Dritte-Welt-Land. Wir könnten es voll übernehmen.«

»Minnie, jetzt nimm das mal ernst.«

»Was denn?«

»Na –«, setzte Ky an, wusste aber plötzlich nicht mehr, was genau Minnie ernst nehmen sollte. »Keine Ahnung.«

»Ich will nicht, dass Weiße für mich arbeiten«, sagte Minnie.

»Warum nicht?«

»Weil ich sie dann *bezahlen* müsste. Vergiss es. Ich will reich und mächtig sein und in Ruhe gelassen werden.«

»Aber willst du deine Feinde denn nicht rumkommandieren?«, fragte Ky.

Minnie seufzte und setzte sich wieder auf. Sie hob beide Hände, als wollte sie mit den Schultern zucken, ließ sie dann wieder fallen.

Ky blätterte weiter in Dennys Mappe mit den Zeitungsausschnitten und stellte fest, dass ihr Bruder Artikel gesammelt hatte, in denen Cabramatta erwähnt wurde. Ein Ausschnitt vom September 1994 aus dem *Sydney Morning Herald* berichtete über das Attentat auf John Newman, Cabramattas Labour-Abgeordneten im Parlament des Bundesstaates New South Wales. Seine Erschießung in der Einfahrt seines Hauses war Australiens allererster politischer Mord. Ky erinnerte sich an die Gefühlsmischung aus Nervenkitzel und Angst, als sie die Nachricht hörte: die Aufregung, die sie bei dem Gedanken befiel, dass Leute endlich auf ihren Stadtteil aufmerksam wurden, das Grauen, weil es ausgerechnet so etwas sein musste, was endlich Aufmerksamkeit erregte.

»Angeblich waren es die Gangs«, hatte Denny an dem Tag am Telefon gesagt, nachdem Newmans Tod durch alle Nachrichten gegangen war.

»Macht dir das Angst?«, fragte Ky. »Ich hab gehört, die Gangs rekrutieren gern Sechzehnjährige.«

»Nicht diesen Sechzehnjährigen«, entgegnete Denny. »Außerdem glaube ich nicht, dass sie es auf Familien wie unsere abgesehen haben.«

»Wieso nicht?«

»In der Zeitung stand, sie haben es auf Familien mit Geld abgesehen. Sie kommen mit Macheten ins Haus und fesseln die Leute und wollen von ihnen wissen, wo sie ihren Safe haben, und dann bedrohen sie die Familien, nehmen ihre

Fotoalben mit, damit sie alle Verwandten identifizieren können, und sagen ihnen, falls sie die Polizei verständigen, kommen sie wieder und töten die Kinder.«

»Großer Gott, Denny.«

»Ich weiß, aber wir haben ja kein Geld, wir haben nicht mal einen Safe, und Mum sagt, dass nur bestimmte Leute Gangs anlocken, und uns haben sie nicht auf ihrem Radar, weil wir zu unauffällig und arm sind.«

»Aber hast du keine Angst«, sagte Ky, den Hörer zwischen Schulter und Ohr geklemmt, »irgendwie zwischen die Fronten zu geraten?«

»Mhm«, sagte Denny, als wäre ihm nie der Gedanke gekommen, dass Gewalt wahllos sein könnte, dass eine Kugel nicht immer traf, was sie treffen sollte.

»Und wenn eine Gang sich in der Adresse irrt? Wenn die denken, sie brechen in das Haus einer reichen Familie ein und landen stattdessen bei uns? Hast du daran schon mal gedacht?«

»Aber das passiert nicht«, sagte Denny.

»Und wieso nicht?«

»Weil Energie dem Denken folgt.«

»Was?«

»Das hat unser Sportlehrer gesagt – Energie folgt dem Denken. Wenn du denkst, dass dich ein Ball im Gesicht treffen wird, dann wird dich auch ein Ball im Gesicht treffen. Also denk einfach nicht, dass dich ein Ball im Gesicht treffen wirst.«

Ky lachte. »Und klappt das bei dir?«

»Nicht besonders.«

»Schade.«

Die letzte Klarsichthülle in der Mappe enthielt einen Artikel über das beste vietnamesische Essen in Sydney. Zwei Restaurants in Bankstown belegten die Plätze eins und zwei, ein Cabramatta-Restaurant erreichte den dritten Platz. Ky schnaubte verächtlich. Denny hatte das wohl genauso gesehen – am Rand des Artikels hatte er *Buuuuuhhh!* geschrieben. Sie hielt die Hülle zwischen Daumen und Zeigefinger und merkte, dass sie sich seltsam dick anfühlte, als würden zwischen den Seiten des Artikels noch weitere Blätter stecken. Ky griff hinein und holte sie hervor.

Es waren zwei Matheklausuren. Die eine hatte Denny in der zwölften Klasse geschrieben und dabei die volle Punktzahl erreicht – sein Lehrer hatte die Note umkringelt und ein Smiley danebengemalt. Die andere, eine Fotokopie, war ein Jahr früher datiert und ebenfalls mit der vollen Punktzahl benotet worden, stammte aber von einem anderen Schüler. Ky blinzelte, hielt die Klausuren nebeneinander. Während sie beide gleichzeitig durchblätterte, fiel ihr auf, dass die Fragen und Antworten dieselben waren. Es kam nicht selten vor, dass Lehrer Klausuren von Jahr zu Jahr wiederverwerteten, und sie hatte gehört, dass manche Schüler alte Klausuren aufstöberten, um zu schummeln. Aber weder sie selbst noch irgendjemand, den sie kannte, hatte das je getan.

Kys Kehle wurde trocken, und ihre Handflächen begannen zu schwitzen. Abschreiben. Gangs ansprechen. Ungewöhnliches Verhalten. *Schummeln.*

Sie starrte auf die Klausuren, dann auf das Foto von Denny mit seinen Freunden. Neben Denny war Eddie Ho. Ky berührte das Foto – sie hatte es hinausgezögert, mit Eddie zu reden, hatte gehofft, sie könnte darauf verzichten. Je näher sie Leuten stand, desto schwerer fiel es ihr, sie zur Rede zu stellen. Wie sonst konnte sie erklären, dass sie mehr mit Fremden geredet hatte als mit ihrer eigenen Familie, dass sie mehr von ihnen in Erfahrung gebracht und mehr von ihnen erwartet hatte? Eddie war mit Ky und Denny aufgewachsen, er war für sie wie ein kleiner Bruder gewesen. Der Gedanke, mit ihm zu sprechen, ihn zur Rede zu stellen oder Antworten von ihm zu erzwingen, war ihr nahezu unvorstellbar. Aber jetzt musste sie entweder mit ihm reden oder sich damit abfinden, in eine Sackgasse geraten zu sein. Sie musste es tun. Für Denny, für sich selbst, sie musste es tun.

Tagsüber, wenn in Cabramattas Geschäften reger Betrieb herrschte, wenn es auf den Straßen von einkaufenden Menschen wimmelte, wenn Schulkinder und Alte sich auf den langen roten Bänken der Freedom Plaza versammelten, um die Sonne zu genießen, und Frauen mit Plastikvisieren Einkaufswagen voller Lebensmittel durch die Innenstadt schoben, war es leicht, den Heroinmarkt unter freiem Himmel zu ignorieren, die Süchtigen, die torkelnd vor Apotheken herumlungerten, die weißen Polizisten, die Leute vor dem Bahnhof anhielten und durchsuchten.

Ky hatte nie Angst, selbst angehalten und durchsucht zu werden. Jahre zuvor hatte ihre Mutter gesagt, weder sie noch Denny sähen übel genug aus, um bei der Polizei Verdacht zu erregen. Ky hatte zuerst gedacht, dass sie zu freundlich aussah. Aber dann hatte ihre Mutter gesagt: »Ihr seht aus wie Leute, die herumgeschubst werden. Ihr seht aus wie Leute, die weich sind und sich nie wehren. Die zu leichtgläubig sind. Jemand wird euch um euer ganzes Geld betrügen, und ihr werdet zu naiv sein, es zu merken. Ihr seht aus wie Leute, die in einem Flüchtlingslager allein nicht überleben würden.« Sie hatte damals weitergeredet, und jetzt dachte Ky über ihre Worte nach. Sie fürchtete nicht, zu Unrecht festgenommen zu werden, aber sie fürchtete durchaus andere Dinge: auf der Straße überfallen zu werden, auf eine benutzte Spritze zu treten und, seit Dennys Tod, mit einer Gang aneinanderzugeraten. Sie erinnerte sich an eine Zeit, als Cabramatta ihr keine Angst gemacht hatte. Damals hatten sie bedenkenlos die Toiletten mit den rosa gestrichenen Wänden an der Dutton Lane benutzt, weil sich in den Kabinen noch nicht regelmäßig Leute den goldenen Schuss setzten. Die größten Gefahren in ihrem Leben waren damals Treibsand, der ihnen wie das schlimmste Naturphänomen auf der Welt vorkam, und Boa constrictors, über die sie in der Schule ein Lied gesungen hatten (»Oje, oje, oje, sie knabbert an meinem Zeh / Oh nein, oh nein, oh nein, jetzt schlingt sie sich ums Bein«).

Auf der anderen Seite der Bahngleise, auf einer von Einfamilienhäusern und verwilderten Rasenflächen gesäumten Straße, erkannte Ky das terrakottafarbene Backsteinhaus, wo sie Denny bei unzähligen Anlässen abgeholt oder abgesetzt hatte, als er noch klein war. Das einstöckige Haus hatte ein schwarzes Dach, und an den Rändern einer kleinen Veranda saßen weiße Steinlöwen in der Größe von Chihuahuas. Ky klopfte an den Metallrahmen der Fliegengittertür, doch das blecherne Geräusch konnte kaum als Anklopfen bezeichnet werden. Als niemand aufmachte, streckte sie den Arm aus und klopfte an eines der vorderen Fenster. Die Jalousien waren geschlossen, aber sie nahm eine kleine Bewegung wahr, einen Finger, der eine Lamelle herunterdrückte, das Aufblitzen eines Auges, das gleich wieder verschwand. Sie klopfte erneut.

»Eddie, ich hab dich gesehen«, rief sie. Vergeblich.

Es war ein Spiel, das sie kannte und das sie, Denny und Minnie jedes Mal gespielt hatten, wenn die Avon-Beraterin vor der Tür stand.

»Tut so, als wärt ihr nicht zu Hause«, hatte Kys Mutter ihnen eingeschärft. »Die Frau will unser Geld stehlen.«

»Stehlen ist es eigentlich nicht, wenn sie euch was für euer Geld gibt«, hatte Minnie festgestellt, weil sie mit ihren zwölf Jahren nicht anders konnte, als zu widersprechen, wenn sich etwas nicht richtig anhörte.

»Weißt du, wie viel die für einen Lippenstift verlangen?«

»Du musst ihn ja nicht kaufen, Tante.«

»Tu ich auch nicht! Weil wenn ich denen Geld gebe, dann gewinnen die Diebe!«

Von da an lugten die Mädchen jedes Mal, wenn die Avon-Beraterin klopfte, durch die Jalousie, um zu sehen, wer da war, duckten sich dann sofort und hielten sich den Mund zu, weil sie Angst hatten, die rothaarige Frau da draußen vor der Tür würde sie atmen hören.

»Eddie Ho!«, rief Ky jetzt und schlug mit der Hand auf die Fliegengittertür. »Ich hab dich gesehen! Wenn du mich nicht reinlässt, erzähl ich der Polizei, was ich weiß!«

Ehe sie bis drei zählen konnte, schwang die Holztür auf, und ein schlaksiger Teenager mit Seitenscheitel stand hinter der Fliegengittertür. Er trug übergroße Shorts und ein Homer-Simpson-T-Shirt.

»*Schschhhh!* Nicht so laut!«

Eddie war einen Kopf größer als Ky, und die Panik in seinen Augen löste Mitleid bei ihr aus.

»Lass mich rein, und ich bin still«, sagte Ky mit erstaunlicher Autorität. Zu ihrer Überraschung kam es ihr vor, als würde sie Denny herumkommandieren – ein Gefühl, das sie so unverhofft und mit solcher Intensität überfiel, dass sie weiche Knie bekam und sich mit einer Hand am Türrahmen abstützen musste.

Eddie stand zitternd da, eine Hand am Türknauf. Die Kleidung, die asiatische Jungen zu Hause trugen, ließ sie irgendwie jünger wirken, als sie waren. Wie Denny stand Eddie an der Schwelle zum achtzehnten Lebensjahr. In Schlabberklamotten war er noch ein Kind. Er öffnete drei einzelne Riegel, bevor die Fliegengittertür aufging.

Das Haus der Familie Ho sah fast immer noch so aus wie in Kys Erinnerung. Der Boden war noch immer hellblau gefliest, was im Sommer für Kühlung und im Winter für Eiseskälte sorgte. Das vor über zehn Jahren gekaufte Ledersofa war nach wie vor mit dem Plastiküberzug des Herstellers bedeckt. Und der Ahnenaltar sah noch genauso traurig aus wie damals; Mr und Mrs Ho hatten so viel Arbeit in ihrer Bäckerei, dass sie häufig vergaßen, die Obstopfer zu erneuern. Orangen vergammelten regelmäßig auf ihren Tellern. Bananen blieben so lange liegen, bis sie braun und schließlich schwarz wurden. Und die Dattelpflaumen, die jetzt da lagen, waren schon angefault – erkennbar an einem braunen Fleck, der wahrscheinlich bis tief ins Innere der Frucht reichte.

»Sind deine Eltern nicht zu Hause?«

»Nein, die sind in der Bäckerei.« Eddie schloss die Tür hinter sich, verriegelte sie dreimal und spähte erneut aus dem Fester.

Ky bemerkte auch all die Dinge, die sich im Haus verändert hatten. Der Fernseher war größer. Das Super Nintendo im Fernsehschrank war durch ein nagelneues Nintendo 64 ersetzt worden. In einer E-Mail, auf die Ky nie geantwortet hatte, hatte Denny ihr erzählt, dass die Spielkonsole in Australien noch nicht erhältlich war, aber Eddies Cousin sie ihm aus Amerika geschickt hatte.

»Also«, sagte Ky und stellte ihren Rucksack auf den Plastiküberzug des Sofas.

Eddie massierte seine Fingerknöchel.

»Erzählst du mir, was passiert ist?«, sagte sie.

Eddie sah sie an; sein Gesichtsausdruck war gequält. »Willst du etwas Wasser? Oder Tee? Ich kann dir Tee machen. Wir haben die kleinen Teetassen.« Eddie sprach schnell, rieb sich mit dem Daumen weiter über die Hände. »Wie die vom Yum cha. Ich mach dir Tee.«

Ky folgte Eddie in die Küche, wo er mit gesenktem Kopf, ungeschickten Händen und schweißglänzendem Nacken herumhantierte.

»Eddie –«

»Ich hab nichts gesehen, okay?« Er zündete den Gasherd mit einem Streichholz an, schüttelte das Streichholz dann öfter als nötig aus. »Ich hab der Polizei alles gesagt. Ich hab nichts gesehen. Ich war auf der Toilette, ich war –«

»Das glaub ich dir nicht.«

Die Augen des Jungen waren jetzt Teiche. Ky spürte einen dumpfen Druck im Magen – das Gefühl, zu sehen, wie ein jüngeres Geschwister verletzt wird, den Wunsch, es ihm leichter zu machen.

»Ich hab den Bericht gelesen, Eddie. Du, Kevin und Ms Faulkner, ihr habt der Polizei erzählt, ihr wärt alle auf der Toilette gewesen. Gleichzeitig. Und als ihr zurückkamt, war Denny tot? Hör doch auf, Mann.«

Angesichts von Eddies zitternden Händen kämpfte Ky gegen den Drang an, in den Große-Schwester-Modus zu schalten, ihm zu sagen, dass alles gut werden würde, dass sie sich um alles kümmern, die Last schultern würde, die ihn niederdrückte. Aber sie musste sich in Erinnerung rufen, dass dieser Junge nicht ihr Bruder war, auch wenn er Dennys bester Freund und als einer der Letzten mit Denny zusammen gewesen war. Sie schuldete ihm gar nichts; er schuldete *ihr* etwas. Als sie da in der Küche der Hos stand, spürte sie deutlich, dass Eddie die Antworten hatte. Sie wusste, dass, anders als Sharon Faulkner und die Woos, die wahrscheinlich nicht mit eigenen Augen gesehen hatten, was passiert war, Eddie alles gesehen hatte. Es war in *seinen* Augen. In seinen nervösen weißen Fingerknöcheln. Es war in der Art, wie er leise die Nase hochzog, als er den Teekessel auf den Herd stellte.

»Außerdem bist du nicht zur Trauerfeier gekommen.«

»Meine Eltern wollten das nicht«, sagte Eddie, noch immer dem Herd zugewandt.

»Er war dein bester Freund.«

»Du verstehst das nicht.«

»Dann hilf mir, es zu verstehen.«

Eddie blieb ruhig und still.

»Hör mal«, sagte Ky und machte einen Schritt nach vorne, woraufhin Denny noch weiter Richtung Arbeitsplatte zurückwich, »ich bin in Kontakt mit der Polizei. Wenn du mir nicht endlich die Wahrheit sagst … sage ich denen, dass du gelogen hast.«

»Aber ich war's nicht!«

Der Gedanke wäre Ky niemals gekommen. Sie wusste, dass er auf gar keinen Fall für Dennys Tod verantwortlich war. Er war ein linkischer Junge, der sich noch immer von seiner Mutter sagen ließ, was er anziehen sollte, der ganze Wochenenden mit Videospielen verbrachte und für Denny Mariah-Carey- und Tupac-Kassetten aufgenommen hatte, um dessen Musikgeschmack zu erweitern. Aber er wusste etwas über den Abend im Lucky 8, zumindest musste er wissen, was mit Denny los gewesen war. Und falls Ky ihm Angst einjagen musste, um ihn zum Reden zu bringen, dann würde sie das tun.

»Das behaupte ich auch nicht, Eddie. Aber …«, Kys Fingernägel waren wieder tief in ihren Handflächen, »ich weiß von der Schummelei, Eddie. Ich hab die Matheklausur gesehen. Und ich weiß, dass er abgeschrieben hat. Und dass er sich … *ungewöhnlich* verhalten hat an dem Abend, als er starb. Ich muss einfach wissen, *warum*. Hat er Drogen genommen oder so? War er in einer Gang? Ich komm damit klar, Eddie. Wenn er auf die schiefe Bahn geraten ist und dabei war, sich sein Leben zu versauen, komm ich damit klar. Ich muss es bloß –«

Eddies Mund verzog sich grotesk, als er versuchte, das Beben seiner Lippen zu stoppen. »Er … stand unter großem Druck«, sagte Eddie und wischte sich die Nase mit dem Handrücken.

Ky hielt den Atem an. Vielleicht kam sie doch nicht damit klar.

»Aber er war nicht *schlecht*«, sagte Eddie.

»Du meinst, so, wie die aufsässigen Leute und Junkies in der Stadt nicht schlecht sind, ja?« Kys Tonfall war sarkastisch und schneidend. »Diese Versager werden einfach *missverstanden*, ja?«

»Was? Nein, das hab ich nicht –«

»Was denn dann, Eddie?«, sagte Ky. Ihre Wut wurde immer größer.

»Er hat nichts davon gemacht! Er hat keine Drogen genommen. Noch nie.«

»Wie kannst du dir da sicher sein?«

»Weil wir Augen im Kopf haben! Denkst du, wir haben nicht gesehen, was Heroin mit Leuten gemacht hat, die mal in unserer Klasse waren? Meinst du im Ernst, wir konnten uns ansehen, wie krank und kaputt die sind, und es trotzdem für eine gute Idee halten, Drogen auszuprobieren? Wir sind doch nicht blöd.«

»Aber was ist mit anderem Zeug?«

»Welches andere Zeug?«

»So was wie Gras oder Pillen oder –«

»Gott, nein. Damit hat er nie was zu tun gehabt.«

»Aber er hat mit Schummeln und Abschreiben zu tun gehabt, und wer weiß, womit sonst noch alles –«

»Ja, okay, das war bescheuert.« Eddie klang jetzt ungehalten. »Aber das ist was ganz anderes, okay? Er hat nur einmal geschummelt und abgeschrieben. Und er hätte es nicht mal nötig gehabt. Er war gut in der Schule. Er war sowieso besser als ich, auch ohne zu schummeln. Aber er hat immer gesagt, er bräuchte in allen Fächern die volle Punktzahl, sonst –«

»Sonst *was*?«

»Keine Ahnung! Sonst wär er nicht perfekt? Sonst wären eure Eltern enttäuscht? Sonst würden die Leute ihn für dumm halten?«

»Das ist lächerlich.«

»Nein, es ist unfair«, sagte Eddie, der Mühe hatte, nicht die Fassung zu verlieren. »Er hatte ein schlechtes Gewissen. Es war ihm total peinlich, als Ms Faulkner ihn erwischt hat. Aber er hat das nur ein einziges Mal gemacht und auch nur, weil er sich in die Enge getrieben fühlte, als könnte er es sich nicht leisten, *nicht* an erster Stelle zu stehen. Deshalb wollte er auch nicht die Vielversprechendster-Schüler-Schärpe tragen, die er auf dem Abschlussfest gewonnen hatte. Er fand, dass er sie nicht verdient hatte, und hat sie in die Tasche gesteckt.«

»Ich glaub dir nicht«, sagte Ky. Es schien, als ob alle, mit denen sie in den letzten Tagen geredet hatte, sie angelogen, ihr Dinge verschwiegen und keinen Gedanken an sie verschwendet hatten. Sie hätte Eddie am liebsten geohrfeigt, weil er das Gleiche tat, weil er dachte, er könnte irgendwas verheimlichen. »Sag mir die Wahrheit. Auf welchen Scheiß hat Denny sich eingelassen? Niemand wird grundlos totgeprügelt. Was hat er gemacht, das so –«

»Nur weil wir nicht perfekt sind, sind wir noch lange nicht schlecht!«, sagte Eddie noch einmal, und jetzt liefen ihm heiße Tränen übers Gesicht.

Die Worte trafen Ky wie ein Schlag in die Magengrube. Sie stellte sich den schmalen Weg vor, den sie ihr ganzes Leben lang gegangen war. Den schmalen Weg, der vielleicht nirgendwohin führte. Sie hatte diesen Weg vielleicht nicht geschaffen, aber sie hatte ihn mit erhalten, indem sie seine Existenz niemals in Zweifel zog oder sich fragte, wem er diente; indem sie ihren Bruder, Minnie, sich selbst auf diesen Weg zwang, auch wenn es keine Beweise dafür gab, dass er richtig war. Du warst perfekt, oder du warst schlecht. Du konntest es dir nicht leisten, schlecht zu sein. Du konntest es dir nicht leisten, etwas anderes zu sein. Es war unmöglich. Es war ihre Schuld.

»Es ist nicht fair«, sagte Eddie wieder.

Ky versuchte zu schlucken, aber ihr Hals war völlig trocken. Sie blinzelte Tränen aus den Augen. »Ja«, war alles, was sie herausbrachte.

Nachdem sie beide sich einen Moment lang das Gesicht abgewischt und tief Luft geholt hatten, fragte Ky: »Wenn er keine Drogen genommen hat und an dem Abend nicht versucht hat, sich einer Gang anzuschließen, was ist … dann passiert?«

»Ich weiß es nicht«, sagte Eddie, unfähig, Ky anzusehen. »Ich war auf dem Klo –«

»Ach komm, Eddie!« Sie packte ihn unwillkürlich an den Schultern. »Das alles erklärt nicht, warum jemand ihn getötet hat. Wieso hilfst du mir nicht?«

»Ich hab …«, er schnappte jetzt nach Luft, seine eigene Trauer brach nun endgültig aus ihm heraus, »doch schon gesagt … ich war …«

Ein tiefer Schrei drang aus seinem Mund, sein Gesicht nass vor Tränen. Ky sah sich selbst in ihrer Küche in Melbourne stehen, einen Teekessel, der vor sich hin brodelte, ein Schluchzen, das sie nicht kontrollieren konnte. Sie ließ Eddies Schultern los, und er fiel beinahe hin; ihr fester Griff hatte ihn gestützt.

Ky schloss die Augen und massierte ihre Schläfen, konzentrierte sich auf die graue Linie, die hinter den Augenlidern auf und ab wogte. Sie dachte daran, wie oft Eddie bei ihnen zu Hause gewesen war, wie oft sie und Minnie nach Hause kamen und hörten, dass Kys Mutter irgendwen am Telefon anschrie. Wie sie vier – Denny, Eddie, Ky und Minnie – Blicke wechselten und die Jungs ihnen allein durch ihre Mimik zu verstehen geben konnten, ob ihre Mutter brüllte, weil sie wütend war, und man ihr besser aus dem Weg gehen sollte, oder ob sie brüllte, weil Cabramatta-Frauen das manchmal eben machten.

»Okay«, sagte Ky, »versuchen wir es ohne Worte.«

Eddie wischte sich über die Augen. Sein Gesicht war verquollen.

»Wart ihr, du, Kevin und Ms Faulkner, wirklich auf der Toilette, als Denny getötet wurde?«

Eddie kaute auf seiner Unterlippe und starrte zu Boden, den Daumen noch immer auf den Fingerknöcheln. Er hob den Kopf, um zu nicken, doch Ky bremste ihn.

»Moment. Ich stell die Frage genauer. War die Lehrerin auf der Toilette?«

Eddie blickte auf und nickte ohne Zögern.

»Okay. War Kevin auf der Toilette?«

Er nickte noch mal.

»Du auch?«

Seine Augen richteten sich wieder auf den Küchenboden, wo das Linoleum mit Luftblasen übersät war.

»Du warst mit Denny am Tisch«, sagte Ky.

Eddies Kopf schien gleichzeitig schütteln und nicken zu wollen. Ky fiel auf, dass seine Faust sich entspannte, seine Finger wieder Farbe bekamen.

»Aber du hast die Polizei angelogen und gesagt, du wärst auf der Toilette gewesen …«, Ky hielt die Augen auf Eddie gerichtet, hoffte, er würde aufblicken, »um kein Zeuge sein zu müssen. Weil du Angst hattest. Und deine Eltern –«

Eddies Eltern hegten ein noch größeres Misstrauen gegenüber der Polizei als die meisten Familien, die Ky kannte. Wegen der Polizei war Eddies Vater nämlich in die südvietnamesische Armee eingezogen worden. Sie hatten ihn auf den Straßen von Saigon festgehalten, seine Beteuerungen ignoriert, dass er nicht alt genug sei, um Soldat zu werden, seine Ausweispapiere zerrissen, die bewiesen, dass er minderjährig war, und ihn zu einem Krankenhaus gebracht, wo ein Arzt ihn nach einem Blick in den Mund für über achtzehn erklärte, weil er bereits Weisheitszähne hatte. Eddie hatte Denny erzählt, es sei ein Wunder gewesen, dass sein Vater den Militärdienst überlebt hatte. Ho-Männer waren nicht für den Krieg geschaffen. Ho-Männer waren keine Kämpfer. Ho-Männer waren schlank und gewieft, aber es fehlte ihnen an Koordination. Aber dieser spezielle Ho-Mann, Eddies Vater, war mit Glück gesegnet, was die Familie Ho nicht für selbstverständlich hielt. Aus diesem Grund hatten Eddies Eltern ihm von einem Zahnarzt auf der John Street die Weisheitszähne entfernen lassen, sobald sie auf einem Röntgenbild zu sehen waren, lange bevor sie auch nur die Chance hatten, das Zahnfleisch zu durchstoßen. Und aus diesem Grund hatten sie für die Polizei nur Verachtung übrig. Für sie waren die weißen Cops von Cabramatta nicht anders als die Cops, die Eddies Vater von den Straßen Vietnams in die schlecht ausgebildete, unzureichend vorbereitete Armee verschleppt hatten.

Eddie wischte sich weiter mit den Händen durchs Gesicht. Der hoch aufgeschossene Junge stand jetzt gebeugt und schluchzend da.

»Was bedeutet«, sagte Ky, »dass Ms Faulkner für dich gelogen hat.«

Eddie schniefte, zog die Nase hoch.

»Eddie, ist das der Grund? Ist es wegen deiner Eltern?«

»Ich hab nichts gesehen«, sagte Eddie kopfschüttelnd, die Augen fest zugedrückt.

»Ist es wegen dem, was deinem Dad in Vietnam passiert ist?«

»Was? Wovon redest du –?«

»Weil das, was in Vietnam passiert ist, hier keine Rolle spielt«, sagte sie und spürte einen stechenden Schmerz im Herzen; sie war nicht sicher, ob sie meinte, was sie sagte, aber sie wusste, dass sie etwas sagen musste, und etwas Besseres fiel ihr nicht ein. »Hier geht es darum, Dennys Mörder zu fassen, und wenn du was gesehen hast, wenn du weißt, wer es war, dann musst du –«

»Nein, es geht nicht um Vietnam oder so. Und ich hab nichts gesehen.«

»Wen versuchst du zu schützen?!«

»Ich will meinen Eltern nicht wehtun!«

Ky stand fassungslos da, verstand nicht, wie die Wahrheit Eddies Eltern wehtun würde. »Wie meinst du das?«, sagte sie. Sie wartete darauf, dass er endlich aufblickte.

»Wenn ich was gesehen *hätte*, was ich nicht habe, würden meine Eltern daran zerbrechen«, sagte Eddie, dessen T-Shirt am Kragen feucht vom Weinen war. »Sie hätten das Gefühl, dass sie mich im Stich gelassen haben … dass … es ihre Schuld war … dass sie … dass sie mich nicht davor … davor … schützen konnten, es zu sehen.«

Ky starrte Eddie weiterhin an. Ihre Gesichtsmuskeln schmerzten von der Anstrengung, das Weinen zu unterdrücken. Ky verstand ihn. Sie hasste es, wie gut sie ihn jetzt verstand. Hatte nicht auch sie jeden Schmerz, den sie je erlitten hatte, vor ihren Eltern verheimlicht? Hatte sie nicht verheimlicht, wenn sie gemobbt, beschimpft wurde, wenn Fremde gemein zu ihr waren, wenn ihr mal wieder gesagt wurde, sie solle dahin zurückgehen, wo sie herkam, wenn ihr jemand Ching Chang Chong hinterherrief, Schlitzaugen andeutete, wenn ihr gesagt wurde, asiatische Frauen wären hässlich, verkorkst, fügsam, verrückt, streberhaft, wertlos, wenn sie von Männern abgewiesen wurde, wenn sie von weißen Männern abgewiesen wurde, wenn sie ihre Bemerkungen hörte, was asiatische Frauen waren und nicht waren, was asiatische Frauen sein konnten und nicht sein konnten, wenn sie lächelte, die Zunge gegen die Zähne gepresst, obwohl ein Schmerz im Rhythmus ihres Herzens pulsierte – hatte sie das alles nicht verheimlicht? Und hatte sie nicht ihr eigenes ehrgeiziges, spannendes, ängstliches, kompromissloses

Leben gelebt, obwohl sie wusste, dass sie ihren Eltern nie, nie, *niemals* würde sagen können, was sie durchgemacht hatte? Weil es ihnen sonst das Herz brechen würde. Denn sie musste ihnen dabei helfen zu glauben, dass ihre Opfer sich gelohnt hatten. Weil sie sie davon überzeugen musste, dass sie das Richtige für ihre Kinder getan hatten, dass niemand gescheitert war, dass sie zu den Glücklichen gehörten, die dem Weg gefolgt waren und Erfolg hatten. Es war absolut logisch. Du logst, um zu schützen. Du logst aus Liebe.

Der Teekessel pfiff. Eddie war zu sehr von der Rolle, um den Herd abzuschalten. Ky griff nach dem Knopf und drehte die Flamme aus.

»Das ist es also«, sagte sie. »Aber ist das wirklich Grund genug, Denny so im Stich zu lassen?«

»Hab ich doch schon.«

»Was hast du schon?«

Eddie wischte sich jetzt die Nase am Ärmel seines schlabbrigen T-Shirts ab. »Ihn im Stich gelassen.«

Ky wartete, dass er mehr sagte.

»Wenn ich bei der Polizei sagen würde, dass ich was gesehen habe, was ich nicht habe, dann müsste ich auch sagen, dass …«

»Was?«

»Dass ich nichts gemacht habe. Wenn ich dabei gewesen wäre. Wenn ich es gesehen hätte. Ich war einfach … wie erstarrt. Ich konnte mich nicht bewegen. Ich hab einfach mit angesehen, wie er umgebracht wurde, und ich hab nichts getan, um es zu verhindern. Ich hab nicht versucht, ihm zu helfen. Ich konnte einfach nicht. Ich war wie gelähmt oder so, als wäre das alles nicht real. Wenn ich was gesehen hätte, dann wäre genau das passiert. Aber …«

»Aber …?«

»Aber ich hab nichts gesehen«, sagte Eddie, und seine Stimme brach wieder. »Weil ich nicht dabei war.«

Ky blickte Eddie weiter an. Von allen Dingen, die ihre Eltern nicht wahrhaben wollten, über die sie nicht sprechen wollten, war dieses Detail vielleicht am schmerzhaftesten: Niemand hatte geholfen. Auch wenn sie sich Dennys Begegnung mit einem gestörten Gangmitglied als ein Unglück erklären konnten, gab es keine Erklärung dafür, warum all die anwesenden normalen Leute nichts getan hatten. Ky verstand, warum Eddie lügen musste. Denn die Wahrheit zugeben würde bedeuten, zuzugeben, dass er ein Feigling war, dass er, während sein bester Freund totgeprügelt wurde, nur tatenlos zusehen konnte.

In diesem Moment summte ihr Pager. Ein Anruf von der Polizei.

»Kann ich mal euer Telefon benutzen?«, fragte sie mit dem kleinen Plastikgerät in der Hand. »Könnte wichtig sein.«

Eddie nickte und deutete in Richtung Wohnzimmer, wo seine Familie ein schnurloses Telefon hatte. Er blieb in der Küche, während Ky den Anruf machte.

»Miss Tran?«, sagte eine Stimme durch den Hörer. Es war Constable Edwards.

»Ja. Hi.« Ky räusperte sich. »Haben Sie meine Nachrichten bekommen? Ich hab gestern Abend angerufen und heute Morgen und sie bei Ihrem Kollegen hinterlassen. Dieser Thien, der war da. Er muss gesehen haben, wer es war, und ich wette, er kann –«

»Miss Tran –«

»Da war so eine große Gruppe, vielleicht aus einer Gang, und einer von ihnen hat Denny getötet, und Thien Huynh war mit diesen Leuten da, und er könnte etwas darüber wissen, was passiert ist mit –«

»– er war es.«

»Was?«

Constable Edwards schwieg einen Moment. Ky konnte ihn

sich in seiner Uniform vorstellen, den Schweiß unter seinen Augen, die Art, wie er seine Seufzer in die Länge zog, bevor er eine schlechte Nachricht aussprach.

»Haben Sie mit Flora Huynh gesprochen, Miss Tran?«

»Ich –«, setzte Ky an, ehe ihr die Worte im Hals stecken blieben, von einer vertrauten Angst, der Angst, Ärger mit der Polizei zu bekommen, obwohl es Constable Edwards war, der ihr gesagt hatte, wo sie Flora überhaupt finden würde. »Ja«, sagte sie.

»Und was hat sie Ihnen erzählt?«

»Was ich Ihnen bereits erzählt habe«, sagte Ky, die spürte, wie ihr Atem flach wurde, weil Minnie diesmal nicht da war; es gab keine imaginäre Freundin, und Ky fühlte sich allein, klein und verängstigt und unsicher. »In den Nachrichten an Sie hab ich gesagt, dass ein Typ namens Thien dabei war –«

»Hat sie Ihnen erzählt, was Thien gemacht hat?«

Und jetzt bemühte Ky sich, Constable Edwards über den Lärm ihres rasenden Herzens hinweg zu hören, ihren Atem zu verlangsamen, aber es war, als ob ihre Nase verstopft wäre und sie nicht genug Luft bekommen könnte.

»Nur, dass er da war«, sagte Ky. »Dass er was gesehen hat.«

»Sind Sie sicher?«

»Ja«, sagte Ky gereizt, denn falls sie wegen irgendwas in Schwierigkeiten steckte, wünschte sie, der Constable würde es einfach sagen. Seine Art der Befragung erinnerte sie daran, wie ihre Grundschullehrer Schüler mit einer Reihe von vorwurfsvollen Fragen unter Druck setzten, was immer mit einem Schuldeingeständnis endete.

»Miss Tran, wir haben heute am frühen Morgen einen Notruf erhalten, wegen einer Überdosis. Thien Huynh ist in Flora Huynhs Wohnung eingebrochen und hat sich im Zimmer ihres jungen Neffen einen Schuss gesetzt. Als sie ihn fand, hat sie den Notruf gewählt, und als wir eintrafen, hat sie uns erzählt, was passiert ist.«

»Moment«, sagte Ky. Ihre Hand am Hörer fühlte sich verschwitzt an. »*Was* ist passiert?«

Constable Edwards räusperte sich. »Flora Huynh hat zugegeben, dass sie uns angelogen hat. Sie hat ausgesagt, dass ihr Neffe, Thien Huynh, Denny getötet hat.«

Jetzt fühlte sich Kys Schweiß kalt an, und ihr war schwummerig, als wäre sie gerade aus einer Achterbahn gestiegen.

»Miss Tran?«

»Ja«, sagte Ky. »Ich bin noch dran.«

»Thien Huynh ist für uns kein Unbekannter. Das war nicht seine erste Straftat. Wir haben heute Vormittag ein paar Officer in seine Wohnung geschickt, wir haben Schuhe gefunden, die zu den im Lucky 8 gesicherten Spuren passen. Außerdem war getrocknetes Blut daran. Wir lassen sie noch im Labor untersuchen, aber, und ich würde normalerweise nicht ein so endgültiges Urteil fällen, in diesem Fall glaube ich, wir haben unseren Täter.«

»Wird es einen Prozess geben?«, fragte Ky.

Wieder eine Pause. »Miss Tran ... wir stellen Tote nicht vor Gericht.«

Ky wusste nicht, was sie sagen sollte. Sie versuchte wieder zu schlucken, doch Mund und Kehle waren so trocken, dass sie husten musste.

»Als Flora Huynh nach Hause kam, fand sie Thien leblos vor. Wir haben Grund zu der Annahme, dass die Überdosis ein Versehen war.«

»Und Sie haben gesagt, er ist in ihre Wohnung eingebrochen?«, sagte Ky mit einem Krächzen in der Stimme.

»Richtig.«

»Wieso hat er das gemacht?«

Ky stellte sich vor, wie Constable Edwards mit den Schultern zuckte.

»Da sind wir genauso schlau wie Sie. Anscheinend hat er

das schon öfter gemacht, anfangs, um Geld von ihr zu stehlen, aber sie sagte, in den letzten Jahren hat er Geld oder Snacks dagelassen, und in diesem Fall hat er sich wohl zunächst auf den Fußboden neben dem Bett ihres jüngeren Neffen hingelegt, um zu schlafen. Der Junge hat sich nichts dabei gedacht. Er hatte keine Ahnung, dass sein Bruder sich später eine Überdosis gespritzt hat.«

Ky versuchte, sich vorzustellen, wie Flora sich gefühlt haben musste, nachdem sie mit ihr gesprochen und dann den Körper ihres Neffen gefunden hatte.

»Wird Flora Ärger bekommen?«, fragte Ky.

»Das bleibt abzuwarten. Aber … Miss Tran, so viel kann ich Ihnen sagen: Hat sie sich falsch verhalten, als sie die Polizei angelogen hat? Ja. Haben wir Wichtigeres zu tun? Absolut. Wissen Sie, wie oft asiatische Gangs Privatpersonen in ihren Häusern oder Wohnungen überfallen? Das ist neuerdings eine Spezialität in Cabramatta. Wir hatten kaum damit zu tun, bevor diese Gangs hergekommen sind, und gerade gestern Nacht hatten wir gleich zwei solcher Fälle. Sagen wir es so: Wir sind einfach froh, dass der Mord an Ihrem Bruder jetzt aufgeklärt ist.«

»Das war's dann also?«, sagte sie und wollte nicht glauben, dass das möglich war, dass sich Gerechtigkeit so schlecht anfühlen konnte, dass sie so weit gekommen war und immer noch das Gefühl hatte, auf die wichtigsten Fragen keine Antwort bekommen zu haben.

»Miss Tran, Mordfälle bleiben oft unaufgeklärt. Und selbst wenn wir wissen, dass Gangs wie 5T beteiligt sind, melden sich fast nie Augenzeugen, um uns zu helfen, diesen Typen etwas nachzuweisen. Sie haben wirklich Glück gehabt.«

»Aber wissen wir, warum er es getan hat? Ich meine, Denny hat doch gar nichts gemacht. Wieso hat dieser Thien –«

»Solche Gangs haben keine Angst vor unseren Gesetzen, ihnen ist alles egal«, sagte Constable Edwards.

Ky kniff die Augen zusammen, überlegte, warum sich diese Worte so vertraut anhörten. Dann fiel es ihr ein: Jahre zuvor, kurz vor ihrem Zerwürfnis mit Minnie, hatte sie John Newman im Fernsehen gesehen, seine Stirn tief gefurcht und seine Augen so blau wie immer, wie er zu einem Reporter sagte, das Einzige, was die asiatischen Gangs in Cabramatta fürchteten, wäre, zurück in die Dschungel von Vietnam abgeschoben zu werden, »denn dort gehören sie offen gesagt hin«.

»Ist das zu fassen, dass dieser Typ unser Abgeordneter ist?«, hatte Minnie gesagt, die finster auf den Bildschirm blickte. »Sag von mir aus, die gehören in den Knast oder so. Aber fick dich, wenn du denkst, dass Kriminelle nach Vietnam gehören.«

»Aber unsere Eltern sind von da geflohen«, sagte Denny, der mit einem Comicheft auf dem Fußboden saß und nur halb zugehört hatte. »Dann kann man vielleicht ja doch sagen, dass Vietnam ein schlechtes Land ist?«

»*Nein*«, sagte Minnie und zeigte mit dem Finger auf Denny, damit er auch aufpasste. »Unsere Eltern sind vor autoritärem Scheiß geflohen. Verwechsle ein Regime nicht mit einem Land und seinem Volk.«

»Entspann dich«, sagte Ky. »Seit wann bist du denn Miss Vietnam?«

»Kapierst du nicht, warum so eine Scheiße ein Problem ist?«, sagte Minnie, die jetzt kerzengerade dasaß, als wollte sie jeden Moment in den Fernseher springen. »Der Arsch da vertritt Cabramatta und hält uns für Abschaum –«

»Jetzt mach aber mal halblang, er hält die *Gangs* für Abschaum.«

»Da gibt's keinen Unterschied! Für den sind wir alle gleich!«

»Man muss wirklich kein Genie sein, um den Unterschied zwischen, sagen wir, Denny und irgendeinem Gangster zu erkennen«, sagte Ky.

Denny strahlte.

»Du kapierst nicht, worum es verdammt noch mal geht«, sagte Minnie und ließ sich wieder in die Couch sinken.

»Hör auf zu fluchen.«

»Ernsthaft. Wenn alle schlechten Menschen nach Vietnam *gehören*, heißt das dann, nur *gute* Menschen gehören hierher, nach Australien?«

»Keine Ahnung.«

»*Denk* drüber nach, Ky!«

»Du denkst zu viel drüber nach«, sagte Ky. »Wir müssen uns keine Sorgen machen, weil wir gut sind.«

»Ich dreh durch! Du hörst nicht zu!«

Am Telefon redete Constable Edwards noch immer, versuchte, die Gewalt als ein Problem asiatischer Gangs zu erklären, und sagte dann, dass sie vielleicht nie erfahren würden, warum Denny angegriffen wurde, und dass ihm das leidtue.

»Okay«, sagte Ky.

»Das war's dann erst mal«, sagte Constable Edwards. »Wenn es irgendwas Neues gibt, melde ich mich bei Ihnen.«

Er legte zuerst auf. Ky saß da, das Telefon auf dem Schoß, und starrte Eddies Nintendo an. Sie dachte, dass sie nach Hause gehen und ihren Eltern die Nachricht beibringen würde. Sie dachte, dass sie einen Flug zurück nach Melbourne buchen, wieder arbeiten gehen würde, weil es für sie in Cabramatta nichts mehr zu tun gab. Aber zuerst beugte sie sich vor, schob den Kopf zwischen die Knie und erlaubte sich zu weinen, wie sie es nicht mehr getan hatte, seit sie jene ersten Anrufe ihres Vaters bekommen hatte, der ihr sagte, dass Denny tot war. Sie weinte so heftig, dass ihr ganzer Körper bebte. Es war ihr egal, dass Eddie aus der Küche herübersah und sie beobachtete. Es war ihr egal, denn wie konnte das sein? Wie konnte sie alles richtig machen und etwas Neues ausprobieren und trotzdem hier landen? Sie weinte, sie weinte endlich, *endlich* um ihren Bruder. Und um gehört zu werden.

Ky verlor jedes Zeitgefühl, wusste irgendwann nicht mehr, wie lange sie schon vornübergebeugt auf der Couch saß. Irgendwann, als ihr Körper schließlich still wurde, spürte sie einen Stupser an ihrer Schulter. Es war Eddie.

»Alles okay mit dir?«

Ky richtete sich auf. »Nein«, sagte sie. »Mit mir ist offensichtlich nichts okay.«

Ein langer Moment der Stille verging. Dann dachte Ky an das, was Constable Edwards gesagt hatte, und fragte Eddie, was er über Gangs wisse.

»Du meinst, wie Tupac und Biggie? Die Bloods und Crips? Ich weiß ein bisschen was über die.«

»Ich meinte eher 5T.«

»Ich bin in keiner Gang, wenn du das wissen willst.«

»Nein«, sagte Ky. »Bei dir würde keiner auf die Idee kommen, dass du in einer Gang bist.« Ihr Blick wanderte zu seinem Homer-Simpson-T-Shirt. »Ich will bloß wissen, wofür 5T steht.«

Eddie schob die Hände in die Taschen seiner Shorts. »Es steht für fünf vietnamesische Wörter, die alle mit T anfangen.«

»Und welche Wörter sind das?«

»Ich kann doch kein Vietnamesisch – du weißt, dass meine Familie Teochew spricht.«

»Ja, das weiß ich«, sagte Ky gereizt.

»Aber ich weiß, dass die Wörter ›Liebe, Geld, Gefängnis, Strafe, Selbstmord‹ bedeuten.«

Ky legte das schnurlose Telefon wieder auf die Ladestation und stand auf, um zu gehen. Als sie ihre Tasche nahm, musste sie gegen eine neue Woge der Trauer ankämpfen. »*Warum* verdammt noch mal?«, sagte sie, schloss die Augen und ließ den Kopf in den Nacken fallen – eine letzte Bitte an das Universum um Antworten.

Bevor sie die Augen öffnete, spürte sie Eddies Hand auf der Schulter. Er zuckte zurück, als sie sich zu ihm umdrehte.

»Es war wegen deiner Freundin«, sagte er und biss sich auf die Unterlippe.

»Wie bitte?«

Eddies Finger rieben wieder über seine weißen Knöchel. »Deine Freundin. Die früher immer bei euch zu Hause war. An dem Abend war sie da. Es ist wegen Minnie passiert.«

»Moment. *Was* ist ihretwegen passiert? Was hat sie gemacht?«

Eddies Augen füllten sich wieder, aber diesmal war er ruhig, gefasst. »Ich ... sie war an dem Abend da. Ich hab sie gesehen. Aber dann bin ich zur Toilette. Deshalb hab ich nicht gesehen –«

»Herrgott, Eddie, wovon redest du?«

Er wurde rot. Ky sah ihm an, dass er krampfhaft versuchte, Dinge für sich zu behalten, und gleichzeitig bereute, überhaupt etwas gesagt zu haben.

»Eddie«, sagte Ky in einem bemüht sanften Ton, »du kannst so was nicht einfach sagen und dann von mir erwarten, dass ich nicht nachhake –«

»Vergiss, was ich gesagt habe.«

»Verdammt noch mal, Eddie!«

»Ich bin zum Klo gegangen, und ich hab nichts gesehen. Bloß ... du solltest mit deiner Freundin reden. Ich war auf dem Klo. Ich hab nichts gesehen. Es tut mir leid.«

Ky starrte Eddie an, der nicht mehr sagen würde, das war ihr klar. Ky war erschöpft. Aber sie wusste jetzt, was sie als Nächstes zu tun hatte.

9

Seit Dennys Tod konnte Hanh Tran nicht mehr in seinem eigenen Bett schlafen. Sein Verstand weigerte sich, abzuschalten. Wenn er die Augen schloss, versank er in Erinnerungen an verpasste Chancen: die Male, die er mit Denny hätte spielen können, es aber nicht getan hatte; die Male, die er Begeisterung hätte vortäuschen können, wenn Denny ihm zum Vatertag vom Geschenkemarkt an der Grundschule etwas mitbrachte (Taschentücher, Manschettenknöpfe, umhäkelte Kleiderbügel, einen Teewärmer), es aber nicht getan hatte; die Male, die er einfach mit seinem Sohn hätte reden, ihm irgendwas erzählen oder ihn etwas fragen können, statt stumm sein Bier zu trinken, bis sich seine Brust warm genug anfühlte und die Ränder seiner Welt unscharf genug geworden waren und der Gedanke an Schlaf ihm besonders verlockend erschien. Und obwohl er noch ein Kind hatte, das lebte, verstärkte der Verlust seines einzigen Sohnes nur noch sein Gefühl des Bedauerns – was, wenn er auch die gemeinsame Zeit mit seiner Tochter vertan hatte?

Yen kam ins Bett. Nach der Anspannung zu urteilen, die ihr Körper ausstrahlte, vermutete er, dass auch sie nicht schlafen konnte. Aber sie redeten nicht darüber. Stattdessen stand er immer auf, wenn seine Augen vor Erschöpfung so heftig pochten, dass er es nicht länger ertragen konnte, wach zu sein, und schlich auf Zehenspitzen in Dennys Zimmer, wo er sich auf das Bett legte, das seine Frau immer tadellos gemacht hielt –

ein letzter verzweifelter Versuch, sich einem Sohn näher zu fühlen, der nicht mehr da war. Dort zog er die Knie an die Brust und drückte das Gesicht ins Kopfkissen, bis ihn eine andere Art von Erschöpfung übermannte und tief, tief in den Schlaf zog.

In dieser Nacht jedoch, als sie Seite an Seite lagen und an die Zimmerdecke starrten, brach seine Frau das Schweigen. »Was machen wir bloß?«, flüsterte sie, die Bettdecke bis ans Kinn gezogen, die ineinander verschränkten Hände auf den Bauch gelegt. »Warum ist unsere Tochter so?«

Yen war Anfang der Woche mit Ky im Tempel gewesen, und wie immer, wenn Mutter und Tochter mehr als ein paar Stunden zusammen verbrachten, war Ky wütend geworden, hatte pampig geantwortet und sich wie ein launisches Kind benommen, das immerzu Streit suchte. Seitdem hatten sie kein Wort mehr gewechselt. Hanh wusste, dass Yen nicht schuldlos war, auch sie neigte dazu, Streitigkeiten eskalieren zu lassen, und war der festen Überzeugung, dass sie immer recht hatte. Hanh mischte sich niemals ein. Er sah keinen Sinn darin, zu streiten, er glaubte nicht, gewinnen zu können oder dass irgendwer jemals seine Meinung ändern wollte. Es war nicht leicht, mit anzuhören, wie die beiden sich stritten; seine Haut kribbelte jedes Mal, wenn er Ky schimpfen und stöhnen hörte oder wenn Yen so laut wurde, dass ihm die Ohren juckten.

Hanh wollte Australien die Schuld geben. Er wollte Yen sagen, dass ein Kind in Vietnam niemals so mit seinen Eltern reden könnte wie Ky, ohne dass das Konsequenzen hätte. Er hatte von Söhnen und Töchtern gehört, die schlichtweg verstoßen worden waren, weil sie sich geweigert hatten, die Ausbildung zu machen, die ihre Eltern für sie vorgesehen hatten, oder weil sie jemanden heiraten wollten, den ihre Eltern für ungeeignet hielten. Aber was machte das hier in diesem Land für einen Unterschied? Ky wohnte nicht mal mehr bei ihnen, konnte ihnen für den Rest ihres Lebens mühelos aus dem Weg gehen, wenn sie wollte. Außerdem, hatten er und Yen ihre Kinder je besessen? Oder hatten sie sie aufgegeben, als sie ihre erste Heimat aufgaben? Hanh wollte seiner Frau sagen, dass Australien es Ky leicht machte, so zu sein, wie sie war. Und es machte es ihm schwer, der Vater zu sein, der er eigentlich sein wollte.

»Kommst du zur Schuljahresabschlussfeier?«, hatte Ky ihn gefragt, als sie acht Jahre alt war. »Wir tanzen den Nutbush, und Minnie und ich sind in der ersten Reihe.«

Hanh hatte gesehen, wie die beiden Mädchen den Line Dance begeistert im Wohnzimmer geübt und dabei abwechselnd den Tina-Turner-Song gesungen hatten, bis sie Schweißperlen an den Schläfen hatten und ihre Haare verfilzt und feucht waren.

»Wir tragen auch Kostüme«, sagte Minnie, die inzwischen jeden Nachmittag bei ihnen verbrachte. »Verkleiden uns wie Disco-Leute.«

Hanh hatte den Kopf geschüttelt. »Ich hab zu tun.«

»Was denn?«, sagte Minnie.

»Ja genau. Was denn?«, echote Ky.

Hanh hatte sich vorgestellt, wie er einen Abend ganz für sich hatte. Wenn seine Frau, seine Tochter und der Kleine aus dem Haus waren, würde er in Ruhe zu Abend essen, entspannt sein Bier trinken, Kassetten mit Khanh Lys Musik hören können und sich nach dem Leben sehnen, das er in Saigon gehabt hatte. Er wusste, dass das düster und unproduktiv war. Seine Frau sagte ihm oft, er solle die Vergangenheit vergessen, sich nicht dauernd Khanh Lys blecherne Stimme anhören, die von heldenhaften Soldaten und tapferen toten Söhnen sang. Aber je mehr sie ihn bekniete, in der Gegenwart zu leben, nach vorne zu schauen, und je mehr weißgesichtige Fremde ihn anbrüllten, er solle Englisch sprechen, und je größer der Druck wurde, den Mund zu halten und zu verschwinden, desto mehr hatte er das Gefühl, in einem bizarren Traum zu sein, in dem die ganze Welt beschlossen hatte, seine Vergangenheit auszulöschen. Deshalb wehrte Hanh sich jedes Mal, wenn er allein war, mit Erinnerungen. Weil das Leben in Vietnam gut gewesen war. Ganz am Ende, als die neue Regierung die Macht übernahm und Bankkonten eingefroren wurden und Privatunternehmen schließen mussten, war es hart gewesen. Ihr Leben war von Unsicherheit und Angst beherrscht worden, und der Tropfen, der das Fass zum Überlaufen brachte, war, als Yen mit den Reisrationen für einen Monat nach Hause kam und feststellte, dass der Sack mit Kieselsteinen beschwert worden war. Auf dem Schoß die schreiende Ky, die noch ein Baby war, klaubten sie beide einzelne Reiskörner aus dem Sack, um das bisschen zu retten, was essbar war. Yen steckte sich vor lauter Wut einen Kiesel in den Mund und versuchte zu kauen. Sie brach sich prompt ein Stück von einem Backenzahn ab, bekam Zahnfleischbluten und fing an zu weinen. *Was ist das bloß für ein Leben?*, sagte sie schluchzend.

Doch vor alldem war das Leben gut gewesen. Und daran versuchte Hanh sich zu erinnern, so oft er konnte. Er war nicht als Flüchtling geboren worden. Er war mehr als das. Bevor sie ihre Heimat verloren, bevor sie Ky bekamen, waren Hanh und Yen an jedem Wochenende tanzen gegangen. Er erinnerte sich daran, wie er seine junge Frau mit ins Kino genommen hatte, um *Ben Hur* zu sehen; beide verstanden sie nicht, was auf Englisch gesagt wurde, und sie konnten kaum mit den französischen Untertiteln mithalten. Aber der Film war unglaublich groß und bunt. Hanh hatte sich eine Beatles-Frisur schneiden lassen. Yen hatte sich das Haar in Rekordtempo toupiert. In der Disco bewegte er seine Füße so schnell, dass die anderen Tanzenden einen Kreis um ihn bildeten und klatschten. Yen konnte tiefer unter einer Limbostange hindurchtanzen als jede andere. Und wenn sie beide beschwipst vom Alkohol waren und die Gesichter aneinanderdrückten, gab ihnen die Wärme, die ihre Wangen ausstrahlten, das Gefühl, zu groß für ihre Körper zu sein, weil sie das auch waren. Manchmal glaubten sie, größer zu sein als Saigon, größer als Vietnam, größer als der Krieg. Sie waren so groß, dass sie zusammen Leben schaffen konnten. Es tat gut, sich daran zu erinnern.

»Und?«, fragte die achtjährige Ky, die Arme verschränkt. »Kannst du kommen? Mum braucht wahrscheinlich Hilfe mit der Kamera.«

Hanh schüttelte wieder den Kopf.

»Manno!«, sagte Ky, und beide Mädchen gingen aus dem Zimmer, mit hängenden Schultern, Köpfe nach hinten geneigt. »Nie machst du was!«

Hanh erinnerte sich, dass er den Mädchen erstaunt hinterhergeschaut hatte. Reichte es nicht, dass er Ky ein Zuhause gab und Minnie Erholung von ihrer eigenen Familie bot? Als Kind war er nach Can Tho zu Verwandten geschickt worden, weil die Wohnung seiner Eltern in Saigon für ihn und seine sechs Geschwister zu klein geworden war. Seine Großmutter hatte ihn großgezogen, bis er fünf war. Als seine Eltern genug Geld beisammenhatten, um die übrigen Etagen in dem Saigoner Wohnhaus zu kaufen, zog Hanh schließlich zu ihnen. Es war verwirrend – sogar schmerzhaft – gewesen, das einzige Zuhause, das er je gekannt hatte, und die Menschen, die sich immer um ihn gekümmert hatten, zu verlassen, um bei Menschen zu leben, deren größter Liebesbeweis darin bestanden hatte, ihn wegzuschicken. Aber was soll's?, dachte Hanh jetzt. Der Schmerz war mit der Zeit vergangen, an die Wunde in seinem Herzen hatte er sich gewöhnt, und das Leben ging weiter. Wusste Ky nicht, was für ein Glück sie hatte?

Yen bewegte im Bett unruhig die Hände. »Sie kommt ohnehin nur selten nach Hause, und wenn sie mal hier ist, dann verhält sie sich so«, sagte sie. »Und weißt du, was sie zu mir gesagt hat? Sie hat gesagt, es war falsch, eine Obduktion an Denny abzulehnen. Ist das zu fassen? Sie hätte gewollt, dass wir unseren Sohn von irgendeinem fremden Menschen aufschneiden lassen. Und wozu? Um zu überprüfen, dass er wirklich tot ist?«

Hanh biss sich auf die Zunge. Wäre er an dem Abend, als Denny starb, in der richtigen Verfassung gewesen, hätte er nicht auf seine Frau gehört und die Obduktion zugelassen. Denn obwohl er wusste, dass Yen recht hatte, keine noch so große Menge an Informationen würde Denny zurückbringen, wollte er wissen, wie, wollte er wissen, warum, und wenn er die Antworten darauf bekäme, würde er vielleicht seinen Sohn besser verstehen.

»Wahrscheinlich geht's ihr bloß um die Details«, nahm Hanh seine Tochter in Schutz. Dann, weil er mehr an sein Bedürfnis nach Antworten dachte als an Kys, fuhr er fort: »Vielleicht glaubt sie, dass es etwas Wichtiges gibt, was wir nicht verstehen –«

»Was könnte wichtiger sein, als dass er tot ist? Das ist das Einzige, was zählt. Er ist tot. Und nichts, was wir tun, wird daran etwas ändern.«

Hanh wollte etwas einwenden, aber seine Frau war schneller als er.

»Wir hätten ihr nie erlauben sollen, in Melbourne zu studieren. Das hat sie verändert, da –«

»Yen –«

»– hat sie vergessen, wo sie herkommt.«

»Yen, ihr beide habt euch immer gestritten, auch als sie noch hier gelebt hat.«

»Es ist schlimmer geworden! Sie ist wie ein Stier. Strotzt vor Angriffslust.«

»Und wenn so ein Stier auf einen anderen Stier trifft, gehen sie aufeinander los.«

Er spürte, dass seine Frau den Mund öffnete, um zu widersprechen, doch es kam nichts heraus.

»Yen«, sagte er und legte seine Hand auf ihre unter der Decke. »Auch sie hat Denny verloren.«

Er hörte seine Frau schniefen. Er rollte sich auf die Seite, blickte zu ihr. Sie war immer so eine ausdrucksstarke Frau gewesen, und ihr Gesicht schien dafür geschaffen, mehr zu sagen als die meisten anderen. Ihre Augenbrauen waren dicht und dunkel und konnten sich überrascht wölben, nachdenklich zusammenziehen oder gerade Linien formen, wenn sie wütend war. Ihre Augen waren riesig, mit Krähenfüßen, die die Kraft ihres Lächelns verstärkten und es unerträglich machten, sie weinen zu sehen. Und sie war laut, manchmal unangenehm laut, wenn der Ausdruck ihrer Freude oder ihres Zorns von den Wänden widerhallte, sodass die Nachbarn es hören konnten.

»Als wir hergekommen sind, um ihnen ein besseres Leben zu bieten, hast du da gewusst, was das bedeuten würde?«, fragte er, und sein Verstand war kaum einen Schritt weiter als die Worte, die aus seinem Mund kamen.

»Wovon redest du?«, sagte Yen.

»Ich hab's nämlich nicht gewusst. Ich dachte, ein besseres Leben wäre das, was wir früher hatten. Ich dachte, Ky würde so aufwachsen können wie wir, nur eben in Australien. Ich …« Er stockte, zuckte die Schulter. Hanh hatte mit den Jahren über etwas nachgedacht, das erst in letzter Zeit allmählich in seinem Kopf Gestalt angenommen hatte. Dass ein »besseres Leben« etwas sein könnte, das ihm fremd war, das er sich vielleicht nicht einmal vorstellen konnte. Hatte Yen gewusst, was ein besseres Leben bedeutete? Dass ihre Kinder schauderhaft Vietnamesisch sprechen würden? Dass Ky und Denny nichts über sie beide wissen würden, ihre Geschichten auf Flüchtlingsklischees reduzieren und sie ansehen würden, als hätten sie keine Ahnung vom Leben? Eine Welle der Trauer überkam ihn. Er spürte, wie sich ihm die Kehle zuschnürte, spürte Druck hinter den Augen. »Ich wusste nicht, dass ich so versagen würde.«

Hanh konnte kaum durch die Tränen hindurchsehen, die seine Sicht trübten, aber er sah, dass die Gesichtszüge seiner Frau weicher wurden und wie ihr Körper sich bewegte, als sie sich zu ihm drehte.

»Wie die meisten Männer bist du faul, rücksichtslos und nutzlos«, sagte sie dann. Hanh spürte ihren Atem auf der Haut, konnte riechen, dass sie sich gerade die Zähne geputzt hatte. »Als Ehemann gehst du mir unsäglich auf die Nerven mit deinem Desinteresse an allem, und du bist nicht mehr der Mann, in den ich mich verliebt habe. Schon lange nicht mehr.«

Hanhs Herz fühlte sich an wie ein Punchingball, jedes einzelne Wort von Yen ließ seinen Körper erzittern. Sie hatte das alles schon öfter gesagt, aber normalerweise während einseitiger Vorwürfe, wenn ihre Stimme durchs Haus schallte und sie der jeweiligen buddhistischen Gottheit, für die sie gerade ein Interesse entwickelt hatte, erklärte, dass sie mit diesem Mann ihre Zeit verschwendete, dass sie ihre Fähigkeiten und Talente an einen Mann wie ihn vergeudete, und könnte ein Buddha ihn bitte verschwinden lassen? Harte Worte, die im Zorn herausgeschrien wurden, brachten Hanh nicht aus der Fassung. Aber die Sanftheit, mit der sie jetzt sprach, durchschlug Haut und Muskeln.

Yen streckte eine Hand nach seinem Gesicht aus, nahm sein Ohrläppchen zwischen Daumen und Zeigefinger. »Aber …«, sagte sie und massierte sein Ohrläppchen, »als Vater hast du nicht versagt.«

Hanh begann zu weinen. Er presste beide Hände auf den Mund, um das Schluchzen zu dämpfen.

»Unsere Kinder wissen, dass wir für sie sterben würden«,

fuhr Yen fort. Hanh registrierte, dass sie von Denny sprach, als wäre er noch am Leben. Ein Wimmern drang zwischen seinen Händen hervor. »Sie sind keine Idioten. Sie machen vielleicht dumme Sachen, unerklärliche Sachen, aber sie sind keine Idioten. Sie wissen um unsere Liebe.«

Hanh umschloss mit einer Hand die Hand seiner Frau und drückte sie sich an Ohr und Wange. Er hatte ihre Hände schon so lange nicht mehr gespürt. Sie waren rau geworden, schwielig und dicker als in seiner Erinnerung. Zum ersten Mal seit einer Woche rollte er sich auf seiner Seite des Bettes zusammen, ließ zu, dass seine Frau ihre Hand auf seinem Gesicht behielt, und ließ sich vom Schlaf überwältigen.

Am nächsten Morgen ging Hanh trotzdem wieder in Dennys Zimmer. Bis zum Tod seines Sohnes hatte er sich nie für den Raum interessiert, hätte nicht sagen können, ob die Möbel umgestellt worden waren, das Bett frisch bezogen war oder ein neues Poster an der Wand hing. Doch seit dem Tag, an dem er erfuhr, dass Denny gestorben war, hatte das Zimmer die Bedeutung eines Tempels angenommen, und Hanh suchte darin nach Antworten. Wenn er auf dem ordentlich gemachten Bett lag, würde vielleicht Dennys Geist zu ihm sprechen. Vielleicht würde er, umgeben von den Sachen, die sein Sohn berührt hatte, die Informationen aufnehmen, die er früher so leichtfertig ignoriert hatte, und zu einem Verständnis dafür gelangen, wer sein Sohn war. Doch Dennys Geist sprach nie, und der Krimskrams im Zimmer des Jungen verwirrte Hanh bloß. Wieso war er derart von einem schwarzen Amerikaner fasziniert gewesen, der einen Ball durch einen aufgehängten Ring werfen konnte? Wozu war der Schnickschnack auf seinem Schreibtisch gut? Was sollten die Smileys, die er in seine Schulhefte gemalt hatte?

Die große Leere folgte Hanh zur Arbeit, wo er Leuten half,

Schecks einzureichen, Bankkonten zu eröffnen und Überweisungen zu machen. Sie folgte ihm in die Mittagspause, in der er ohne Genuss eine Schale Phở schlürfte und einen Spaziergang durch das enge Geschäftsviertel von Cabramatta machte, um die Zeit totzuschlagen. Und sie dehnte sich aus, als er zum Lucky 8 ging, nicht weit von der Bank entfernt, das bloß Tage nach dem Mord wieder aufgemacht hatte. Es zog ihn unwillkürlich dahin – weil es dort Antworten geben musste –, aber er hatte auch Angst, weil er nicht wusste, ob er diese Antworten verkraften könnte. So verbrachte Hanh die Tage nach Dennys Tod – in einem Wirrwarr aus Erschöpfung, Basketballpostern, Scheckeinreichungen und Banküberweisungen, damit, dass seine Tochter in der Tür zu Dennys Zimmer stand, einen kritischen Ausdruck im Gesicht, seine Tochter, die keine Antwort gab, wenn sie gefragt wurde, was sie tagsüber machte, und die abends nicht zum Essen erschien und erst nach Hause kam, wenn seine Augenlider schlafschwer waren, seine Tochter, die an dem Morgen – wer wusste schon, was für ein Tag es war – in die Bank gestürmt kam und wissen wollte, wo sie Minnie finden könne, dass es wichtig sei, dass sie Minnie *sofort* finden müsse, und als Hanh sagte, er würde sich nach Feierabend darum kümmern, wurde seine Tochter laut, weil das nicht warten konnte – sie konnte es nicht erklären, und sie konnte nicht mehr sagen, aber es konnte absolut nicht warten –, und da wurde Hanh ebenfalls laut, zum ersten Mal seit Jahren, und verlangte, dass sie etwas Respekt zeigte und das Gebäude verließ, ehe sie noch mehr Aufsehen erregte.

Warum ist unsere Tochter so?, hörte Hanh die Stimme seiner Frau, als er in der Mittagspause durch Cabramatta ging und sich fragte, ob es jetzt so weit war, ob die Familie endlich zerbrach – sein Sohn war tot, seine Tochter war verstört, seine Frau betete nur noch, und Hanh hatte Sinn und Freude verloren. Sein Boss hatte gesagt, er solle eine ausgedehnte Mittagspause machen; seine Kollegen gingen ihm möglichst aus dem Weg. Er wusste nicht, ob aus Angst, er könnte einen Wutanfall kriegen, oder weil sie fürchteten, das Unglück seiner Familie könnte auf sie abfärben, falls sie ihm zu nahe kamen. Also aß er seinen Lunch und machte einen Spaziergang, der ihn zum Lucky 8 führte, wo er wieder auf der anderen Straßenseite stehen blieb und sich einen Saal voller Antworten vorstellte, für die er einfach zu schwach war. Als er einen dünnen Mann, der eine fleckige Schürze trug und etwa in seinem Alter war, mit einer Schachtel Zigaretten in der Hand aus dem Restaurant kommen sah, folgte Hanh ihm in der Hoffnung, dass sich vielleicht Antworten ergeben könnten, wenn er nur nahe genug an jemanden herankam, der im Lucky 8 gewesen war. Der dünne Mann, der, wie Hanh bemerkte, einen leichten Buckel hatte und kaum wahrnehmbar hinkte, verschwand in einer Gasse, und als Hanh um die Ecke bog, saß er auf einer Milchkiste neben dem Hintereingang des Restaurants, eine brennende Zigarette zwischen den Lippen, und starrte auf das Parkhaus in der Dutton Lane.

»Der Hintereingang ist geschlossen«, sagte der Mann auf Vietnamesisch zu Hanh, nachdem der so lange dagestanden hatte, dass es aussah, als ob er sich verlaufen hätte.

»Oh«, sagte Hanh. Er hatte nicht damit gerechnet, dass der Mann ihn bemerken würde.

»Jemand hat eine Flasche Fischsoße fallen lassen. Ich musste die Hintertreppe mit Teppichshampoo einschäumen.«

Als Hanh sich nicht von der Stelle rührte, fragte der dünne Mann, ob alles in Ordnung sei.

»Arbeiten Sie hier?«, fragte Hanh.

Der Mann nickte, schnippte Zigarettenasche in die Gosse.

»Darf ich mich setzen?«, fragte Hanh und deutete auf eine der Milchkisten. »Mir ist ein bisschen schwindelig.«

Der Mann musterte ihn durch den Rauch seiner Zigarette

hindurch. Er zuckte mit den Achseln, was Hanh als ein Ja auffasste. Der Mann bot ihm eine Zigarette an.

»Hätten Sie vielleicht ein Bier?«, scherzte Hanh. Als der Mann nicht lachte, stellte Hanh sich mit Namen vor und erklärte, dass er in der Commonwealth Bank arbeitete.

»Jimmy Carter«, sagte der Mann und schüttelte ihm die Hand. »Ich hab kein Interesse an einem Bankkredit, falls es Ihnen darum geht.«

»Oh, nein«, sagte Hanh. »Ich bin bloß Bankkassierer.«

Als Hanh nicht ausführlicher wurde, hielt Jimmy Carter ihm wieder die Schachtel Zigaretten hin, wie um anzudeuten, dass Hanh, wenn er schon nicht reden wollte, wenigstens rauchen sollte. Erneut lehnte Hanh ab.

»Haben Sie sich den Namen Jimmy Carter selbst ausgesucht?«, fragte Hanh.

Jimmy Carter nickte.

»Auf Bidong«, sagte er.

»Meine Familie ist auch über die Insel Bidong gekommen!«, sagte Hanh mit mehr Begeisterung, als er empfand. Es war keine große Überraschung oder gar Zufall, dass Jimmy Carter auf Bidong registriert worden war – die meisten Vietnamesen in Cabramatta waren in demselben Flüchtlingslager gewesen.

»Ach ja?«, sagte Jimmy Carter. »In welchem Jahr?«

»Achtundsiebzig.«

»Sie müssen Geld gehabt haben, um so früh rauszukommen.«

Hanh wollte Jimmy sagen, ja, er hatte Geld gehabt, damals. Wer Geld hatte und früh aus Vietnam floh, kam garantiert völlig mittellos in der neuen Heimat an.

»Die von der Einwanderungsbehörde meinten, mein Name wäre zu schwer auszusprechen«, sagte Jimmy. »Sie haben vorgeschlagen, dass ich ihn ändere.«

»Wie war Ihr Name?«

»Cung Đặng.«

Hanh runzelte die Stirn. »Das hört sich gar nicht schwer an.«

»Ich war verzweifelt. Ich war sehr, sehr lange auf Bidong und bereit, alles zu tun, um da wegzukommen«, sagte Jimmy.

»Und da haben Sie Jimmy Carter vorgeschlagen?«

»Na ja«, sagte Jimmy und kicherte halbherzig, als wüsste er, dass er lachen sollte, während er die Geschichte erzählte, obwohl er sie nicht lustig fand, »ich habe denen gesagt, ich würde gern so heißen wie der Präsident, wieso auch nicht? Wenn ich schon einen englischen Namen bekommen würde, dann auch einen richtig beeindruckenden, wie das Staatsoberhaupt von Australien. Ich wusste nicht, dass Australien einen Premierminister hat, keinen Präsidenten. Aber weil ich Präsident gesagt hatte, haben die von der Einwanderungsbehörde gleich an Jimmy Carter gedacht.«

Jimmy drückte seine Zigarette aus und zündete eine zweite an. »Tja, wenn ich Premierminister gesagt hätte, wäre ich jetzt Malcolm Fraser«, sagte Jimmy weiter. »Aber weil ich blöd bin, heiße ich jetzt wie ein kleiner Mann, bei dem man nur die obere Zahnreihe sieht, wenn er lächelt. Vielleicht ist er sogar kleiner als ich.«

»Jimmy Carter war ein guter Präsident«, sagte Hanh, obwohl seine Kriterien dafür überschaubar waren. In Hanhs Augen waren Staatsoberhäupter gut, wenn sie nach dem Vietnamkrieg Flüchtlinge aufnahmen.

»Ich schätze, es spielt keine Rolle«, sagte Jimmy.

Aber ein Name spielte sehr wohl eine Rolle, wollte Hanh sagen. Wie Jimmy war auch ihm angeboten worden, seinen Namen zu ändern, als er nach Australien umgesiedelt wurde. Das Angebot wurde auf Ky ausgedehnt, weil man fand, ihr Name sei schwierig auszusprechen (»Kai?«) und könnte ihre

Integration erschweren. Hanh hatte das Angebot abgelehnt. Er war stolz darauf, Vietnamese zu sein, stolz darauf, den Namen zu behalten, den seine Eltern ihm gegeben hatten, stolz darauf, dass schon allein sein Name ein Akt der Auflehnung gegen diejenigen war, die die Erinnerung an Vietnam auslöschen wollten. Er hatte nur deshalb eingewilligt, Denny einen englischen Namen zu geben, weil Ky darum gebeten hatte, den Namen für ihren kleinen Bruder aussuchen zu dürfen.

»Arbeiten Sie schon lange hier?«, fragte Hanh. Er atmete Jimmys Zigarettenqualm ein und musste husten.

Jimmy musterte Hanh aus dem Augenwinkel. »Wollen Sie mir auch wirklich keinen Kredit andrehen?«

»Nein, nein, ich bin bloß Bankkassierer.«

»Und Sie sitzen bloß hier, weil Ihnen schwindelig ist?«

»Ja«, sagte Hanh, der sich entlarvt fühlte. »Bloß –«

»Diabetes?«

»Wie bitte?«

»Der Vater meiner Verlobten ist Diabetiker, und dem wird ständig schwindelig.«

»Oh, nein. Ich glaube nicht, dass ich Diabetes habe. Das muss von der Sonne kommen.«

Sie blickten beide zum Himmel; es war wieder ein wolkenloser Tag, und Hanh fühlte sich in der trockenen Sonnenhitze wie in einem Backofen.

»Wann heiraten Sie?«, fragte Hanh.

»Keine Ahnung. Ich habe ihr erst gestern Abend einen Antrag gemacht.«

»Donnerwetter. Glückwunsch.«

»Danke«, sagte Jimmy und kratzte sich hinterm Ohr. »Es war nicht so ein romantischer Antrag, wie ich vorgehabt hatte – ich wollte einen Ring besorgen, Blumen, sie schön ausführen, aber es war spontan. Es fühlte sich richtig an, und ich wollte meine Chance nicht verpassen.«

Hanh verstand nicht, was Jimmy damit meinte, dass er seine Chance nicht verpassen wollte, also nickte er bloß.

»Es ist ein bisschen beängstigend«, sagte Jimmy in Hanhs Schweigen hinein. »Ein Ehemann sein, für seine Frau sorgen. Ich bin bereit dazu, klar, verstehen Sie mich nicht falsch. Ich bin froh, dass ich so ein Glück habe, aber ich hab das noch nie gemacht, wissen Sie? Ich lebe schon so lange allein. Ich brauche neue Bettwäsche. Sie soll nicht auf meinen zerschlissenen Laken schlafen. Und eine Blumenvase. Es sind so viele verschiedene Sachen zu erledigen, um ein Zuhause vorzubereiten. Es ist aufregend, aber beängstigend. Ich habe davon geträumt, sie zu heiraten und mit ihr zusammen ein Geschäft zu eröffnen und eine Familie zu gründen, aber es war immer bloß ein Traum. Und jetzt wird er Wirklichkeit.«

»Mein Sohn wurde hier umgebracht.«

Hanh schlug das Herz bis zum Hals. Er wusste selbst nicht, warum er ausgerechnet in diesem Augenblick auf Denny zu sprechen kam, nur, dass er es nicht mehr zurückhalten konnte. Jimmy erstarrte, und die einzige Bewegung zwischen den beiden Männern war der Rauch, der von Jimmys Zigarette aufstieg.

»Sein Name ist – war – Denny Tran. Er war siebzehn«, sagte Hanh. »Sie arbeiten hier. Haben Sie gesehen, was passiert ist?«

Jimmys Körper versteifte sich, der verträumte Ausdruck, der sich auf sein Gesicht gelegt hatte, als er von seiner Verlobten sprach, war wie weggewischt. Hanh begriff, dass er dem Mann wahrscheinlich ein emotionales Schleudertrauma verpasst hatte. Nach einer langen Pause sagte Jimmy: »Ich mach den Abwasch in der Küche. Ich sehe nie etwas. Ich kann Ihnen nicht helfen.«

»Aber …«, sagte Hanh, der sich klein und jämmerlich fühlte, »was ist mit den anderen Leuten, die bei Ihnen arbeiten? Haben die irgendwas gesehen? Vielleicht haben Sie gehört, dass sie etwas gesagt haben?«

»Hören Sie«, sagte Jimmy Carter und wandte sich Hanh zu, »Thy Ly verlässt niemals die Küche – er kocht den ganzen Abend und macht keine Pausen, deshalb hat er nichts gesehen. Phat Luong ist ein hundsmiserabler Kellner, der andauernd heimlich Zigarettenpausen macht, wenn er eigentlich arbeiten sollte, deshalb hat er nichts gesehen. *Ich* muss die Hälfte der Zeit für ihn bedienen.«

»Aber wenn Sie für ihn bedienen, dann müssen Sie doch etwas gesehen –«

»Da war ich schon wieder in der Küche«, sagte Jimmy, wandte sich von Hanh ab und starrte auf das Parkhaus, ein Bein über das andere geschlagen. »Ich bediene an einem Tisch, ich gehe zurück in die Küche, ich mache den Abwasch, ich bleibe in der Küche.«

»Was ist mit der Hochzeitssängerin vom Lucky 8?«

»Was soll mit ihr sein?«

»Ich weiß nicht. Ich dachte bloß –«

»Ich sage Ihnen dasselbe, was ich Ihrer Tochter gesagt habe: Ich habe nichts gesehen –«

»Meiner Tochter?«

»– oder gehört. Ich mache den Abwasch in der Küche, und bei dem Job hat man keinen Blick in den –«

»Was soll das heißen, Sie haben meiner Tochter dasselbe gesagt?«

»Die junge Frau, die gesagt hat, sie wäre Dennys Schwester – die war gestern Abend hier. Sie hat nach allen gefragt, die hier gearbeitet haben, als es passiert ist.«

»Meine Tochter war gestern Abend hier?«

»Die Frau hat jedenfalls gesagt, sie wäre Denny Trans Schwester, also, ja? Sie hat sich lange mit Miss Flora unterhalten. Phat Luong konnte sie nicht sprechen, weil das ein

Faulenzer ist, der spät anfängt, früh Feierabend macht und mehr Zeit hier draußen mit Rauchen verbringt als drinnen mit Servieren.« Er deutete mit dem Kopf in Richtung der Treppe zum Restaurant. »Aber Mr Ly und ich – wir waren beide in der Küche, als es passiert ist. Wir haben nichts gesehen. Wir können nicht helfen.«

»Aber danach? Als Sie aus der Küche gekommen sind? Haben Sie da irgendwas gesehen?«

»Einen Jungen auf dem Boden, eine kreischende weiße Frau und eine Familie, die ihre Stühle zur Wand gedreht hatte. Dasselbe hab ich auch der Polizei erzählt. Ich habe nicht gesehen, was genau passiert ist oder wer es war. Tut mir leid.«

Hanhs Augen verschleierten sich wieder, und seine Hände umklammerten den Rand der Milchkiste.

»Aber eins muss ich sagen: Sie haben eine mutige Tochter. Ich weiß nicht, ob ich das könnte, was sie gemacht hat –«

»Was hat sie gefragt?«

Jimmy Carter kratzte sich am Ohr. »Dasselbe wie Sie. Sie wollte wissen, was ich gesehen habe, was genau passiert ist, wie die Leute ausgesehen haben. Einzelheiten eben.«

Hanh taten die Finger weh, weil er sich so krampfhaft an der Kiste festhielt.

»Aber, wissen Sie, selbst wenn ich tatsächlich was gesehen hätte – selbst wenn irgendeiner von uns irgendwas gesehen hätte –, was würde das ändern? Man kann die Uhr nicht zurückdrehen.«

»Und das haben Sie meiner Tochter gesagt?«

»Ja. Was passiert ist, ist eine Tragödie. Mein aufrichtiges Beileid. Aber was sie gemacht hat, mit allen Leuten reden, sie ausfragen – was ändert das?«

»Und hat sie auf Sie gehört?«

Jimmy schüttelte den Kopf. »Ihre Tochter war auf einer Mission.«

Ehe er Zeit hatte, das Gehörte zu verarbeiten, war Hanh schon aufgestanden und entfernte sich.

»Alles in Ordnung?«, rief Jimmy.

»Ich muss gehen«, rief Hanh über die Schulter. Er spürte, wie sich die Puzzleteile in seinem Kopf zusammenfügten. Er hätte seiner Tochter mehr vertrauen sollen. Er hätte wissen müssen, dass sie sich nicht zurückziehen würde wie er und seine Frau. Er hätte sich ohrfeigen können, dass er nicht früher erkannt hatte, was sie vorhatte. Mit ausladenden Schritten und schwingenden Armen ging er nicht zurück in die Bank, sondern schnurstracks nach Hause.

10

An dem Nachmittag stellte Ky ihr Kinderzimmer auf den Kopf und blätterte alte Hello-Kitty-Tagebücher durch, hoffte vergeblich, eine Adresse von Minnie zu finden. Anschließend durchsuchte sie das Telefonbuch ihrer Mutter in der Küche, aber da gab es keine alphabetische Ordnung, alles war auf Vietnamesisch, und ihre Mutter benutzte gern Spitznamen, die Ky nichts sagten. Sie schämte sich. Wie konnte das sein, dass sie so viele Jahre Minnies beste Freundin gewesen war und jetzt nicht mal wusste, wo sie wohnte?

Als sie hörte, dass die Haustür aufging, dachte sie, ihre Mutter wäre nach Hause gekommen, doch es war ihr Vater, noch in seiner Arbeitskleidung, aber ohne Aktentasche.

»Wo ist Mum?«, fragte Ky auf Englisch. »Das Auto steht in der Einfahrt, aber sie ist nicht –«

»Sie ist mit dem Bus nach Wollongong gefahren«, antwortete ihr Vater auf Vietnamesisch, zog die Schuhe aus und kam in die Küche.

»Was will sie denn in Wollongong?«

»Da ist der große buddhistische Tempel«, sagte er. »Sie glaubt, je größer der Buddha, desto besser stehen die Chancen, dass dein Bruder als etwas Gutes wiedergeboren wird.«

»Dad …«, Ky hielt ihrem Vater das Telefonbuch hin, »wie finde ich Minnie hier drin?«

Er nahm es, blätterte durch die zerknitterten Seiten. »Warum suchst du nach ihr?«

Ky hatte gezögert, ihren Eltern zu erzählen, was sie wusste. Sie hatte darauf gewartet, die ganze Geschichte zu erfahren, zu verstehen, warum es Denny getroffen hatte. Wenn sie diejenige wäre, die es herausfand, dann hätte sie auch diejenige sein können, die es ihren Eltern so schonend wie möglich beibrachte, damit sie innerlich damit abschließen konnten. Jetzt hatte sie das Gefühl, dass sie zwar kurz davorstand herauszufinden, was passiert war, es aber noch immer nicht mal ansatzweise verstand.

»Weil Minnie vielleicht weiß, warum es passiert ist«, sagte sie, unfähig, ihrem Vater in die Augen zu schauen.

Das würde das letzte Puzzleteilchen sein. Was auch immer Minnie wusste, es würde Ky helfen, die Geschichte zu vervollständigen. Und dann könnte sie es ihren Eltern erzählen.

»Erzählst du mir mehr?«, fragte ihr Vater, das Telefonbuch noch immer in der Hand.

»Erst muss ich mit ihr reden«, sagte Ky ungeduldig.

Ihr Vater holte Luft, als ob er etwas sagen wollte. Ky rechnete damit, dass er von ihr verlangen würde, mit der Sprache rauszurücken, dass er ihr nicht helfen würde, wenn sie ihm nicht erklärte, was sie die ganze Zeit gemacht hatte, seit sie zu Hause war. Stattdessen seufzte er, schlug das Telefonbuch wieder auf und blätterte es erneut durch.

»Deine Mutter ist verrückt. Was hat dieses Telefonbuch für ein System? Ich weiß nicht mal, wo ich …« Er verstummte, fuhr mit dem Finger an jeder Seite herunter und las mit zusammengekniffenen Augen die vietnamesische Schreibschrift ihrer Mutter. Schließlich hielt sein Finger inne. Ihr Vater murmelte leise etwas vor sich hin, blickte dann auf.

»Sie hat sie als ›Zweite Tochter‹ eingetragen«, sagte er kopfschüttelnd. »Ich weiß nicht, ob sie noch da wohnen. Vielleicht sind sie umgezogen, oder vielleicht ist Minnie weggezogen, wie du.«

Ky versuchte, das Telefonbuch an sich zu nehmen, doch ihr Vater hielt es fest, den Finger auf einer Adresse in der McBurney Road.

»Dad«, sagte Ky und zog an dem Telefonbuch.

»Nur weil deine Mutter es nicht wissen will, heißt das nicht, dass es ihr egal ist.«

Ky sah ihn verwirrt an. »Wie meinst du das?«

»Details. Du willst Details. Deine Mutter nicht.«

Ky holte tief Luft. Aber bevor sie etwas sagen konnte, redete ihr Vater weiter.

»Sie denkt anders als du. Das Warum ist ihr egal; sie interessiert sich nur für das, was ist oder was nicht ist – so ist sie nun mal.«

»Und du?«

Die Zeit schien sich zu verlangsamen, während sie beide das Telefonbuch festhielten, nicht bereit, es loszulassen. Als ihr Vater schließlich die Finger öffnete, hingen die Seiten schlaff herunter.

»Ich will, dass du mir sagst, was du weißt, sobald du sie gefunden hast.«

Ky sah ihm in die Augen. Zum ersten Mal bemerkte sie, wie sehr er gealtert war, seit sie Sydney verlassen hatte. Seine Haut wurde von der Schwerkraft nach unten gezogen, und seine Haltung verriet, dass er selbst im Schlaf eine Last trug. Sie wollte die Zeit zurückdrehen, bis in ihre Kindheit, als sie ihn noch unbefangen hatte umarmen können. Sie nickte.

»Versprochen?«

»Ja«, sagte sie. »Versprochen.«

»Du bist eine mutige junge Frau«, sagte er, »mutig genug für uns beide.« Dann drehte er sich um und ging aus der Küche. Ky nahm die Autoschlüssel ihrer Mutter, stieg in den Daihatsu und kämpfte gegen den Drang an, völlig zusammenzubrechen.

11

Minnie war neun, als sie Thien Huynh zum ersten Mal sah. Er war zwölf, und sie fand, dass sie noch nie einen so aufregend schönen Menschen gesehen hatte. Er hatte ein scharf geschnittenes Gesicht, Haut in der Farbe von frisch gebackenem Brot und so hohe und markante Wangenknochen, dass sie sich vorstellte, wie jemand im Kunstunterricht seinen Kopf gestaltete, indem er ihn auf dünne Schichten Ton malte.

»Natürlich kann Minnie sich an Thien erinnern!«, sagte ihre Mutter und gab ihr einen so festen Schlag auf den Rücken, dass sie fast vom Stuhl gefallen wäre. Sie waren auf der Geburtstagsparty von einem Freund der Familie, und Minnie fiel auf, dass die Männer im Garten Kette rauchten und dabei Hennessy kippten, während die Frauen ihre Männer nervös beäugten – die gleichen nervösen Blicke wie die, mit denen ihre Mutter ihren Vater beobachtete, wenn er trank. Minnie schaute durch den Raum zu dem mürrisch dreinblickenden Thien hinüber, der sich an einem Plastikbecher Fanta festhielt.

Ihre Mutter, die es fertigbrachte, selbst in ihrem besten Kleid ärmlich auszusehen, unterhielt sich mit einer jungen Frau, die ein schlafendes Baby auf dem Arm hatte, dessen Pausbacken auf ihrer Schulter ruhten.

»Wir waren alle zusammen in Fairy Meadow«, sagte die junge Frau. »Du hast mich große Schwester Flora genannt. Erinnerst du dich?«

Minnie zog die Schultern hoch bis zu den Ohren und ließ

sie wieder fallen. »Erinnerst *du* dich an mich?«, fragte sie im Gegenzug.

Die Frau blickte überrascht, lächelte dann. »Es waren wirklich sehr viele Menschen in Fairy Meadow, was?«

Minnie konnte sich nur bruchstückhaft an die Zeit im Migrantenlager Fairy Meadow erinnern: dass sie bei der Ankunft bereits keine Windel mehr brauchte; dass ihre Eltern damals ausschließlich gespendete Kleidung trugen – geblümte Hemden und Schlaghosen, als würden ihre Füße aus Trompeten ragen; dass auf dem grasbewachsenen Boden halbrunde Holzhütten standen, in denen sie mit anderen Kindern Englischunterricht hatte; dass die Lehrer – allesamt Weiße – langsam sprachen und viel zu laut, als ob Minnie dumm und taub wäre.

Dinge, an die sie sich nicht erinnern konnte: dass sie sich selbst beibrachte, wie die Lehrer zu sprechen, indem sie deren Mundbewegungen nachahmte; die vielen verschiedenen Leute, die sie mehrmals am Tag mit in die Cafeteria nahmen, weil ihre Eltern immerzu arbeiteten; die Stapel von gespendeten Kinderbüchern, mit deren Hilfe sie lernte, Verbindungen zwischen Buchstaben herzustellen, die Wörter bildeten, aus denen Sätze wurden, die sie verstand, ohne erklären zu können, wie; dass sie einmal ins Bett machte, woraufhin ihr Vater ihr den Arm verdrehte, bis etwas brach. Manchmal meinte sie sich erinnern zu können, wie ihre Haut unter dem Gips juckte, wie furchtbar es stank, als der Verband abkam, aber sie wusste nicht, ob das ihre eigenen Erinnerungen waren oder bloß Dinge, die sie von ihrer Mutter gehört hatte.

Die Geburtstagsparty hatte wie so viele andere geendet: Ein Paar war in Streit geraten, ein Mann hatte gekotzt, und einem Kind war vor aller Augen der Hintern versohlt worden, weil es Widerworte gegeben hatte. Minnie bekam mit, dass Thien herumliegende Schachteln Marlboro Gold heimlich in seinen Hosentaschen verschwinden ließ. Als er sah, dass sie ihn beobachtete, hob er einen Finger an die Lippen und zwinkerte ihr zu. Minnie lächelte, fasziniert von der Art, wie er sich durch den Raum bewegte, ohne von den Erwachsenen bemerkt zu werden, hier jemandem einen Schluck Bier klaute, dort das Feuerzeug von jemandem einsteckte und schließlich seiner Tante Flora die Autoschlüssel aus der Handtasche fischte, bevor er von der Party verschwand.

»Gibt es irgendwelche Jungs, die du magst?«, fragte sie Ky am nächsten Tag in der Schule, als sie sich ein Vegemite-Käse-Sandwich teilten.

Ky überlegte einen Moment. »Steven Kowalski«, sagte sie und wurde dann rot vor Verlegenheit. »Aber das heißt nicht, dass ich seine Freundin sein will oder so!«

Minnie schnitt eine Grimasse. »Obwohl er so einen komischen Eckzahn hat?«

»Ich weiß nicht!« Ky verschränkte die Arme. »Er kann gut Fußball spielen, und manchmal ist er richtig nett, und er hat nicht gegähnt, als ich letztes Jahr bei Zeigen-und-Erzählen mein Lieblingsspielzeug vorgestellt hab.«

»Ist es blöd, einen Jungen zu mögen, der älter ist?«, fragte Minnie.

»Du meinst, einen in der Vierten?«

»Oder vielleicht in der Siebten.«

»Boah, nee! Das ist zu alt«, sagte Ky. »Das ist *Highschool.* Das geht nicht. Du hast doch keinen Freund, oder? Oh mein Gott, hast du einen Freund? Wieso hast du mir das nicht erzählt? Das ist so was von daneben! Ich hab gedacht, ich bin deine –«

»Reg dich ab, Ky, ist doch bloß hypnothetisch.«

»Hypno was?«

»Ich überleg nur, was wäre wenn.«

»Aha.«

Das zweite Mal, dass Minnie Thien sah, war fünf Jahre später. Das Schuljahr ging zu Ende, um die Trinkbrunnen herum wimmelte es von Weihnachtskäfern, und Unruhe lag in der Luft. Minnie kam es so vor, als würde die halbe Schule blaumachen.

»Was machen die bloß?«, fragte sie, als sie nach dem letzten Klingeln ihren Tornister über die Schulter hängte, dieselbe Frage, die sie sich jedes Mal kurz vor den Schulferien stellte.

»Wen juckt's?«, sagte Ky, deren eigener Tornister sie zwergenhaft aussehen ließ. Sie ächzte unter dem Gewicht der vielen Schulbücher, die sie immer mitschleppte, obwohl sie kaum im Unterricht gebraucht wurden. »Die werden scheitern, und wir werden die Besten sein.«

»Jaja, ich weiß, das sagst du immer, aber was können die wohl machen, das so viel besser ist als das, was wir machen?«

Ky presste nachdenklich die Lippen zusammen. »Hängen die nicht einfach bloß auf der Freedom Plaza ab oder so?«

»*Sechs Stunden* am Tag?«

»Wieso interessiert dich das? Die vergeuden bloß ihr Leben.«

»Mit *was*?«

Als sie zum Schultor kamen, schauten sie zu der Gruppe von Schülern hinüber, die auf dem Gehweg standen, Zigaretten hinter die Ohren geklemmt, heraushängende Hemden und Hosenbeine, die über den Boden schleiften. Ky wandte den Blick ab, schnalzte missbilligend mit der Zunge.

Schulschwänzer waren leicht zu erkennen. Sie zogen sich zwar die Schuluniform an, aber sie machten es immer schlampig – obere Hemdsknöpfe geöffnet, Hose ohne Gürtel und, zu Minnies größter Verwunderung, Krawatte gelockert und so tief an der Brust herabbaumelnd, dass ihr schleierhaft war, warum sie überhaupt eine trugen. Hin und wieder sahen Minnie und Ky einen Schüler, der den Anschein, zur Schule zu gehen, ganz aufgegeben und sich von Kopf bis Fuß schwarz gekleidet hatte. Diese Typen faszinierten Minnie am meisten. Wohin gingen sie während des Unterrichts? Und vor allen Dingen, warum kamen sie zurück?

»Starr nicht so dahin«, flüsterte Ky.

Aber Minnie hatte keine Lust, auf Ky zu hören. Sie wollte näher heran, verstehen, was sie machten, herausfinden, was ihr entging –

»Hey!«, rief eines von den schwarz gekleideten Mädchen, die Augen auf Minnie gerichtet. Sie sah aus wie sechzehn, trug dicken schwarzen Eyeliner, ein Top mit Spaghettiträgern und eine Schlaghose. »Was glotzt du so?«

Ky und Minnie blieben stehen – Minnie konnte spüren, wie sich der Körper ihrer Freundin neben ihr anspannte, während sie selbst freudig erschrak. Ohne nachzudenken, rief sie zurück: »Ich guck dich an!«

Die Schulschwänzer, etwa ein halbes Dutzend und alle älter als Minnie und Ky, blickten einander an. Minnie sah, wie einer von ihnen zu den anderen sagte: *Echt jetzt?*

»Und wieso guckst du mich an?«, rief das schwarz gekleidete Mädchen amüsiert.

Minnie zuckte mit den Schultern. »Sieht aus, als hättest du Spaß«, sagte sie.

»Du findest, das hier …«, das Mädchen deutete auf den Boden, »sieht aus wie Spaß?«

»Wenn's keinen Spaß macht, warum tust du's dann?«, fragte Minnie.

Sie spürte Kys Hand an ihrem Arm – sie mussten weiter. Aber Minnie war noch nicht fertig. Solange die Schulschwänzer bereit waren, mit ihr zu reden, wollte sie mit ihnen reden.

Das Mädchen in Schwarz grinste. »Was glaubst du, wer du bist, *chị hai*?«

Minnie war bislang nur von Kys Mutter *chị hai* genannt worden. Die benutzte den Begriff immer dann, wenn sie oder

Ky nicht auf sie hörten, zum Beispiel wenn sie sich weigerten, im Winter einen Rollkragenpullover unter der Schuluniform zu tragen (»Glaubt ihr, ihr seid immun gegen Erkältungen, *chị hai*? Glaubt ihr, ihr seid so zäh, dass ihr den Winter besiegen könnt?!«), oder wenn sie auf dem Weg von der Schule nach Hause partout keinen Sonnenschirm tragen wollten (»Glaubt ihr, ihr könnt die Sonne besiegen, *chị hai?* Ihr zwei werdet braun werden wie Flüchtlinge!«). Aus Mrs Trans Mund war *chị hai* herablassend – für sie beide eine Erinnerung daran, wie wenig Macht sie eigentlich hatten. Aber aus dem Mund einer anderen Jugendlichen schien *chị hai* seine wahre Bedeutung anzunehmen. Es war eine elektrisierende Vorstellung, nur mal für einen Augenblick glauben zu können, dass jemand sie tatsächlich genug respektierte, um sie *chị hai* zu nennen und es auch so zu meinen.

»Ich –«, sagte sie. Obwohl sonst nie um Worte verlegen, war Minnie von der Interaktion dermaßen gebannt, dass sie den Faden verlor.

Und just in dem Moment tauchte Thien auf, hielt in einem tiefer gelegten weißen Honda am Straßenrand. Der Wagen hatte einen Heckspoiler, der so hoch war, dass Minnie den Kopf hätte durchstecken können. Als Thien ausstieg, erkannte sie ihn auf Anhieb. Er war größer und sah aus, als gehörte er in die zwölfte Klasse, sein Adamsapfel trat deutlich hervor, und seine Kieferpartie war härter und markanter geworden. Aber die scharfen Wangenknochen, die glatte Haut, das mürrische Gesicht – das alles war unverändert. Er war noch immer der hübscheste Junge, den Minnie je gesehen hatte.

»Hey«, rief er, die Arme auf das Wagendach gelegt. »Wer kommt mit?«

Alle in der Gruppe hoben die Hand. Als Thien auffordernd den Kopf schief legte, quetschten sie sich alle in sein Auto, und manche mussten sich bei anderen auf den Schoß setzen.

Ky wollte weitergehen, aber jetzt hielt Minnie sie am Arm zurück.

»Hey!«, rief Minnie, die endlich die Sprache wiedergefunden hatte, Thien zu. »Ich kenn dich!«

Mehrere Köpfe lugten aus den Fenstern des Hondas. Thien sah Minnie an, warf einen Blick hinter sich, bevor er die Augen wieder auf ihr rundes Gesicht richtete. »Ach ja?«

»Ja. Wir waren auf derselben Geburtstagsparty von so einem alten Knacker, ist Jahre her. Deine Tante hat mit mir geredet.«

Minnie sah, wie Thien das Gewicht von einem Bein aufs andere verlagerte, sich mit der Zunge über die Zähne fuhr. Die Leute im Auto reckten die Hälse, um besser sehen zu können.

»Ja, stimmt, ich erinnere mich«, sagte er, den Mund zu einem Grinsen verzogen. Es war offensichtlich, dass er keine Erinnerung an sie hatte. »Du warst noch klein, nicht? Eine laute Heulsuse?«

Die Gruppe im Auto lachte. Minnie sah Ky an, die den Blick auf den Boden zwischen ihren Füßen gerichtet hielt. »Ich war neun, und ich heule nie.«

»Ach, tatsächlich?«, sagte Thien

»Ja, tatsächlich.«

»Vorsicht, Thien«, sagte das Mädchen in Schwarz von der Rückbank. »Die *chị hai* da will dich verarschen.«

Gelächter schallte aus dem Honda. »Stimmt das? Willst du mich verarschen? Bist du eine *chị hai*?«

»Nein, wieso sollte ich dich –«

»Was willst du dann von mir?«

Ein halbes Dutzend Dinge rasten ihr durch den Kopf: Sie wollte wissen, was er und seine Clique den ganzen Tag machten, wenn sie nicht in der Schule waren, und warum sie überhaupt zur Cabramatta High kamen, obwohl sie das nicht mussten; sie wollte wissen, ob sie mit ihnen mitkommen könnte, nur um mit eigenen Augen zu sehen, was sie so machten; sie wollte wissen, ob er ihr Freund sein würde, denn obwohl sie nichts von ihm wusste, wollte sie, dass er weiter mit ihr sprach, weil diese Unterhaltung auf dem Gehweg ihr Inneres mit sprudelnden Bläschen füllte und sie euphorisch machte.

»Nichts«, log sie aus Sorge, zu aufdringlich zu wirken.

»Bist du sicher?«

»Ja«, log Minnie erneut. »Ich wollte bloß Hi sagen.«

Thien nickte und lächelte. »Na dann. Hi, *chị hai.*«

»Ich heiße Minnie.«

»Okay, hi, *chị hai* Minnie. Ich bin Thien.«

Ky strafte Minnie mit Schweigen, als sie später zusammen mit Denny nach Hause gingen.

»Wieso redet ihr nicht miteinander?«, fragte Denny.

»Deine Schwester ist schlecht gelaunt.«

»Nein, bin ich nicht!«, sagte Ky, die beim Gehen die Arme verschränkt hielt.

Minnie und Denny wechselten Blicke. Ihrer besagte: *Siehst du?* Seiner: *Oh ja.*

»Sie ist sauer, weil ich mit neuen Leuten geredet hab.«

»Nein, bin ich nicht!«

Minnie sah wieder Denny an, beide zogen die Augenbrauen hoch.

Bei jedem Zebrastreifen nahmen alle drei sich instinktiv an den Händen, und sie beschleunigten ihre Schritte, als sie die Fußgängerbrücke über den Bahngleisen überquerten. Bei Ky zu Hause machten sie sich Spiegeleier auf Toast mit Sojasoße. Ky knallte Schranktüren und Schubladen zu und schlug die Eier so grob auf, dass die Dotter zerliefen.

»Du musst das vorsichtiger machen«, sagte Minnie, die neben dem Herd stand. »Komm, lass mich das –«

»Ich brauch deine Hilfe nicht«, sagte Ky und wendete eines der Eier, obwohl niemand von ihnen es so mochte.

Minnie seufzte. Als sie jünger war, hatte sie die Nachmittage gern bei Ky verbracht: Die Familie Tran hatte immer einen vollen Kühlschrank, Ky und Denny waren immer für jedes Spiel zu haben, das Minnie sich einfallen ließ, und sie konnten zusammen fernsehen, wenn sie ihre Hausaufgaben gemacht hatten. Aber irgendwann nervte es sie, dass sie ständig zusammen waren. Manchmal hatte sie das Gefühl, unter Kys Erwartungen zu ersticken, als würde ihre Freundin versuchen, sie perfekt in einem Gefäß zu konservieren, in das sie längst nicht mehr reinpasste. Und vielleicht ging sie ihrer Freundin ja auch auf die Nerven. Minnie hatte bemerkt, dass sie beide seit Beginn der achten Klasse ruppiger miteinander umgingen, dass der Frust, die schnippischen Bemerkungen und die Meinungsverschiedenheiten zwischen ihnen keine Chance hatten, von Zeit und Raum entschärft zu werden, weil sie sich gegenseitig die Luft zum Atmen nahmen. Minnie wusste, dass Ky ihre beste Freundin, ihre *einzige* Freundin war. Doch zugleich hatte sie Ky satt. Manchmal stellte sie sich vor, sie würde ihrer Freundin eine Tasse ins Gesicht werfen.

»Ich glaub, ich geh nach Hause«, sagte sie, trat vom Herd zurück und nahm ihren Tornister.

Ky blickte geschockt. Denny, der darauf wartete, dass der Toast heraussprang, riss den Kopf herum. »Aber Mum ist noch nicht da«, sagte er.

»Ich geh allein nach Hause.«

»Aber«, sagte Denny und sah Ky Hilfe suchend an, »es ist nicht sicher, wenn du allein gehst.«

»Ich bin alt genug«, sagte Minnie auf dem Weg zur Haustür.

»Aber was, wenn du gekidnappt wirst?« Panik schlich sich in Dennys Stimme. »Warte doch, bis Mum nach Hause kommt, dann kann sie dich bringen.«

»Verdammt noch mal, Minnie, hör auf zu spinnen«, sagte Ky und schmiss den Pfannenwender in die Bratpfanne.

»Wie bitte?«

»Es ist nicht sicher, wenn du alleine nach Hause gehst. Was, wenn dir was passiert?«

»Das Risiko ist mir lieber, als deinen Schwachsinn zu ertragen.« Minnie griff nach dem Türknauf.

»Du hast mit aufsässigen Typen geredet! Wie soll ich darauf reagieren?«

»Du weißt ja nicht mal, was aufsässige Typen machen, wenn sie nicht in der Schule sind!«

»Na und?«

»Du weißt gar nichts über sie«, sagte Minnie, bemüht, nicht laut zu werden, obwohl ihre Gereiztheit gegenüber Ky hochstieg. »Du weißt nicht, dass es schlechte Menschen sind. Du verurteilst sie nur, weil sie ihre Schuluniform nicht ordentlich tragen.«

»Und sie gehen nicht zur Schule!«

»Meinetwegen. Ich geh jedenfalls jetzt.«

Minnie blieb einen effektvollen Moment lang mit der Hand am Türknauf stehen, und als niemand etwas sagte, drehte sie ihn ganz langsam, ließ ihn quietschen wie Kreide auf einer Schultafel.

»Okay, okay! Es tut mir leid!« Ky kam aus der Küche zur Haustür marschiert. »Zufrieden?«

»Dir tut *was* leid?«

»Dass ich …« Ky verschränkte wieder die Arme, ein Kind, das widerwillig einen Fehler zugab. »Keine Ahnung!«

»Eine herrschsüchtige Zicke bist?«

»Dafür hältst du mich?«

»Ich weiß nicht, Ky. Denny, würdest du sagen, deine Schwester ist eine herrschsüchtige Zicke?«

Dennys Mund öffnete sich und erstarrte in Form eines O. Er hob kapitulierend beide Hände.

»Okay, schön, es tut mir leid, dass ich eine Zicke war. Bist du jetzt zufrieden?«

»Ich wäre zufriedener, wenn du dich nicht wie eine Zicke aufgeführt hättest«, sagte Minnie, geschockt von ihrer eigenen Gemeinheit, von der Unfähigkeit, ihre Gefühle zu beherrschen. »Aber ich nehme deine Entschuldigung an.«

Insgeheim kämpfte sie den Drang nieder, Ky zu sagen, dass sie überhaupt nicht zufrieden war. Dass sich unter dem bisschen Kontrolle, das sie noch hatte, Stacheldrahtworte verbargen und eine Wut, die sie nicht ganz verstand und die darauf warteten, loszubrechen.

Das dritte Mal, dass Minnie Thien über den Weg lief, war Wochen nach ihrer Begegnung auf dem Gehweg, am letzten Schultag. Kys Familie war schon einige Tage vor Ferienbeginn in Urlaub gefahren – eine Reise zu Warner Bros. Movie World an der Gold Coast, wofür sie das ganze Jahr gespart hatten –, sodass Minnie allein von der Schule nach Hause laufen musste. Mrs Tran hatte angeboten, Minnie mitzunehmen, aber ihre Mutter hatte die Idee rundweg abgelehnt. Als Minnie sie zur Rede stellte und wissen wollte, wieso sie nicht mit den Trans in Urlaub fahren durfte, wo die doch sogar die Kosten übernehmen wollten, hatte ihre Mutter ihr ohne eine Erklärung zwei Ohrfeigen verpasst. Es war eine vertraute Reaktion. Jedes Mal, wenn Minnie fragte, ob sie bei den Trans zu Abend essen oder übernachten dürfe, bekam sie von ihrer Mutter Ohrfeigen. Minnie hatte früher gedacht, ihre Mutter würde sie hassen. Doch mit der Zeit beschlich sie der Verdacht, dass ihre Mutter in diesen Momenten eine unerträgliche Scham empfand, die sie nur ertragen konnte, indem sie Minnie die Schuld gab und ihr vorwarf, undankbar zu sein.

»Hör mal«, sagte Kys Mutter am Tag vor der Abreise zu Minnie, »ich möchte, dass du nach Hause läufst, sobald die

Schule aus ist. Geh nicht in deinem üblichen Tempo. Bleib nirgendwo stehen. Sprich mit niemandem. Lauf direkt nach Hause.«

Minnie hatte es versprochen, obwohl sie nicht vorhatte, sich daran zu halten. Cabramatta machte ihr keine Angst. Junkies waren langsam, sie hatte nichts, was sich zu stehlen lohnte, und so arm, wie ihre Eltern waren, würde schon keiner auf die Idee kommen, sie zu entführen, um Lösegeld zu erpressen.

Mrs Tran schickte sie mit acht deftigen Bánh Tét nach Hause, jeder mindestens ein Kilo schwer, um ihr für die zehn Tage, die die Trans fort sein würden, über die Runden zu helfen. Sie zeigte Minnie, wie man den footballgroßen Klebreiskuchen aus den Bananenblättern wickelte, eine eishockeypuckdicke Scheibe abschnitt und sie in der Mikrowelle aufwärmte, ohne dass sie austrocknete.

»Mit Bánh Tét wirst du nie hungern müssen«, sagte Mrs Tran. »Klebreis ist fest, so.« Sie ballte eine Faust. »Als würdest du Steine essen. Dein Magen braucht ewig, um ihn zu verdauen.«

»Na toll«, sagte Minnie. Sie hatte keine Angst, Mrs Tran gegenüber sarkastisch zu sein, denn anders als ihre Mutter, die jedes Mal zuschlug, wenn Minnie etwas sagte, das sich auch nur leicht nach Widerworten anhörte, fand Mrs Tran sie witzig. »Ich esse für mein Leben gern Steine.«

In der letzten Schulwoche ohne Ky langweilte Minnie sich zu Tode. Die Lehrer hatten keinen Unterrichtsstoff mehr und legten deshalb VHS-Kassetten mit *Mary Poppins*, *Die unendliche Geschichte* und *Der Zauberer von Oz* ein – dieselben drei Filme, die sie in der letzten Schulwoche im Jahr zuvor und im Jahr davor und im Jahr davor gezeigt hatten. Als es am Ende der letzten Stunde klingelte, rannte Minnie nicht los. Stattdessen ging sie gemächlich aus der Klasse, mit den Gedanken irgendwo in Kansas, während ihre Mitschüler an ihr vorbeistürmten, um endlich in die Sommerferien zu gehen.

Als sie auf das Schultor zuschlenderte, sah sie dieselbe Gruppe wie Wochen zuvor, die Hälfte von ihnen in Schuluniform, der Rest in Schwarz.

»Hey, *chị hai*«, sagte eines der Mädchen, als Minnie näher kam. »Wo ist denn deine Streberfreundin?«

Minnie durchfuhr es wie ein Stromstoß. Sie blickte nach hinten, vergewisserte sich, dass das ältere Mädchen nicht vielleicht jemand anders meinte.

»In den Ferien«, sagte Minnie mit heiserer Stimme. Sie hatte den ganzen Tag mit niemandem geredet, überhaupt, so wurde ihr klar, noch kein einziges Wort gesagt, seit die Familie Tran Anfang der Woche verreist war. Sie riss sich aus ihrem VHS-Koma, suchte die Gruppe rasch nach Thien ab. Er war nicht dabei.

»Wo denn?«, fragte das Mädchen.

»Movie World.«

»Wow, die Glückliche. Und dich hat sie nicht mitgenommen?«

Die Gruppe lachte. Minnie merkte plötzlich, wie heiß sich ihre Ohren anfühlten.

»Ich hatte keine Lust«, log sie. »Queensland ist eh öde.«

Ein älterer Junge, der mit einem Feuerzeug spielte, nickte zustimmend. »Genau, Mann, Queensland ist voll von Rassisten.«

»*Australien* ist voll von Rassisten«, sagte das Mädchen.

»Man kann nirgendwohin«, sagte der Junge.

»Und? Was hast du so vor, *chị hai?*«

Minnie zuckte die Achseln. Niemand fragte sie je nach ihren Plänen, deshalb hatte sie auch nie das Gefühl, welche machen zu müssen; jede allein verbrachte Ferienzeit lief gleich ab, von Hunger geplagte Wochen, die ereignislos verstrichen.

Aber die Frage des Mädchens machte die Ferien plötzlich beängstigend – eine Leere, in der sie verschwinden würde, falls sie keine Pläne machte. Sie war normalerweise nie um Worte verlegen, aber die Frage brachte sie aus der Fassung. Was hatte sie vor?

»Da kommt er«, sagte das Mädchen.

Der tiefer gelegte weiße Honda hielt am Straßenrand. Hinter dem Lenkrad sah Minnie die Wangenknochen, die Licht zu brechen schienen, und ein attraktives Profil mit einer großen Nase. Er kurbelte das Beifahrerfenster herunter.

»He, alles einsteigen!«

Die drei Mädchen und der Junge, der gesagt hatte, Queensland sei voll von Rassisten, folgten seiner Aufforderung. Minnie wäre auch gern eingestiegen. Aber sie blieb verlegen stehen, drehte einen Fuß auf der Stelle hin und her.

»Was machst du da, *chị hai?«,* rief Thien vom Fahrersitz aus. »Willst du mitkommen oder was?«

»Thien, sie ist doch noch ein Kind«, hörte Minnie eines der Mädchen im Auto sagen.

Minnie, die sich die nächsten zwei Wochen vorstellte als ein schwarzes Loch, das sie zu verschlingen drohte – kein Fernsehen, keine Pläne, keine Freunde –, bekam Panik bei dem Gedanken, dass die Rettungsleine, die Thien ihr zugeworfen hatte, von dem Mädchen im Auto wieder gekappt wurde, bevor sie sie packen konnte.

»Ich bin kein Kind mehr!«, rief Minnie zurück.

Das Mädchen auf der Rückbank schob den Kopf aus dem Fenster. Minnie fiel auf, dass sie lange klimpernde Ohrringe aus dünnen Kettchen trug, und als sie Minnie ansah, presste sie die Lippen zusammen, sodass ihr Mund einem gespannten Bogen glich.

»Kann ich denn mitkommen?«, sagte Minnie, die sich dachte, dass sie nichts zu verlieren hatte.

Das Mädchen in Schwarz zog einen Schmollmund. Es sah aus, als würden ihre ohnehin vollen Lippen die Luft küssen. »Ernsthaft, Mädchen?«, sagte sie.

»Klar.«

»Wie alt bist du?«

»Vierzehn.«

Das Mädchen wandte sich wieder ihren Freunden zu und wartete darauf, dass Thien etwas sagte.

Als der schwieg, sah das Mädchen, dessen Ohrringe zu den Vibrationen des Hondas tanzten, Minnie noch einmal an und fragte: »Hast du nix anderes vor?«

»Überall nur Rassisten«, sagte Minnie.

Das Mädchen lächelte. Die hintere Tür des Wagens öffnete sich.

»Na los, *chị hai*«, sagte Thien. »Steig ein.«

Eingezwängt auf der Rückbank mit den drei anderen Mädchen, von denen eine Minnie ihren Sicherheitsgurt überließ, erfuhr sie endlich die Namen der Leute, die so lange für sie ein Rätsel gewesen waren.

»Ich bin Sarina«, sagte das Mädchen, das Minnie zuvor als Kind bezeichnet hatte. Sarina hatte ungleichmäßige Flecke am Hals. Als Minnie und Ky im siebten Schuljahr zum ersten Mal von Knutschflecken erfuhren, fanden sie beide, die würden geschmacklos und schmerzhaft aussehen. Dennoch waren die Mädchen neugierig, wie Knutschflecke entstanden. Daher saugten sie an ihren eigenen Handgelenken, bis die Blutgefäße platzten und leichte blaue Flecke entstanden, die am nächsten Tag verblassten. Minnie wollte noch weiter gehen und drückte sich die Düse eines Staubsaugers auf die Haut, was kreisrunde Wülste an Oberschenkel und Bauch hinterließ. Sie machte einen weinroten Mond auf Kys linker Pobacke. »Wow«, meinte Ky danach. »Das war ätzend.« Damals schworen sie sich, sollte je ein Junge versuchen, ihnen einen Knutschfleck zu machen, würden sie ihm Karateschläge in die Eier verpassen.

Minnie zählte jetzt an nur einer Seite von Sarinas Hals fünf Knutschflecke, die so uneinheitlich geformt waren, dass sie nicht von einem Staubsauger stammen konnten.

Im Auto erfuhr sie, dass Sarina siebzehn war und theoretisch noch auf die Cabramatta High ging, doch aufgrund vieler Fehlstunden die elfte Klasse wahrscheinlich würde wiederholen müssen, falls sie die Schule überhaupt je wieder betrat.

»Und das ist Chanlina«, sagte Sarina und stupste das Mädchen neben ihr an, »aber wir nennen sie Miss Sojasoße.«

»Ach, hör doch auf«, sagte Chanlina. Alle im Auto lachten. Minnie, die große Augen machte, war amüsiert, und ihre Finger kribbelten vor Aufregung. Sie versuchte, jede Einzelheit an den Mädchen zu erfassen: dass sie ihr stufiges Haar, das ihre Gesichter einrahmte, alle lang und seidig glatt trugen, dass Chanlina vier Piercings allein an einem Ohrläppchen hatte, dass die Beine von Sarinas schwarzer Schlaghose unten ausgefranst und dreckig waren, weil sie über den Boden schleiften, dass sie alle eine total entspannte Körperhaltung hatten – anders als Ky, die ständig verkrampft und nervös wirkte. Es war, als wären sie aus Spaghetti gemacht.

»Wieso? Das ist doch nett gemeint«, sagte Sarina. »Sie ist Miss Sojasoße, weil sie so schwarz ist.«

»Halt die Klappe«, sagte Chanlina und verschränkte die Arme. »Kambodschaner haben von Natur aus dunkle Haut, okay? Das ist total normal und sogar schön.«

»Und das ist Alani«, sagte Sarina und blickte das letzte Mädchen auf der Rückbank an. Alani konnte nicht viel älter als Minnie sein, sah aber deutlich älter aus, weil ihre Haut schuppte und so trocken war, dass sie Falten warf. Alani nickte Minnie zu und starrte dann wieder aus dem Fenster, während das Auto durch eine Schulzone ins Zentrum von Cabramatta brauste.

»Ich bin Phil«, sagte der Junge auf dem Beifahrersitz.

»So stellt er sich allen Leuten vor, aber sein richtiger Name ist Phat Phuc«, sagte Sarina, worauf Minnie unverhofft losprustete.

Minnies Augen wanderten immer wieder zu Thien. Ihr gefiel, wie er mit nur einem Finger am Lenkrad fuhr. Ihr gefiel, wie das Licht oben auf seine Wangenknochen schien. Ihr gefiel, dass seine Mundwinkel jedes Mal, wenn alle im Wagen in Gelächter ausbrachen, nur ein kleines bisschen nach oben zuckten.

»Ja, okay, halt die Klappe, Sarina«, sagte Phil.

»Ich stell uns bloß vor, Mann.«

»*Chị hai*, hör nicht auf Sarina, die redet manchmal nur Stuss.«

Minnie spürte das schon vertraute warme Gefühl, wenn die anderen sie *chị hai* nannten, aber sie wollte auch, dass sie ihren richtigen Namen kannten.

»Ihr könnt einfach Minnie zu mir sagen, wenn ihr wollt.«

»Wie die Maus«, sagte Phil.

Ehe Minnie reagieren konnte, bog der Wagen schwungvoll in eine Parklücke auf einer Straße voller Nudelhäuser, vietnamesischer Bäckereien und mit einem Spezialitätenrestaurant, von dem Minnie bisher nur gehört hatte, ohne je einen Fuß hineingesetzt zu haben.

»*Yum cha* oder *bún bò Huế?*«, fragte Thien, zog den Schlüssel aus der Zündung und ließ den Schlüsselring am Zeigefinger herumwirbeln.

»*Yum cha!*«, riefen alle wie aus einem Munde.

»*Chị hai* Minnie«, sagte Thien und drehte sich zu ihr um, »bist du bereit, wie ein König zu essen?«

Die nächsten zehn Tage waren die besten von Minnies jungem Leben. Während die Trans in Queensland waren und Minnie von ihren Eltern nur etwas mitbekam, wenn sie nachts rhythmische Stöße durch die dünnen Wände ihres Zimmers hörte, holten ihre neuen Freunde sie jeden Tag ab, um in Restaurants zu essen, von denen sie immer nur geträumt hatte: die überfüllten Imbisse, wo es Phở und Bún Bò Huế gab, die Yum-Cha-Lokale, wo ihre Teetasse ständig wieder aufgefüllt wurde, ohne dass sie darum bitten musste, die Dessertstände, die Erdbeershakes aus frischen Früchten mit Zuckersirup und Eiswürfeln zubereiteten. Sie wünschte, Ky wäre dabei, um all die Leckereien zu probieren, nach denen sie zwei immer nur gelechzt hatten, und auch damit sie einsah, wie falsch es war, dass sie vor Schulschwänzern Angst hatte. Sie waren harmlos. Sie waren besser als harmlos. Minnie dachte, Ky würde anerkennen können, dass sie witzig und klug waren, so wie Chanlina, die ein Gehirn wie ein Taschenrechner hatte und die Kosten von jedem Essen ausrechnen konnte, ehe die Rechnung kam, oder wie Phil, der jeden Kellner nachahmen konnte, sobald der etwas gesagt hatte, oder wie Sarina, eindeutig die Schlauste von ihnen, die erklären konnte, warum Kolonialismus superbeschissen war und in der Schule völlig falsch behandelt wurde. Thien blieb ein Rätsel – er schwieg meistens, starrte oft vor sich hin, und obwohl Minnie es sich nicht erklären konnte, hatte sie jedes Mal, wenn sie etwas sagte, das seine Mundwinkel ganz leicht nach oben zucken ließ, das Gefühl, als würde ihr eine Wärmflasche auf die Brust gedrückt.

Nach dem Essen, das Thien stets bezahlte – sein Portemonnaie war immer voll mit Fünfzigern –, saßen sie auf Cabramattas Freedom Plaza auf den roten Bänken, futterten Pommes vom Imbiss Red Lea Chicken und genossen die Sonne, während Chanlina sich in einem Eckchen Schatten versteckte.

»Und? Was machen deine Eltern?«, fragte Alani.

Minnie, die Smileys in das Kondenswasser an ihrem Plastiksaftbecher malte, musste kurz überlegen. Sie sprach praktisch nie über ihre Eltern. Seit sie und Ky sich vom ersten Schuljahr an fast jeden Tag sahen, hatten sie eine stille Übereinkunft, einen eigenen Geheimcode entwickelt. Ky genügte ein Blick, ein Räuspern, ein nervöses Zappeln, um zu wissen, was vermutlich am Vorabend bei den Les zu Hause passiert war. Für Minnie war es tröstlich und frustrierend zugleich, so verstanden zu werden. Es gefiel ihr, dass sie nicht über zu Hause reden musste. Aber manchmal wünschte sie, Ky würde sie darauf ansprechen. Sie fragte sich, ob Ky wusste, dass das Schweigen darüber es nicht verschwinden ließ.

»Mum näht Klamotten für andere Leute«, sagte Minnie.

»Macht sie das zu Hause?«, fragte Alani.

»Nein«, sagte Minnie. »In der Garage von jemandem.«

»Das ist gut. Da kannst du froh sein«, sagte Alani, die Schorf aus ihrer trockenen Ellenbeuge pulte. »Meine Eltern nähen beide zu Hause, und es ist die Hölle.«

»Echt?«

»Alles ist voller Fusseln. Man kann nicht atmen. Nichts kann atmen. Deshalb hab ich das hier.« Sie rieb sich die ausgetrocknete, entzündete Haut, die röter aussah als sonst. »Der Arzt meint, ich bin allergisch. Die Fusseln reizen mein Ekzem.«

Minnie hatte Mitleid mit Alani, deren Haut sich spannte, wenn sie lächelte oder die Stirn runzelte.

»Könnten sie ihre Nähmaschinen vielleicht irgendwo anders aufstellen?«, fragte Minnie. »Oder was anderes arbeiten?«

»Ha!«

»Warum arbeiten *deine* Eltern nicht was anderes, damit sie zu Hause sein und für dich sorgen können?«, sagte Thien und zündete sich eine Zigarette an, die wie die Marlboro Reds von ihrem Dad roch. Minnie wurde plötzlich verlegen, als hätte sie was Dummes gesagt.

»Weil …« Sie hoffte, wenn sie drauflosredete, würde ihr Verstand schon die richtigen Worte finden, um die Wahrheit rüberzubringen.

»Wie sollen sie das denn machen?«, kam Sarina ihr zuvor. Sie forderte Thien mit einem Nicken auf, ihr eine Zigarette zu geben. Er steckte sie ihr direkt zwischen die Lippen und gab ihr Feuer, so wie Minnie es schon mal in Filmen gesehen hatte. Noch nie hätte Minnie so gern geraucht. »Die meisten Leute, die Vietnam verlassen, sind stinknormal, weißt du?«, sagte Sarina. Minnie hörte sie gern reden, ihren seltsamen Akzent, eine Mischung aus lässigem australischen Tonfall und Migrantenaussprache. »Sie sind keine Superhelden. Sie haben keine Superkräfte. Man wird nicht einfach so von einem normalen Menschen zu einem Flüchtling zu einem erfolgreichen Menschen.«

»Und was ist mit den Bossen, die andere für sich schuften lassen?«, sagte Phil, der auf der roten Bank hockte und einen Strohhalm im Mund hatte wie einen Zahnstocher. »Die sind voll die Migranten und trotzdem reich.«

»Die sind Ausnahmen«, sagte Sarina.

»Die haben Glück gehabt«, sagte Alani.

»Wenn du als Flüchtling überlebst, hast du Glück gehabt«, sagte Sarina. »Wenn du lebendig rauskommst, nicht vergewaltigt wirst, nicht ertrinkst, nicht in die Luft gejagt wirst, es bis hierher schaffst, hast du Glück gehabt.«

»Ich hab jedenfalls kein Glück«, sagte Alani.

»Erst hat man Glück, dann hat man keins«, sagte Sarina und lächelte Minnie an, die strahlte. »Im Ernst, alles ist scheiße, aber wenn du sauer auf deine Eltern bist, weil sie einen beschissenen Job haben, bist du auf die Falschen sauer.«

»Aber *du* bist sauer auf deine Eltern«, sagte Thien, den Kopf in einer Rauchwolke, während er in die Ferne starrte, cool und desinteressiert. »Du hasst sie.«

»Ja, okay, aber nicht wegen ihrer Jobs«, sagte Sarina, den Blick nach unten zwischen ihre Knie gerichtet.

»Doch, genau deshalb«, sagte Thien, die Augen noch immer in weiter Ferne. »Du hattest nie jemanden zu Hause, der sich um dich gekümmert hat.«

»Ich will nicht darüber reden.«

Thien streckte eine Hand aus und strich ihr über den Rücken, hielt an ihrem Hals inne, um mit den Haarsträhnen dort zu spielen. Minnie wünschte sich das auch.

»Und was macht dein Dad?«, fragte Alani, wieder an Minnie gewandt.

Minnies Verstand fielen mindestens ein Dutzend mögliche Antworten ein: Er ist ein Spieler. Ein Kettenraucher. Ein starker Trinker. Ein Kommunistenhasser. Ein Veteran. Ein ehemaliger Kriegsgefangener, der aus einem Umerziehungslager floh und dann mit seiner jungen Familie aus Vietnam floh. Ein Zehamputierter. Ein Mensch, der ihr den Arm gebrochen hatte. Ein Mensch, der ihre Mutter würgte. Ein Mensch, der manchmal eine Menge Geld hatte und manchmal gar keins. Ein möglicher Schürzenjäger, obwohl sie dafür keinen Beweis hatte. Der Besitzer eines schrottreifen roten Camry, der nicht ansprang, wenn es zu heiß oder zu kalt war. Ein abwesender Vater, den sie manchmal wochenlang nicht sah. Sie könnte alles Mögliche vom Stapel lassen. Aber sie wollte ihre neuen Freunde nicht vergraulen.

»Er arbeitet in einer Fabrik«, sagte sie.

»In welcher?«

»Comalco.«

»Wow«, sagte Alani. »Das ist ein sicherer Job.«

»Ja«, sagte Minnie und fühlte sich wieder mal von ihren Eltern im Stich gelassen.

Ehe sie die anderen nach deren Eltern fragen konnte, erklärte Thien, es sei Zeit zu gehen. Er bot an, alle nach Hause zu bringen, ehe er zur Arbeit fuhr. Er erzählte nie, was er genau machte.

»Ach komm, Thien, ich will nicht zurück in meine Bruchbude«, sagte Alani.

»Entweder ich fahr dich, oder du gehst zu Fuß.«

»Können wir nicht mitkommen?«, fragte Minnie.

»Vergiss es, Mädchen«, sagte er und schüttelte den Kopf wie einer von diesen Wackel-Chihuahuas, die Minnie in manchen Autos gesehen hatte. »Auf geht's, Leute. Ab nach Hause.«

Am nächsten Tag, als Kys Familie aus dem Urlaub zurückkam, saß Minnie zu Hause und wartete darauf, dass Thien, Sarina, Phil, Chanlina und Alani sie mit dem weißen Honda abholten, wie sie das in letzter Zeit jeden Tag getan hatten. Sie sagte sich, dass die Trans Zeit zum Auspacken bräuchten, dass Ky sie wahrscheinlich nicht so schnell würde sehen wollen, und vielleicht könnte sie Thien fragen, ob Ky nächstes Mal mitkommen könne, weil ihre Freundin zwar Ängstlichkeit ausstrahlte wie ein Ufo Licht, aber eigentlich cool war. Vielleicht nicht Sarina-cool, aber auf ihre eigene Art cool – sie war immer da. Und das schon ewig. Vom ersten Schultag an, als sie beide einen Topfschnitt hatten und beide einsam waren, ohne das traurige, leere Gefühl in der Brust beschreiben zu können, und eine kleine Ky neben einer noch kleineren Minnie stand und fragte: »Bist du meine Freundin?«, und Minnie, die so viele englische Wörter im Kopf hatte, die sie zu Hause nie benutzen konnte, sagte: »Ja.«

Aber ihre neuen Freunde tauchten an dem Tag nicht auf. Minnie versuchte, sich keine Sorgen zu machen – Thien hatte gesagt, seine Arbeit sei unberechenbar, und da ihr Dad eine Woche zuvor im betrunkenen Zustand über das Telefonkabel gestolpert war und es aus der Wand gerissen hatte, konnten sie nicht bei ihr anrufen. Auch am nächsten Morgen sehnte sie die anderen herbei, freute sich darauf, wieder mit ihnen extravagant essen zu gehen, freute sich auf die Leichtigkeit, mit der sie sich durch die Welt bewegten, auf das stillschweigende Einverständnis, dass bei ihnen allen zu Hause etwas sehr im Argen lag, dass das aber nicht die geringste Rolle spielte, wenn sie zusammen waren.

Als ihre neuen Freunde auch nach zwei Tagen nicht auftauchten und Minnie sich schon ganz schwach fühlte, weil sie nichts anderes gegessen hatte als die vertrockneten Reste Bánh Tét und eine uralte Tüte Mantoubrötchen mit Pandan-Füllung aus dem Gefrierfach, machte sie sich schließlich auf den Weg zu Ky.

»Menschenskind, wo hast du gesteckt«, fragte Ky, als sie an die Tür kam, eine Hand auf die Hüfte gestemmt. Sie war in der Sonne von Queensland noch brauner geworden. »Wir haben zigmal bei dir angerufen.«

»Wow«, sagte Minnie, überrascht von dem gebräunten Teint ihrer Freundin. »Miss Sojasoße.«

Ky brauchte einen Moment, um zu verstehen, was Minnie meinte. Ihre Schultern sackten resigniert herab.

»Jaja, ich weiß. Dabei hab ich mich dick eingecremt und einen Hut getragen und alles.« Sie streckte Minnie die braunen Arme entgegen. »Mum sagt, ich seh aus wie ein Flüchtling.«

Minnie gab ihrer Freundin einen mitfühlenden Klaps auf die Schulter.

»Moment mal, wie bist du hergekommen?«

»Zu Fuß«, sagte Minnie.

Ky klappte der Mund auf.

»Nicht.« Minnie hob abwehrend eine Hand. »Ich will es nicht hören.«

Ky verschränkte die Arme.

»Lässt du mich nun rein, oder was?«, fragte Minnie.

Ky trat beiseite.

»Jedenfalls hab ich dir einen Tweety-Schlüsselanhänger von Movie World mitgebracht«, sagte sie. »Und du hast zwei Tage *Young Talent Time* verpasst. Hab ich für dich aufgenommen.«

Die wohlige Vertrautheit, die Ky ausstrahlte, umhüllte Minnie wie eine flauschige Decke.

»Wir können die Folgen gucken, die ich aufgenommen hab, und dann noch die, die meine Tante für mich aufgenommen hat, als wir weg waren, aber vorher können wir uns die Fotos von Movie World angucken, Dad hat an die hundert entwickeln lassen, und irgendwann müssen wir die Hausaufgaben machen, die Mum für uns rausgelegt hat, weil sie meint, wir können nicht den ganzen Tag fernsehen – keine Sorge, ist bloß kinderleichte Algebra –, und es gibt Phở zum Mittagessen, falls du Hunger hast.«

Minnie hatte immer Hunger. Sie wärmten die Suppe auf, die Mrs Tran auf den Herd gestellt hatte, und spülten eine Tüte Sojasprossen aus dem Kühlschrank ab. Als das Essen fertig war, aß Minnie die Phở so schnell, dass ihr Bauch sich unter dem alten T-Shirt mit der rätselhaften Aufschrift »Sydney Place So Good to Go on Holidays« wölbte.

Sie unterdrückte den Drang zu gähnen, während Ky einen Stapel Fotos kommentierte, auf denen die Familie Tran mit Bugs Bunny zu sehen war, mit einem riesigen Tweety und bei einem Besuch der *Big Banana* weiter südlich an der Küste, eines der vielen »Riesendinge«, die in Australien als Touristenattraktionen dienten. Die Banane war in der Mitte ausgehöhlt und bot mindestens ein Dutzend Leuten Platz. Minnie kapierte nicht, was das sollte.

»Da gibt's Bildschirme mit Sachen zum Angucken«, sagte Ky. »In der Nähe werden Bananen angebaut oder so. Es war cool, aber auch langweilig.«

Als Ky anfing, ihre Begegnung mit den Trickfilmfiguren in der Movie World zu schildern, drehte Minnie den Tweety-Schlüsselanhänger ein paarmal in der Hand, insgeheim enttäuscht, weil Ky nicht klar war, dass sie schon vor einem Jahr das Interesse an Tweety verloren hatte. Und als sie die zweite Folge von *Young Talent Time* geguckt hatten und Ky den Abspannsong »All My Loving« mitsang, fühlte Minnie sich auf einmal viel älter als ihre Freundin, als wäre Ky in der Zeit eingefroren worden, während für Minnie das Leben in Warpgeschwindigkeit weitergegangen war. Vielleicht wollte Ky nichts von Thien und Sarina wissen. Vielleicht war sie noch nicht so weit. Minnie stellte sich vor, wie Ky ausflippte, Mrs Tran alles erzählte, die es ihren Eltern erzählte, die alles ruinieren würden. Oder vielleicht würde es auch gar keine Rolle spielen, wenn sie Ky von ihren neuen Freunden erzählte, denn wo waren Thien und Sarina und Alani und Phil und Chanlina überhaupt? Sie hielt den Mund, während Ky weiter die Fotos zeigte, und fragte sich: War es schlimmer, sich allein zu fühlen, weil man verlassen wurde, oder in der Gegenwart einer Freundin zu sein und sich trotzdem allein zu fühlen?

Gab es eine Welt, in der Minnie sich anders verhielt? Eine Welt, in der sie, sechs Monate nachdem sie Thien und seine Clique zuletzt gesehen hatte, den weißen Honda auf der Straße entdeckte und ignorierte? Eine Welt, in der sie, nachdem sie sein hinreißendes Gesicht wiedergesehen hatte, gegen die Wärmflaschenwärme ankämpfte, die sich über ihre Brust ausbreitete, und sich weigerte, mit ihm zu sprechen? Eine Welt, in der sie sich, nachdem sie erfahren hatte, dass er sechs Monate wegen Drogen im Gefängnis gesessen hatte und Sarina von ihren Eltern auf eine strenge katholische Schule an der Südküste geschickt worden war und die anderen völlig vom Radar verschwunden waren, dafür entschied, auf Abstand zu bleiben, statt Thien wieder an sich heranzulassen, und das näher als je zuvor? Eine Welt, in der sie, als sie nach ihrem ersten mit Heroin versetzten Joint heftig kotzen musste, beschloss, dass das nichts für sie war und sie sich stattdessen ihre Highs dadurch verschaffen würde, dass sie einen guten Schulabschluss machte und zur Universität ging und die furchtlose Journalistin wurde, die sie laut dem Karriere-Quiz werden könnte? Gab es eine Welt, in der Minnie sich für Ky und gegen Thien entschied?

Vielleicht. Aber die lag jenseits ihrer Vorstellungskraft. Sie hatte versucht, es sich auszumalen und sich neben Ky auf der Highschool-Abschlussfeier zu sehen, wie Denny für sie beide die Blumensträuße trug, wie sie gleichzeitig ihre Universitätszulassungsbescheide aufmachten, zusammen mit der Familie Tran im Lucky 8 feierten. Aber die Bilder waren immer verzerrt, unvollständig, blieben in der Schwebe, denn die unleugbare Wahrheit war: Es fühlte sich zu gut an, mit Thien zusammen zu sein, und es fühlte sich zu gut an, von jemandem gewollt zu werden, der so schön war, und es fühlte sich zu gut an, begehrt zu werden – verzweifelt, besitzergreifend, unvernünftig –, und es fühlte sich zu gut an, zu rauchen und ihre Wut und Enttäuschung zu vergessen, und selbst als sie später erkannte, dass Thien eine Enttäuschung war, seine unergründliche Tiefsinnigkeit in Wirklichkeit Hohlheit und ihre Liebe Abhängigkeit. Was sie für eine Befreiung hielt, war in Wirklichkeit eine Falle, aber sie wusste nicht, wohin. Sie hatte zu lange gewartet, zu viel Zeit vergeudet, und Ky war fort.

Die Stacheldrahtworte, die zwischen Freundinnen in den letzten Monaten des zehnten Schuljahrs gewechselt wurden:

»Du bist eifersüchtig.«

»Wieso sollte ich auf diese aufsässigen, chancenlosen Versagertypen, mit denen du abhängst, eifersüchtig sein?«

»Weil du sonst niemanden hast.«

»*Pfft.*«

»Du bist einsam und allein, weil du ein rechthaberischer Kontrollfreak bist, mit dem keiner was zu tun haben will.«

»Immerhin bin ich nicht irgend so eine Asi-Tussi, die mit Junkies abhängt.«

»Das bin ich also für dich? Siehst du, was ich meine? Du bist so was von arrogant, das steht dir überhaupt nicht zu.«

»Ach ja? Und wieso nicht?«

»Weil, wer bist du denn schon?«

»Wer bist *du* denn schon?«

»Jemand, der sich bemüht hat.«

»Als ob du dich bemüht hättest. Bei erstbester Gelegenheit bist du diesen aufsässigen Kids hinterhergerannt. Du suchst doch immer nur nach irgendwas Besserem, bist immer bereit, die Leute abzuservieren, die dir geholfen haben, findest immer Möglichkeiten, dein blödes Leben wegzuwerfen. Du bist total undankbar und –«

»Wie bitte?«

»Jawohl, du bist total undankbar! Ohne mich wärst du längst verhungert, und die Polizei hätte dich längst in eine Pflegefamilie gesteckt und –«

»Ach, fick dich doch, einen Scheiß hast du gemacht.«

»Dein Dad ist ein Alki, und deine Mum ist zu nichts zu gebrauchen.«

»Ähm, Erde an Ky, *dein* Dad ist ein Alki.«

»Tja, immerhin schlägt er uns nicht!«

»Echt vorbildlich, Vater des Jahres, bravo –«

»Und wir haben uns um dich gekümmert!«

»Oh, vielen, vielen Dank, dass du mich großgezogen hast, Ky, vielen, vielen Dank, dass du mich am Leben gehalten hast, ich weiß nicht, was ich ohne dich gemacht hätte.«

»Lass den Sarkasmus.«

»Oh, vielen, *vieeeeelen* Dank. Ist das jetzt der Moment, wo du mir sagst, wie viel ich dir schuldig bin? Wo du mir sagst, dass ich kleine Brötchen backen und *dankbar* sein soll, weil ich die Chance hab, deinen Schwachsinn zu ertragen?«

»Wieso wirfst du dein Leben so weg? Wieso bist du dermaßen verbohrt und –«

»Weil ich keine Lust habe, das zu machen, was du machen willst! Weil ich keine Lust habe, irgendein bescheuertes Spiel zu spielen, das wir sowieso verlieren werden!«

»Wovon zum Teufel redest du?«

»Verdammt noch mal, Ky, das Spiel ist doch manipuliert! Ganz egal, wie clever du bist oder wie hart du arbeitest oder wie viele Koalas du streichelst, die werden dich nie als eine von ihnen sehen. Nie im Leben. Ich wette mit dir um eine Million –«

»Ich wette nicht mit dir.«

»Jedenfalls, ich mach bei dem bescheuerten Spiel nicht mit.«

»Es bringt nichts, mit dir zu reden.«

»Gut, dass wir da einer Meinung sind.«

»Wo willst du hin?«

»Ich hab immer gewusst, dass du ein eingebildetes Arschloch bist.«

»Ach, fick dich.«

»Bye!«

»Fick dich!«

»Bye!«

»Ich hasse dich!«

»Bye-bye-bye!«

Wieder nach Hause zu gehen war eine panische Entscheidung gewesen. Nachdem Thien sie an den Haaren aus dem Lucky 8 in seinen Wagen gezerrt hatte und ihre Tischgenossen durch

Cabramattas Wohnstraßen geflüchtet waren, wusste Minnie, das war das Ende. Mit dem Angriff auf Denny hatte Thien eine Grenze überschritten, die ihr nicht mal bewusst gewesen war. Zwischen ihnen war Schluss, für immer, und sie musste irgendwohin, wo Thien nicht suchen würde. Während der rasenden Autofahrt vom Lucky 8 zu der versifften Wohnung, in der sie zusammen hausten, hatten sie sich heftig gestritten; Minnie, völlig außer sich, hatte geschlagen und getreten und gekratzt und zu erklären versucht, wer Denny war, und Thien hinterm Lenkrad hatte sie so gut er konnte gebändigt und einmal angehalten und gedroht, sie umzubringen, wenn sie sich nicht beruhigte. Sie hatte ihrerseits gedroht, ihn umzubringen. In der Wohnung hatten sie sich gefährlich zugedröhnt, Thien hatte Entschuldigungen gelallt, und Minnie hatte sich so fern von sich selbst gefühlt, dass sie nicht einmal Worte bilden konnte. Am nächsten Morgen brannte sich das Bild von Dennys schlaffem Körper in ihre Augen, sie stand auf, während Thien noch völlig weggetreten war, und machte sich aus dem Staub.

Sie war seit ewigen Zeiten nicht mehr in der Sozialwohnung ihrer Kindheit gewesen, aber die war weitgehend unverändert. In der Luft lag der vertraute muffige Geruch nach Mottenkugeln, die Polstermöbel waren noch genauso vergilbt und fleckig von den unzähligen Malen, die ihr Vater sie vollgekotzt hatte, und ihr altes Zimmer, das mit einer Matratze und Plastikkisten eingerichtet war, sah noch genauso aus wie zu der Zeit, als sie zuletzt bei ihren Eltern gewohnt hatte. Erleichtert hatte sie festgestellt, dass ihr Vater weg war, aber sie fand es verstörend, dass die Wohnung sich praktisch wie eine Zeitkapsel anfühlte, dass jeder Winkel sie an den blinden Optimismus erinnerte, der sie ergriffen hatte, als sie Thien kennenlernte.

Die Wohnung erinnerte sie auch daran, wie ihre beste

Freundin sie verletzt hatte und wie sie ihre beste Freundin verletzt hatte. Sie erinnerte Minnie an Denny, den sie von einem Knirps mit Windeln zu einem schlaksigen Teenager hatte aufwachsen sehen. Sie durchforstete ihr Gedächtnis nach klareren, schöneren Erinnerungen, die verdrängen konnten, was sie im Lucky 8 gesehen hatte, aber es gelangen ihr nur verzerrte Rückblicke. Sie sah, wie Denny mit Ky »Vier gewinnt« spielte und wie sie zusammen von der Schule nach Hause gingen. Sie sah den auf Vietnamesisch geschriebenen Brief, der von ihrer Highschool gekommen war. Sie sah, wie das Zimmer sich drehte, nachdem ihr Vater sie so fest geschlagen hatte, dass sie zusammenbrach. Sie sah Thiens weißen Honda, der sie außer Gefahr brachte.

Nach einer Woche zu Hause zuckte Minnie noch immer zusammen, wenn sie sich das nasse Haar bürstete, weil ihre Kopfhaut empfindlich war, nachdem Thien sie an den Haaren gepackt und aus dem Lucky 8 geschleift hatte. Die geplatzten Äderchen in ihrem linken Augapfel waren kaum zu sehen, und der Bluterguss um das Auge herum hatte sich zu einem blassen Gelb aufgehellt. Sie machte sich nicht die Mühe, Abdeckcreme aufzutragen. Niemand würde sie sehen. Ihrem eigenen Spiegelbild anzusehen, was Thien mit ihr gemacht hatte, dass er sie mit voller Wucht gegen den Tisch geschleudert hatte, als sie versuchte, sich zwischen ihn und Denny zu drängen, war eine wichtige Erinnerung daran, dass sie unter keinen Umständen zu ihm zurückgehen sollte. Sie stellte sich vor, wie er sie holen kommen würde, was er jedes Mal tat, wenn sie weggelaufen war – nachdem er sie das erste Mal geschlagen hatte, genau wie ihr Vater früher; nachdem sie von Wohnungseinbrüchen gehört hatte, bei denen Schlimmes passiert war, und wusste, dass das auf sein Konto ging; nach seinen unberechenbaren Wutausbrüchen, die er nicht kontrollieren konnte, als wäre er von einem Dämon besessen, bei denen seine Augen völlig ausdruckslos wurden. Es spielte keine Rolle, wenn sie auch ihm gegenüber gewalttätig gewesen war. Es spielte auch keine Rolle, wenn sie sich wie ein Stück Dreck fühlte, das niemand haben wollte, eine Närrin, die einen unwiderruflichen Fehler gemacht hatte, so tief unten, dass sie genauso gut tot sein könnte, er kam sie immer holen. Und jedes Mal war sie zu ihm zurückgekehrt, weil er da war, weil er sie holen kam, wenn niemand sonst das tat, als gehöre sie dazu, als gehöre sie endlich dazu, wenn schon nicht in dieses Land, so doch wenigstens zu ihm. Aber diesmal musste es sein. Es gab keine Welt, in der sie den Ausdruck in Dennys Gesicht vergessen könnte, als Thien über ihm aufragte, den Aufschrei, den sie hörte, als Thien ihn am Hemdkragen wieder auf die Beine zerrte.

In ihrem alten Zimmer zog sie Klamotten an, die aus ihrer Highschool-Zeit stammten und die ihre Mutter nicht angerührt hatte. Alles passte noch und stank nach schalem Zigarettenrauch – ihre allererste schwarze Mikrofaserschlaghose, die ein Mädchen namens Ngoc ihr geschenkt hatte; ein T-Shirt von Sydneys Tourismus-Agentur, in dem sie sich wieder wie ein Teenager fühlte. Wenn Thien sie holen käme, würde sie ihm sagen, dass zwischen ihnen endgültig Schluss war, und falls er sie nicht in Ruhe ließ, würde sie ohne Zögern die Polizei rufen. Sie würde einen Plan entwerfen, der ihm keinen Platz in ihrem Leben einräumte, obwohl sie noch immer nicht wusste, wie der Plan aussehen sollte.

Und als es schließlich an der Wohnungstür klopfte, erstarrte sie, weil sie, wie ihr klar wurde, überhaupt nicht bereit dafür war, Thien zu begegnen.

»Mum?«, rief sie.

Aber sie war allein zu Hause. Es klopfte erneut, eindringlich und laut.

Minnie schlich über den Teppichboden zur Tür. Das Guckloch war mit Nagellack überpinselt worden. Minnie presste ein

Ohr an die abblätternde Farbe der Holztür. Wieder ertönte das Klopfen, vibrierte ihr diesmal durch den Schädel.

»Verschwinde!«, sagte sie und stellte sich Thien auf der anderen Seite vor.

Es klopfte weiter.

»Ich ruf die Polizei!«

Stille. Sie dachte, das musste gewirkt haben. In all ihren gemeinsamen Jahren hatte sie nie mit der Polizei gedroht.

Doch es klopfte wieder.

»Was soll der Scheiß?«, sagte Minnie, entriegelte die Tür und riss sie auf. Es dauerte einen Moment, bis ihre Augen registrierten, dass nicht Thien vor ihr stand.

Sie sah genauso aus wie in Minnies Erinnerung, aber sie war ein Schaf im Wolfspelz, ihr beklemmend korrektes Outfit, die randlose Brille, der ordentliche tiefe Pferdeschwanz und die gebügelte Hose machten ihre zierliche Gestalt um Jahre älter, verkündeten der Welt, dass sie bereit war, sich anzupassen.

»Hi«, sagte Ky mit belegter Stimme und überraschtem Gesicht, als hätte sie nicht erwartet, dass sich eine Tür öffnet, wenn man anklopft.

Minnie stand da wie erstarrt. Ihre Lippen teilten sich und blieben so.

»Kann ich reinkommen?«, fragte Ky.

12

Es fühlte sich an, als wäre in ihrem Bauch ein Ballon aufgeblasen worden, der zu platzen drohte. Es fühlte sich an, als würde sie ein Gespenst sehen, bloß dass das Gespenst ein lebender Mensch war, wenn auch allem Anschein nach ein schwer kranker. Minnie sah nicht gesund aus. Ihr Teint war fahl, und ihre Augen wirkten trübe. Sie trat von der Tür zurück, um Ky hereinzulassen.

»Wieso gehen wir eigentlich nie zu ihr nach Hause?«, hatte Denny mal gefragt, als Minnie schon ein paar Jahre lang nach der Schule mit zu ihnen kam.

»Weil Mum sagt, dass bei ihr keine Erwachsenen sind, die auf uns aufpassen können.«

»Aber vielleicht hat sie ein Nintendo?«

»Sie hat garantiert kein Nintendo.«

»Aber wenn doch, und wir wissen es nur nicht, weil wir noch nie bei ihr zu Hause waren?«

Ky war davon ausgegangen, dass Minnie längst was gesagt hätte, wenn sie ein Nintendo hätte. Doch um auf Nummer sicher zu gehen, fragte sie sie am nächsten Tag in der Schule.

»Wie kommst du denn auf die Idee, dass ich ein Nintendo habe?«, erwiderte Minnie verblüfft.

»Keine Ahnung, wollte nur mal fragen.«

»Du spinnst.«

»Hey, wieso kommst du immer zu uns, aber wir gehen nie zu dir nach Hause?«

»Bei dir zu Hause ist das Essen besser«, hatte Minnie gesagt.

»Ach so.«

»Und bei mir zu Hause ist es langweilig. Da funktioniert nicht mal der Fernseher.«

Aber selbst wenn der Fernseher bei Minnie zu Hause funktioniert hätte und selbst wenn Erwachsene zur Beaufsichtigung da gewesen wären, verstand Ky jetzt, warum ihre eigene Mutter sie nur ungern zu Minnie hätte gehen lassen. Von außen wirkten die Fenster des Mietshauses auf der McBurney Road dunkel, die Ziegelsteinfassade schmutzig. Ganze Etagen sahen aus, als hätten sie Mundgeruch. Drinnen war es nicht besser – die Luft war abgestanden, die Farbe blätterte von den Wänden, und Minnies Wohnung war so spärlich eingerichtet, dass sie sich nicht vorstellen konnte, wie sie hier als Kinder oder Teenager Zeit verbracht hätten.

Ky folgte Minnie in ein Schlafzimmer, wo die Bettlakenvorhänge zugezogen waren und den schummrigen Raum in ein erstickendes oranges Licht tauchten und ihn damit noch muffiger wirken ließen. Sie blieb verlegen stehen und fragte sich, wieso sie in ein Zimmer ohne Stühle gegangen waren.

»Oh«, sagte Minnie und hob eine schwarze Handtasche auf. »Ich wollte nicht, dass du mit hier reinkommst –«

»Ach so«, sagte Ky und ging rückwärts aus dem Zimmer. »Sorry, ich dachte –«

»Nein, ich –«

»Ich warte draußen –«

»Ich wollte bloß meine Zigaretten holen«, sagte Minnie und schwenkte die Handtasche. »Wir können uns da drin unterhalten.« Sie deutete mit dem Kinn zu dem kleinen Esszimmer, durch das sie gegangen waren.

Ky ging zu dem Tischchen und setzte sich auf einen der Klappstühle. Minnie kam mit einer ultradünnen Zigarette zwischen den Lippen aus dem Schlafzimmer und zog eine dünne Rauchfahne hinter sich her. Sobald Minnie ihr gegenübersaß, ertappte Ky sich dabei, dass sie den Atem anhielt. Minnie musste es bemerkt haben, denn sie betrachtete Ky, dann ihre Zigarette und dann wieder Ky.

»Entspann dich«, sagte Minnie. »Es wird dich schon nicht umbringen.«

»Machst du Witze?« Ky schossen die Warnungen ihrer Kindheit durch den Kopf: Rauchen ist tödlich. Schwimm niemals allein. Creme dich immer gut ein.

»Hm«, sagte Minnie und studierte die Zigarette, als wäre es die erste in ihrem Leben. »Ich schätze, ja.«

Sie sahen einander eine Weile an, ohne etwas zu sagen, Ky öffnete einige Male den Mund, brachte aber kein Wort heraus. Vielleicht war das der Grund, warum Leute rauchten, dachte sie, während sie beobachtete, wie Minnie die Zigarette zwischen den Fingern hielt, einen Zug nahm und den Rauch ausblies, anstatt zu reden.

Schon so lange hatte sie sich ausgemalt, Minnie gegenüberzutreten. In ihren schwächeren Momenten hatte sie sich einen Streit vorgestellt, auf den sie endlich mal vorbereitet war – nicht wie der Streit, den sie im zehnten Schuljahr hatten, als sie Minnie lediglich beschimpfen konnte –, einen Streit, in dem sie wortgewandt ihre Liste von Kränkungen aufzählen und Minnie vorhalten würde, wie oft sie ihr unrecht getan hatte. In ihren reiferen Momenten stellte sie sich eine Art Abbitte vor, in der sie sich erklärte, in der sie ihre eigenen Unzulänglichkeiten und Ängste und Unsicherheiten analysierte und einräumte, dass das alles keine Entschuldigung für ihr Verhalten war, dafür, wie besitzergreifend und gemein sie gewesen war. Doch die größte Fantasie war die, dass sie die ganze Zeit über Freundinnen geblieben waren. Die Fantasie, dass sie zusammen die Highschool beendet, studiert, den Uni-

Abschluss gemacht und trotz Praktika und ersten Jobs und ersten Wohnungen und Familiendramen und allem dazwischen Kontakt gehalten hatten.

Ky hatte Minnie in ihren Tagträumen so groß, so beeindruckend gemacht. Es war schockierend, die reale Minnie zu sehen – magerer als in Kys Erinnerung, die Arme voller Tattoos, die bereits verblassten, was ihren Körper noch zerbrechlicher aussehen ließ. Ky spürte, wie ihr der Magen wegsackte beim Anblick von Minnies tätowierten Armen: Auf dem einen kroch ein riesiger Tiger hoch, über den anderen breiteten sich zig Blütenblätter aus, zwischen denen schwarz konturierte Flammen loderten. Ky dachte an Floras Beschreibung der jungen Frau in Thiens Begleitung: eine magere Frau. Eine stark tätowierte magere Frau.

Minnie war da gewesen. Es war Minnies Thien gewesen.

»Tja«, sagte Ky endlich.

»Tja.«

»Ich hab gedacht, ich wüsste, was ich sagen würde, wenn ich hier bin.«

»Okay.«

»Aber jetzt weiß ich es nicht mehr.«

Als Minnie nichts erwiderte, rutschte Ky auf ihrem Stuhl hin und her, fand keine bequeme Position. Sie war Minnie gegenüber noch nie sprachlos gewesen. Als Kind hatte sie in ihrer Gegenwart nie den Mund halten können. Aber die Atmosphäre zwischen ihnen hatte sich verändert, und Ky wusste nicht, was sie machen sollte, wie sie sein sollte, was zwischen ihnen noch übrig war.

»Seltsame Situation«, sagte Ky schließlich. Ky kribbelte die Haut, weil ihre ehemals beste Freundin ihr nach wie vor vertraut erschien und gleichzeitig fremd geworden war.

Minnie zuckte mit den Schultern.

»Du siehst gut aus«, sagte Ky hilflos.

Minnie hob eine Augenbraue. »Ist das dein Ernst?«

»Ich weiß nicht.« Ky fühlte sich ertappt. »Ich wollte bloß, keine Ahnung. Konversation machen. So was sagt man doch.«

»Ach, Ky.« Minnie verschränkte die Arme.

Sie meinte, den Anflug eines Lächelns in Minnies Gesicht zu sehen, eine Wärme, die sofort wieder verflogen war. In Kys Innerem herrschte Chaos – sie wollte diese Wärme länger auskosten, sich wieder mit dem vertraut machen, was verloren war. Aber sie wollte auch die Wahrheit über Denny herausfinden, eine Wahrheit, von der sie wusste, dass sie in ihr den Wunsch wecken würde, Minnie umzubringen.

»Ich muss dich was fragen«, sagte Ky.

Minnie holte tief Luft, als würde sie sich gegen irgendwas wappnen. Sie sah erschöpft aus, die Haut unter ihren Augen war dunkel und aufgedunsen, ihr Gesicht an der Seite fleckig und gelb, ihr Rücken gekrümmt, als wäre sie zu lethargisch oder zu erledigt, um aufrecht zu sitzen. Ky wollte nicht fragen, was sie fragen musste. Sie hätte gern über irgendetwas anderes gesprochen, zum Beispiel was Minnie all die Jahre gemacht hatte, ob sie noch immer hier wohnte oder ob sie erst kürzlich zurückgekommen war, was aus ihren Eltern geworden war, was aus all ihren neuen Freunden geworden war, ob sich das alles gelohnt hatte.

Minnie erwiderte Kys Blick, doch ihre Miene blieb neutral.

»Du warst an dem Abend da, im Lucky 8«, sagte Ky. Sie stockte und hoffte, dass sie nicht mehr zu sagen brauchte und Minnie von sich aus erzählen würde, was geschehen war. Aber Minnie schwieg. »Was ist passiert?«, setzte Ky hinzu.

Minnie richtete den Blick auf die Zigarettenasche, die sich auf dem Klapptisch sammelte. Ky konnte an der Bewegung ihres Kinns ablesen, dass sie sich auf die Zunge biss.

»Und lüg mich nicht an.« Kys Stimme zitterte bei dem

Gedanken an all die Leute, die im Lucky 8 gewesen waren und Denny hätten helfen können, es aber nicht getan hatten.

Als Minnie weiterhin schwieg, nur unruhig mit dem Fuß wippte, überraschte Ky sich selbst, indem sie über den Tisch griff, ihr die Zigarette aus der Hand nahm und in dem Aschehäufchen ausdrückte. Minnie blickte scharf auf, die Stirn in Falten gelegt.

»Ich bin nicht hergekommen, damit du mich anschweigst«, sagte Ky.

»Ich weiß nicht, ob ich dir helfen kann.«

Eine wohlbekannte Frustration stieg in Ky auf – dieselbe Frustration, die sie empfunden hatte, als ihr die Zeugen einer nach dem anderen sagten, sie hätten nichts gesehen, aber bei Minnie fühlte es sich schlimmer an. Waren sie einander die Wahrheit nicht schuldig?

»Ich weiß, wir haben ewig nicht mehr miteinander geredet«, sagte Ky, »aber …«

Aber was? Ky konnte ihre eigene Stimme in ihren Ohren widerhallen hören. Kannte sie Minnie noch? Kannte Minnie sie?

»Du wirst keine Schwierigkeiten bekommen, wenn du es mir sagst«, brachte Ky schließlich heraus, bemüht, die Ruhe zu bewahren. Sie presste die Fingernägel in die Handflächen. »Du kannst es mir sagen, Minnie. Die Polizei hat den Typen bereits geschnappt –«

»Was?«

Zum ersten Mal, seit Minnie die Tür geöffnet hatte, erhellte ein überraschter Funke ihr Gesicht.

»Was meinst du mit ›Was‹?«

»Du hast gesagt, die haben den Typen geschnappt. Was ist passiert? Ist er jetzt da?«

»Ja«, sagte Ky verärgert, weil Minnies Antwort klarmachte, wo ihre Prioritäten lagen. Sie fand eine gewisse Genugtuung in dem, was sie als Nächstes sagte, weil sie wusste, dass sie ihre Freundin immer noch verletzen konnte: »Sie haben ihn heute Morgen gefunden. Er ist an einer Überdosis gestorben.«

Minnies körperliche Reaktion war unmittelbar – ihre Augen wurden feucht, ihre Stimme bebte. »Wo haben sie ihn gefunden?«

»Bei seiner Tante, und er war schon tot, als sie kamen«, sagte Ky.

Sie beobachtete, wie Minnie blinzelte und eine dicke Träne über ihre Wange rollte, wie ihr Mund klein wurde, ihr Kinn sich runzelte.

»Es war dein Thien, nicht?«

Als Minnie nichts sagte, presste Ky die Fäuste zusammen.

»Du heulst also, wenn dieses Schwein eine Überdosis nimmt, aber du rührst keinen Finger, wenn Denny totgeprügelt wird.« Auch Kys Stimme zitterte jetzt.

»Ach, lass mich in Ruhe«, sagte Minnie, und jähe Wut blitzte in ihren Augen. »Du hast doch keine Ahnung, was ich getan habe.« Ihre Hagerkeit verstärkte die Falten in ihrer Stirn, die tiefen Furchen, die sich zwischen den Augen zeigten, die nach unten gezogenen Lippen. »*Du* warst nicht dabei. *Du* weißt überhaupt nichts von mir.«

»Dann sag mir doch einfach, was passiert ist! Denny war auf seiner Abschlussfeier, ist danach essen gegangen, dann schlägt und tritt Thien Huynh ihn zu Tode. Was ist das für eine Scheiße? Wie kann so was überhaupt passieren? Was hast du gemacht?«

»Wie kommst du darauf, dass ich was gemacht hab –«

»Weil du da warst!«, sagte Ky und gab den Versuch auf, die Ruhe zu bewahren. »Weil Denny dich gekannt hat und du den Typen gekannt hast, der ihn umgebracht hat! Weil –«

»Ich habe Denny nicht umgebracht, klar?«, sagte Minnie, breitete die Arme aus und verschränkte sie dann wieder, ehe sie eine neue Zigarette aus der Handtasche nahm und mit zitternden Händen anzündete. »Denny ist an unseren Tisch gekommen und hat Hi gesagt, und Thien ist ausgeflippt.«

»Schwachsinn.«

»Das ist die Wahrheit.«

»Du hast keine Ahnung, wie lächerlich das klingt.«

»Was kapierst du daran nicht?«

»Denny, der harmloseste Mensch auf der ganzen gottverdammten Welt, sagt Hi zu dir, und dein Junkie-Freund beschließt, ihn deshalb umzubringen?«

»Er ist verkorkst, okay?«

»Nein, nein. Halt, stopp. Erklär's mir. Von Anfang an. Was ist passiert?«

»*Was* erklären?«

»Tu nicht so blöd. Erzähl mir, was passiert ist.«

Minnie sog gierig an ihrer Zigarette.

»Wir hatten uns gestritten, okay?«

»Du und Thien.«

»Ja, ich und Thien.«

»Weswegen?«

»Warum interessiert dich das?«

»Weil es irgendjemanden interessieren muss!«

»Es ging um alles Mögliche, okay? Darum, dass er mich praktisch als seine kleine Hausfrau haben wollte. Darum, dass er versuchte, mich zu kontrollieren, wie viele Drogen ich nehme, und dass er mich ständig verdächtigte, ich würde ihn betrügen, aber wer hat denn überhaupt die Zeit für so was? Um jede verdammte Sache.«

»Klingt nach einer tollen Beziehung.«

»Halt einfach die Klappe, Ky.«

»Das hättest du wohl gern.«

»Er ist besitzergreifend und durchgeknallt, okay?«

»War.«

»Was?«

»Er *war* besitzergreifend und durchgeknallt«, sagte Ky. »Vergangenheit. So muss ich jetzt auch über Denny reden, deinetwegen.«

»*Ich* habe *nichts* gemacht.« Minnie schwenkte ihre Zigarette, um jedes Wort zu unterstreichen. »Thien *war* durchgeknallt. Manchmal verliert er den Verstand und ist nicht mehr er selbst und –«

»Hat. Manchmal *hat* er den Verstand verloren –«

»Willst du nun mit mir reden oder mich korrigieren?«

Ky schluckte. Im Moment wollte sie weder das eine noch das andere. Sie wollte Minnie einfach nur wehtun.

»Wir sind also im Lucky 8«, sagte Minnie, »und er macht mir Vorwürfe, und ich ignorier ihn, und das macht ihn noch wütender, und auf einmal blitzt uns eine Kamera ins Gesicht.« Minnie zog immer wieder an ihrer Zigarette, ohne zu merken, dass die ausgegangen war. »Denny, der Blödmann. Er hatte ein Foto von mir gemacht, mit so einer Wegwerfkamera. Er senkt die Kamera und hat so ein breites, albernes Lächeln im Gesicht, als wäre er total zufrieden mit sich, als hätte er mich gerade überrascht, und dann sagt er Hallo.«

»Mehr nicht?«

»Was spielt das für eine Rolle?«

»Wie kann das für mich *keine* Rolle spielen, Minnie?«

Endlich bemerkte Minnie, dass ihre ultradünne Zigarette aus war, und griff nach dem Feuerzeug, doch es fiel ihr schwer, sie wieder anzuzünden.

»Er hat gesagt …«, Minnie nahm einen Zug und schien sich ein wenig zu beruhigen, »›Wie läuft's denn so?‹«

»Das ist alles?«

»Und …«, ihr Knie wippte jetzt so stark, dass der Klapptisch wackelte, »›Ich hab dich vermisst. Es ist jetzt so still im Haus.‹«

Ky spürte das Pochen ihres eigenen Herzens.

»Die Begrüßung war … super-unbeholfen. Aber eben typisch Denny, und –«

»Und was?«

»Na ja, jeder, der deinen Bruder kannte, hätte gewusst, dass er einfach nur super-unbeholfen ist. Ich meine, ich weiß noch, wie er mich mal umarmen wollte, da war er im dritten Schuljahr, glaube ich. Aber mitten in der Bewegung hat er sich dann für einen Handschlag entschieden, und seine ausgestreckte Patschhand ist unabsichtlich auf meiner Brust gelandet.«

»Willst du damit sagen, dass mein Bruder umgebracht wurde, weil er unbeholfen war?«

»Ich will damit sagen, dass es ein Missverständnis war.«

»Denny sagt also etwas Unbeholfenes, und dieser Thien denkt –«

»Ich weiß nicht, ob er gedacht hat, Denny wäre mein Ex oder so, was natürlich unmöglich ist, aber es ging doch um Denny, Herrgott noch mal, und –«

»Das ist Wahnsinn.«

»Ich weiß.«

»Absoluter Wahnsinn. Und dann?«

Minnie wandte den Blick ab, als sie beschrieb, wie Thien die Kamera aus Dennys Händen schlug, sodass das Plastikgehäuse zerbrach. Sie beschrieb, wie Thien Denny niederschlug und das Licht in seinen Augen erlosch, während Thien wieder und wieder auf ihn eintrat.

»Okay, das reicht.« Ky hatte das Gefühl, nicht atmen zu können. »Und mit dem Typen warst du zusammen? Wie krank bist du eigentlich?«

»Er war total kaputt, okay? Du und ich, wir erinnern uns nicht mehr an unsere Zeit als Flüchtlinge. Wir waren zu jung. Aber er war alt genug, um sich zu erinnern, und du hast keinen Schimmer –«

Und nun zitterte Ky auch, wütend und fassungslos, dass Minnie den Mörder ihres Bruders verteidigte.

»Unsere Eltern waren Flüchtlinge. Sie können sich an alles erinnern. Aber meine Eltern laufen nicht rum und bringen Leute um. Genauso wenig wie deine Eltern …« Ein Bild von Minnie, ihre Blutergüsse, ihre wunde Haut, schoss ihr durch den Kopf. »Das ist keine Entschuldigung, verdammt noch mal.«

»Das behaupte ich ja gar nicht.«

»Was behauptest du dann? Dass er es wert war? Dass du Dennys Leben eintauschen würdest gegen –«

»Nicht nur du hast jemanden verloren!«

»Weil das Leben deines Junkie-Freundes so wichtig war –«

»Ich rede von Denny!«, sagte Minnie. Sie drückte sich beide Hände flach auf die Augen.

»Denny ist dir doch scheißegal.«

»Ach, fick dich, Ky!«

»Nein, fick du dich!« Ky stieß den Klapptisch so heftig gegen Minnies Rippen, dass sie fast von dem wackeligen Stuhl gefallen wäre.

»Echt jetzt?«, sagte sie und wischte sich Zigarettenasche von der Hose.

»Was? Was erwartest du denn von mir?«

»Was erwartest du von *mir*? Ich hab dir erzählt, was passiert ist. Willst du hören, dass es meine Schuld war? Also gut, es war meine Schuld, ich war da, und Denny hat mich gesehen und Hi gesagt, und das hat Thien sauer gemacht. Schön, Denny ist meinetwegen tot. Aber ich hab nichts gemacht, okay? Ich war einfach nur dabei.«

»Und du hast dich zurückgelehnt und zugeguckt.«

»Was? Nein. Ich hab versucht, Thien wegzuziehen, und bin auch verprügelt worden.« Minnie deutete auf die Seite ihres Gesichts, auf die gelbe Verfärbung, die an einigen Stellen lila-grau wurde. »Ob du's glaubst oder nicht, Ky, ich bin nicht mit blauen Flecken auf die Welt gekommen. Das wüsstest du, wenn du mal gefragt hättest.«

»Was soll das denn heißen?«, sagte Ky, doch ihr Körper wusste früher als ihr Kopf, was Minnie meinte.

»Du weißt, was ich meine«, sagte Minnie und blickte weg, eine andere Art von Zorn im Gesicht.

»Ich dachte, du wolltest nicht darüber reden.«

Minnie sah Ky in die Augen. »Nein, *du* wolltest nicht darüber reden.«

»Was hätte ich denn machen sollen? Ich war ein Kind. Ich hätte deine Eltern ja wohl kaum davon abhalten können –« Selbst jetzt konnte Ky es nicht aussprechen. Sie hatte wieder Minnie vor Augen mit Flecken am Körper, unter der Kleidung – Flecke, die böse und lila und geschwollen waren. Immer wenn sie als Kind versucht hatte, sich vorzustellen, was Minnies Dad mit ihr anstellen musste, um so breite und dunkle Blutergüsse auf ihrer Haut zu hinterlassen, wurde sie von einer so großen Angst überwältigt, dass sie den Gedanken wegblinzeln musste.

»Du hättest nur zuhören müssen.«

»Ich hab dir nie gesagt, du sollst *nicht* darüber reden.«

»Aber wenn du mich mit blauen Flecken am Hals oder einer Wunde an der Stirn gesehen hast, hast du so getan, als gäbe es sie nicht.«

»Ich wusste nicht, ob du wolltest –«

»Ky, du wolltest es gar nicht wissen. Du wolltest so tun, als hätten wir genau die gleichen Probleme, genau die gleichen Eltern und genau die gleichen Möglichkeiten. Du wolltest dich einfach nicht unwohl fühlen. Du hast nicht mal versucht zu verstehen, was los war.«

»Was auch immer du durchgemacht hast, du bist noch am Leben. Denny nicht«, sagte Ky mit Kälte in der Stimme.

Minnie starrte Ky mit einer tief in ihr lodernden Wut an,

zugleich schien sie über der Erinnerung an Denny schier zu zerbrechen.

Sie saßen schweigend da, fixierten einander.

»Warum bist du nicht zur Polizei gegangen?«, fragte Ky. »Dein Freund war gewalttätig *und* ein Mörder. Was, wenn er noch jemanden umgebracht hat? Warum bist du nicht einfach zur Polizei gegangen, um auszusagen, dass –«

»Spinnst du?«, sagte Minnie, ohne die Augen abzuwenden. »Bist du von gestern? Oh, ja, hey, Mr Officer, also, mein Freund hat einen Jugendlichen umgebracht und mich zusammengeschlagen, verhaften Sie ihn, aber bitte lassen Sie mich in Ruhe, ich bin unschuldig, oh, durchsuchen Sie nicht meine Tasche –« Minnie nahm ihre schwarze Handtasche und kippte den Inhalt auf den Tisch: zwei Schachteln Marlboro, vier Feuerzeuge, ein Portemonnaie, ein offener Briefumschlag mit Bargeld und fünf schmale bleistiftlange Päckchen, die in Seiten aus einem Katalog eingeschlagen waren. »Und das da sind bloß meine Fitpacks …«, sie nahm die dünnen Päckchen und schüttelte sie, »und ja, das sind zwölftausend in bar, aber keine Sorge, die schlepp ich nur so zum Spaß mit mir rum, und meine Vorstrafen, das bin ich nicht, das ist eine andere Minh Le, beachten Sie die gar nicht, ich schwöre, ich hatte damit nichts zu tun.«

»Warum hast du's nicht riskiert?«

»Was?«

Ky beugte sich vor, müde und wütend. »Warum hast du nicht riskiert, zur Polizei zu gehen und die Konsequenzen zu tragen? Dein Freund hat meinen Bruder umgebracht. Wach auf, Minnie!«

»Was hätte das geändert?«

»Es hätte einen Mörder von der Straße geholt!«

»Er ist doch jetzt von der Straße, oder? Er kann niemandem mehr was tun, oder?«

»Es hätte Gerechtigkeit bedeutet.«

»Du glaubst doch nicht ernsthaft, dass es für Leute wie uns Gerechtigkeit gibt, oder?«

»Wieso sagst du so was?«

»Dennys Mörder ist tot. Und fühlst du dich jetzt besser?«

Ky fühlte sich nicht besser. Sie fühlte sich zum Kotzen.

»Mehr Gerechtigkeit ist nämlich nicht drin«, sagte Minnie. »Besser wird es sich nie anfühlen.«

»Ich hasse dich.«

»Willkommen im Club.« Minnie drückte ihre noch nicht zu Ende gerauchte Zigarette aus und zündete sich eine neue an. »Hat überhaupt irgendwer mit der Polizei geredet?«, fragte Minnie und blies den Rauch von Kys Gesicht weg. »Ich gehe jede Wette ein, dass nicht.«

»Thiens Tante.«

»Und wann hat sie das gemacht? Als er noch am Leben war? Oder hat sie gewartet, bis er tot war und sie nichts zu verlieren hatte?«

Als Ky nichts sagte, sprach Minnie weiter.

»Ja, wir sind alle Egoisten, aber das müssen wir auch sein. Glaubst du, die Polizei schert sich einen Dreck um Denny? Glaubst du, die interessiert sich für uns? Die Leute reden nicht, weil sie wissen, dass es nichts bringt.«

»Du bildest dir bloß ein, die ganze Welt ist gegen dich. Hast du schon immer.«

»Tu nicht so, als hättest du es nicht selbst gesehen oder gespürt. Wir sind das glücklichste Land der Welt, nicht? Mit schönem Wetter und jeder Menge Land, und guck dir unsere Strände an, und jeder kann einen anständig bezahlten Job finden, und wir sind echte Glückspilze, dass wir das alles haben, nicht? Wir sollten total dankbar sein, dass wir hier sind. Aber sie verschweigen uns, dass das große Glück für uns nicht erreichbar ist. Das ist die große Lüge. Du bist bescheuert, wenn du das glaubst. Sie kümmern sich nicht um uns, und sie gehen sogar auf uns los, sobald sie uns für eine Bedrohung halten. Wir müssen uns um uns selbst kümmern.«

»Und wer von uns hat sich um Denny gekümmert?«

Minnie blickte weg, ein Eingeständnis, dass sie keine gute Antwort hatte.

Es war so viel leichter gewesen, als sie Kinder waren. Jetzt saß Ky fest. Wie könnte sie Minnie je verzeihen?

»Du bist nicht irgendwer«, sagte Ky nach einer weiteren langen Pause, in der sie Kopfschmerzen bekam, weil sie in Minnies Zigarettenrauch eingehüllt war.

»Was?«

»Du hast gefragt, ob überhaupt irgendwer mit der Polizei geredet hat. Nein, keiner. Aber du bist nicht irgendwer.«

Ky sah Minnie an, dass sie sich wieder auf die Zunge biss.

»Du bist mit uns aufgewachsen. Du hast Denny gekannt. Wir haben dich geliebt. Ich bin … ich bin einfach so …« Ky war überwältigt von allem, was sie empfand. Schuldgefühle, Fassungslosigkeit und Verwirrung. »Ich bin so enttäuscht.«

Wieder schwiegen sie eine ganze Weile.

Als Minnies Zigarette verglüht war und ein weiteres Häufchen Asche zwischen ihnen lag, stand Ky auf und klopfte sich die Hose ab. »Steh auf«, sagte sie.

Minnie blickte zu ihr hoch.

»Ich hab gesagt, steh auf. Du kommst mit.«

»Scheiße, nein«, sagte Minnie.

»Ich bring dich nicht zur Polizei. Ich bring dich zu Denny. Damit du dich bei ihm entschuldigen kannst.«

Ky legte den Kopf schief – *jetzt komm endlich.*

»Ich geh hier nicht ohne dich weg«, sagte Ky. »Steh auf, verdammt.«

Nach kurzem Zögern erhob sich Minnie, packte die auf dem Tisch herumliegenden Sachen wieder in ihre Handtasche und folgte Ky zur Tür.

Sie fuhren durch das Zentrum von Cabramatta. Minnie war im Beifahrersitz tief nach unten gerutscht und ließ sich die Haare ins Gesicht hängen.

»Und was machst du so?«, fragte Ky.

»Ha!«

Als Ky nicht lachte, sah Minnie sie an. »Ernsthaft?«

»Ich weiß nicht«, sagte Ky.

»Unbeholfenheit liegt offenbar in der Familie.«

Ky warf Minnie einen gekränkten Blick zu. Minnie zuckte entschuldigend mit den Achseln.

»Was machst *du* denn so?«

»Ich bin Journalistin.«

Es fühlte sich gut an, wie die Worte ihr von der Zunge rollten, als könnte sie aufrechter sitzen, mit geraderem Rücken.

Minnie hielt eine Hand an die Stirn wie einen Mützenschirm. Ky war unklar, ob sie ihr Gesicht vor der Sonne schützte oder ob sie Angst hatte, erkannt zu werden.

»Wie geht's dir damit?«

»Sehr gut.«

Wenn sie noch beste Freundinnen gewesen wären, hätte Ky Minnie gestanden, was für sie das Beste an ihrem Job war, nämlich den Leuten sagen zu können, dass sie Journalistin war, aber dass sie die Arbeit selbst als eine anstrengende emotionale Achterbahnfahrt empfand und nicht wusste, ob sich die Mühe lohnte. Musste man jeden Morgen mit Angstgefühlen aufwachen? Musste man bei dem Gedanken, wildfremde Leute anzurufen, in Schweiß ausbrechen? Weil das der Preis dafür war, sich wichtig fühlen zu können? Aber sie schwieg vor Minnie, weil sie nicht wusste, wie die Dinge zwischen ihnen standen.

»Cool«, sagte Minnie und drehte am Knopf der Klimaanlage, die heiße Luft auf sie beide blies.

»Wie verbringst du deine Zeit?«, fragte Ky.

Minnie lächelte ein wenig und bedeckte mit einer Hand die Augen. »Ich mache Kalkulationen, schätze Risiken ab.«

»Ehrlich?«

»Eine Schattenwirtschaft ist immer noch eine Wirtschaft.«

Ky schielte verwirrt zu Minnie hinüber. Sie sahen einander kurz an. Minnie schien kurz zu überlegen, wie viel sie ihr sagen sollte.

»Wir bekommen die Drogen in großen Mengen von Leuten in Strathfield. Die bekommen sie aus Asien. Wir teilen sie in Kapseln auf. Wir ermitteln die Marktpreise, organisieren Straßenverkäufer. Wie jedes Unternehmen.«

»Sind das diese Päckchen, die du in der Handtasche hast?«

»Was? Gott, nein. Mädchen, weißt du echt nicht, wie Heroin aussieht?«

Ky spürte, wie ihr heiß im Gesicht wurde. Sie hasste es, sich dumm zu fühlen.

»Woher soll ich wissen, wie Heroin aussieht?«, sagte sie. »Ich meine, ich weiß, es ist weißes Pulver oder so, aber ich hab keine Ahnung, wie es auf der Straße verkauft wird.«

»Das hier …«, Minnie kramte in ihrer Handtasche und holte eines der schmalen Päckchen heraus, »ist ein Fitpack. Alle Apotheken in Cabra verkaufen die.« Sie öffnete die zugeklebte Katalogseite am oberen Ende und schüttelte es vor Kys Gesicht. »Darin sind eine Nadel, ein Tupfer, Plastiklöffel, steriles Wasser und ein Wattebausch.« Sie klebte das Päckchen wieder zu und steckte es zurück in die Handtasche. »Kostet einen Dollar fünfzig, alles, was man braucht, außer dem Heroin selbst.«

»Und so was ist legal?«

»Wieso denn nicht?«, sagte Minnie, deren Hände wieder unruhig geworden waren. Sie spielte mit dem Reißverschluss der Tasche, schob eine Hand hinein und tastete herum. »Diabetiker benutzen Nadeln, um sich Insulin zu spritzen. Wattebäusche sind bloß Wattebäusche. Plastiklöffel sind bloß Plastiklöffel.«

»Wäre es nicht billiger für euch, die Fitpacks im Großhandel zu kaufen?«

Minnie stöhnte. »Vielleicht, aber wer denkt schon so?«

»Ich dachte, du machst Kalkulationen.«

»Gut gekontert.« Minnie lächelte.

»Und wieso heißen die Dinger Fitpacks?«, fragte Ky.

»Weil du sie benutzt, um fit zu werden.«

»Was?«

»Du hast noch nie einen Entzug erlebt, oder? Stell dir die schlimmste Grippe vor, die du je in deinem Leben hattest. Alle Symptome der Welt. Die Du-wünschtest-du-wärst-tot-Grippe. Jetzt multiplizier das mit zehn. So fühlt sich ein Heroinentzug an.«

»Mein Gott.«

»Jetzt stell dir vor, jemand sagt dir, nach einer winzig kleinen Injektion mit dem hier ...«, Minnie hielt ein Fitpack hoch, »fühlst du dich auf der Stelle besser. Nicht irgendwann im Lauf des Tages, nicht morgen oder in einer Woche – sofort.«

»Okay.« Ky versuchte, die Augen auf die Straße gerichtet zu halten, obwohl sie sich das Fitpack gern genauer angesehen hätte. »Du bist also eine Drogendealerin.«

»Nicht ganz.«

Sie waren jetzt auf der Cabramatta Road und fuhren an ihrer alten Highschool vorbei. Minnie sah kurz zum Schultor, ehe sie die Augen wieder auf ihre Handtasche richtete.

»Eher eine Zwischenhändlerin«, sagte Minnie. »Ich verkaufe nicht an Junkies. Am Cabra-Bahnhof oder so siehst du mich nie.«

»Klingt trotzdem so, als wärst du eine Drogendealerin.«

»Dealerin, Unternehmerin. Nenn's, wie du willst.«

Sie schwiegen wieder. Ky hielt sich strikt ans Tempolimit,

um nicht von der Polizei angehalten zu werden, weil sie fürchtete, Minnie wäre ein Risiko.

Auf früheren Fahrten zum Tempel – die Häuser wurden immer größer und ansehnlicher, je näher sie dem Mingyue Lay Buddhist Temple kamen – hatten sie sich die Häuser ausgesucht, in denen sie gern gewohnt hätten. Ky mochte die zweigeschossigen. Minnie hatte eine Vorliebe für die Häuser mit automatischen Toren. Denny gefiel das Haus mit dem bogenförmigen Eingang und der Doppelgarage mit den zwei Bögen – das McDonald's-Haus nannte er es. Die Bahnlinie ging nicht so weit, was weniger Fußgänger, weniger Heroin bedeutete. Aber auch weniger Farbe, weniger Leben. Schon als Kinder wollten sie nie in dieser Gegend leben. Sie stellten sich vor, sie würden sich ihre großen Häuser aussuchen und sie nach Cabramatta teleportieren. In Cabramatta gab es noch immer die beste Phở und das beste Bánh Mì; laute, bunte, überfüllte Märkte und schwatzhafte, eigensinnige alte Frauen, die Sonnenvisiere trugen und deren Gelächter und Gejammer die Luft mit einem energischen Stimmengewirr erfüllte. Cabramatta war der Beweis dafür, dass ein Ort zugleich großartig und krank sein konnte, behaglich und gefährlich, unvollkommen, aber trotzdem Heimat. Ky hatte unbedingt weggewollt und dennoch Cabramatta jeden Tag vermisst, an dem sie fort war.

»Du gehörst also zur 5T?«, fragte Ky, als sie auf den ruhigen Tempel-Parkplatz bog.

Minnie schob sich zurück in eine normale Sitzposition, damit sie den Tempel besser sehen konnte. »War ewig nicht mehr hier«, sagte sie und reckte den Hals, um die Dächer der farbenfrohen Pagoden zu betrachten.

»Ach ja?«

»Ja, nicht mehr seit irgendeinem Grabreinigungstag, als wir noch auf der Highschool waren. Was weißt du über 5T?«

Ky steuerte den Wagen in eine Parklücke.

»Hmm«, sagte Ky und versuchte sich daran zu erinnern, was die fünf T laut Eddie bedeuteten. »Liebe, Geld, Gefängnis, Strafe, Selbstmord?«

Minnie stieß ein überraschtes Lachen aus. »Von welchem Angeber hast du das denn gehört?«

»Wieso?«, sagte Ky und löste ihren Sicherheitsgurt. »Stimmt das nicht?«

»Na ja, stimmt alles, also bravo.«

»Egal«, sagte Ky und verschränkte die Arme. »Es ist auf jeden Fall ein blöder Name. Klingt wie eine Gang für echte Loser.«

»Tuổi trẻ thiếu tình thương«, sagte Minnie.

Ky fand es irritierend, Minnie Vietnamesisch sprechen zu hören. Sie waren beide nie gut darin gewesen. Selbst als sie Kinder waren und es noch einigermaßen fließend sprachen, war ihr Vokabular ungefähr so komplex wie die Themen, die sie damals beschäftigten, und die waren alles andere als komplex. Aber Ky verstand, was Minnie gesagt hatte. Fünf Wörter. Alle begannen mit *T*. Tuổi trẻ thiếu tình thương. *Kindheit ohne Liebe.*

Ky verstand, dass sie Mitgefühl für die Gangster von Cabramatta empfinden sollte und mit Minnie. Sie verstand sogar, dass niemand freiwillig so ein Leben wählen würde. Aber welche Wahl hatte Denny gehabt, als er getötet wurde?

»Ich werde kein Mitleid mit ihnen haben«, sagte Ky.

»Das erwartet auch niemand von dir.«

»Auch wenn es hart ist, beschissene Eltern zu haben, heißt nicht, dass man einfach rumlaufen und Leute umbringen kann.«

»Ich weiß.«

»Ich hasse das. Ich hasse es wirklich.«

»Ich auch.«

Kurz vor dem Kolumbarium hielt Ky Minnie am Ellbogen fest. »Du darfst nicht Scheiße sagen, wenn wir da drin sind.«

»Was?«

Ky nickte Richtung Eingang. »Sobald wir in dem Raum mit der Asche von den Toten sind. Da sind Fotos. Sag nichts Gutes oder Schlechtes über einen von denen.«

Minnie zog eine Augenbraue hoch. »Hast du Angst, dass Geister dich bis nach Hause verfolgen?«

»Nein«, log Ky. »Ich mein bloß –«

»Ein bisschen mehr könntest du mir schon zutrauen. Wofür hältst du mich, für eine hohle Nuss?«

»Na ja, du bist immer so …«, begann Ky, doch Minnie warf ihr einen Blick zu, der sie daran erinnerte, dass ihre Einschätzung auf alten Erfahrungen beruhte und wahrscheinlich überholt war. Vielleicht hatte Minnie sich verändert.

Sie betraten hintereinander den langen, dunklen Raum, wo es stark nach brennenden Räucherstäbchen roch. Sie gingen an ernsten Fotos von den Alten, den Jungen, den verstorbenen Paaren vorbei, deren Urnen sich eine Nische teilten.

Ky blieb vor dem Foto von Denny stehen. Minnie, die Handtasche fest an sich gedrückt, musterte jede Nische, bis auch sie zu Dennys kam.

»Wow.«

»Wow?«

»Nicht *Wow* im Sinne von toll. Bloß … darauf war ich nicht gefasst.«

»Worauf *warst* du denn gefasst?«

Minnie trat einen Schritt vor, schob das Gesicht näher an Dennys Foto.

»Na ja, zum Beispiel liegt hier altes Happy-Meal-Spielzeug neben seinem Foto«, sagte sie und zeigte auf die Hamburger-Transformers, die früher auf dem Videorekorder der Familie gelegen hatten. Kys Mutter hatte sie mitgenommen und in Dennys Nische gelegt.

»Meine Mum sieht Denny immer noch als Kind.«

»War er ja auch.«

»Aber kein Happy-Meal-Kind.«

»Wahrscheinlich nicht«, sagte Minnie. »Manche Leute wollen einfach nicht zulassen, dass andere sich verändern.«

Ky schaute Minnie an. Redete sie von ihr? Sie wartete darauf, dass Minnie ausführlicher wurde, doch sie tat es nicht.

»Fuck«, sagte Minnie, die Augen noch immer auf das Foto von Denny gerichtet.

»Ja.«

»Wie war er?«, fragte Minnie. »Bevor er gestorben ist. Als ich ihn das letzte Mal gesehen habe – und ich meine, als ich ihn richtig gesehen habe, nicht im Lucky 8 –, hatte er gerade mit der Highschool angefangen.«

Ky versuchte, sich an das letzte Mal zu erinnern, als sie Zeit mit ihrem Bruder verbracht hatte. Es verschwamm mit der Zeit, als sie an Tết nach Hause gekommen war und sie zusammen Fenster geputzt hatten, als Denny sie darauf angesprochen hatte, warum sie mit zweiundzwanzig noch Wutanfälle bekam. Sie erinnerte sich, wie sie mit ihm und Eddie zu den Mondneujahrsfeierlichkeiten im Herzen von Cabramatta gegangen war, wie sie ihnen Phở und Zuckerwatte spendiert und dabei ständig auf ihren Pager geguckt hatte. Nachdem sie sich satt gegessen hatten, gingen sie an den geschmückten Marktständen auf der John Street entlang, hielten sich hinten an ihren Shirts fest, um in der Menschenmenge nicht verloren zu gehen, blieben hier und da stehen, um Löwentanzgruppen zuzuschauen. Ab und zu tauchten neben ihnen weiße Heroinsüchtige auf, die mit dem Zug nach Cabramatta gekommen waren, um sich Drogen zu besorgen; ihre zunächst verwirrten Gesichter begannen zu strahlen, wenn die Puppenlöwenköpfe mit den riesigen Augenlidern klimperten, als würden sie mit den Zuschauern flirten. Die Süchtigen, die normalerweise zwischen Unruhe und Schläfrigkeit schwankten, johlten und klatschten, wenn die Männer und Frauen in den Löwenkostümen sich gegenseitig auf die Schultern kletterten, den Löwenkopf in die Luft hoben und so taten, als würden sie von den Salatköpfen fressen, die Ladenbesitzer vor ihren Geschäften aufgehängt hatten.

»Ich glaube, er hatte Probleme«, sagte Ky. Es fiel ihr schwer, das zuzugeben; doch jetzt ließ sie zu, dass Schuldgefühle und Scham sie übermannten.

»Wirklich?«

»Ja. Ich glaube, er stand sehr unter Druck. Niemand sollte perfekt sein müssen, um akzeptiert zu werden. Und ich glaube, wir haben das aus den Augen verloren. *Ich* habe das aus den Augen verloren.«

Minnie nahm das McDonald's-Happy-Meal-Spielzeug, hielt den kleinen Plastik-Big-Mac in der Hand. Sie fummelte daran herum, drehte die Plastikarme und -beine und den Kopf, sodass der Burger sich in einen Roboter verwandelte. Sie stellte ihn zurück in die Nische, richtete ihn sorgfältig so aus, dass es schien, als würde er über das Foto von Denny wachen. Ky hatte Minnie noch nie bei irgendetwas so behutsam erlebt.

»Am Ende war ich nicht für ihn da«, sagte Ky.

»Inwiefern?«

»Na ja, ich hab meinen Eltern gesagt, sie sollten ihn nach seinem Abschlussfest noch ins Lucky 8 gehen lassen. Ich hab ihnen gesagt, das wäre in Ordnung, alles wäre bestens, als ob ich alles wüsste und sie nichts, obwohl ich in Melbourne war.«

»Du konntest es nicht wissen.« Minnie betrachtete noch immer Dennys Foto. »Nicht mal ich wusste, was passieren würde, und ich habe mit Thien zusammengelebt.«

»Aber ich hab trotzdem irgendwie das Gefühl … wenn ich

etwas anders gemacht hätte, wenn ich erst gar nicht weggegangen wäre, vielleicht hätte das was geändert. Wenn ich geblieben wäre, hätte ich vielleicht eine Afterparty für ihn organisieren können, oder ich hätte mit ihm zusammen ins Lucky 8 gehen können, oder ich hätte einfach eine bessere Schwester sein und ihn unterstützen können, anstatt ihn zu drängen, dass er –«

»Ky.« Minnie sah ihr in die Augen. Ihr Gesicht war traurig. »Du hast einfach dein Leben gelebt, so wie Denny seins gelebt hat.«

»Ja –«

»Du kannst nicht für jeden da sein. Du kannst nicht für jeden alles sein. Jeder trifft seine eigenen Entscheidungen, ganz egal was du machst.«

»Ich war auch für dich nicht da«, sagte Ky zu ihrer eigenen Verblüffung. Sie wollte wütend auf Minnie bleiben; sie wollte sich weiter darauf konzentrieren, wie Minnie sie enttäuscht hatte. Aber als sie da vor dem Foto des lächelnden Denny stand, erkannte sie plötzlich den Zusammenhang zwischen der Art, wie sie ihren Bruder und wie sie ihre beste Freundin behandelt hatte, wie unfair sie gewesen war, wie sie auch die beiden enttäuscht hatte.

Minnie zuckte mit den Achseln. Sie blickte zur Decke, dann auf den Boden. »Selbst wenn du's versucht hättest«, sagte Minnie und schaute wieder auf das Foto von Denny, »ich glaube nicht, dass es genügt hätte.«

Das tat weh, aber Minnie hatte recht. Ky hätte nicht genug für sie sein können, sosehr sie sich das auch gewünscht hatte. Denny und Ky hatten stets einander gehabt, sie hatten unter demselben Dach gelebt, mit Eltern, die Stabilität boten, Minnie war immer nur zu Besuch gewesen. Am Ende musste Minnie immer nach Hause gehen, und was sie dort erwartete, hatte Ky nie ganz verstanden.

Ky betrachtete Minnies Profil, erkannte die Konturen der Freundin wieder, die sie am meisten geliebt hatte – der Freundin, die einmal alles für sie gewesen war. Aber sie sah auch Dinge, die sie nicht wiedererkannte. Die Frau, die jetzt neben ihr stand, war Minnie und zugleich nicht Minnie. Eine Person, die gerettet werden musste und es verdient hatte, verurteilt zu werden. Eine Person, die für Denny gekämpft und trotzdem zugesehen hatte, wie er starb. Ky empfand Zorn und Mitleid. Sie konnte keine Brücke zwischen diesen beiden Gefühlen bauen. Noch nicht. Vielleicht niemals.

»Die Leute verbrennen doch Sachen für die Toten, oder?« Minnie wechselte das Thema. »Können wir das machen?«

»Draußen stehen dafür so kleine Tonnen«, sagte Ky. »Aber das Josspapier muss man selbst mitbringen. Ich wollte schon einen Woolworth-Katalog oder so mitbringen und die ganzen Aufbackpommes und Pralinen darin für ihn verbrennen.«

»Funktioniert das?«

»Keine Ahnung. Glaubst du an Zauberei?«

Minnies Mundwinkel hoben sich, obwohl ihre Augen traurig und schwer blieben. Beim Anblick von Minnies Gesicht begriff Ky, dass man sogar zu traurig sein konnte, um zu weinen.

»Hey, ich hab eine Idee …« Minnie suchte in ihrer Handtasche und holte die Fitpacks hervor. »Guck mal, was da alles drauf ist.« Sie nahm die Packs in Augenschein, drehte sie in den Händen, sah sich an, was auf den Katalogseiten angeboten wurde. »Wir könnten für ihn Mangos verbrennen, bunte Paddle Pops, Dove-Seife. *Oooh*, Ferrero Rocher!«

»Ach komm, das hab ich doch nicht ernst gemeint«, sagte Ky.

»Wieso denn nicht?«, sagte Minnie. »Wir können es sogar vor den Buddha halten, damit er es segnet oder so, damit alles tempelmäßig offiziell ist. Ich meine, guck doch mal, Ky, eine

Achtundvierzigerpackung Ferrero Rocher. Denny *liebt* Ferrero Rocher.«

Ky holte eine von den tempeleigenen Aschetonnen samt Schürhaken, während Minnie in die Haupthalle lief und ihre Fitpacks vor den Buddha-Statuen schwenkte. Als sie zurückkam, schüttelte sie den Inhalt der Packs in ihre Handtasche – beim Anblick der Injektionsnadeln zuckte Ky zusammen –, pulte mit zittrigen Fingern die verklebten Katalogseiten auseinander, zündete dann eine nach der anderen an und warf sie in den Eimer, wo sie sich wellten und verglühten. Sie zog eine Zigarette aus der Packung, warf auch die in die Tonne.

»Bist du verrückt?«, sagte Ky, als die Flammen aufloderten und Zigarettenrauch in die Luft stieg.

»Er kann nicht zweimal sterben«, sagte Minnie. »Außerdem, überleg doch mal, wie cool er aussehen wird! Die ganzen Geistermädels werden sich um ihn reißen.«

»Du bist unglaublich.«

»Und es tut mir leid.«

Die plötzliche Aufrichtigkeit in Minnies Stimme überrumpelte Ky. Minnie ergriff Kys Hand. Ky schaute nach unten und sah, dass Minnie einen abgebrochenen Fingernagel hatte, sah Blutergüsse und Schorf. Als sie wieder aufblickte, sah sie in Minnies Augen, die sie offen anschauten. Sie erinnerte Ky an das Mädchen, mit dem sie sich im Kindergarten angefreundet hatte.

»Ehrlich«, sagte Minnie. »Es tut mir leid, was ich gesagt habe und wie ich gegangen bin. Ich war einfach so … Keine Ahnung. So wütend. Wütend und neidisch. Wütend, weil ich neidisch war. Es tut mir leid, wenn ich dir das Gefühl gegeben habe, du wärst nicht genug. Und dass ich keine bessere Freundin war. Aber …« Sie klopfte sich mit einer Faust auf die Brust. »Irgendwas in mir fühlte sich an wie aufgeplatzt, und ich wusste nicht, was ich dagegen machen sollte.«

»Ist schon okay«, sagte Ky und hatte das Gefühl, es genau so zu meinen. Jahrelang hatte sie ihren Groll gehegt. Jahrelang hatte sie geglaubt, dass die Wunden, die sie einander zugefügt hatten, niemals heilen würden. Aber nun spielte dieser Teil ihrer beider Leben irgendwie keine so große Rolle mehr. Die Dinge lagen jetzt anders. Das Leben war für manche größer, für andere vorbei.

»Mir tut es auch leid«, sagte Ky. »Was ich gesagt und getan habe.«

»Ich weiß nicht, was ich tun kann, um das mit Denny wiedergutzumachen. Ich weiß, dass nichts ihn zurückbringt, aber ich kann deine Eltern besuchen, wenn du meinst, dass das was hilft. Ich werde mich bei ihnen entschuldigen. Ich kann auf die Knie fallen und ihnen sagen, dass ich nicht gewollt habe, dass etwas Schlimmes passiert.«

»Ich glaub, das ist nicht nötig.«

»Ich gehe sogar zur Polizei, wenn du das willst. Ich kann –«

»Minnie.« Ky schnitt ihr das Wort ab, bevor sie noch schneller sprechen konnte. »Du hast es selbst gesagt – was würde es ändern?«

Minnie starrte in den Rauch, der aus der Aschetonne aufstieg. »Ja«, sagte sie mit Flüsterstimme. »Ich wünschte, ich könnte es ungeschehen machen.«

»Das kannst du nicht.«

»Ich weiß, wir können nicht zurück«, sagte Minnie. »Aber ich wünschte, wir könnten.«

Es war genau die Fantasie, die Kys Tagträume beherrscht hatte, dass ihre Freundschaft nie enden würde, dass sie verschiedene Leben hätten führen können. Aber es war eben nur das, eine Fantasie. Der verlorene Ausdruck in Minnies Augen bestätigte ihre Einsicht.

»Ich vermisse dich manchmal«, sagte Ky. »Eigentlich vermisse ich dich ständig, wenn ich nicht sauer auf dich bin. Und selbst dann vermisse ich dich trotzdem noch irgendwie.«

Minnie lächelte, doch ihre Augen verrieten einen Schmerz, den Ky wiedererkannte – den sie sah, wenn sie in den Spiegel schaute, wenn ihre Versuche zu lächeln durch den alles beherrschenden Verlust eines geliebten Menschen verdunkelt wurden. Minnie ließ Kys Hand los, wischte sich die laufende Nase mit dem Handrücken ab.

»Ich vermisse dich auch. Und ich vermisse Denny. Ich vermisse sogar deine Eltern.«

Sie starrten auf die letzten Reste Zigaretten- und Katalogseitenrauch, der aus der Tonne stieg und vom Wind verweht wurde. Ky fühlte sich plötzlich erschöpft, als hätte sie seit Tagen nicht geschlafen. Minnie schloss die Augen.

»Was jetzt?«, fragte Ky.

»Na ja.« Minnie blinzelte in die Sonne. »Wo wir schon mal hier sind, könnten wir Buddha doch auch um was bitten, oder?«

Sie waren die Einzigen in der Haupthalle des Tempels. Die drei riesigen Buddhas ragten auf, der Quan Âm auf der rechten Seite, die Blattgold-Statuetten lachender alter Männer um sie herum.

Sie knieten Schulter an Schulter auf den kalten Fliesen. Ky presste die Handflächen aneinander, schloss die Augen, neigte den Körper nach vorn und wünschte sich etwas. Sie spürte, dass Minnie das Gleiche tat.

13

Ich knie neben ihr vor dem Buddha, Luft und doch nicht Luft, existiere und bin doch nicht da und wünsche mir etwas. Sie ist jetzt viel älter. Die ersten grauen Haare sind auf ihrem Kopf zu sehen, Krähenfüße um die Augen. Sie hat ihre randlose Brille gegen eine aus Kunststoff in Schildpattoptik eingetauscht.

Sie kniet neben unserer Mutter, die jetzt ganz ergraut ist, mit knochigen Fingern, eigensinnig wie eh und je. Sie bietet ihr ein Kissen für die Knie an, doch unsere Mutter winkt ab.

»Ich kann um alles bitten, was ich will, oder?«, sagt sie.

»Was du meinen?«

»Du hast uns immer gesagt, wir sollen Buddha um gute Noten bitten, aber das macht ja jetzt keinen Sinn mehr.«

Unsere Mutter mustert ihr Gesicht, betrachtet die erwachsene Frau, die ihre Tochter geworden ist. Als sie in dem Alter war, in dem ihre Tochter jetzt ist, war sie bereits verheiratet, hatte zwei Kinder, verließ ihre erste Heimat, hatte Mühe, sich in der zweiten zurechtzufinden. Sie versucht, ihre Tochter als die Erwachsene zu sehen, die sie ist, aber egal wie groß, sommersprossig oder grau ihre Tochter wird, sie sieht nach wie vor das kleine Mädchen, das die Hände nach ihr ausstreckte, das weinte, wenn es von einer Biene gestochen worden war, das Brötchen aushöhlte, wenn niemand guckte, sich die weiche Krume in den Mund stopfte und für alle anderen die Krusten übrig ließ.

»Bitte, um was du willst«, sagt unsere Mutter.

Sie beten, sie verbrennen ihre Opfergaben, sie fahren in die Stadt.

Ky hat das Herz von Cabramatta seit über fünfzehn Jahren nicht mehr gesehen. Nicht mehr seit der Beisetzung damals, nicht mehr, seit sie die Zeugen aufgesucht hat. Wenn sie zu Besuch kommt, bleibt sie in ihrem Elternhaus, weigert sich, vor die Tür zu gehen. Nachdem sie vor all den Jahren neben Minnie gebetet hatte, war ihr kurz der Gedanke gekommen, vielleicht zurück nach Sydney zu ziehen, an Vergebung zu arbeiten, Vergebung für sich selbst, Vergebung für Minnie, Dinge mit ihrer früheren besten Freundin zu klären, unseren Eltern dabei zu helfen, ihre Trauer zu bewältigen. Doch ihre eigene Trauer und ihr Schuldgefühl waren so gewaltig, dass sie kurz darauf nach Melbourne zurückkehrte. Cabramatta erinnerte sie zu sehr an den Bruder, den sie verloren hatte. Und an das schlechte Gewissen, das sie nicht abschütteln konnte.

Was hat sich verändert?

Die Trauer ist noch da, so tief wie eh und je. Aber Ky ist älter, zäher. Und sie ist neugierig. Sie will wissen, wie es sich wohl anfühlt, ihr Elternhaus zu verlassen, die John Street hinunterzugehen, am Lucky 8 vorbei. Sie hat große Angst. Es gibt Momente, da will sie die Hand unserer Mutter halten. Unsere Mutter spürt das natürlich. Ky denkt, unsere Mutter bewegt sich durch die Welt wie ein stumpfer Gegenstand, laut und unbeirrt und unsensibel. Doch Töchter können falschliegen. Die Mutter spürt Dinge, und sie weiß Dinge. Es fällt ihr einfach schwer, so zu sein, wie ihre Tochter sie haben möchte, ungeschehen zu machen, was sie gelernt hat, den stumpfen Schmerz zu überwinden, den sie selbst erfahren hat, den stumpfen Schmerz, den sie in sich trägt, der sie dazu bringt, sich nach innen zu kehren und zugleich um sich zu schlagen, ohne sich je ganz unter Kontrolle zu haben. Die

Mutter fasst ihre Tochter am Ellbogen, hakt sich bei ihr ein – ihre Art zu sagen, ich bin da, ich bin da, ich war immer da.

Sie betreten die Commonwealth Bank, die einen neuen Teppichboden und glänzende Geldautomaten bekommen hat, um unseren Vater zum Lunch abzuholen. Sein Haar ist weiß, seine Kleidung immer noch zu weit, und er hat ein neues Restaurant ausgesucht, wo die Phở der sagenumwobenen Soldatenhelm-Phở am nächsten kommt.

Vater und Tochter sind sich jahrelang aus dem Weg gegangen, nun können sie einander endlich in die Augen sehen, wenn sie miteinander reden. Er will, dass seine Tochter ihn kennt; als sie ihm erzählte, was genau mit seinem Sohn passiert war, als sie alles, was sie über Minnie und Thien erfahren hatte, ebenso offenbarte wie die Lügen der Leute, die dabei gewesen waren, entschuldigte er sich dafür, in so vielerlei Hinsicht als Vater versagt zu haben – und deshalb macht sie es. Ihm in die Augen sehen. Er sagte ihr, dass er stolz auf sie war, dass er sie liebte. Er sagte das nie wieder, weil er sich seiner eigenen Verletzlichkeit schämte, seines Bruchs mit der Tradition, seiner Aufrichtigkeit. Aber es war genug. Für sie war es genug.

Als sie ihren Eltern jetzt in dem Phở-Restaurant gegenübersitzt, fragt Ky sich laut, was wohl aus Minnie geworden ist.

»Vielleicht würdest du sie nicht mal wiedererkennen, wenn du sie heute sehen würdest«, sagt unsere Mutter auf Vietnamesisch.

»Vielleicht«, sagt Ky auf Englisch.

»Ich meine, schau *dich* an. Du siehst auch nicht mehr so aus wie als junges Mädchen.«

»Was soll das denn heißen?«

»Ich meine, du wirst älter, und wenn du noch länger damit wartest, zu heiraten und Kinder zu kriegen, ist der Zug irgendwann abgefahren! Und wenn du uns nicht öfter besuchst, sind dein Vater und ich wahrscheinlich tot, wenn du das nächste Mal kommst!«

»Ich rufe jede Woche an.«

»Tote kannst du nicht anrufen!«

Ky will ihr widersprechen, doch stattdessen versucht sie, einen Moment zu genießen, der sich normal anfühlt: einen Moment, in dem sie sich nicht besonders gebrochen oder verletzt fühlen – bloß töricht, wie alle anderen.

»Vielleicht ist sie weggezogen«, sagt unsere Mutter. »Vielleicht hat sie reich geheiratet. Vielleicht lebt sie in Perth.«

Ky hofft, dass das stimmt, obwohl ihr Herz ihr sagt, dass dem nicht so ist.

»Ich sehe nicht mehr so viele Junkies in Cabramatta«, sagt sie.

Unsere Mutter schaut sie mit verständnisloser Miene an. »Was du meinen?«

»Junkies«, sagt Ky auf Vietnamesisch, um dann gleich wieder ins Englische zu wechseln. »Ich sehe nicht viele.«

»Die alle tot.«

»Ernsthaft?«

»Ja. Zu viel Drogen, zu viel Tod.«

»Niemals«, sagt Ky, denn wie könnten Tausende Menschen in Cabramatta tot umfallen, ohne dass sie davon gehört hätte?

»Du nicht hier leben; du nicht wissen.«

»Und du hast mit eigenen Augen gesehen, dass Tausende Junkies gestorben sind?«

Unsere Mutter zuckt mit den Achseln.

»Die sind alle in Redfern«, sagt unser Vater.

»Das wusste ich gar nicht.«

»Da haben sie Injektionsräume aufgemacht, deshalb sind alle Junkies dahin.«

»Und alle tot.«

Auch andere Dinge ändern sich.

Die Nachrichten sprechen nicht mehr über Cabramatta. Heroinlieferungen werden unterbunden. Kinder, die zusehen mussten, wie ihre Eltern und Onkel und Tanten und großen Brüder und großen Schwestern den Drogen verfielen, schlagen einen anderen Weg ein. Senatoren, die einst über Asiaten schimpften, richten ihre Aufmerksamkeit jetzt auf Araber und Afrikaner. Die glänzenden roten Bänke auf der Freedom Plaza werden durch glänzenden grauen Stein ersetzt. Für hundert Dollar nimmt ein Einheimischer weiße Touristen mit auf eine kulinarische Tour. Der Bahnhof bekommt einen Aufzug. Der Imbiss Red Lea Chicken, wo es die besten Pommes gab, erhöht die Preise.

Aber manche Dinge ändern sich nicht.

Das Red Lea Chicken hat noch immer die besten Pommes. Die Asiatinnen sind noch immer laut, eigensinnig und tragen Sonnenvisiere. Unsere Mutter hat in dem Stoffladen, wo sie arbeitet, noch immer keinen Anspruch auf Urlaubs- oder Krankengeld. Das Neujahrsfest und das Mondfest sind so bunt wie eh und je, und die Löwentänzer verzaubern noch immer Erwachsene und Kinder gleichermaßen. Die Senatoren, die gegen Araber und Afrikaner hetzen, tragen denselben Hass im Herzen, der einst Cabramatta vorbehalten war. Die Erinnerung verblasst nicht.

Während Ky darauf wartet, dass ihre Phở-Schalen serviert werden, beobachtet sie, wie unsere Mutter den Hemdkragen unseres Vater richtet. Sie sieht, wie unser Vater eine Zitronenscheibe vom Kräuterteller nimmt – zwei Kerne sehen aus wie Augen, die runde Zitronenschale ein breites Lächeln –, um sie dann für sie tanzen zu lassen. Sie lächelt. Aber dennoch, hier, wieder zu Hause, kann sie nicht anders, als die Jahre zu zählen, die wir verloren haben.

Ich habe keine Möglichkeit, ihr zu sagen, dass wir noch viel mehr verloren haben – mehr als Zeit mit unseren Eltern, mehr als Zeit miteinander. Ich habe keine Möglichkeit, ihr zu sagen, dass der Verlust lange vor unserer Geburt begann, dass unsere Eltern und deren Eltern und unsere Ahnen Verluste erlitten haben: den Verlust von Heimat, von Zugehörigkeit, von Selbstvertrauen und von Leben – und wir mit dem Verlust geboren wurden, ihn trugen und von ihm niedergedrückt wurden, Teil von ihm waren.

Ich möchte ihr sagen, dass es nicht ihre Schuld ist. Es war nie ihre Schuld. Wenn sie uns gegenüber das Richtige tun will, muss sie das Leben leben, das sie sich wünscht. Ich will ihr sagen, dass man manchmal nicht leise sein kann. Manchmal kann man nicht nur gut sein. Man muss kämpfen – und es ist nicht fair, und es ist nicht gerecht, aber was haben wir für eine Wahl? Das will ich ihr sagen, und noch so viel mehr, aber ich habe keine Stimme, existiere nicht, und doch bin ich hier, ich bin immer noch hier, wissend, wissend, eine Last, und ich lasse mich von ihr tragen, wie ich andere getragen habe, denn was machen die Lebenden anderes als die Bürde der Toten tragen?

Also knie ich neben ihr, um die Last zu erleichtern. Ich knie neben ihr, damit sie weiß, dass sie nicht allein ist. Ich knie neben ihr, weil sie meine Schwester ist. Und während sie betet – im Tempel, in Cabra, beim Probieren von Soldatenhelm-Phở –, bete ich an ihrer Seite, mit ihr, für sie, weil ich weiß, wie sehr sie das möchte. Zusammen beten wir. Wir beten um Gesundheit und ein langes Leben und Glück für unsere Eltern. Wir beten um wunderbare Dinge für Minnie, dass sie findet, wonach sie sucht, was immer das sein mag. Und für meine Schwester, für Cabramatta, für alle, die je gekommen oder gegangen oder geblieben sind, bete ich um Trost. Ich bete um Teilhabe. Ich bete um Stärke. Ich bete um Würde. Ich bete um alle Kraft der Welt, um durchzuhalten, um endlich, endlich, *endlich* dieses Land zu erobern, das wir Heimat nennen.

Danksagung

Die Handlung und die Figuren dieses Romans sind meine Erfindung, aber Cabramatta ist ein realer Ort und hat in den 1990er-Jahren eine Heroin-Epidemie erlebt. Ich bin in Cabramatta aufgewachsen, und obwohl ich Erinnerungen an die Epidemie habe, war ich damals noch ein Kind. Die Arbeit von Dr. Mandy Thomas, insbesondere ihr Buch *Dreams in Shadows: Vietnamese-Australian Lives in Transition* (Allen & Unwin, 1999) sowie die umfassende ethnografische Forschung von Dr. Lisa Maher waren für mich eine unschätzbare Hilfe dabei, die Seiten von Cabramatta zu beschreiben, die ich nicht gesehen oder als Kind nicht verstanden habe.

Die folgenden Menschen haben mir geholfen, diesen Roman in die Welt zu bringen, und ihnen schulde ich meinen aufrichtigen Dank:

Meine Agentin Hillary Jacobson hat sich seit unserer ersten Korrespondenz sowohl für mich als auch für meinen Roman vehement eingesetzt – ich bin froh, sie auf meiner Seite zu haben. Emily Krump und Manpreet Grewal haben den Text mit großer Aufmerksamkeit und Sorgfalt überarbeitet, ich hätte mir keine besseren Lektorinnen wünschen können. Die guten Seelen bei William Morrow/HarperCollins und HQ/HarperCollins UK haben geholfen, das Manuskript in den Druck zu bringen, und ich bin dankbar für die Designer, Korrektoren, Pressereferenten, Vertreter, Marketing-Leute und Praktikanten, die diesem Roman ihre Zeit gewidmet haben.

Und die wunderbare Emma Finn bei C&W und Sophie Baker bei Curtis Brown UK haben für diesen Roman in aller Welt ein Zuhause gefunden.

Laura Moriarty hat als Ratgeberin in Sachen Träume mehrere Entwürfe zu diesem Roman gelesen, mir scharfsinniges Feedback gegeben und genug an mich geglaubt, um mehr von mir zu verlangen.

Cote Smith ist mein Schreibkumpel – das Wissen, dass ein Autor seines Kalibers meine ersten Entwürfe lesen würde, hat mich in meiner Entschlossenheit bestärkt, mein literarisches Können zu verbessern.

Alexandra Kostoulas unterrichtete mit grenzenloser Geduld und Zuspruch den allerersten Kurs für kreatives Schreiben, an dem ich teilnahm.

Nita Yun schlug vor, dass ich meinen Job kündige, um meinen Master of Fine Arts zu machen. Russ Mitchell unterstützte den Vorschlag mit großer Begeisterung. Es war ein wunderbarer Rat.

Der inzwischen verstorbene Ian Hale lehrte mich, meine Stärken auszuspielen, mich niemals mit Mittelmäßigkeit abzufinden und stolz darauf zu sein, aus dem Südwesten von Sydney zu kommen. Danke, Sir.

Der ebenfalls verstorbene James Morgan legte die Latte für Freundschaft hoch. Ich kann nicht mit Sicherheit sagen, dass er einen direkten Einfluss darauf hatte, dass dieses Buch geschrieben wurde, aber ich wollte einfach in gedruckter Form sagen, dass ich ihn liebe und vermisse.

Meine Eltern – vieles ist ungesagt geblieben, aber ich sage Folgendes: 妈妈 爸爸, 非常感激你们.

Mein großer Bruder Sid wählte Mathe in der Zehnten ab, was mir den Weg ebnete, Mathe ebenfalls in der Zehnten abzuwählen. Das Leben = für immer verändert. Danke, Bro.

Humphrey und Isabelle sind brave Hunde.

Die folgenden Freundinnen und Freunde waren in den Jahren, die ich an diesem Roman arbeitete, Quellen der Ermutigung und Unterstützung: Sadia Latifi, Korbin Jones, Rao Li und Lena Rutkowski. Ich danke auch dem Movie Club (Alison Grasso, Chelsea Rickling, John Skidmore, Bethany Reis, Zack Akers, John Pels, Colin Miller, Michelle Patches, Matt Patches) – der Silberstreif am Horizont der Pandemie.

Zu guter Letzt Skip Bronkie – mein liebster, klügster, bester Freund. Es ist ein Wunder, dich gefunden zu haben.